周建 著

苍穹之恋

时代出版传媒股份有限公司
安徽文艺出版社

图书在版编目（CIP）数据

苍穹之恋/周建著.—合肥：安徽文艺出版社，2020.1
ISBN 978-7-5396-6154-4

Ⅰ.①苍… Ⅱ.①周… Ⅲ.①长篇小说－中国－当代 Ⅳ.①I247.5

中国版本图书馆CIP数据核字(2019)第244760号

出 版 人：段晓静
责任编辑：汪爱武　　　　装帧设计：观止堂_未氓

出版发行：时代出版传媒股份有限公司　www.press-mart.com
　　　　　安徽文艺出版社　　www.awpub.com
地　　址：合肥市翡翠路1118号　邮政编码：230071
营 销 部：(0551)63533889
印　　制：安徽联众印刷有限公司　(0551)65661327

开本：710×1010　1/16　印张：21.5　字数：400千字
版次：2020年1月第1版　2020年1月第1次印刷
定价：60.00元

(如发现印装质量问题，影响阅读，请与出版社联系调换)
版权所有，侵权必究

目录

第 1 章 ~ 第 9 章　赵有信／001

第 10 章 ~ 第 12 章　官玉琪／094

第 13 章 ~ 第 20 章　于庹／134

第 21 章 ~ 第 24 章　赵有信／214

第 25 章 ~ 第 27 章　安然／261

第 28 章 ~ 第 31 章　官玉琪／296

第 32 章　于庹／336

第1章 赵有信

不是我吹,这绝对是牯岭镇初夏时节最美的一天。群山被潮湿的雾霭笼罩着,厚重的云层逐渐散开,透出湛蓝的底色,森林沐浴出清新的空气,山下的游客开始向山上进发,山上的游人开始往山里的景点开进,庐山在各色人等的憧憬和向往中开始了新的一天。

接近正午,空中有了形态各异的云朵,游人们开始在树荫下歇脚,见多识广的店家没了开门时迎客的劲头,沿街的小商小贩也被暑热逼到背阴处,天亮就出门拉客的出租车司机这时也把车停在路边,坐下来喝杯茶,打个盹。整个镇子都弥漫着夏日慵懒的气息。这时,离镇上不远处的2号公路的一个桥洞下,来自天南地北的一男一女,被一帮混混劫持到这里。

"交钱就啥事没有!"一个斜着肩膀的混混正在要挟那个男的。他的声音很快被过往车辆的喧嚣声淹没。这个桥洞洞口两边仍有上下山的车辆通过。除非堵车停在这儿,否则,谁也不会往洞里瞧上一眼的。这伙混混选在这儿下手,想必就是考虑到这个因素。一来,过往车辆能掩盖桥洞里的呼救声;二来,庐山著名的景点都在远离镇子的大山深处。游客都是早起进山,傍晚才回到镇上。因此,这个点儿很少有人在此走动。不过,有一个人除外,这个人就是我赵有信。那会儿,我就在桥洞外,准备从这儿掉头回镇上。

"听到没？快点拿钱！"一个小个子混混用竹竿捅了捅那个男的，引来一阵惨叫。小个子又凶狠地戳了他一下，让他闭嘴。

"我不是说了吗？我没钱——"那男的嚷道，被斜肩膀踹了一脚，没站稳，"扑通"一声倒在地上，跟那女的撞到一起。再要踹时，那女的嚷起来："哎呀——疼死啦，人家都说了没钱了！我们都是穷学生——"她看上去很小，十六七岁的样子。

我打 110 报了警，接警值班员说，值勤的刚出警，这就通知他们过来，如果不堵车，十分钟就能到，并嘱咐我注意安全，在他们赶到之前不要轻举妄动。可十分钟太长了，恐怕等不到他们来，这帮家伙就会溜之大吉了。

"没钱还用这么好的手机？不想挨刀就赶紧的——"小个子又抽了那男的几下，竹竿的尾部扫到女孩的胳膊，她疼得又叫起来。女孩一叫，我的心就揪得慌。

他们已经抢了那男子的手机，这会儿里面又是一阵扑腾。我突然想声音可以帮助我，于是我给 120 打了电话。120 急救中心的人说镇上就有救护站，十分钟之内就能到。又是十分钟?！我让他们赶紧把救护车警笛打开，这边情况紧急，需要他们配合。对方很痛快，说这没问题。我放下电话，觉得还是不能干等。身边是源源不断上山的车流，车速相当快。我想让他们慢下来，即使停不下来，能降到足以影响到洞内气氛的速度也行。遗憾的是他们丝毫不理会我的手势，比风还快地从我身边驰过。看来，除了同这帮家伙玩把心理战，先在气势上震慑住他们，再就得靠我这二十年兵家的身板儿了。

我蹲下来把手机伸进洞内，借屏幕观察洞内的情况。里面有五个混混，其中一个把风的距我这边三四米远。那头也有一个，就站洞口。其他几个围着那对男女，离洞口很近，但是背向下山的车流。那侧马路路基下面的土沟与山野相连,肯定是他们选好的撤离路线。我想威慑住他们,让那两个人少受伤害,就必须先干掉近处这个。这当口,他正被女孩的尖叫吸引了,像是不想错过什么好戏。我脱下上衣从他身后摸过去,往他脖子一绕,将他撂倒在地。这招擒拿术还是去年机关体能训练,跟警务连连长学的,谁想用到这儿了。只是这家伙太不经打,我还没怎么使劲,他就晕了过去。事情比预料的顺利。接下来,我把手机举在耳边大声说着朝那伙人走去。"110吗?……有人在抢劫,距镇中心不远的2号公路桥洞内……对、对……越快越好……"我端着肩膀,气势汹汹地盯着那个小个子走过去。

没错,我也是感叹庐山今天天气好出来运动的一个人。我的出现让他们始料不及,小个子脸色骤变。显然,他看到我身后倒地的那个人了。他下意识地往后退了几步,掉头要跑。

"你站住!把手机还给他!"我快步冲过去,小个子转身将竹竿抡过来。我往右一闪,抓住竹竿,并从他手里夺过来。

"傻×啊——"小个子困兽似的嚷了一声,我就觉得后腰被人重重地踹了一脚,我跄了一步稳住身体,反手把竹竿向后抡去,那几个人顿时散开……

"快来人啊——抓流氓啊——"那女孩儿扯着嗓子朝那边洞口跑去,她这一喊,那伙人有点慌了。这时,我想要的声音来了,120救护车的警笛声在群山中回响起来。这一招果然奏效,他们顿时乱起来,一窝蜂朝洞口拥去。

"站住,不许跑——"我把竹竿噼啪响地打在地上。我没再往前追,跟他们交过手,觉得他们还是些孩子,追紧了,万一撞上车,他们这辈子就毁了。这会儿,小个子和斜肩膀已经穿过马路,跳进一条沟里。后面几个横穿马路时,还是引来阵阵急刹车的声响。

"你——站住!别跑——"女孩突然叫起来。

我知道她为什么喊,救护车的警笛声一定吵醒了地上的那人。怕女孩受伤,我赶紧回头去追,可没等追过去,他就连滚带爬地跑出洞,肩膀上还挂着我的上衣。

女孩看上去没什么大碍,她走过来给我鞠了一躬,说"谢谢解放军叔叔",就跑出洞。我跟着跑出去,怕她再遭遇方才那人。洞外只有她一人,她屁股上有团脏乎乎的污痕。想到她刚才的反应,觉得她很勇敢,也很聪明。不过她叫我解放军叔叔让我有些费解。我也没穿军装,头发也没理,她怎么就认定我是解放军呢?那男的年龄也不大,像大学生。这会儿,他跟我并肩站在洞口,目光一直追着女孩的背影。

"可惜没把你的手机拿回来。"我说。

"没事。"他回过神来,礼貌地冲我笑笑,把手伸过来,那感觉像头一回走出鸡舍,开始社交生活的小公鸡,"谢谢您。"

"快走吧,别再碰上他们。"我用力握了握他的手,想给他些安慰。那手又软又滑,像没干过活的富家子弟的手。

"您也快回去吧,他们人多——"他嗫嚅着看了我一眼,"您的衣服——要不要——"说着,他从包里取出一件皱巴巴的T恤衫递过来。

"不用。没多远,我跑回去就是了。你先走,我等110。对了,还有120。我跟他们说明情况就回去。"

"那您还是穿上吧,山上挺冷的。"他又把T恤衫递过来,"不脏——"话没说完,他自己先笑了。他是个善良的年轻人。刚才被小个子打,他就嚷嚷没钱,看他瘪瘪的背包,恐怕也没什么可换洗的东西。

"我真的不需要,几步路就回去了。"我把衣服接过来叠好后还给他。

"那我走了,刚才那人从这边跑的,我怕她……"他把衣服小心地放回背包,仿佛叠了以后,那T恤衫变得高级了。

他能这样想我很感动。"小伙子,不错!"我朝他竖起大拇指说,"你们都很勇敢。"

他的脸腾地红了,转身去追那女孩。看着阳光下一前一后的两个年轻人,突然有种复杂的心情涌上来。我想,他们是怎样的缘分,非得在庐山相遇,然后一道被劫呢?而我,作为这场邂逅的见证人,难道也是前缘使然吗?

第2章 赵有信

生活总是比电视剧的起承转合要精彩得多。我怎么也想不到,五年后,我在飞行8团蹲点,第一次听到叫我"首长"的人,就是在庐山桥洞遇到的那个小伙子。人这一生,似乎谁也逃不掉命中注定要见的人。时隔五年再次相遇,他已经是我们师飞行8团的飞行员了。

先说我是怎么变成首长的。那时我刚从机关被任命到B师当副政委。在部队,师副政委是班子成员中经常下团蹲点,在各项重大任务中跟班负责的那位师首长。那天团里为我举行欢迎会,地点设在飞行员运动的篮球馆,光线不怎么亮,我坐在临时搭建的主席台上,被悬着的照明灯映衬得一脸惨白,一如冬日起了霜的柿饼。下面黑压压一片,看不清谁是谁,可我总觉得所有人的目光都聚向我,仿佛我的表情里,藏着军队改革的新动向。

我并不怎么紧张,在机关工作经常下部队,也在这种场合讲过话,按说早就练出来了。可那天也不知怎么搞的,我的心跳加速,嗓子眼发紧,一晚上准备的发言稿顷刻间觉得全是废话。现在自己是基层的一员,不能像在机关那样,让人觉着机关下来的干部就会打官腔,说套话。要想让大家接受你,得先把心贴近。我在基层干过,知道大家对这类干部嗤之以鼻,很瞧不起。现在我就是从上面下来的,可不能被他们划到那类人里去。不过,那天我有点激动不安还有另外一个原因,就是我觉着师副政委这个位置是我军旅生涯的终点了。于是,我站了起来,把准备好的稿子往桌上一丢,推心置腹地讲起自己从基层到机关,又从机关回到部队的真实感受。

"这次回到基层对我来说是叶落归根。回到滋养自己、培育自己成长的部队,回到年轻时挥汗如雨、满是兵味儿的营盘,是我的幸运。我说幸运不是临了组织给我调了一级,而是觉得当了这么多年机关干部,身上的兵味儿淡了、远了的时候,那种鲜活的东西又重新回到生命里。所以说,今天是我回家的日子。从今往后,我会跟8团同呼吸共患难,一同完成上级交给我们的各项任务。"

简短的发言后,雷鸣般的掌声直撞心扉,与我忐忑的心久久呼应,让我想起几年前在机关,一位刚上任的部领导讲完话问过我怎么样的事儿。看来,这是新官上任普遍存在的焦虑感,也是希望尽快融入新集体的本能反应。那天散会后从主席台上走下来,就见一位身穿飞行服的年轻人健步走过来。于是,惯性思维就开始了,琢磨是遇到熟人了,还是机关哪个哥儿们让他的亲戚朋友直接找我来了。

"首长您好。"年轻人两脚一并,给我敬了礼。

我仔细瞅了瞅,还是不认识。尴尬的是,这种场合我又不能不认识人家,否则,太不给人面子了。那套化解此类尴尬的油腻办法就用上了。"啊——哈——许久不见了,挺好吧?"

"首长——是我。"他说完停顿了一下,言外之意让我再想想。可我还是想不起来在哪儿见过他。

"几年前,在庐山——您救过我们。"他坦诚地说出答案。

他说到"庐山"二字时,我觉着我的心被一股劲儿狠狠地揪了一下。"我的天,是你?"一旦知道他是谁,自然比装的更令人震撼。

与五年前偶遇的年轻人相识于此,让我有种说不出的激动,情不自禁就与他拉近了距离。"这种概率也太小啦——太不可思议了!"我紧紧握住他的手,"你什么时候成了飞行员啦?"

"中国速度。"他微微一笑,并没缩回手来。他的目光在我身后飞快地扫了一眼,克制地收敛了表情。我回身一看,8团丁政委正用讶异的眼神看着我俩。我没跟老丁解释什么,旋即回身继续同他热络。

"你变化太大了,你要不说,我真的想不起来了。"我端详着他,像看许久以前的一张老照片。他不是那种浓眉大眼、毛发浓重的北方男子模样,他有着南方男人清秀健朗的气质。两条清晰的眉毛下,一双炯炯有神的细长眼睛,此刻正闪着聪慧过人的光,完全不像几年前那般茫然。他一定很少抽烟喝酒,嘴唇还保留了年轻男子的石榴红色。鹰钩鼻恰到好处地停在倔强的嘴唇上方,微微上扬的下巴,透出他坚强执拗的个性。都说性格可以改变命运,可什么改变了性格?他从里到外都完全是另一个人了。他的外形也比以前壮实多了,略微紧迫的飞行服突显了他发达的骨骼和肌肉,一米八的身高,让两个浑圆的肩膀显得更加宽厚,他已经是一个地道的男子汉啦!

我真是感动得泪都快落下来。人生怎么会有这样的巧合?!我抓起他的手,用力握了握。他一动不动,微微含笑地注视着我。我感觉到了什么,翻过他的手掌,那上面布满厚厚的老茧。他已经不是庐山遇到的那个羞涩拘谨的大学生了,他脱胎换骨变成了空军的一员,变成了我要与之生死与共的战友啦!

"你们认识?"丁政委忍不住插话进来。

"说来话长——"我一时不知怎么回答他。不过有一点很明确,就是我不想让丁政委知道庐山发生的事儿。我很想知道他是怎么跑到空军来的,还当了一线部队的飞行员。他像看透了我的心思,细长的眼睛这会儿笑成了一条线:"我先回去,一会儿打球,有时间再向您汇报。"

"你叫——"我轻声问。

"我叫于庹。"他露齿一笑,扭头跑了。

谁说的人生的每一次相遇,都是久别重逢?还真准。

基层部队每天的任务都排得满满当当。天好就飞,完全与打仗需求挂钩。全天候的作战飞行,能让团里的年轻飞行员得到很好的锻炼,从思想上打牢随时而战的观念。遇到那么一两天的休息日,要么跟老丁政委打乒乓球,要么跟政治处小于主任去后岭散步,时间转眼就给打发了。来前,老婆官玉琪总担心我猛地从首都来到县城落差太大,会感到无聊。现在看,完全是替古人担忧。不过,我倒很想搞清于庹是怎么当的飞行员。我好奇那天分手后,他跟那个女孩之间又发生了什么,是否还保持联系。只是,这小子一直没来找我。有一回休息日,我去找过他,可人家在学习室正跟战友研究外军空战资料,一帮人围在视频前,旁边的黑板上全是英文,搞得我怪不好意思的,赶紧闪了。飞行员是空军的战斗力,飞行作战是重中之重,任何无关因素都不能打扰他们。他们也深知大任在肩,即便有的跟女朋友正处于热恋,有的家中有事,但到了任务准备阶段,与外界的联系都会自觉中断。我怎么能因为心中的好奇干扰他呢?

春节临近,家家都期盼着团聚,官玉琪也日益焦躁起来,一再打电话问我究竟能不能回去过年。她又拿孩子过完年就上高三的话来催促我。可老丁政委两年没回西安陪老婆孩子过年了。去年,他女儿考上二本院校的服装专业,爱人就频频来电话,说女儿不听话,刚上了大学就谈恋爱,他这经验丰富的政工干部也该回家找女儿谈谈了,让他今年无论如何也得回去一趟,否则女儿出事,她一概不负责任。

老丁起先有些犹豫,但我态度非常坚定,让他尽管放心回家,我留下来替他春节值班。王团长于心不忍,再三鼓动,让我把妻儿接来部队。跟她商量一下,她那边又犹豫起来。

"你以为我不想去吗?整天在家守活寡!可你儿子不省心哪,一学英语就这儿那儿的来毛病了。到你那儿过年,心还不得飞上天去?"

"那就算了,为咱儿子,就放弃团聚呗。"

我这样一说,那边又叹气了。"一年就一个春节啊!你真就不能回来吗？待几天也行啊！"她倍感绝望地问。

我真有点不忍心，可一想到答应老丁了，不如让她趁早死了这份心，就说道："不行，我要战备值班。"

那边彻底熄了火。

年初一晚上，王团长突然到指挥所接替我，说值班室电话也不能打，手机也不能开，让我赶紧回宿舍跟北京的家里人说会儿话。

"你要为这事儿那可真没必要，我一人在这儿挺好的。再说了，我们老夫老妻没你们年轻人那些黏糊事。说好我值年三十、初一，你初二、初三的，你就老实在家待着——"

"哎呀，实话跟您说吧，我实在受不了我老婆叨叨了。她简直就是麻雀托生的，一天到晚叽叽喳、叽叽喳，没个停的时候。你就算帮我好了，让我也在这儿清静清静。"说着，他一脸坏笑地冲我眨了眨眼。

我只能领受他的好意了。我把自己的洗漱用具塞进袋子，出了指挥所。拐进飞行团右边的石板路，我往楼上瞅了几眼，看有谁还在这儿待着。我知道大部分飞行员都回家过年了，只是在外地干部探亲登记表上没看到于赓，搞不清他一人在部队待着干吗。问指导员，指导员说他跟朋友约好出去旅游，不回江苏过年了。

"女朋友？"

"肯定是女朋友啊，春节这么重要的节日，除了女朋友，还能有谁不回家，去会普通朋友的？"指导员十分自信地说。

"他家人知道吗？"

"肯定知道。"

"他女朋友是哪的？"在庐山同他一起被劫的女孩，再次从我脑海中闪过。

"这我就不清楚了，等他回来一定让他交代——"指导员嘻嘻笑地摸了下后脖颈，好像那儿僵硬，与他轻松的表情有些不搭。

"多关心这些年轻飞行员,这年头能谈成一个不容易。结婚的要不上孩子也麻烦。你们队梁立生不就一直没孩子吗?快四张的人了,要不上孩子闹心着呢。你们抽空也去搞点秘方啥的,看有没有管用的拿来试试。"

"搞啦,去年丁政委还从鼎新基地给他带了几包野生苁蓉呢。"

"鼎新那边怀不上孩子吃苁蓉,是受那里特殊的地理环境影响。大梁是北方人,一直在南方生活,会不会是其他问题啊?"我对指导员凡事总抱着揣摩的态度有点不满。

"好、好、好,我这就去想办法。"他一边点头,一边往门口退,最后在门口站定,问,"政委还有事吗?"

"副政委。"

"呵……是!赵副政委还有事吗?"他身体前屈,无比谨慎。

"没事,你家属孩子都安排好了吧?"

"安排好了。"

"大老远来一趟不容易,好好陪人家过个年,走吧。"看着因为我一句更正变得拘谨的指导员,突然觉得自己小心眼了,干吗跟人家较这个真?即便不喜欢人家这样叫自己,也犯不上说出来,听着不就完了吗?叫你声政委,省略一个"副"字,在别人看来是对你的祝福,言外之意是对你能当上政委的美好祝愿,自己以前不也这么叫副部长部长,叫副处长处长吗?干吗非得惹得人家不高兴?搞不好他回去还琢磨自己是不是哪儿得罪师首长了呢?

走上通往空勤宿舍楼的小路,前面是一片空阔的地面演练场,没有任何遮挡,凛冽的寒风裹挟了院外的旷野气息扑过来,让人无比清醒。我停下来朝楼上望了一眼,除一层值班室和二楼的团领导值班室亮着灯外,其他房间都黑着。于庹的房间也不例外。他和女朋友旅游去了?现在的年轻人,恋爱很容易,找对人很难。

打开8团机关干部宿舍楼三层的一套两居室单元房,一股暖融融的热气涌出来,三九正是一年中最冷的时候,又逢过年,锅炉房烧得特别足。打开灯,发现茶几上多了一盆富贵竹,富贵竹两边还各放了一盆水仙花。茶几上还有干果、水果盘,一定是团长和政委知道我在部队过年,特意为我准备的。

我准备脱大衣时,忽然觉得哪儿有点不对劲儿。一股陌生的、只有女人身上才会有的雪花膏香脂味儿,在玄关橙黄的灯光里鬼魅般浮动着。屋里有人。我立马警觉起来。

"谁在里面?"谨慎起见,我没往里走。

没人回应。会不会有人给我下什么套?那一瞬间脑袋里什么情况都想到了,包括美女色诱和金钱腐蚀那一套。可我是刚提拔的副师级干部,难不成就遇到传说中考验革命意志的"好事"?!我的房门钥匙公务员班也有。要是他们的话,不会黑灯瞎火地待在里面。"谁?出来!"我轻轻退出玄关,把房门敞开。

这回里面有了窸窸窣窣的声响。我心头一紧,下意识地又往门口退了退,就听到一个懒洋洋的女声从里面传出来:"还能有谁呀,你自个儿在那儿装神弄鬼的干吗?"那声音随着一个渐渐清晰的丰满女人的身体,定格在卧房门口。

"到底是我装神弄鬼还是你在这儿闹妖?不是说儿子补英语,不来了吗?"我用脚把门关上,生怕我那小胖老婆不小心走了光,让人日后拿我开涮。

她有点反常,倚着门框并不迎上来。不知道是光线的缘故,还是我很久没这么近地看一个异性了,那性感的身姿竟让我心跳加速,头晕目眩,想起二十多年前那个叫官玉琪的女人。那时我们刚恋爱,每每日落月升,心里低唤这个名字时,我都会心潮澎湃,血往脑门上涌。几个月不见,老婆的字眼远了,那个叫官玉琪的女人却在杂草丛生的岁月中清晰起来。

本来我该立即去客厅开灯的,可鬼使神差,情不自禁就奔了她的石榴裙下,一把将她抱起来扔到床上。四周一片静寂,谁也没说什么,只有动作引发的喘息声在黑暗中像蝴蝶一样翩飞。

"咚咚咚——"

很轻的敲门声将我定格在那儿。这时,脑子里立马想到这屋里应该还有一个人才对。

"儿子呢?"我附耳低问。我可不想让他看到他老子赤条条地做这种事儿。

"哎呀,你别一惊一乍的,他跟小刘看电影去了。"她有点不乐意地欠起身,从床上摸了衣服披在身上,"应该没那么快呀,今天晚上不是说放两个片子的吗?"

说到儿子,我的情绪就彻底歇菜了。

"咚咚咚——"敲门声依旧。

儿子回来了。我赶紧穿上衣服往门口走,她那边也收拾停当,规规矩矩地尾随于后,像要迎接我家真正的大王凯旋一样。

"啥时候了还让他看电影?!"这会儿我清醒过来。这次离京下基层任职,我最不放心的就是他。眼瞅着高三在即,他还有心思看电影。转眼又想,老婆一声不吭地跟在后面,也不争辩,就琢磨着是不是她有意打发儿子跟小刘看电影,自己留在家等我。这会儿,我才想到王团长接替我值班时的诡异神情,看来这是他们早就有计划的一次预谋。他们娘儿俩一定是王团长和老丁动员来的。

"今年是孩子的关键时刻,我不在家,你不能心软!现在让他辛苦高中这三年,等考上好大学,就能幸福三十年,我们也能安稳三十年。他要考不上,或考个一般大学,咱俩就有得折腾了。"我拉开门,外面站着的竟然是于庾。

我有点蒙。这家伙怎么总给我搞突然袭击呢?

"首长过节好……"

我挥手打断他,指着他,一时调整不了正常语速。"你……你不是跟女朋友旅游去了,怎么跑这儿来了?"

他本来想粲然一笑的,被我这一通说,则露出一副自嘲的苦笑。"哪来的什么女朋友?"他说着,把手上拎的果篮放到门口鞋柜旁。

"你等人家进来再说行不行? 快,进来坐。"媳妇将我拨拉到一边,热情地将于庚引到客厅。

"嫂子来了?"他有些惊讶,显然他刚才没发现我身后的媳妇。

"我们今天刚到。谢谢你啦,还带东西来,快请坐、请坐,我给你冲茶——"媳妇礼貌有加地与他寒暄。她在我同事面前,总是摆出知书达理的淑女样儿,与她平时在市场、修车铺、修鞋摊上跟人家讨价还价,跟儿子在家时大呼小叫的孙二娘样儿截然不同。这回初见我的新部下,她更是显现出温文尔雅、涵养非凡的样子。

"噢,不打扰了。政委、嫂子,给你们拜年了,你们赶紧休息,我回了。"他像突然明白什么,一边说,一边往门那儿退。

"才几点? 待会儿呗。"我担心他看到什么不该看到的东西,扭头瞅了一眼,就见媳妇上衣纽扣都扣错位了,裤腰那儿还露着一截真丝睡袍。其实,我很想跟他聊聊的,可这狼狈样儿,只能放他回去。

"再坐会儿吧。天还早。"老婆丝毫没察觉我的变化,仍满面春风地跟他客套。

"不了、不了。"于庚开门退出去,"我以后再来——"

我用手撑着门框,看着他:"那好,我们也给你拜年了,今天就不留你啦,这样——初五! 初五你有没有安排? 如果没有,来我家吃饭,你嫂子包饺子很拿手。"

"好好。初五,初五我再过来。"他点头允诺。

"不准再带东西啊!"我说,可话一出口又有点后悔。这在以往,俨然就是提醒人家送礼似的。

第3章 赵有信

　　初五下午不到2点,老婆就开始剁肉馅,儿子跟小刘去营区后面几公里远的后岭爬山去了。我给她打下手,肉馅弄好后,我把洗好的韭菜放在笼屉里控水,媳妇又动了邪念。那天我让于庚初五来吃饺子时,还不知道她跟儿子初六下午就要返回北京。

　　于是翻身上床,准备小干一场。老婆今天特意穿了一件新买的黑色蕾丝内衣,说穿上衣服,应对紧急情况会更从容些。老婆用心打扮,瞬间唤醒我沉睡多时的欲望。我像个傻子似的看着她,像猫儿守着一条过于肥美的鱼,一时不知道从何下手。

　　"如今这花花绿绿的世界,老爷们能安分守己地独守空房不容易,这身边的诱惑太多了。我同事,那个大吕,你还记得吧?她老公在外面也有啦。有一天她老公回来洗澡,手机响了,大吕一般不看他手机,跟我说她绝对相信她老公。可心里禁不住想看呀,就打开瞅了一眼,就看出麻烦事儿来了。她发现一个叫'伦敦珍妮'的人隔三岔五地给她老公发微信,嘘寒问暖,关怀备至,大有上位之意图。问他呢,他就说没跟那女的怎么样,就是在网上聊了聊,后来加了微信。大吕就说,看不见的幻想一下也就罢了啊,真枪实干我可饶不了你……"

　　老婆很沉着,一边叨叨,一边目不转睛地看我宽衣解带。有时候我真想告诉她做这事时不要东拉西扯,会影响情绪,造成熄火短路;不让她说,又怕她胡思乱想,认为我不像以前勇猛了。我可不想让她小瞧。

　　"怎么,夫人也准备为我签批一个临时的随军夫人?"我把裤头一扯,翻身将她压在身下。

　　"你这辈子就别想纳妾之事!"她嬉笑着扭来扭去。

"那就辛苦夫人啦，一饰两角。"琐事缠身，胡咧咧几句，没想到竟能勾起我策马驰骋的劲头。

"你心里怎么想我可管不着，你要把心里的念想变成现实，可就不识时务啦。"

媳妇那天包饺子失手了，不像以前那么好吃。于庹嘴上一个劲儿说饺子好吃，可进嘴最多的是白菜拌海蜇。小刘见于庹在，没留下来吃，说公务班给他留饭了。

赵傲跟于庹一见如故，嘻嘻哈哈笑成一团。可我觉得于庹没放开，每每大笑过后，心事就像头发里的蜘蛛，很快又跑来在脸上织出一片网。老婆问他多大了。他敏感地笑笑，用玩笑的口吻说："不急，嫂子，我还小着呢。"可静下来的时候，他则很有眼力见儿地给我们倒酒递茶拿饮料。

"该找了，什么年龄做什么事。你不谈朋友你爸妈不着急吗？还是抓紧找一个定下来，人啊，一晃年龄就大了。"老婆把一盘刚煮好的饺子放到他跟前，转头又给我下指示，"你们这些当领导的，也得多替他们操操心，你想啊，他们整天搞飞行训练，哪有时间去见女孩呀？你们得学那些做父母的，带上他们的资料帮他们出来相亲。去那些女同志多的单位，搞搞联谊活动，休息日，把她们请到军营里来，搞个集体舞会啥的，大家见见面……"

"你让我爸在这儿搞《非诚勿扰》啊！"儿子故意夸张地说，显示他对这个话题也不感兴趣。

"嫂子这个主意还真不错。不过，人家相亲都是先说自己的优势，家里有多少房产，自己每月挣多少钱，结婚是欧洲十五日游还是北美赏秋。我们跟人家见面，得先跟人家坦白一个月能在家休息几天，一年能在家过几次节，陪她逛几次街，上几次公园；孩子家长会去不了，家人有病陪不了；执行重大任务时，父母重病不能回；等等。"于庹松了口气，往嘴里塞了一个饺子，"你说，这一通坦白交出去，谁还敢跟你谈恋爱？一听到这，就秋风扫落叶了。"

"你们会不会对女方要求都挺高啊?"老婆听他这么一说,也有点泄气。

"要说高呢,外貌肯定有点要求,对不对,赵傲?"他说着把手放在赵傲的后脖颈那儿,抚弄了两下。

"我负责挣钱养家,你负责貌美如花。"儿子嬉皮笑脸地应承道。

"你小子不好好学习——"媳妇用筷子敲了下儿子的脑袋,"吃完饭赶紧复习去。"

"我要考不上大学就是被你敲的。"儿子瞪了她一眼。

"你懂什么?丑妻近地是一宝——"我拍拍儿子的肩膀,觉着老婆守着客人不该损他。

"爸,还是你行,给自己弄了个宝看家,绝对放心。"儿子有了我撑腰,又放肆地回补了一刀。老婆脸色骤变,她知道不便发火,拼命忍着,可心里的火早就烧到了脸上,两个眼睛圆睁,像两枚随时准备发射的导弹。

"嫂子,你刚才的点子确实不错。要是能搞这方面的联谊会,那帮小子肯定高兴。"于庹及时抛出干扰,让"导弹"落到自己身上。

"官老师哪有馊点子?!官玉琪老师的脑袋里装的都是金点子。"我紧跟其后,泼水降温,哄老婆开心,我还把蘸料往她跟前轻轻推了推,违心地说,"蘸点辣椒酱油味儿更好。好长时间没吃这么好吃的饺子了。"

长时间吃食堂,味蕾也发生改变。大锅饭有各种作料保驾护航,灶上做饭的又都是年轻人,口味重,各种香料调味料下得猛,味浓色香,嘴就给喂馋了,觉得家里的饭菜味清寡淡。

"嫂子是老师吗?"

"嗯。"

"我觉得另一半是老师真不错。尤其是飞行员,因为你平时根本没时间过问孩子的教育啊,如果妻子是教师,你就不用管了。在我印象中,老师的孩子没学习不好的。"于庚可真会说,几句贴心的话让娘儿俩都高兴。

"这还不简单?将来让你嫂子给你介绍个老师就是了。"

"也没那么简单,我觉得吧,关键得理解,理解我们飞行员这一行。还得有点境界,真的。太俗了不行,整天黏着你,没有自己的事业更不成……"

"你嫂子说得没错,你要求太高。"我把杯子往他杯上一碰先干了,我把杯子放下,看他慢慢给我续酒,"对了,问你件事儿。你小子是不是没跟教导员说实话?"

"没有啊。"他微微一怔,没想到我问这个。

"没有就好。"

"春节对咱中国人来说是最大的节日了。哪家父母都盼着孩子回家团聚。"我老婆又发话了,"原先在电视上经常看到春节期间,好多官兵回不了家,在边防巡逻、在海岛守礁、在空中巡航的新闻。每回看到这些,我就想,要是真有任务离不开那是没办法,如果有假期不回去就值得商榷了。老人盼了一年了,还是应该回家看看的。你现在年轻,可能体会不到,等你将来自己有孩子就知道是啥滋味儿啦。"

于庚笑笑,没接她的话。

"你不是跟教导员说会朋友去了吗?怎么初一晚上就回来了?一天都没待,这算啥朋友啊?"我觉得他有事瞒着我。他仍穿着大年初一来家拜年时的银灰色耐克羽绒服,并没因今天的宴请换件衣服。

"我确实要去见朋友的。"他咽下嘴里的食物,取了纸巾将胸前沾了辣椒酱油的地方擦了擦,他回避了我的目光,把视线投向我面前的炸带鱼,"我去了,不过没见着。"

"大过节约人家去见面,人去了又爽约,现在的孩子可真没个准数。"媳妇为他表示不平。

"嗨,我也爽约过人家,没事儿的嫂子。"他没心没肺地冲她笑笑。

他在席间说的一切，跟我想知道的没什么关系。其实我很想问那天我们分手后，他们在庐山又待了多久，有没有再碰到那伙混混，他又是怎么考上航校，当上战斗机飞行员的。但是，我能感觉到他不想跟我分享这些。他从不主动出击，偶尔也会说点轻松的话题，更多的还是应对官玉琪提出的个人问题。他跟我刚遇见时的感觉有点不一样，有点心不在焉，又像是心事重重。可刚见到那会儿，他好像还愿意把我当成一个能分享他秘密的老朋友，这会儿却刻意与我保持了距离。

吃完饭，举家送他至楼下。这会儿正是家家欢聚小酌之时，机务大队那边不时传来锣鼓声响，烟花爆竹在远处乡村黑魆魆的夜空炸响绽放。官玉琪上身穿了件对襟绣花薄棉袄，下身是没到脚面的毛呢裙，脚上只穿了双棉拖鞋，这会儿紧捂着领口，冻得瑟瑟发抖，正追着远处暗夜里的那片璀璨的火花左右踱步，驱赶寒意。

"你们赶紧上楼，我抽支烟就上去。"

她听说我要抽烟，脸上即刻露出不满。"大男人不讲信用，说戒烟了又抽上了——"

"一支，半支——"我避了风点着烟。

她瞪了我一眼，拉着儿子跑上楼。

于庚已经进了楼旁的小树林。那些树是去年春天栽下的，现在叶子全落光了。手腕粗细的树干，迎着月光的一侧是青灰色，显得坚强干练；另一侧是浓重的黑，与夜紧密相依。皎洁的月光从树干上滑下来，在林间画出一道道黑色的平行线，落在林间苍白干硬的地上。郁郁独行的于庚，像冬夜的守林人，孤独地走在无边的寂寥之中。

没多久，就听说于庚摊上事了。我问老丁，对方反问："这年头光棍还能摊上什么事？"

"要是出去喝酒惹上事儿了，得严肃处理。禁酒令说了多少回了，不能光说不练。"我怕于庚在这上头犯事，团里因为我而包庇他。于庚春节在我家吃饭的事成了地球人都知道的事。

"你要是真关心他,就赶紧帮他找个对象,啥问题就都解决了。"老丁从我报到那天就知道我跟于庚认识。

"因为女人吗?"

"具体的我也不太清楚,我让指导员好好跟他谈谈,听说是他以前交往过的一个女朋友。"

"当兵前,还是航校期间?"我想到庐山的那个女孩。

"航校期间他不敢,我估计是航校前,上地方大学那段时间认识的女孩。"老丁看着我,像只静观其变的老猫,"你们以前认识?还是……"

"噢,说来真巧,五年前我在庐山疗养时与他有过短暂的接触。我猜他那时候就在地方大学吧,感觉挺不错的。"我知道老丁要是不搞清楚我跟于庚的关系,不会全盘托出于庚的事情,就透露出一部分信息。

果不其然,这回他心里踏实了似的往椅背上一靠,轻轻舒了口气。"其实这种事情也好办。处对象这种事,不能硬来。强扭的瓜不甜,即便两家世交,翻脸的也不少见。现在不像过去了,从小定的亲,大了就一定要按那个来。现在事事顺从父母的孩子,根本就没生出来。"

"直说吧,是不是因为家里的事情啊?"我不喜欢老丁卖关子的说话方式,凡事整得那么神秘。

"他家里有一个,大学里也谈了一个。"

"现在是个男的找对象都会挑的,可也不能因为这,就一定让于庚为所有谈过的女人埋单吧?"

"也没到那一步。找对象嘛,挑一挑,找个理想点的,这大家都理解。可你要挑花了眼,跟这个好几天,跟那个腻歪一段,容易出事。谁知道那些被选对象心里怎么想?年后飞行员走访,我让教导员专门去过于庚家,了解了些情况。他家很有钱,别墅大院,搞花卉,承包鱼塘、虾塘,去内蒙古种油菜,去山东那边种鸡头,也就是芡实。据说上海那边很兴吃那个,补肾壮阳之类的,挺来钱。去年他们家又开了酱油厂,销路很好。总之,他们于家在那片挺有名。跟他家定亲的是早年做生意认识的,有恩于他们家的一位姓黄的朋友。用于庹父亲的话讲:'别说于庹现在是飞行员,就是残废了,我们于家也不能主动解除婚约,我们不能让人家说我们没良心。他现在是军人,军人更应该讲信用!'你看看,人家拿这个堵我们嘴呢。"

"黄家那个女孩呢?又不是旧社会,她就那么三从四德,完全听命于父母,听从媒妁之言,放弃婚姻自主的权利?"我觉得于庹父亲真这么认死理儿,于庹肯定会为这事牵扯不少精力。

"那女的没见着,听说在天津读研究生。"

"高知女性应该明事理啊。我觉得这事不会那么难办吧,攻一攻黄家的闺女,只要把她的思想做通了,就好办了。"

"现在关键就是黄家女儿非常喜欢于庹!于庹的大姐说,要不是因为黄家女儿一直坚持,这回黄家也不会那么强硬,非要于庹五一期间回江苏定亲。"

"5月份回去,这怎么可能呢?!3月底我们就得走了,到那边没有一两个月根本回不来。于庹是这次任务选中的唯一一个90后飞行骨干。这事你们得赶快想办法平息下来,把工作往前赶。"

"可现在头疼的还不是黄家这事,前几天队里收到一封举报信,说于庹玩弄女性——"

"这又是弄哪出?你说这事会不会跟黄家定亲的事儿有关?或许还有别的女人,对他也抱着幻想,听说他要跟别人定亲,写信给他施压?虽说我跟他交往不多,春节也请他去家里吃过饭,可有一点我敢肯定,他不是那种玩弄女性的人。"

"没有写地址,后面也没写落款人。"

"会不会是发错了?信上还说些什么?"

"就是说于庹失信,不守承诺,还骗人钱财,玩弄女性啥的,没什么细节,都是大空话。"

"这就不好给人家定'玩弄女性'这个罪名了。你说于庹玩弄女性,得拿出证据来,空口无凭,张嘴就来怎么能行?——不对不对,说于庹骗人钱财,会不会是搞错了?他家不是很有钱吗?"

"是啊,信的疑点不少,指导员找他谈,问他是不是在地方的时候谈过女朋友,他说只在大学一年级的时候谈过一个,没两个月就分手了,也没再联系。问他是不是在哪儿吃饭喝酒,逗弄过人家女孩子,他说没有。他还说上航校的时候想谈来着,可没时间谈,学校也不准谈。到了咱这儿,天天忙成啥样不说你也知道,平时上街都要请假汇报,飞行的时候手机都要上交,统一保管,更别说处对象这种事儿了。"

"团里什么意见啊?"

老丁身子往后一靠,开始往身上摸烟。"这件事先放放,我们也不能光听那小子的。我让指导员近期再去于庹上大学的地方走访一下,尽可能地找找线索,比如他上学期间常去哪家下馆子,交往过什么人,平时花钱大不大方,看能不能摸到一些有价值的信息。"

"很好。东海任务还是让他去。思想工作我们继续做,也让他相信组织。"

"团里也是这个意思。于庹在他们那一批里确实是拔尖的,不比一些老飞行员差。飞行技术过硬,待人也很好,很善良。在团里大家对他反映不错。再有,他家那么有钱,是个富二代,可他一心想当兵。就这一点就挺让人敬佩的。指导员说,当年他为了转去航校,跟家里闹得很凶,甚至要断绝关系。最后,他的一位好朋友,也是老同学帮他做工作,他自己也保证,只要能上航校,就同意他跟黄家的婚事,他父母才妥协的。"

"为了上航校,他肯定是先答应下来再说,哪管日后家里跟他算账啊?!"

"可不。"

"他做得确实也值得。现在社会上有多少诱惑人心的地方，可他还一心向往军营，说明他是个有大情怀的年轻人。"我对于庹的印象不错，觉得他善良，也很单纯。

"军人都是有大情怀的人。"他冲我笑笑，又往身上摸烟，"'有灵魂，有本事，有血性，有品德'是我们当代军人的标准。可是，眼下除了高尚的情怀，还有一件棘手的事儿向你汇报。"

我看着他，意思是快讲。

"小东门外的商业街，有好几家还是不肯走。理由呢，说那片房子当初人家也是和出资方一块建的，又在营院围墙对面，中间隔着一条很宽的马路。人家认为从严格意义上说，不算是咱们这次军产清理的范围。"

"这我可说不好，反正该清理的你必须清理干净。否则，上面查验不合格，还是师里坐蜡。对了，小东门有多少咱们的家属啊？"

"不少。当初团里鼓励她们承包创业，也是变相安置她们，稳定军心。"

"效益怎么样？"

"一般。好的一年能挣个七八万，差些的一年也就三四万吧。"

我觉得这事不好办，尤其是牵扯到好几位飞行员家属。王团长为这事专门找过我，说有几位飞行员家属在小东门开了店，虽说挣不了几个钱，但离家近，孩子、家务都能照顾上。家庭稳定，他们飞得也安心。当然，部队家属出面，地方老板投资开公司的也有几家。现在上面要求清理，家属们就慌了，搞得大家心里很不安稳。老丁今天问这事，恐怕也有这方面的考虑。任务在即，后院绝对不能起火。

"要不这样，小东门商业街的事情我再跟师里商量一下，看能不能暂缓到东海任务结束以后。不过，你得有思想准备，商业街最终还是要收回来的，除非你不想干了。"

"是,政委。"他突然站起来给我敬了个军礼。

第4章　赵有信

周五下午我正在开会,官玉琪突然打电话,天塌了似的告诉我儿子恋爱了。她显然吓坏了,像遭受忠臣背叛一般惊恐不安。她的淑女形象早抛到脑后,那母狮般的咆哮,让所有在座的团常委都感受到耳膜的震动。实话说,听到这消息,我脑袋里也是轰地一下,被炸出一片苍白。春节的时候我俩还集中议论过这个话题。我说我相信儿子,只要他在感情上能平稳渡过,把心思都用在学习上,考上一本应该没问题。

"你不能盲目乐观,把高考像演习似的来一次推演。高考没有推演这一说。就那几次模拟考也是真练!稍稍松懈,就会退步。一本往下滑一点就是二本,三本跟没考上一样,只能复读重来啦。"这是她根据当前现实,一再跟我强调的。现在,危机终于来了。

"知道了,我在开会,一会儿打给你。"我沉着地扫了一眼周遭。尽管他们脸上此刻都显现出完全理解、体谅之意,可我还是觉得不应该,落座时先检讨自己忘关手机的事实。

"哎呀,不用往心里去,我们都理解。"王团长说,"我女儿考大学那阵子,也闹得凶呢,动不动就要一个人出去放松心情,搞得我老婆都快神经病了。今年春节回去找她谈了谈,却让她上了一课。她说:'你一个人在部队,家里老婆一人带个孩子,我考上大学已经很不容易了。我们好多同学,爸妈离婚,大专都没考上呢。'"

"人家赵副政委的爱人是教师,老师的孩子学习都错不了。你不用担心,那小子有精力谈恋爱,说明他潜力还大着呢。青春期,有点萌动很正常……"王团长又安慰道。

"我记得我们最后一天考完的时候,我们屋的几个谁也没回家,去外面小酒馆喝了好多酒,回宿舍把那些课本和复习资料全撕了……"政治处主任说。

"撕了也不好,万一还要复读呢?"老丁立马更正道。

"现在的孩子确实比过去的孩子难管,独生子女,家家都是一个,从小捧在手里,到了高中,猛地让他吃苦,他肯定不成。"参谋长也参与进来,弄得我更不好意思了。一个团党委例会,硬生生地加了高考的内容。

王团长冲我笑笑,把桌上的笔记本立起来,往桌上轻轻一敲,意思是该归正题了。

那天会后,我直接去了机场,兄弟单位有飞机在这边机场落地加油,我代表师里过去看看。团长明天飞行,我没让他来。我觉得既然在8团蹲点,就要像一块真正的料,得用起来。老丁这边负责接待宏宝集团方总一行,他们早来到团里,想聊聊下一步小东门商业街整改开发的事情。我觉得他们这时候主动找上门来是件好事,如果下一步方总的公司能率先把营区围墙这一侧的门面店撤走就更好了。老丁介绍方总的时候,知道他也当过兵,只是不明白他一个河北人退伍后,干吗跑到这儿开公司?宏宝在当地的营业额并不好,倒是招了几位团里的家属,为团里解决家属就业办了点实事。

等我忙活完,回到一天没落脚的家里,给老婆打过去电话,她已经快崩溃了。我看了下时间,儿子就快回来了,我们得赶在他到家之前商量出解决办法。

"他真的谈恋爱了吗?还是你自己觉得可疑,又发挥了——"

"你有病吗?我没事找事说他谈恋爱?你总是先入为主,以为我谎报军情,吸引你的注意力,其实,好多我自己能处理的事儿我都没跟你说。"

"好好好,对不起,你辛苦了,你说,我听着。"我得赶紧把她哄到常态。

"我也是刚刚知道。不过,他跟那个女孩到什么程度了我也不知道。

今天快放学的时候,我碰到他班主任了,就问了赵傲最近的情况,她说最近有点不对头。我问怎么不对头了,她才说了实情。你说这事多可怕,高考期间真是一点都不能大意啊!这就跟你们临战前一样,稍有不慎,就会搞得全军覆没。今天要不是我多嘴问那么一句,人家可能还不一定告诉我呢。"

"过程很清楚了,实情。"

我的声音严肃冷静,不容她继续发挥,她便把到了嘴边的斥责咽回肚里,接着说下文。

"他们班有个女生,父母刚离婚,整天在班里哭,没心思学习,班主任怕影响其他同学情绪啊,就找骨干开会,让大家多关心这位不幸的女生。按说这很正常,可咱儿子当班长呀,就热心地关心了一下,那女生就黏上他了。什么事都要找他谈,什么苦也找他诉,完全把咱儿子当神啦。班主任说起先觉得可能不是恋爱,后来听同学说,那女生现在跟咱儿子中午饭都不在学校吃了,经常去校外的麦当劳、肯德基吃饭谈心,还有人看到他跟那女生看电影啊,你想想,晚自习他竟敢出去看电影?不好——我的头又疼了——哎呀、哎呀——"

自从她生下赵傲,心情不好的时候就会犯头疼了。

看来这事没那么简单,不管怎么说,高考期间,即便再小的隐患也不能让它萌生,更何况他已经跟那女生一块吃饭,一块看电影了。一个人如果长期处于高压状态,稍有松懈之处,就会因享受那片刻的松弛,情不自禁地向往那种减压后的快感。"你也是,眼皮子底下还让他沾上这种事。"

"你以为我不着急吗?你光溜溜一人在外面,哪知道带一个高考生有多不容易?他脸上一阴天,我这边就下雨;他一刮风,我这边就海啸啦。哪像你?完全就是单身贵族的生活,遇到紧急情况跟你通报一下吧,你倒好,现在才给我回电话……"

"好啦好啦,你别生气,先渡过这段难关,以后我会弥补你们。"我认为当下还是维持稳定重要,得让她尽快安静下来。

"哼——"电话里传过这种动静后,她果真比先前缓和多了,"这可是你说的,到时候你可不能不认账啊!你得给我买好的,不能用大宝啥的糊弄我。"

"好好好。你找他谈了吗?"

"我正犯愁怎么跟他说啊?!我怕万一他们没这事儿,兴师问罪地对他,反倒提醒他了。你有什么好办法?"

"没什么好办法!直说。他是我的儿子,跟他用不着来那套客气的,得让他习惯我们,不能由着他的性子。还反了他了,我来说——"

"看吧,看吧,就知道你会这样。"她打断我,"你不能把你带兵的方法用在带高考生上。你知道他心里现在想些什么?你知道你们的兵接受这种管理方式吗?你别忘了,他们在家里也是父母的心肝宝贝,你们不能整天吆三喝四的。我们还不清楚他跟那个女生在一起说些什么,究竟有没有做出超出朋友范畴的事情,你就嚷嚷,把他往那上头引——他们班主任带过多少届高考生,在我们校是数得着的老师呢,人家都没套出点什么内情,你让他给你打电话能解决什么问题?"

真是什么话都让她说了。可有什么办法?看在她天天跟那个高考生在一起,只能原谅她,继续听她讲道理。

"一说你就急,我们得想办法,得动脑筋,不能硬来——"

"照你说就是跟他耍心眼呗。"我压住火,解开脖子下面的两个纽扣。

"该耍就得耍啊,现在看,我们耍得还很不够!现在的孩子,营养都太好了,都养成机灵鬼啦——"

"你有对付机灵鬼的办法了?"我突然被她给逗乐了,觉得其言极是。

电话那边突然没了声音,过了一会儿,我听到哭泣后吸鼻子的声响。她哭了。

"别这样。咱们得稳住,现在还没搞清楚,咱们就先垮了可不行。我觉得你刚才说得很对。一会儿等他回来,你先侧面问问他?要不呢,我装着什么也不知道,打过去问问他?"

她没有马上回应。电话里又是一阵窸窸窣窣的响声过后,她才慢吞吞地说:"我在想,如果他真的谈了,问也是白问。"

"等等——有人敲门。"我把听筒移到一边,果然听到敲门声。

"先等一会儿,我看是谁。"我放下电话。

来人是于庹下团时改装的带教师父,人高马大,说起话来总是自带音响效果,东北汉子梁立生,大家都叫他大梁。

"有事?"

"政委,我想跟您聊聊。"大梁开门见山。

"好好好,快请进,我也想找时间跟你聊聊呢。"我把他让进屋,往电话跟前走的时候,心里琢磨着他到底想跟我聊啥。想到团里最近收到反映于庹的匿名信的事儿,我觉得不如给官玉琪吃颗定心丸,先稳住她的心。

"官老师,这事你不用管了,我来处理。不会有事的,你要相信咱儿子。"

她那边显然被我突转的话风弄蒙了。怕她再打来,我把电话有意放到占线的位置。我必须稳住她,否则等儿子到家,娘儿俩谈不拢,闹出事来更麻烦。

我做这些的时候,大梁在环视客厅、阳台、厨房,他一边看,一边自顾自地叨叨:"这么简单?以前我去过蹲点的师首长家,虽说也没多么豪华,可家具啥的都是统一配好的,水果香烟茶都不算个啥,你看你这儿,啥都没有,得亏我自己带了水杯。您呀,真是我党廉洁奉公的好干部——"

我从书房给他找出半盒抽剩的香烟,又不想让他在屋里抽,不然搞得一屋子烟味儿一会儿睡觉呛人。

"不抽了,嗓子有点干,一会儿还得回团里。"他恢复了说正事儿的腔调,在我左侧的单人沙发椅上坐下来,"我是为于庚的事儿来的。于庚到8团后一直跟着我,我对他也比较了解。多了我也不说,说多了是废话。我今天到这儿就是想告诉你,我敢拿我的党性替他担保,他不是那种玩弄女性的人。"

"拿党性为这事担保?"

大梁微微一愣,没想到我会这么问。"对我来说最值钱的就是这个。不是我说大话,我要是没有党性,工作就没了,政治上也完了。对于庚来讲,党性也同样重要。这次东海集训,他是唯一入选的90后飞行员。这时候突然来了封匿名信,说他玩弄女性,搞不好是有人故意使坏。至于他家那门亲事,他从没同意过。我觉得组织可以出面帮帮他,去做做那位姑娘的工作。"

说这话时,他的目光紧紧追随着我,像在试探我的底线。这帮老飞行员才像官玉琪说的,精猴子一样。我没急于表达自己的观点,让他接着开炮。

"于庚从不把我当外人,有些话还是跟我讲的。他家就他一个儿子,他上面两个姐姐都出嫁了。现在大姐一家跟父母住在一起。前些年,他父亲怕这么大家业只有一个儿子不保险,跟他母亲去香港搞过试管婴儿,没能成功。他父亲很崇拜飞行员,说他要真能当上飞行员,比他这个土财主强出不知多少倍。"

"这些情况团里掌握吗?"

"恐怕不知道。为了于庚的进步,他家里也不可能把这种事告诉他的领导啊,这不跟告儿子状一样啊!我问过那封信,他挺苦恼,说虽然接触女孩不多,可坏人好人还不知道啊!他说不会交那种能给别人发恐吓信的女孩。上高中的时候,他就被家里盯得很死。上大学后,也没放松,甚至比高中还严。他家里人怕他在大学谈恋爱,每回学校放假,都早早跟学校老师打听清楚,到学校接他回家。"

想起于庹跟那个女孩被堵在桥洞里,于庹对那女孩的反应,我就知道大梁并没说过头话。

"虽说出了这个事,东海集训还会让他去。越是这种时候,越是考验人哪!一天为师,终身为父。你这为父之人可得把他管好喽——"

"那是必须的。政委,我今天找您吧,就是怕于庹被不明真相的人给折腾了。其实挺好的一个小伙。您也别担心,没准儿这里面有什么误会,或对方搞错了号码,发错了也说不定。这年头屋里待着啥事不干,躺枪的也有啊!"

"你说什么?短信?不是在纸上写的信吗?我想到老丁说的匿名信,难道不是一回事,还另有其人给他发骚扰短信?"

"纸上的信?没有啊。于庹过年后总时不时接到这类骚扰短信,怕有人恶搞闹误会,才主动跟指导员反映的。"

"我还以为是匿名信呢。"

"什么年代了,谁还写那种信。"

"这里面会不会有啥误会,总不能每回都发错了。"

"我也这么想啊。"

"感情这东西最伤人。尤其是初次经历的年轻人,抗击打能力很弱,关键的时候一根稻草都能致命,让她什么也不顾——"我突然打住,想起当年跟老婆恋爱的时候,听说她和一位当水利工程师的老乡关系不错,对方还请她吃过饭。我为此很是吃醋,特意约她来宿舍质问的事儿。我说她心里另有其人,还是算了。她一听就急了,说谁有谁是王八蛋!见她反应如此强烈,我心里才稍稍松了口气。为了进一步试探,我故意装出失神落魄的样子。她被我逼得像只愤怒的小母鸡,在我旁边不停地转悠,颠三倒四地重复说她没跟任何人谈过恋爱,说我是她的初恋。我狠下心,偏偏不理睬她的解释,心想看她还能怎样。她却戛然而止,把窗户一推,指着窗外一字一句地说："赵有信，你要是不相信，我就从这儿跳下去！"我吓坏了，她的脸都不像人样儿啦，灰白的脸上像长出一层薄毛。我大气都不敢出，跑过去抱住她。她绷不住了，"哇"地哭起来。她哭了好长时间，我没让她跳成窗户，她也用行动表示了多么爱我。

"政委，您以前跟于庚认识吧？我记得您来团里第一次讲话，于庚跑去跟您打过招呼。"

我装作没听到他的话。我可以装作没听见大梁的话，可老婆的话真不敢装作没听见。我可不想让她低估了空军政工干部的能耐和水平。我得让她明白我有的是办法，可现在我脑袋里只要想到"早恋"这两个字，就像被炸透的油条，里外酥脆。

"大梁，我不跟你多说了。你是8团的老飞行员，又是大队领导，现在战斗机飞行员有多紧缺你比我更清楚。于庚家里的事情比较特殊，我会让团里关照。教导员节后可能还会去个别飞行员家里走访——你要没什么事儿了，我得跟我儿子通个话了，他最近有点心不在焉，我老婆都快急疯了，你来前，她正跟我诉苦呢。"

"您家不是儿子吗，男孩有后劲儿，只要他不谈恋爱，偶尔放松一下没什么的——"

他不说便罢，这一劝，却正好碰到痛处。看来，无论是儿子还是闺女，早恋就像毒药，仿佛随时能将孩子的智商化为零。"那好，我不留你了，以后有空来家请你喝酒。唉，你别弄那表情，要喝也得等过节放假允许喝酒的时候。"

送走大梁我就给家里拨电话，却一直占线。不知道是不是老婆又在屋里跟谁商量对付儿子的事情，拨她手机，直到铃声响尽也无人接听。我顿时觉得凶多吉少，继续拨，那边才显现接通的状态。

"赵有信——你干吗呀？——我这一身的浴液哪——"她很不耐烦地咆哮，整个人的状态完全是更年期模式。

"好好好,你先洗,洗完再打——"

"不用打了——我跟他说了,他说不可能的事儿,他只是同情她——"

"刚才咱家军线可一直占线,会不会是他趁你洗澡的时候,跟那女孩——"

"没有啊——"那边停顿了下,一个巨响无比的喷嚏声传过来,"是我把电话摘了,怕洗澡有人打进来他接电话,影响学习——"

"我要不要跟他再说几句——"

"不要,万一你没说好,弄巧成拙了呢?!挂了,挂了,我要感冒了,赵傲也跑不了。"老婆挂了电话。

我的满腔热忱被她打得七零八落。既然不用我了,干脆躲得远些,省得帮不上忙,还惹她心烦。这样一想,就觉得在她更年期即将到来的时候,我到下面部队任职,是件值得庆幸的事儿。男人惧怕更年期老婆,不亚于每天早晨看到自己日益见少的头发。

周四下午快下班的时候,大梁手里拿着两盒龙井,毫不避讳,一路与人说笑着走进我的办公室。

"今年的新茶。清明前的,劲儿小点,口感特别好。"

我打开茶叶盒,取出茶叶包,用剪刀一边剪,一边开玩笑地看着大梁:"我看你小子有没有给我往里装什么糖衣炮弹。"

"政委啊,那是不可能的,您想多了。"他夸张地做了个扩胸动作,甩了甩手。

"干吗走啊?坐会儿。"我给他也沏了一杯。

"既然政委这么热情挽留我,我就坐一会儿。"大梁在我对面的椅子上叉腿一坐。

我小秀了一口,便觉一股清香沁入肺腑。"好茶,哪搞来的?"

"于庚给的。他姐夫家在浙江有片茶园,家里刚给他快递的。"

"是他让你送的?"

"不是。就四盒,他给了我两盒,自己留下两盒。"大梁直言不讳,倒显得我有些小气,"我现在封山育林,烟酒都不沾,现在茶也喝得少,就盼着媳妇赶紧怀上。"

"那是。孩子是头等大事,不能马虎。"我说,"上次回去,你们又谈了?"

"谈了。还是那句话,于庹不可能有那事儿。"大梁用力拍了下大腿。

"你也不要把问题想简单了,任何事情的发生也不是偶然的。"我心想,于庹跟你这么熟,也没把我们在庐山相遇的事儿告诉你。

"赵副政委,我一直想跟您说的,可没好意思开口。"

"这回终于叫对了。"我说,"想说就说呗。我听听是啥事儿?"

"如果东海集训有人坚持要撤换于庹,请您一定为他做主。"

"这话有点言重了。你不应该托付我这种事儿。你要相信组织就什么也别说,更不要误导于庹。谁也没有为难他的意思。上周丁政委跟我说到这事儿的时候,态度也非常明朗。既然你说到这事了,我只能请你相信组织,因为我个人永远不会凌驾于组织之上。把精力放在飞行上,放在任务准备上。拯救自己的最好方式就是证明给别人看,而不是用种种托词和猜疑去化解。"我听说过他去年因为提拔使用,对老丁有点意见。当时,他也是团参谋长候选人之一,不过老丁力推了现任的参谋长。

"我相信组织,但组织里的个别人我不敢恭维。"

"个别人从来也不代表组织,更没有谁希望得到你的恭维。省省吧大梁,哪来这么多个别人?!在我看还是沟通不够。这世上从来就没有需要战争解决的问题,除了政治。也没有生来愿意与人作对的刺儿头,缺乏的是真诚的交流。你拿来的茶我留下了,但你给的建议我保留。"说着,我拉开抽屉,拿出老婆春节来队时带的一盒石斛扔给他,"尝尝这个。"

大梁接了站起来,脸上也渐渐有了笑意。"谢啦。"他把那盒石斛往腋下一夹,撞出门去。

第5章 赵有信

我从早晨7点进场,一直在塔台上待着,坐得腰疼。快吃午饭的时候,丁政委上来喊我下去吃饭。以往这个点,他都会上来叫我一块去场站食堂就餐,可今天他一进来就把门带上,让我觉着有点不妙。

"赵副政委,有件很头疼的事儿,想来想去,我觉着硬着老脸也得跟你商量一下。"他把指挥台前的旋转皮椅拖到我对面坐下来。我瞅了眼四周,负责记录飞行架次的值班员和赶鸟队的战士都下楼吃饭去了。

"啥事你解决不了,搬我这儿来?"我给他递了支烟,他却放到耳郭后面,丝毫没有想抽的意思。他的两手撑在腿上,身体往前微倾斜,目光一直聚在我脸上。

"我就是个过客,一个即将卸任、完成了自己使命的过客。但有些事儿得处理,不能绕过去不是。"他淡然地感叹说。

"在这座营盘,我们都是过客,该落幕谢客的时候,就痛痛快快地走。"我不明白他这会儿怎么提起这个话题。B师由师改为旅,已是板上钉钉的事儿了。我们都是这一"改制"需要分流出去的人,何以谈得上他是过客,我是留守之人呢?即便我多留守一年,最终还是得走不是吗?

"你现在是贵客。"他说。

老丁比我大两岁,在基层摸爬滚打,从指导员一直干到团政委的位置。这两年进步比较慢,替官方揣摩的人认为:随着军队改革的日益深入,8团近年经常担负重要方面奔袭作战任务。尤其近两年,东南沿海美军侦察机和日本军机越界飞行,导致国与国之间关系态势紧张,8团赴东海防空识别区执行巡航任务也更加频繁。这还不算跨越宫古海峡、对马海峡等地的防空维权,以及体系远海远洋训练。这些重大任务都需要8

团有位经验丰富，熟悉基层官兵的政治主官。这是他在稳定军心，保证部队政治、军事不出问题，一直留用至今的主要原因。杂音是：他与驻地地方上的关系太多太杂。很多挠头的问题，只要他出面准能解决。尤其是团里飞行员家属安置，机关干部家属随军，以及子女就业，都是他出面与地方协调解决的。因此，有人说老丁经常借解决问题拉自己的关系，保不齐没有犯戒违规的地方。

"别酸了。有啥说啥呗。"

"赵副政委，不瞒你说，在8团这些年，还真没有难住我的事，我知道开这个口很浑，不懂事，但实在没办法，请你高抬贵手，当年就连咱师最难的师机关经济适用房批的那块地都是我跑成的—— 我不避讳，也没什么可避讳的。因为我清楚自己就是一个过客，就像书里、电影里，一个不起眼，却又有着承上启下用处的一个过客。我想说的是眼前有件事，真把我难坏了。你从北京来，这方面的消息肯定比我多，这种事到底有没有通融的可能，你得给我一个实心话，否则这事真不好办了！"

他来了那么一大段铺垫，我不得不开启全部思路，琢磨他要说的是哪方面的事儿。

"绕那么大弯子，不是你的风格啊！"我心想，如果他要提政策外的事儿，就公事公办挡回去。

"是这样，于参谋长家属原先是陆军401的内科护士，401撤销以后，她转业进了县医院妇产科当了护士长。二大队王涛的媳妇去年从四川随军过来，也安排到了县医院。"说到这儿，他从耳后取下那根烟。这会儿，我心里有点谱儿了，心想这事肯定与县医院领导有关。我把打火机递过去，老丁点着烟，猛地吸了几口，咽进肚里。"之后呢，又有一些家属和子女进了县医院，这里头不用我说，你也能猜到，这是人家县医院领导照顾飞行团，特意开的绿灯。如果说再过两年，可能啥事都没有，可今天上午，你看看。"说着，他把手里的文件递给我。

我翻了翻，是一份飞行团与当地一家公司签订的房屋租赁合同。那家公司在营门外开了家包裹快递。很显然，营区以及附近村庄与外界往来的包裹都由这家公司代理了。

"按规定来就是了，现在全军都在清退军产房屋租赁用房，我春天来部队任职的时候，咱们空军大院几个营门外的门面房全部清退了，差几年也不成。"我把合同递给他。

"这话的确不假。这是全军性的大动作。去年空军电视电话会议以后，我们就开始着手清退工作了，营门外总共有8间出租门面房，现在剩下的三间半，任你嘴说破了，答应给他们一定赔偿，都清理不出去。"

"赔什么赔？！这次清退地方各级政府也都下达了相应文件，目的就是防止地方不配合。这是全国范围的军用房商用租赁清退工作，不是哪家唱的独角戏，除了正常在合同里注明的违约金外，额外赔偿一律不给。"

"飞行团的经费一直很紧张，去年老兵退役、士官转业，想发个好点的纪念品都紧巴得像一周没拉屎，这回关键是你要不从经济上多给他一点补偿，他不干啊！"

"是县医院哪位领导的亲戚吧？"

"领导英明，这家公司的老板，正是帮咱团家属子女们安置到县医院的关副院长。"

我又翻了一下合同日期，还差一年零三个月。

"清退截止日期是什么时候？"

"年底。"

"离到期解除合同还差八个月呢。"

"是啊，这些天我掐着指头算也填不平那八个月时间。"他叹了口气，这时我发现他咽下的那几口烟，从他眼睛、鼻子、皮肤、耳朵以及身体的各个部位向外发散。此刻，他就像坐在烟雾中准备涅槃的老和尚，虔诚地等待涅槃的时刻。

"跟关副院长通过气了?"

"去年文件一到,我就觉得这儿绕不过去,特意去他家里拜访过。可人家说现在是法制社会,处理这样有合同保障的东西很简单,如果哪一方非要闹出点动静来,只能通过法律诉讼途径解决了。"

"他就这么有把握他能打赢?法制社会不假,可现在一切都要给军改让路,清退军队租赁房是全国性的大行动,你不要怕,这事一定能解决。需要的话,我们多跑几趟。"

"我相信工作做到家,这事最终一定能解决。昨天空军又开了全军电视电话会,点名批评了没有落实的单位,这次会议,空军定了完成清退的最后时间,有的单位领导还在会上做了检查。这是师里今天刚下达的指示,要求年底前必须清理完毕。"他把另一份文件递给我。

"如果我们坚持清退,他想要多少违约金?"

"正常合同的4倍。32万5千8。"

"这是勒索啊!要不给呢?我们的家属还能全被开除了?这事我觉得要跟县委领导直接沟通,请他们支持。"

"这一招我想过了,去县委找领导很容易,我最担心的还是飞行团的几位家属。关副院长到底会不会把事做绝了,我不敢预测,只是现在任务在即,这些事情就显得非常紧迫,容不得你有时间去琢磨,我是怕影响稳定。"

"反正他要这么多钱你不能给。部队又不是财大气粗的财团,任人宰割。"

"嗨,这些人占便宜占惯啦,有点荤味儿,就聚过来了。"

"要不这样,我们去给县医院送一面锦旗。"

"送锦旗?"

"对,送锦旗。我们感谢县医院这些年对飞行团家属就业、子女安置做出的贡献。"

老丁怔了片刻,脸上立即露出被人骗了的痕迹,然后,一脸坏笑地冲我竖起大拇指:"不愧是机关来的领导,高招儿就是多啊。这样一来,他想整治我们也不好意思了,老赵,你这是将了关某人一军啊!"

"我没那么阴险。"

"我这就让主任去办,明天上午就把锦旗送过去。"说着,他起身往门口走,才要出门,又折回来,走到桌前,摆出一脸谦卑的笑模样看着我说,"政委,你明天最好一块去,你是师首长,去了力度更大,效果也好。"

我心想去就去,正好也看看那位刁蛮的关某人长啥样。第二天一早,老丁在饭堂见到我就说已经布置下去了,主任吃过早饭就去县城,让他们加急制作。等一切准备完毕,我们就从这边出发同他会合。

我突然觉得这事还缺一个由头,不过年不过节的,猛地去地方单位走访,会不会让人家感到太突兀。

"平时飞行团有过这种走访吗?"

"昨天你说完这事我就想到了,没事,咱就说部队要有大的行动,维稳工作的需要,上级要求我们到军队家属比较集中的单位进行走访,希望他们给予配合和理解。"

我不得不服老丁想得周全。

下午快 1 点的时候,县城那边来信了,说一切都准备好,只等我们了。我和老丁带着宣传科的一位新闻摄影干事立马上路。路上,那位摄影干事保证照片不出半月就会在省报上登出来,说省报有咱团宣传科转业的干部。我们赶到县医院,老丁问是去关副院长那儿,还是去院长那儿。我说去院长办公室。

县医院院长见院办的人带着我们一行人呼呼啦啦举逆流而上的锦旗拥进他的办公室,有点蒙圈。他脸上还带着午睡留下的痕迹。他在屋里转了几圈,搞不清先对谁发话合适,只是一个劲儿地赔笑脸。这时,我发现老丁不停地往门外对面的办公室瞄,原来,那位关某人就在院长办公室对面的办公室。

见院长这种反应,想必以前部队的人来这儿很少进他的办公室。

"院长,这位是我们师赵副政委,特意从师里赶来的。"老丁郑重把我推出去。

我用力握住那位院长的手,觉得既要热情,也不能过于谦卑,我颔首一笑,客气地说:"谢谢院长这些年对我们飞行团的支持和厚爱。"

这回,那位院长方从梦中醒来。那保养得很好的脸上立时现出两团红晕,像是对自己不劳而获感到惭愧。这时,那位摄影干事不停地在他身边找角度拍照,他的表情就越发显现出神圣和凝重。

"这边坐,快这边坐。"院长说着,突然起身去了外面,喊来对面的关某人。看来,他并不想独吞这颗带刺的果子。

关某人随院长进来了,看到老丁,含蓄地招呼了一下,并没觉得多么在意,可看到我以后,他微微一愣,像是对不知底细的人本能的自我保护反应。

"你好,关副院长。"我起身迎过去,用力握住他的手,以我平生从未有过的热情说,"你可是我们常委会上经常说到的人啊!新时期的拥军模范。"

关某人显然没料到有我这样的人出现,讶异地张着嘴,谨慎地表示他的热情:"哪里、哪里,我做得还很不够。"

大家落座后,我讲明了这次慰问的背景和意义,阐述了当前国际国内形势对军队改革的重要意义,强调了目前部队备战的紧迫和维稳的重要性。院长很快就明白了我的意图,没等我说完,就招呼院办主任喊来各个科室的主任和一干他认为需要到会的领导。院里负责宣传的同志也到场拍照、摄像。一时间,这次敬献活动有了新闻发布会之嫌。总之,这次活动圆满成功,院长、关某人和各个室主任都表示支持部队,让部队放心,他们的家属在医院会得到最好的关照,他们绝不扯军队改革的后腿。

返回的路上，老丁一个劲儿给我戴高帽，说关某人临了跟他打招呼，脸都绿了。

"院长才是高人啊！他非常明白我们此行的目的。"我感叹院长把一个很简单的敬献仪式，推波助澜，发挥到了极致。这样，关某人也不好明目张胆，守着到会的科室主任，在院里公开打压部队家属。"老丁，你以前怎么不跟院长多来往呢？他可是个明白人。"

"谁傻吗？见过几次人家就打哈哈了。今天我们是直闯他办公室，你又以师首长的身份到场，按说你这身份，县里常委应该出面的，直接找到他，他心里能不明白吗？肯定是啥事在关副院长这儿卡住了。"

"那好，只要能给团里解决问题，我以后多跑几趟没问题。"

"政委，还有件事得跟你汇报。还记得上次咱们去南边范家村散步，我跟你说的那块地吧？"

"干吗，他关某人还想要那块地？"

"不是、不是，前几天小东门商业街的方总来了，他想把那块地争取下来，在那儿开个乳制品加工厂。"

"机场附近是不准畜牧放养的。"

"我知道，他们把牧场建在后岭那边的古马镇。咱这块地平坦主要是用于建厂房，下面好铺设管道。这块地是范家村与我们共用的，说白了它是块无主地。现在，方总已经做通范家村的工作，他问咱们这边能不能也通融一下，如果能成，他开业前就会接收我们因清退工作失业的全部家属和子女。而且，建厂期间就开始发基本工资。"

"可医院那边不是解决了吗？还有多少清退失业的人啊？"

"还有那么十来个吧。县医院虽说不敢清退了，可人家可以不收啊！咱们这儿就这么大点地方，县城离部队又远，孩子小的宁愿在家当职业主妇照顾孩子，也不会去县城打工，这对后面的'高知'家属安置会有影响。"

"这事得跟师里报告一下。你这边先别急着动。"

"过两天你不是到师里吗？这回你多住几天，好好给师长、政委呼吁呼吁，回来的时候最好有个准信儿。"

"丁万全，你这些天是不是一直在琢磨着怎么发挥我的作用啊？真是服了你了，你非得让我觉得这么惭愧吗？"

本周五按计划我要回师里参加民主生活会，8团这边近期的情况我也要汇报，还要结合实际情况，搞好自查和下一步个人整改措施。

下午快5点的时候，整理完飞行团近期情况和问题分析，我去操场那边转了转。天暖和了，大家现在都在室外活动。我也想活动下筋骨，瞅机会跟于庹聊聊。大梁最近频繁往我这儿跑，搞不好这小子真的压力山大。

于参谋长跟大家踢足球，我到的时候，上半场快结束了。于参谋长看到我老远就冲我招呼，我冲了他摆了下手，示意他继续。一旁记分的指导员倏地给我敬了礼，弄得我挺别扭。真不该提醒他叫自己副政委，让他想多了，每回见到我都如临大敌般紧张。

"赵副政委，一会儿您上吗？"他礼貌地看着我。

"不了。于庹没来？"

"他去招待所了，他同学来了。"他一边说，一边尽职尽责地扫着场地，给进球的一方记上进球。

"不会是航校的战友吧？"

"是大学同学，他们关系很好。当年于庹转航校，他同学帮了不少忙呢。于庹刚分来的时候他就来过。"怕我像上次那样批评他报告不准确，他有意详细地向我做了汇报。不过，这种刻意的更正，有对问话人敬而远之之意。

"他家最近常有人来吗？"

"没有。前几天他姐姐给他寄了快递。"他说着冲我笑笑。我立马想到大梁拿来的茶叶。

"他同学什么时候来的?"

"昨天。您找他,我这就让人去喊?"他拿粉笔那只手的食指和拇指用力搓动粉笔,指间全是粉笔灰。

"不用。"

离开操场,直奔招待所,我想看看于赓那位同学。物以类聚,人以群分,能处这么久,一定情趣相投,彼此当作知己。闲聊的时候,没准能摸到些真实情况。

飞行团招待所是一栋二层红砖小楼,一层多半给了士官来队探亲家属短期居住,里面配备炉灶、冰箱、洗衣机,后勤还安了公共电表,按实际耗损收费。二楼是招待所,也是按标准收费。原先的几个套间,现在都改成标准间了。我先在一楼转了转,去士官来队的各个单元房里转了转,那些家属或许觉得突然,表现得有点局促,还有的表现很警惕,对此次暗访多一副拒人千里之外的表情,搞得我就像个不受待见的推销员,站在门口说几句不疼不痒的话。

往二楼走的时候,我刚好碰到于赓跟他那位同学。于赓穿了件米色绵绸风衣,配浅蓝色修身牛仔裤,脚上那双万斯牌红白色球鞋让我突然想到儿子。儿子上高一的时候迷上了万斯,我还陪着专门去西单大悦城专卖店买过这个牌子的鞋。西单大悦城聚着好多20岁左右的年轻人,十七八岁的学生居多。他们逛完店便聚在一层大厅,津津有味地听一个外国乐队演唱中外名曲。

于赓的同学穿着跟他不是一个风格,有点韩剧男主角的衣着打扮。尤其是他上身那件薄呢修身外套和脖子上同色系的丝绸围巾,让人联想到白领阶层和高管等从业人员。让我不仅在感官上意识到代沟,还让我想到工薪阶层,80后、90后之类的词汇。

于赓猛然见到我有点吃惊,赶紧解释说明天休息,带同学去小东门外的街上简单吃点就回来。其实,他的解释是多余的,我天天跟班飞行,难道不知道哪天休息哪天飞行啊。他这样说显然与我生分了不少。我不想失去这个机会，想跟他好好聊聊，可又不能跟他们一块出去吃饭。师里的限酒令比空军还要严，待命期间节假日、休息日都不许饮酒。

"走，到我那儿去吧。"在我即将黔驴技穷之际，家里的两包五香花生米和一瓶带鱼罐头闪现在脑里，我及时发出邀请。对了，还有老婆前几天快递来的腊肠。一会儿再去服务社买点黄瓜、西红柿啥的，搞两个菜就得了。

于赓愣了。他扫了一眼他同学，又瞅了瞅我，对我的提议万般不得其解似的摸了下脑袋，皮笑肉不笑地说："政委，现在不准喝酒——"

"谁说喝酒了？"我说着从兜里掏出100块钱往他跟前一递，"别出营门了，你去服务社买点黄瓜、西红柿啥的，对了，你贵姓？"

"报告领导，我叫范小进。"他同学很机灵地转向我，屈身点了点头。

"噢，小范同学，你先跟我回去，帮我把米饭焖上。"

"哎哟，政委你这样说非把他乐死不行，还小范！我身边的人都叫他老范。小范，你可得好好表现，你要惹了祸，政委该记我头上了。"于赓突然间阴转晴，乐呵呵地冲范小进嚷嚷。

"你小子，啥啊！小范，我们走，我是副政委，你叫我老赵也行。"我让范小进先跟我回去自然有目的，想趁他们没串供前，从他嘴里问出点东西。

"是，赵副政委。"范小进很有素养地冲我屈了下身。范小进给我的感觉稳当老练，像政府部门那些老练的公务员，或大企事业的文秘、高管之类的负责人。

宿舍楼旁边的小树林春意正浓，此时，它们甩开秀发，完全投入春天的怀抱，将林子舞弄得一片盎然。只是树矮，走在里面，总让我想起刚抛入水中的鱼漂。要是再过些年头，树梢儿蹿向天空，有了苍穹的呼应、大地的衬托，这片树林会更加气势磅礴。脚下的小路，就是浓荫蔽日中，长满青苔的林中小径了。本来,我是想趁于庚不在身边,跟小范边走边聊的。可道儿太窄了,为了听清我说的话,他不时跟近来听,把我的鞋跟踩掉好几回,我就不好意思再说了。寻思等会儿到家,先把那些重要的事儿赶紧问了。

"部队给人的感觉就是不一样。青春、正气、勇敢、纯粹、刚直不阿——又有点'唬'的东西蕴藏其中,让你处处感觉到它的存在。"他似乎不想冷场,在我身后大声嚷着,主动与我攀谈,"于庚的选择没错,在部队确实比在家里好。虽然军人有好多不自由的地方,可正是这种不自由,让你有种说不出的神圣感。"

"你们很早就认识还是上大学认识的?"

"我们都是淮北的,从小就认识,是发小。"他有板有眼地说。

"你在哪儿工作啊?"

"一个企业里面。"

这回,他回答没方才那么透明了。显然,他想回避这个话题。

"民企还是国企?现在有些民企比国企还好呢。不过,国企稳定些,从长远看更有保障。"我故意装作不知,想慢慢探究下去。

"嗨,只要老板待你不薄,在哪儿干都一样。"

范小进对家务活很在行,而且,我才想说什么,他那边就张口问了。

"政委,有橄榄油吗?"

"有,在锅灶右上方的橱柜里。"我记得春节时老婆带来一瓶,让我煎鸡蛋的时候用。

"勺子?"

我把勺子递给他。

范小进慢慢倒了一勺橄榄油,倒入淘好的米中。

"没时间泡大米了,倒一点橄榄油煮出来的米饭又糯又香。"他一边做一边解释。

"你成家了？我看你做饭很在行啊。"

"老于庹不结婚,我怎么敢结?"

"他不结婚你就不能结啦？你们又不是兄弟。"

"从血缘上看我们不是兄弟,但事实上,我们比兄弟还像兄弟。"他冲我诡秘一笑。

"于庹和女朋友处得怎么样?"

范小进犹豫了片刻,像是拿不准怎么说。我便绕开话题,暂且让他放松一下:"我跟这小子还真有缘分,你知道我刚来8团遇到他的时候,他要不过来认我,我准认不出他来。这家伙变化太大了。"

"他也一样。他说那天您讲话的时候,他脑袋完全短路了。他给我打电话,说:'老范,你说我今生是不是命中注定要到空军。我在庐山遇到的那位恩人,竟然是我们师新来的副政委。当时安然叫他解放军叔叔,认为他是个当兵的,我还不信——你看,真见鬼了——'。"说到这个话题,他果然放松了警惕。

"我可不是鬼啊!"我暗自欢喜,心想他说的那个安然一定是在庐山叫我解放军叔叔的那个女孩。看来,于庹跟范小进关系可真不一般啊!于庹刚到我就给他打电话,可对手把手教他改装的师父梁立生,却只字未提啊!

"他那时跟现在——唉,不用我说您也清楚,完全两个人。他那会儿完全吓傻了,不是我低估你那发小,他连那个女孩,那个叫安然的都不如——"我故意重复那女孩的名字,想进一步确认。

"那女孩可不简单,后来我才知道她是北京重点附中的高才生。别看她年龄小,哎哟,知道的事可不少。学霸一个,台球打得也好,跟街上的一帮混混也敢打,还赌——"范小进鄙视的语气遇到我的目光,戛然而止。看来他对安然印象很一般。

范小进不经意间暴露了那天我走后的许多信息:一、于庹跟安然还在一起待过几天。二、他们还在街上打过台球。三、范小进也接触过安然。不过,后面的信息他怎么也不想透露了。

"你也去了庐山?"

"我后来去的。"

"那女孩跟她家人联系上了?一个小女孩遇到那样的事,没吓坏都算她幸运——"

"这家伙怎么还不回来?"范小进岔开话题,往窗外探了探头。其实,我家厨房窗外面是营区的北围墙,墙外原是一片农田,现在成了果园。果园后面有一条三米多宽的水渠,水渠后面是一大片稻田。

"于庚女朋友是哪儿的?谈多久了?"我认为指导员掌握的信息与事实有很大出入。

"这我还真不清楚。有女朋友可能是真,但到什么程度我不好说。"涉及感情话题,范小进有些吞吞吐吐。

"你跟他那么熟,不会一点不知道吧?他家里不是有一个逼他'五一'回去定亲的娃娃亲吗?"我觉得快咬到馅了,得在于庚回来之前问清楚。

"你们不都知道了吗?他们单位的领导为这事儿去过他家了。"范小进谨慎起来。

"那你说的是另有其人?"

"这我也不清楚,于庚在我们那地儿挺出名的,最近又上过报,肯定也有追他的吧?不过那些追他的人是什么心理就不好说了。"

"他跟庐山的那个女孩还交往吗?"

"没有。"范小进肯定地说,"那就是一次艳遇,过去也就过去了,属于人生花絮。不过——"

"不过什么?"

范小进看了我一眼,我有意回避他的视线,并不给他施压。我把一瓶带鱼罐头打开倒进盘子里。顷刻,一股深加工过的、掺杂了各种调料和防腐剂的温和香味儿弥漫了厨房。

"那女孩好像挺喜欢他的。"他果然放松了警惕,"可我问过于庚,他说不可能,她太小了,还说她有男朋友,出国了。"

"这就是她到庐山的理由?"我突然有种不祥之感。安然是独自一人去庐山的。

"这我就不知道了。那天于庚有急事必须先走,我只是匆匆去传个口信,与她见了一面。"

"你去传口信?为于庚?"我越来越觉得这里面有问题。

"嗯。他家人找不着他,给我打电话——"范小进突然打住,似乎觉出自己正往陷阱里走。

"他家人不知道他去庐山?"

"哎呀,这个说来话就长啦——"

"什么事说来话长啊?"于庚说着推门走进来,"老范,你该不是在这儿嚼舌根子了吧?"

"哪敢啊?人家政委问庐山的事儿。说怎么那么巧,在这儿遇到你了。"

"我俩缘分深啊!"我接过于庚手里的塑料袋,里面是几盒饭店炒好打包的菜,有的盒子菜汤都流出来了。

"去饭店点菜啦,不是说好在我这儿做吗?"

"这样省事。"于庚说罢去卫生间洗了手,然后去取盘子装菜,端到桌上。

"老实坦白!我不在都说我啥了?"

"我们干吗说你?你又不是什么明星。"我先打压他的气焰,然后故意当着他面对范小进说,"咱们相互留个电话,以后方便联系。"说着,我报出手机号码让范小进打给我,心想等于庚归队后,再约他出来谈谈。

"十四亿人我们能在一张桌上吃饭,这得多大的缘分。俗话说,救人一命胜造七级浮屠。虽说救命有点夸张,化险为夷总不夸张吧?那天,要不是我一人去派出所折腾大半天,快5点钟了才回疗养院,你们谁也跑不了,都得跟着去做笔录。可是,有的人说好来给我汇报的,几个月却不见人影。来我家吃饭,装得没事似的——"

"哎哟,政委您要再这么说,我就找个地逢钻进去了。"于庚双手合掌冲我直拜。

"别拜。你钻我家地逢,我还得重新花钱装修。你老实告诉我,那天走后,你跟安然都干了些什么?"

我冷不丁地将了于庚一军,他旋即愣在那儿。他看了范小进一眼,可一切都在我的视线范围内,范小进也不好明打明地给他使眼色。

"没干啥啊,就是跟她聊了聊。"于庚说着又看了范小进一眼,显然,他担心范小进跟我说了些啥,说到什么程度。

"坐吧,咱们边吃边聊,今天我就想听听于庚的《庐山恋》。"

"嗨,这可没有的事啊!哪有什么《庐山恋》啊?"他的脸一下子红了,"人家小姑娘有男朋友,我们只是难友。"

"那她男朋友跑哪儿去了,让一个小姑娘在庐山历险,万一出事了可怎么办?"

"嗨,这我哪知道啊?!不过,那个小姑娘脑子够用——"于庚没说下文。他飞快地瞟了范小进一眼,像在看图说话。

范小进着急了,他这会儿双手握拳放在桌上,那拳头因为用力导致手指关节部位缺血变白。我三番五次进攻于庚,眼瞅着于庚没有招架之力,他却不便帮腔,只能坐那儿静等事态变化,我就觉得不好再追问了。

"小范啊,吃吧。这么简单对不住啦。第一回见面,连个酒都不能喝,你先记着,等以后到北京,我一定请你喝酒,喝好酒。"

"嗯,北京有红星二锅头。"于庚闷声闷气地说。

我用筷子朝他眼前的碗上一敲:"红星二锅头怎么了?这是我们北京名酒。你这富二代整天喝 XO,喝茅台——"

"打住、打住——政委,您说的这两种酒我都不爱喝,也从没喝过。"于庹说罢,冲我做了个狡黠的表情,"告诉您个秘密,我从不喝酒。"

第 6 章　赵有信

凌晨 4 点多让尿给憋醒了,方便完回到床上就睡不着了。从手机里的懒人听书中找出《上下五千年》,听了不一会儿,电话铃响了,官玉琪同志翻山越岭来到我的床头。

"哎呀,睡不着啊,一直在床上靠着,寻思着快点天亮好给你打电话——你还在睡吗?"

"醒了。"

"噢,你在听懒人呢。"她的声音马上放松下来。

"有事吗?是不是那小子——"我把手机音量调小些。

"没事,他好着呢。"

"火急火燎的,还以为这小子又惹事了?"

"你能不能别把你儿子想成那样?他很优秀的。我告诉你啊,当家长的首先要学会欣赏自己的孩子,你总是瞧不起他,他怎么能有出息?"

"一大早的你该不是教我怎样育儿——"

"我就不能因为思念或是想念这类的事情,给你打个电话吗?"她打断我,"我睡不着的时候总在想,为什么不能把'真想你'这类话直接告诉你,非得藏在心里等着它烂掉。我想让你知道此时此刻这世上有人在想你,想念曾经拥有过的那些日子。"

我有点小得意,没想到她给我打电话是因为这个。

"尽管那些日子有争吵、有分歧,"她突然停了一下,像演员出场前飞快地检查仪容、调整表情似的又说道,"赵有信,你知道吗？我很久没像现在这样想过你了。现在我们距离远了,可心好像比以前更近了。我想你,我一直在等着天亮给你打电话,就是想告诉你——我很想你。"

我咽了口唾沫,本能地"嗯"了一声。

"你呢？"

"挺好。"

"我是说你不想我吗？"

"想。对了,儿子和那个单亲家庭的女孩断了吗？最近我这边事情比较多,也没跟你联系。不过,看你一直没来电话,心想你肯定把局面控制住了。"

她先是叹了口气,想必对我只说了一个"想"字并不满意。好在很快她又恢复了元气,自豪地说:"赵有信,算你了解我。儿子的事儿你就不用操心了,实话告诉你已经解决了。我这回逆流而上,为缓解他的青春期躁动,特意给他找了个年轻貌美的英语辅导老师,人民大学在读的研究生,一小时100块钱。"

"只要有效果就行。不过,现在姐弟恋也有啊！"我提醒道,担心儿子整天与美女打交道,小心脏受不了。

"这你就放心好了。那女孩人品挺好,也懂事,是个知道深浅的孩子。她来家上课,每回都为儿子延时一会儿,除了正常辅导,还教孩子怎么应对考试,怎么拿高分,把她参加高考的窍门传授给他,儿子挺崇拜呢——"

"崇拜？"我觉得有点夸张了。能让儿子崇拜的女孩长得啥样？三头六臂的小妖怪,还是穿着破洞牛仔裤的嬉皮士？

"是,崇拜。我知道你心里在想啥！人家初中、高中可都是在人大附中上的,还是尖子班的靠前的学生,你说儿子崇拜不崇拜？"

"既然那么牛,干吗不去清华北大？"

"她自己选择留人大的。我问过她,她好像不愿意说,我哪好意思问那么多？当回家庭教师，查人家祖孙三代。"

"那真不简单，长得好看，学习又好，将来找个好婆家，多让人省心啊！可咱儿子呢，从小学到现在，弄死我多少脑细胞——"

"你死的哪有我多！唉，不说了。人家的孩子再好也是人家父母自己修来的。咱们就继续耗损脑细胞修行吧。"

"等会儿该喊他起床了吧？"

"想让他再睡会儿，昨天晚上我睡醒一觉了，他屋里灯还亮着呢。"

"我不赞成晚上熬夜学习，其实把白天的时间充分利用起来绝对够用。"

"你别老把理论与现实硬往一块儿扣。这怎么可能？你放眼全中国瞅一瞅，高考生不熬夜学习的有几个？白天时间被各科老师占得满满的，只有晚上才能静下心来细细琢磨，哪一科不行再加把力，哪一门弱再巩固巩固。我觉着不管用什么方法，能考个好大学才是硬道理。谁不知道早睡早起的养生之道？可得看什么时候，马上高三了，高三是啥概念？对一个家庭意味着什么？你心里还不清楚吗？"

"好好好，不说这个了，我得起床了。"见她劈头盖脸又是一通说教，我先前吐露了那点儿甜言蜜语，顿扫全无。

"你呀，我算是看透了，一说不过别人就好好好，先不说这个了。总是回避问题，其实有什么事儿我们一起讨论就是了。你也可以摆出自己的观点吗。唉——算了，反正你一直这样。你起吧。"她的情绪也像是突然间降到了冰点。

"你快点叫他吧，别一会儿路上又那么赶——"

"哎呀，知道啦。"她很没劲地应罢，长叹了口气，"你的作息时间啥时候能恢复到跟全国人民一样，能有个完整的周末，而不是稀缺得如流星般的休息日？"

"那没办法，退休吧。退休就行了。"

"挂了挂了。"她彻底转回老婆模式。

改变生活其实并不难，为改变几个月来食堂那顿千篇一律的早饭，这个休息日，我决定搞点花样，点缀一下枯燥无味的生活。我烧了壶热水，把窗户全部打开，把客厅的花搬到阳台上，让它们经经风雨，见见世面。不知道之前谁住过这套房子，阳台没封，感觉很通透，比北京家里塞满杂物的阳台舒服多了。仔细想想，阳台最初的设计者就是让长期住在楼上的人与自然界有个互通的窗口，可城里越来越稠密的人口，越来越紧张的住房，让人心也变得贪婪了。有住房的人总是想尽办法倒腾出更多的空间，于是，封阳台就成了家装的首选。人们看似开辟了空间，实则却缩小了世界。

从橱柜取出老婆带来的速溶咖啡，洗好许久不用的咖啡杯，看了说明，取出一平勺咖啡粉，倒进200毫升开水，一股苦涩的浓香立刻充盈了精致的骨瓷杯，让原本冷清的久居单身男人的室内，突然间有了阴柔的温情。相随心移，境随心转。

认认真真地给自己做一顿饭，竟会改变心情，还能从中享受由此带来的生活抚慰。可惜没有面包，只有昨天晚上吃剩的葱油饼。我把冷透的饼在平底锅里热了一下，盛到盘子里，鸡蛋煎破了黄，淌了一锅，最后成了炒鸡蛋。等把这些食物放到桌上的时候，悄然间像回到单身时周边没有女人的年代。

我对咖啡并没什么特别感情，权当是另一种茶。可是今天，我似乎品出了咖啡蕴藏在生活中的气息，那股暗藏在苦味里的香味儿。B师副政委是我工作的全部，却不是我生活的全部，可现实却占据了生活的全部。在基层部队，生活就是工作，工作就是生活。这是我们那代人，或者说是所有公职人员的生存处境。

为了不破坏那股香味儿，我先把油饼吃了，把盘子里的碎鸡蛋舔干净。我有一顿在精神和肉体上都属于自己的早餐。一杯咖啡让我从生活的喧嚣中安静下来，我给了自己一个更宽广的思维空间。生活的泡沫与本质，世界的光怪陆离和荒诞虚伪，生命的追求与盲目的实践，男人和女人能否处于天平的两侧，家庭模式到底是约束人类的文明，还是推进人类的进步？国家教育与家庭培育的重合与背离，物质的侵吞与索取——我的思绪信马由缰地驰骋了一番，最终停在于庹那儿。

得赶在于庹去招待所前约出范小进。我把桌上的杯盘收到厨房水池，去招待所会范小进。如果他没去招待所灶上吃早点，就带他去小东门的小摊上解决。换上40岁生日时老婆送我的藏青色雅戈尔西服，照着镜子看了看。西服很久没上身了，肩膀那儿总觉着有层灰，弹又弹不掉，像是已经浸进衣料里了。再说，这样穿会不会太正式了，于是就脱了上衣，换上常穿的塔夫绸白、带衬里儿的夹克衫。

范小进看到我一点也不惊奇，完全意料之中的样子，可我深感意外的是他已经吃过早饭。

"干我这行的，睡多晚都得早起，这些年习惯了。"

"你到底是干什么的？搞得这么神秘。"我看着他梳理得一丝不苟的头发，莫非他是哪个界升起的新星？现在的互联网，一天之内可以造出种种明星。可他明确告诉过我他在企业。他的外套也换了，半身长的浅蓝色纯棉系风衣，衬着里面清爽浅绿色条纹衬衣，如沐春风。他的衣着给我的冲击，让我怀疑起官玉琪的审美水平。

他打量了我一眼，悻悻一笑，道："有什么神秘的，就是在老板身边混饭吃呗，像公职机关口中常说的那种'大秘'——也不太准确，不过，您能明白。"

"你俩今天有什么安排吗？我不占你太多时间，如果你这会儿没事，我带你出去遛遛，我发现跟你挺聊得来的。"

"没事，我也想出去走走呢。他们大队英语学习，我整个上午都是空当。"他痛快地说。

"于庹带你去过后岭吗？"

"去过。"他从衣兜里掏出一包烟递给我，"不过，那儿不是他喜欢去的地方。"

本来我不想抽的，可为同他拉近感情，得到更多于庹的信息，我还是从盒中抽出一根，借着他递来的火点了。戒了大半年的烟，这会儿久别重逢，那烟雾激动地在鼻腔里竟然没理顺方向，呛出一把泪来。

"有日子没抽了吧？不行就算了。"他善解人意地看着我。

"没事，就抽一根。你刚才说什么，他不喜欢去后岭？"

"嗯。"他踢着脚下的石子，慢吞吞地往前走，"反正今天有时间，要不我带您去那儿吧？那儿比后岭要远一点，距营房最南端还有三四公里。那里有条堤岸公路，很僻静，路的一边是成片的树林，树都是几十年的，另一边是河，公路地表高出河面近十米，在上面走走、吹吹风，感觉很舒坦。"

他说的地方离方总要建乳制品厂的地方不远。

"那会儿他刚来团里不久，我来看他，没事儿的时候我们就去那儿散步。"

"不瞒你说，我来这儿几个月了，后岭和你刚才说的堤岸都没去过。不过，我都曾经沿着那两个方向散过步，可没一回走到目的地。今天就跟你去感觉一下。"

"没问题。只是——"他突然停顿了一下，看着我说，"不过，我总觉得您有事要问。"

他单刀直入，反倒让我有点被动。既然双方都有准备，干脆挑开天窗说开算了。

"看来你跟于庹的确是好朋友。"我大步往前走了一段，范小进紧跟上来，生怕我忘了回答似的。

"于庹最近心情很一般。我这次来，一方面是他家人的意思，另一方面我自己也想过来看看他。春节后，部队又去他家走访了，他爸妈担心部队对他的事儿盯得太紧了,他思想有压力,飞行不安全,让我来给他松松绑。感情这种事不比旁的事情,真得慢慢来——"

"可时间不允许。如果他不是飞行员,他用一生去解决也没人管。可他是军人,是飞行员,他要时刻准备参加战斗,就必须身无挂累。既然你们是好朋友,我想你应该清楚他春节到底去哪儿了。他女朋友到底是谁?在哪儿?他们处到什么程度了?"

"不是我包庇他,这些事情我确实不清楚,他自己也很苦恼。就目前来看,他还真没有一个能到谈婚论嫁阶段的女朋友。老家的黄小姐他也从没同意过,只是黄小姐一厢情愿罢了。"

"那他为什么跟单位撒谎,说春节假期不回家是去会女朋友呢?"我飞快地往前走,仿佛只有这样,这个话题才不会中断。他在身后呼哧呼哧地跟着,不时为于庹辩解。

"既然挑开了,就不如把这事说清楚。你要说不清楚,让于庹自己跟我讲。有时候聪明反被聪明误。你恐怕还不知道,在我们空军部队,飞行员就没有秘密可言,这是他担负的使命的特殊性决定的。于庹是他们这批飞得最好的,也是很有前途的一位,我不希望他因小失大,在感情上犯糊涂,错失进步的机会。"

"您是不是言重了?"范小进突然改用"您"来称呼,像是有意与我划分阵营,"感情的事关乎人一辈子的幸福,怎么能说是小事?再有,个人进步比爱情还要重要吗?一个人为了政治上的进步可以牺牲自己的一切?如果这样,这种进步和机会我认为不如不要。"

"这是你的意思还是于庹的意思?"我停下来,转过身看着他。

范小进一脸被激怒的表情,他毫不让步地盯着我:"您今天找我来就是为了说这个?如果是这样,电话里就能讲清楚,犯不上浪费您这么多时间。"

"你误会了,我不是挑于庹的刺儿,我只是想让他在关键时候别犯低级错误。有些事情不要以为他不说,别人不知道,其实,有些事在他起心动念的时候,结果就已经种下了。"

"他不是傻瓜,知道自己的斤两。"他冷笑了一声,像是不屑于跟我谈这个话题,"其实,我这次还有一个重要的任务就是说服他,如果这里不合适趁早回家的。可这家伙变了。他不想走,他说自己从来就没想过离开这里。当初来部队是想逃避家里对他的控制,可现在不一样了。这小子完全变了。我们之间的话题也越来越少了,我觉得我跟他之间横亘了一大片禁区。这个禁区是他不能谈的,也是他的核心部分。我们现在能说的好像只是些皮毛了。他感兴趣的是他的事业、他的飞行,他事业中没有攻克的那些东西。可这些事情对我而言,则是名副其实的'雷区',是我不能触碰的。我知道他忌讳,所以也从不问他这些事情。有时候,我们就安静地坐着抽烟,半天谁也不说一句话。只有情感、家庭和旅行之类的内容,是我们尚能聊的。他好像真成了你说的那种为了使命,为了崇高的梦想,可以放弃生命的那种英模人物啦。这小子!哼——"他冷不丁笑起来,失控的声音让人毛骨悚然。

"你笑什么?放松点——咱们出来走走、说说庹的事儿,是关心他,又不是整他的黑材料。我一个来团里蹲点的副政委,我希望我手下的飞行员都在最佳状态,打仗的状态。更何况我跟他还真有缘分,这一点我非常珍惜。真的,从某种感情上讲,我还是很喜欢他的,飞行团很多人还认为他是我的什么人。我知道这是误会,可我从不去解释。我甚至希望这误会对他的进步有所促进,而不是袒护他的短,更不愿看到他心里藏个疙瘩,闷声不响地干熬。我想知道真相是想帮助他——"

"真相?你到底想知道什么?他的成长史还是他经历的那些不堪?打他进航校起,你们不都查了他 N 遍,家访过 N 次了吗?"

"我想知道的不在那些里面,可能我们今生的缘分让我觉得太奇特了。有时候我想,我自己到底怎么了,为什么对一个年轻人如此牵挂担心,生怕他有什么闪失,你不知道我再次见到他的那种感觉——"

"可你并没有认出他——"

"放在你,你能认出来吗?他完全变成了另一个人。我问他怎么到的空军,他说过段时间会找我,可他一直没来。是不是你提醒了他,让他不要跟我说太多,怕流露太多的信息给自己领导,日后万一有什么事,对自己不利,他才保持了缄默?可大年初一晚上,他突然敲了我家的门,当时我就感觉到他心里有事儿,可他装着啥事没有的样子。直到前些天,他们指导员从他老家回来,说他只有早年定亲的那位黄家小姐,可我坚信他有什么事儿瞒着指导员。你知道人年轻的时候就怕哪件事儿没想明白,走了偏锋。我一直想找他聊聊的,可又听说你来了。实话跟你说,我对你印象不错,也感觉你们俩感情很深。你跟他家关系也不错,可我不明白既然你那么了解他,当初还帮他去航校,可如今又为何频频拖他后腿?"

范小进闷头继续往前,我紧随其后,与他保持一两米的距离。我想让他放松点,我甚至想如果他不想说就算了,省得逼急了对于庹反而不好,等以后有机会慢慢聊。东海集训就是很好的机会。出门在外,任务之余,人与人之间更容易走得近些。

"小范,你看,对不住了。昨天晚上没让你喝一口酒,今天想跟你出来走走,吹吹风,还把你惹急了。好了,咱不说了,你放轻松,欣赏欣赏我们这儿的风景吧。"我敞开衣扣,让风涌入。

他像是听进了我的话,渐渐地也放慢了步速。他把风衣脱下来,搭在肩上,继续前行。可这回,他却主动地说起自己的老同学来:

于庹家很有钱,可他活得不自在,他家管他管得太严啦。从幼儿园到大学,他每天穿什么,吃什么,跟什么人打交道,他家人都给安排好了。他这人又随和,在那种环境下长大,都不知道反抗是什么东西。上高中前我并不怎么跟他玩,觉得他太闷,有点娘。他家人从小就给他灌输"有这样好的家庭要珍惜,要感恩父母,要把家族的生意延续下去什么的"。上高中后,我们接触才慢慢多起来的。可能他家人发现他总爱一个人发呆,有时候一天,甚至几天都不说句话吧,高一下半年家长会的时候,他妈妈找到我,让我多关照他家于庶。还说于庶喜欢我,我从不欺负他。她说于庶从小就内向,让我多跟他玩玩。我并没在意,觉得那只是家长关心孩子讨好同学的一种方式。可之后不久,上体育课跨木马,于庶找到我,他小时个子比我矮半头,一直在队尾。可那天他不知怎么就跑到前排拉住我,说:"范小进,你跟老师说说吧,我脚扭了,我跨不了。"

"你自己跟老师说呗。"我觉得这点小事犯不上让我出马。再说,我也不是体育委员。我把他往队列前推了推,让他快点跟老师说。他却转身抓住我的手,他手上全是汗。那一霎,我什么都明白了,包括他妈为什么跟我说那些话。我让他回到队尾,自己去老师跟前,说于庶脚崴了。我都不知道哪来的勇气,只想让他赶紧从恐惧中解脱出来。放学后,他早早跑到校门外等我,看到我后,把手里的一袋零食举起来,冲我腼腆地笑了笑。真是活见鬼了,我自己都不明白为什么看他那样,鼻子会酸酸的。

这次近距离接触后,我便一发不可收喽。有时候,我也扪心自问,是不是上辈子欠了他的。他呢,就像我亲弟弟一样进入我的生活,什么事都跟我说,包括他姐姐结婚送什么礼物,花多少钱都跟我商量。他像活在真空里,活在他富有家庭为他搭建的象牙塔中,以至于他的许多潜能和才智都没有在合适的年龄段被开发出来。或者说,他都不清楚自己有多大潜力,有什么才能。出生后,他就生活在一个设定好的模式里。

我们一起玩的次数越来越多,说不出他哪儿吸引我,有时候感觉他就像个姑娘,他那么善良、真诚、胆小、怕事、虚弱——有时候我甚至想把他变坏,让他学会坏小子能干的所有事儿,可我又不能。我经常吃住在他家,他父母对我非常好,也寄予了儿子般的期望。他爸还帮我家建起了养鸡场,帮我家联系好收购鸡蛋的糕点厂,平时跟他们家有往来的人家也开始买我家的鸡蛋。禽流感的时候,他家还进我家的鸡蛋。疫情最严重,统一宰杀活鸡时,他父亲还支持了我家30万,帮我们家东山再起。然而,时间久了,我才发现他是他,他家是他家。我不明白他父母那么能干的人,怎么会这么不理解自己的孩子。他在家里就像一只完全驯化的小狗小猫,直到高考一模后,他找到我。他脸色苍白,手像上体育课跳木马那天一样全是冷汗。虽然是盛春时节,他却像停留在年前的瑟瑟秋风里。

"小进——"

"说。"

"小进——"

"说呀。"

"小进——"他突然跪下了,"我想——我想你能不能跟我报同一所大学——我们上同一所大学。"我愣住了,那一刻我吓坏了,上大学又不是看电影,哪是你想上同一所大学就能上的。再说他学习比我好多了。

"胡说什——"我的"么"字还没出口,就断了说下去的念头。我看到他眼睛里浮起的一层水幕,随着眼球颤动坍塌成泪,绝望地流出来。

第7章 赵有信

他家强烈反对他高分却"下嫁"一般大学,怎奈他执意坚持,我俩最终还是一起进了南京理工大学。他选择了高分子材料与工程系,我选择了计算机系。刚进大学校门,觉得像从笼子里飞出来,他比在家时自由多了。毕竟独自在外生活那么久,他怎么也有自己支配时间的机会。那段时间,各个系都会组织新生联谊活动,于庹总是一呼即应。他在努力克服性格上的弱势,改变爱脸红的毛病,与人交谈时,鼓足勇气看着对方,甚至在人多的时候也敢说几句。总之,比在家的时候开朗多了。因为跟我上了同所大学,他家经常拿这事敲打我。他妈更直接,只要联系不上于庹,打给我的开场白就是:"小进啊,我家于庾当初要不是因为你,名牌大学都上了,你可得珍惜啊,现在像他这样的孩子不多呢。"我不能反驳,只好听着。来南京前,为了方便联系上我,他家还送了我一部手机。

"你可得盯好人家的儿子,手机可不是白给你的。"我妈也老这样说我。

我呢,谁都不怪,就是可怜他,答应陪他一起上大学。

没多长时间,于庾知道了这事儿,跟家里持续冷战了两个多月,拒绝接家里的电话,到哪儿去也不告诉我,弄得我很紧张。他家怕他走极端,就不再提这事了,可找不到他,仍打到我这儿。于庾功课没得说,学习上的压力并不大。他为人善良,出手大方,身边很快就聚集了一些朋友,其中,不乏盯着富二代、官二代的漂亮女生。

一天下午,第二节课刚上没多会儿,他就没心上了,跑来叫我去看电影。我觉察到他有心事,只是没到憋不住的地步。看过电影,他的心情也没好转,相反,全显现在脸上了。好像找我的时候,忧伤便开始在他心里的各个角落结起网来。那表情阴郁吓人。我怕他憋坏了,问他遇到什么事儿了。他也不搭理我,一直沉浸在内心的挣扎中。等到了学校大门口,他才黔驴技穷似的拉住我,羞愤地看着我,说:"小进,我一个朋友,亲了自己喜欢的女生,你说这算不算耍流氓?"

一听这话,我的心都快替他憋屈爆了。他啥时能从他们父母为他编的金丝笼里挣脱出来啊?别看现在他可以自由地走在任何一条想走的路上,想跟任何人交朋友,想吃任何垃圾食品,但仍有一个无形的手铐在铐着他。他父母对他多年的教育和训诫,让他已经习惯束手于手铐里了。

"不算!"我揽住他,像要安抚他战栗的灵魂。

他跟英语系叫鲁米米的系花暧昧了一段时间,我告诉他干那事要小心,别漏了子儿。他半天才搞明白我的话,非常生气地反驳我说:"鲁米米不是你想的那种女孩,她是虔诚的基督徒,没结婚是绝不干那事的。她那次能让我亲她,已经很给我面子了。"我一听就明白怎么回事了。不是我这人思想有多肮脏,于庹经常给这位基督徒买衣服、买名牌包和化妆品,请她吃饭和游玩,说白了就是她的一张大额支票。后来,我听说鲁米米在南大中文系还有一位诗人男友,经常带她去诗人们经常光顾的毛公酒吧。而且,她还跟本系的一位刚离婚的副教授保持着非常亲密的关系,有人看见她把带壳的毛豆带到课堂上剥好,课后去教授家为他做毛豆烧肉补身子。一个月后,我带着另一位美女帮于庹摆脱了那个女孩。

后来他家里不知道怎么知道了这件事,怪我为啥不跟他们通报于庹在学校谈恋爱的事儿。起先,我还以为他们怨我拆散了于庹的初恋,让于庹失去一次尝试实践爱情的机会。他妈却说:"你知道的第一天就该了断这件事,于庹的未来我们都替他规划好了。"

我非常后悔!早知道这样还不如让他们继续交往下去呢,或许,他会在一次次爱情的折腾中成长起来。直到那时,我才发现一个人在学识、体能或其他方面的成长还好说,但是,一个人在感情上的愚钝却不是那么容易开化的。他在感情上就像经过特殊染料漂染过的白纸,因父母在其身上加了过多的东西而失去了自我。我不管不问,任由他去了一段日子,他非但没有解脱,且又像回到从前的套子里。

他很痛苦,与其说帮他摆脱了鲁米米,不如说是鲁米米甩了他,又找到其他饭票更确切。他对她用情很深。他坚信鲁米米是个好女孩,说我误解了她。他与鲁米米分手后的那个周末,我请他到去小白羊吃火锅,我们开了一瓶洋河大曲。不瞒你说,那也是我第一次喝白酒。

起初,他看我给他倒白酒感到吃惊,还劝我别学坏了,实在想喝就喝点啤酒。他让店家拿走白酒,可店家是个老手,见瓶盖打开了,也说没事,先放桌上,最后一块退。后来,我们不仅喝光了后要的两瓶啤酒,洋河大曲也一滴没剩。买单的时候,店家打了9.5折,说:"恭喜二位爷们儿!"

头一回被人家叫爷们儿,就像受了上帝恩赐的洗礼。不知是酒起了作用,还是店家那句爷们儿。我们没回学校,也没有胆量去酒吧那样的地方。最近的酒吧离学校都有 30 多公里,出点啥事被学校逮住,挨个处分不值得。可是我们由衷的兴奋无处发泄啊!我们就去学校旁边的街边公园溜达,我们坐在树下的凉椅上仰望星空,拿出彻夜长谈的劲头谈他与鲁米米的事。

"你知道多少男人穷尽世上的灵丹妙药,就是为了让它金枪不倒吗?!你可真够窝囊的,守着身边花枝招展的鲁米米不上,你可别再犯傻了,再这样下去没准就变成太监啦——"我真想把世上所有难听的话都泼给他,挖苦他,取笑他,让他受尽羞辱,可我又做不到。我觉得他太可怜了。

我木然地望那片夜空,无力而虚伪地拍着他的背,诧异自己怎么跟这种奇葩交上了朋友。

"说心里话,跟鲁米米那样的女孩结婚,将来一定会很幸福。她那么聪明,长得又好看,她不可能是那种脚踩两只船的女孩,她一定是遭人妒忌,遭人陷害的,就像网络暴力一样,只是可惜了这个好女孩。"

他还在想着鲁米米,不肯向现实妥协。我嘴上支吾地回应着,心里却禁不住流泪,有种冲动让我想保护他,让他远离伤害。我觉得他那么脆弱,那么无辜。如果没有我,他被他家人安排的人生又会是怎样呢?我越想越替他感到不安。因为,我正在把他往另外一个世界引领。

大二上半年,他迷上了足球。尽管他踢得很烂,但在争抢冲撞中,他似乎获得了快感和勇气。秋季运动会的时候,他甚至参加了运动会,报了跳远和标枪。尽管他在预选赛上就被刷下来,可那段时间,课上课下,看电影逛街他都穿着耐克或阿迪达斯的运动服。他很快乐。他变了,有事找我不再喊"小进"了,张口闭口都是"老范"。好像我在他眼里也变成另一个人,一个叫老范的成熟男人。

他家为他的变化感到欣慰,认为他越来越像个男子汉了。只是不久,他的叛逆期也随之降临,他对家里不再言听计从,暗暗开始反抗。大二寒假,他突然跑到我家,那沮丧不安的神色,一看就知道出事了。他匆匆跟我母亲打了招呼就钻进我的房间,把门关上,话还没说,眼泪就先落下来。

"老范,我这回遇到大事儿了!你必须得帮我,我要离开这个家。"

我知道他迟早要爆发出来,可没想会这么快。我问他怎么了,说来听听,看有没有可能说通家里,让他父母妥协。

"没门儿。从一开始他们就设计好的。他们让我明年夏天跟黄家的女儿结婚。你想想,我大学还没毕业,他们就让我结婚,你说我是不是应该请全系喝喜酒啊?我从出生就被他们设计了,我来到这个世上,只是为了满足别人的愿望,满足父母的一己私利。我对黄家那个女人一点兴趣都没有。就因为上次她来我叫错她的名字,她家人又催起我们的婚事儿了。你说,我跟一个连名字都记不住的女人结婚,能幸福吗?如若这样,那我跟一个行尸走肉有什么区别——我就是一个会说话的行尸走肉!"

他像疯了一样,一会儿大嚷大叫,一会儿低沉呢喃,我爸妈吓得够呛,担心他是不是疯了。我妈怕他家怪罪,让我赶紧跟他家里说一声。我说不用,我自己就能解决这事儿。其实,我心里一点谱都没有。

我们学校也有不少有钱人家的孩子,可于庾跟他们截然不同。我从没见过像他这木讷迂腐又敏感多疑、有些神经质的富二代。

"老范,我不能再待下去,我得离开,姨娘,你别阻拦他啊,范叔,小进是我唯一的希望了,他要帮不了我,我只能死了……"他颠三倒四地嘟囔。

"可你又能去哪儿?!"我想着接下来怎么办。我了解他的脾气,但凡他这种表情来找我,肯定是到了底线。可我一想到他苍白无力的生活自理能力,又替他发愁。

"我想好办法了,我转军校,只有那儿是我家够不着的地儿。去年咱校就有转部队院校的,理工类的课目和公共课目还能转学分,我来前跟系主任已经说了,他说今年空军有所航校接收——"

"空军?就你这身体?"

"你不要被我的外表所蒙蔽,我体质还是很好的——我只是瘦一点儿。从明天、不,从现在开始我们就开始有计划地强身健体。你得跟我一块,没你我办不成——"

"这回你可别拉上我,你也给我点自由吧!我可不想去部队,那儿管得那么严,我可不想受那份罪,你觉得你行吗?"

"只要有一线希望,我都得争取。"他忽然停顿了一下,用那种可怜巴巴的神情望着我,说,"老范,我只有这一条路了。它关乎我的未来,我的一切。部队对你来说或许是约束,可对我来说就是自由,真正的自由解放。"

"空军是不是太难了,你就是报上名也不见得能选上吧?"我当时觉得他有点不自量力,可没想到他竟然真的被选上了。原先担心的体重也达标了。尤其是他的身高,还很适合开战斗机。这小子打定主意要走,他家里却一点消息都不知道。不过,有一点,是他没想到,就是空军航校政审、家访特别多。为了让生米煮成熟饭,他决定大二结束的那个暑假不回家,等到航校这边有结果了再说。

"政委,你不用惊讶,我知道你担心什么。航校最后的确是要家访的,可于虔早就想好了。他让我当他的全权代言人,帮他说服他父母。我留了个心眼,琢磨着先不说,让他先参加海选,反正当飞行员非常难,他就体检合格,也不一定能当上飞行员。他母亲一听这话心里就踏实了。跟我分析的一样,他父亲也觉得去空军当飞行员是不可能的事儿,结果就真陷进于虔精心设的局里。"

"只要让我参加,一切都听父母安排。但是,如果我身体合格,你们得答应我转航校。"

当我把这话转给他父母时,他父亲没有一丝怀疑,拍着胸脯对我说:"你告诉他,他要是真选上,我们还为他高兴呢。飞行员可不是谁都能当的。他要有种,能选上,我绝不食言,让他去!"

我不知道于庹给我演这场戏时，他的体检已通过半个多月了。于庹精心设局，瞒天过海，把他家给骗了，也没把准确的消息透露给我。这小子头一回对我"做了手脚"。大二快结束的那年暑假，正是他焦灼等待航校通知书的时候。为了让他家里放松警惕，他还遵从母亲之意，抽时间陪来南京办事儿的黄家小姐公事公办地玩了玄武湖、秦淮河，以缓和两家的关系。

"你为了脱身，把人家黄小姐拉进局里，万一人家将来知道你的虚情假意，由爱转恨，就吃定你了。"他变得让我都觉着陌生。

"到时候她就是吃定我也没用。"他自信满满地看着我，颇为得意地说，"航校飞行学员受训期间，按规定就不准谈恋爱。而且，有恋爱关系的也必须冻结。哈哈，这可是规定啊！"他说这话就像抱着一个滚烫的希望。我从未见过他这般神采奕奕的状况，就连他与鲁米米最热络的时候，也没这样过。他历经千难万险，好像终于找到一条通往自由的解放之路——新生之路。

暑假到来前的那天晚上，也就是他家惯常在第二天上午来接他的时候，他离开学校，谁都没说，连我都没告诉。说真的，我并没生气，自从他体检合格的事情瞒着我后，我就知道他有自己的秘密之窗了。我一直很同情他，觉得他活得憋屈。他能不辞而别，我替他高兴。可是，他家里却乱了套。没接到于庹，他们就直接找我。我佯装镇定，说他临时动意被一帮同学拉去旅行了。我说给我妈过完生日，我也去跟他们会合，他家人才放心了，说："那好，到时候你一定把他带回来。"

我之所以敢这样说，是因为我觉得他无论去哪，终归还是会跟我说的。或许是当天晚上，或是第二天，或是某个他认为合适的时候。可这回我低估了这小子。五天后，他都没给我发个信儿来。我给他打过去，总是关机的声音。我琢磨着他是不是亲自到航校，确定自己有没有录取了。他家人见我迟迟不动身，沉不住气了，每天都要打电话，问他现在在哪儿，为什么电话也打不通。我说我也打不通,他们一定是去凤凰古城那样的地方了,山区信号不好。

假期第二周的一个傍晚,他妈来我家,说于庹可能出事了。现在想,如果不是他在庐山遇险,或许他真会等拿到录取通知书才跟我联系。他担心我抵不住他父母的逼问吧。

他妈说打通过一次,但不是于庹接的,一个陌生的男人骂了句"去死吧!",就挂掉了,再拨过去就是关机的声音。

"他会不会真遇到什么事儿了?"他妈这么说,我也有点乱了方寸。可又想他不会跟别人一块出去。即使有别人,也不会是那种骂家长的朋友。

"赶紧报警吧!"我母亲插进来,她看上去比他妈还着急,"会不会他在外面被人偷了,手机在贼手里也说不定。"

我当他母亲的面儿,给于庹拨了电话,仍是关机的声音。

"太蹊跷了。以前,他从没不接我电话的时候。他很乖的。有时候我打给他,即便是上课,他都会出去接听,等我把话说完再回教室。这回,他好像人间蒸发了。"

他母亲哭起来,好像于庹真的遭遇不测了。

"哎,他不是让我跟你们说一声吗?不会有事的。我明天就出发!"我嘴上这么说,心里并不踏实。我怕他妈报警,又怕于庹真出什么事。为了安抚他母亲,我给与于庹打过交道的所有人打过一遍电话,包括"前饭票"持有人鲁米米。尽管,我知道这是徒劳,我不知道的事情,他们谁都不可能知道。可我却骗他妈说跟另一个同学联系上了,他知道他们在哪儿。

第二天一早,我拿着行李就去了火车站。我只能待在火车站静等他的消息。晚上,就在候车室长椅上打个盹。哪也去不了,只能被动地等他电话。我相信他无论去哪儿,终会跟我联系的,如果他还拿我当朋友的话。

夏天火车站内,馊味儿酒味儿卫生间的味就别说了,光人身上的汗臭混合起来就让人作呕。没几天,我去开水房接热水都被人捂鼻子躲避的时候,这小子电话才打来。这是一个陌生的北京电话号码,我还没来得及犹豫是不是谁打错了,就听到他有些沙哑的声音,像几天没喝过水。

"你这回也太过分吧?!让我替你顶雷,你自己跑出去风光,你还算不算人啊?你妈前几天晚上在我家哭呢,你知道吗?!你是不是又遇到什么擦屁股的事儿,才想到我啊!今天老子不伺候了,又不是你的用人,整天在我面前哭天抹泪地骗我,你的演技比专业演员都好……"我越骂越来气,差点把电话摔了。

"老范、老范——你先别吵吵,先听我讲。不是我不跟你联系,我刚才跟我家人说我手机丢了,其实是被坏人抢了。真的——我骗谁也不会骗你啊。不过,你别跟我家人说啊,他们不相信我手机丢了,我爸干脆挂我电话。我现在只能向你求救啦——我这好不容易借的手机呢……"

"你现在在哪儿?"

"我、我在庐山……"

"别骗我了,这是北京的手机号,难不成你在庐山旅游,人在北京给我打电话?"

"我真在庐山,骗你是孙子。"

"你本来就是孙子!"

"你消消气,求你了。你要不帮我,我只能找警察了——"

"行啦,行啦,等见面说,这回你不能骗我了——"

"你先打点钱给我。我爸只给我留了票钱,其他账户都冻结了。你赶紧给这个手机转点钱过来,我好着急,我必须在这里待到假期结束。"

"你不回来还让我汇钱,你爸妈知道了还不得废了我?!你先说这手机是谁的?是不是新交的女朋友?让我给人家转钱好替你赎身啊!"

"哎呀不是!没人绑架我。我的手机真的被抢了,我现在身上一点现金都没有。微信、支付宝里倒是有,可手机不是被人家抢走了吗?求你了老范,好人一生平安,帮人帮到底。"

"你说什么——信号一点都不好,你在庐山住哪儿啊?我可是跟你妈说过去跟你会合的——完啦、完啦,我还跟你妈说你去湖南凤凰古城呢——哎呀,信号不好,你发短信给我,告诉你的住址——"一有火车进站信号就像被冲击了,断断续续的。

"好,接头的地址一会儿我发短信给你,你一定多带点钱过来。对了,你现在就得给我转五千,否则,今晚我得露宿街头了。"

"五千?睡总统套房啊!"我挂了电话,立马去买到九江的票,因为需要倒车,我隔天上午才能赶到九江,等上了山,到了他住的地方,他家人也在那儿等着我呢。我不知道自己前脚离开,电话就被他家跟踪了,出这主意的是我亲妈。虽说他家盯梢我太过分,我可以起诉,但我从没这样想过。我大学毕业后就回老家,进了他家的公司,他父亲说我必须做出这样的选择,算是对于庹当兵的一种补偿。于庹如愿去了航校,我跟他父亲之间的契约他一点都不知道。他获得了解放,却让我痛失自由。这里面乐得合不拢嘴的自然是我父母。他们巴不得我在家门口上班,还能挣到这么多钱,可我没想到这里面会牵扯到一个北京女孩。

"这女孩一直在骚扰于庹,不停地给他发短信,让他饱受困扰,险些停飞休整,失去参加作战任务的机会!"我终于找到说话的气口。

"她骚扰于庹?"范小进眼睛睁得老大。

"我想知道,他离开庐山以后,有没有跟那个女孩继续来往。"

"不、不会——绝对不会是她。"范小进仍在琢磨我说的第一个话题,"我见过那个女孩,不瞒你说,我对她印象真的一般,可她也不至于做出那种事。于庹手机被抢后,她还帮助过于庹。于庹被他家人带走的时候,他让我去他们的住处,你猜怎么着,那女孩跟一帮混混在那儿打台球,还拉我跟她一伙,同那伙人对打。要不是我球艺精湛,那女孩搞不好还脱不了身呢。"

"混混?哪儿的混混?"

"还能哪儿的,小地方洗浴中心、餐馆、酒店门前都有摆球桌的,供消费者娱乐呗。我对打台球的女孩印象一向不好,不过她还挺聪明的。于庚让我把身上的钱都给她,好像受了她多大恩惠一样。我没有,我凭什么要给她那么多钱?!再说,前面已经转她手机3000块了,足够表达他的谢意。一个小女孩身上带那么多钱也不安全。我转达了于庚的话,让她赶紧回家。怕她以后再缠着于庚,我还说以后他们最好不要见面了。她有点不高兴,甚至表现出一丝敌意。她问为什么。"

"还用问吗?打他主意的女孩多了去了。"我说,"你知道啥叫'云泥之别'吗?"

她脸色立马变了,扭头走了。你瞧,我当时话都说到这份上了,他们绝对两清了。

"可给他发信息的号码都是北京的号。"

"不会。如果说她还在纠缠于庚,为什么在航校的时候没有一丝动静?况且,于庚上航校后还给她写过一封信,因为没有她的地址,直接寄到她学校的高中部了,可一直没有回音。"

"你有她的电话吧?当初于庚用那女孩的手机给你打过电话,不是吗?"我仿佛看到那些骚扰电话的源头了。如果这些骚扰短信,果真出自那样一个古怪精灵的女孩,不免又让我感到失望。

"打过。于庚没接到信后,问我有没有保留那个女孩的电话。可当初我只想让他断了与她的联系——因为在我看来,她只不过是另一个鲁米米罢了。否则,她不可能接我那3000块钱,你说对不对?"

"于庚也这么认为吗?"我想起那个遥远的夏日,我跟他俩以那种方式在庐山相遇;想到于庚与我告别后,去追那女孩的背影。可不像范小进说的,她只是另一个鲁米米而已。

"你说,我们跑这儿来,就为于庹最近的骚扰短信?"

"否则,怎么会劳你跑这么远来灭火?你毕业以后就进了于家的公司。他父亲人质般地把你拴在身边,目的就是为了拴住他儿子。你这次来,不也是为了于庹?你希望他在部队干下去,你也看到他干得确实不错。"

"你都知道吗?"范小进爬上堤坝,在路边的一棵杨树下站住。

堤下是波光微澜的河面,河对岸是一片片稻田,几只白鹭悠闲地在河中间裸露的泥滩上啄食,有点江南水乡的意思。

"也不是你想的那样,春节后团里去他家走访才知道的。"我说,"于庹经常来这儿吗?"

"也许。反正我每回来看他,这里都是必到之处。"范小进说着掏出烟,抽出一支递给我,我没要,觉得嘴里很干。他抽出一支自己点着了。

"于庹从航校回家,第一个变化就是抽烟。在这之前,他只是抽着玩,偶尔来一根。可那次回来,他完全是个老练的烟民了。"

"其实,谁都不敢说这辈子能不能碰上对的女人,会不会在这上头栽跟头。我媳妇曾经跟我说,现在男的不缺性,女的不缺钱,能找到步入婚姻,相伴到老的另一半难于上青天。这话有点夸张,不过,对飞行员来说,婚姻就像女人生孩子一样,是道大坎儿。飞行员是战斗力,飞行员的婚姻质量会直接影响到他的战斗状态。对时刻准备参战的飞行员来说,情感、婚姻能否稳定,是政治工作中的一项重要内容,希望你能理解。我们都是在帮于庹,不是为了整谁。更何况你为朋友,把自由都搭进去了。"

范小进低下头,感觉像是听进去了。

"在哪儿不是干?现在大学毕业有几个能找到称心工作的。"他叹了口气,将一只胳膊撑在树干上,"新年打电话的时候,还风平浪静着呢,春节前风向就变了。有一回飞行结束,他看到一个未接的北京电话,心又浮躁起来。其实那号码他并不熟悉,也不是发骚扰短信的那个号。他打过去,没人接。这个号曾经给他打过两次,他都在飞行,一次也没接着。腊月二十五的时候,这个号又给他发了条短信,意思是:'不识庐山真面目,只缘身在此山中。'我问他怎么回的,想起交往过这类人没有。他说一时还不敢确定。"

"春节期间,我打算等他回来后聊聊的,可他悄没声买了机票飞去九江,冒着大雪单刀赴会上了庐山。没多久,他打电话给我,说'老范,可能我真做错过什么'。"

第 8 章　赵有信

于庹去庐山,我的第一反应就是他去会那女孩了。想知道真相,除非他本人愿意说,否则,很难知道究竟发生了什么。老范说他从庐山回来后情绪很低落,总说自己可能做错了什么。他到底做错了什么呢?

周五早上,吃过早饭我从灶上直接上车,往师部赶,途经飞行员地面训练场,飞行员都在那儿演练了。地面演练很重要,地面演练得明明白白,到了空中头脑才能清清楚楚。于庹拿着一个飞机模型,跟大梁说着什么。车从演练场旁驶过时,于庹似乎不经意间朝这边看了一眼。可能他是无心的,也可能他认出这辆车是团里专给师里蹲点领导用的桑塔纳2000。

到了师部,刚好赶上吃中午饭。其间,一边吃一边聊,我就将8团目前棘手的军产房清退一事跟师里袁政委说得差不多了。

"送锦旗的办法好,我觉得还可以用几回。这是全国性的大动作,既要按政策办,也要灵活机动会做工作。有信不愧是大机关来的,点子多,效果好。前些年,有些人就爱捞部队的油水,尤其是家属安置,一让他们接收个人,就这那的来了。"

"现在好多了。以前为家属安置闹的笑话多了去了。咱师有位副主任,为干部转业,家属安置,子女上学,陪政府领导、企业老板喝了多少酒,一个月醉好几回。有年冬天,为一位飞行团副团长的爱人安排工作,请人家吃饭,回来的时候,车发动不了了,他让司机打了辆蹦蹦车回部队,自己守在车上待了大半宿。等这边人去接他时,他都冻得不行了。别说一个团的营区门外被那些惦记你的人盯着,你看咱师大门外那些大大小小的门面,哪一间房后面不藏着这样那样的秘密?我认为这次清理军产房非常之英明,让那些整天动歪脑筋的人彻底断了后路。为清退这些房子,我跟师长去过市里多少趟?人家客气归客气,承认有文件下发,可具体办事就不灵了。再说了,人家还朝我们诉苦,说这些年地方政府连年赤字,别看这些个体商户,还都按规定交税呢。亏损的都是那些大中企业,投入大,见效慢,一说一大通。"袁政委往嘴里送了口辣椒。

"小东街那边不比关副院长小舅子的快递公司,那儿是一条街呢。而且飞行团里不少飞行员家属在小东街从业呢。有的开了理发店,有的开了小吃铺,还有蛋糕房啥的。我听老丁说,从严格意义上讲,小东街外侧街道不算飞行团的地界,里侧贴着飞行团围墙盖的简易房就那么几间,由飞行团家属租用,并不在外人手里。你看这事上面能不能通融一下,算是解决咱们自己内部就业了。什么事都不能一刀切——"

"不好办。这事我跟师长表过多次态了。我们不怕得罪人,事关军队改革的大事,什么困难都要克服。这是一场革命,就难免会造成一些人利益上的牺牲。这种事无法通融,谁也挡不了的。"

"不是挡,只是稍微缓冲一下,往后稍拖一下——"

"拖多久?还是做工作,你跟老丁说,想尽一切办法也得把这事做通,这事没有任何商量余地往后推。"

政委说成这样,我还真不好往下死磕。我心里琢磨着老丁将要面临的种种困难和那些飞行员即将赴东海集训的事儿,就想到老丁让我问的机场南面方总看好的那块地。那块地或许能让老丁找到这件事的突破口。

"还有一件事团里让我跟您请示一下,看有没有可能。就飞行团南边那块地能不能拿来用一下,也好缓冲一下小东街的危机。听说那块地一直没有明确,既不是范家庄的也不属于飞行团。最初,这块地是为保证飞行安全预留出来的一块空地。也就是说,从某种意义上讲更偏向于部队这边拥有。半个月前,有位地方老总来看了看,想在那儿搞个乳制品厂,不养牲畜只做加工,建筑高度也都是一层,高度绝不会超过安全标准。"

政委干笑了几声,快速往嘴里拣了几粒花生米后,才放下筷子,说:"老丁打那块地的主意了?"

"他也是想把小东门的事情妥善解决吧,毕竟是牵扯到许多飞行员自身利益的事情,他打那块地的主意,也是没办法的办法。"

"那看他能不能说通范家庄的人吧。"政委从抽纸筒内扯出两张面巾纸,擦了下嘴,结束了这顿午饭。

我没把方总做通范家庄的事情告诉他,私心是想让老丁后面轻松些。政委的态度让我心里凉了半截,好在他对机场南边那块地也抱着侥幸的心态。饭后,我回老招待所休息,等下午的民主生活会。老招待所那儿僻静,一般都是下面团里领导来师部开会安排居住的地方。上面来工作组安排在新招待所。老招待所除了我住一个小套间,在7团蹲点的李副师长也占着一个小套间。李副师长是二婚,刚找的媳妇就是7团驻地附近一家本田4S店的经理,据说很有钱,每回开会大家总爱拿他这事逗乐:

"老李,你真是赚了,娶了位媳妇,也娶了位护士,还是位专车司机,听说接你下班都用上宝马啦?"

这些玩笑里,属师长说得含蓄。师长每回说他时,先是打量他一番,然后嘿嘿一笑,说:"你小子,现在天天有小媳妇伺候着,不能忘了那帮兄弟,你得把那帮家伙看好喽!"

师长说完,政委就开始做总结了。政委说:"老李啊,师长这是让你公私两不误呢。不过,我看主要还是把重心放在兄弟们身上。"

面对这些插科打诨,李副师长从不生气,非常大气地展示他的笑容。李副师长在飞行上是把好手,却没赶上三代机改装的机会,B 师换装后有一个团仍在飞歼 7,师里让老李盯着这个歼 7 团,直到现在。老李并没有懈怠,带着兄弟们研究出一套新战法,受到空军的肯定。否则,像 8 团这种三代机团,怎么也得让他去盯着。老招待所最后一个小套间让政治部欧阳主任住着。

欧阳主任在师里没要单元房,他已经买了经济适用房。调任 B 师后,他跟我一样,也成了"单身"。欧阳主任的爱人也是军人,在东部战区政治工作部电教室上班。女儿跟着母亲,平时很少到师里来,节假日都是他回去看母女俩。我们三人就常被政委戏说是 B 师的"三剑客"。

来 B 师报到后,我很快就去了 8 团,政委本来跟后勤部长交代了争取给我解决一套单元房,后勤部长说去年转业的马副政委房子还没腾退,屋里还有些东西。我知道要下团长期蹲点,就表态不要师里的房子了。政委说:"也行,你先住招待所吧,等马副政委退房了钥匙就交给你。"

我并没把这话当真,至于马副政委什么时候退房我也不着急。都要走的人了,跟人家屁股后头催房,也挺伤感情的。再说我又不想往这儿搬家,将来退了还得回北京。现在简单些,也省了将来的麻烦事儿。

每个老营区都有一条历经多年的主干道。B 师也是如此,那些从战火中走出来的老兵当年种下的树木,如今早已遮天蔽日,夏日里浓荫匝道。通往老招待所的道路两边全是几十年的杨树,树干底部长满厚厚的苔藓。立春后,雨水就多起来,不像北京,过了八月十五,雨水就少了,往往要等到来年春天三四月份,才会有像样的雨水从天而落。不过,这边才咬了春,雨水便接连不断,也让我这北方人感到不适应。这些杨树不是改良品种,到了春天还是杨絮满天,大雪纷纷的样子。有的杨树树干已经开裂,露出一道道黑黑的大口子,一如树魂出窍之处。树木往里两米处是一排冬青,冬青间每隔一段距离有一棵碗口粗的香樟树,到了雨天会掉下一粒粒树籽,踩破后散发出一股宁静的清香,让这座铁打的古朴营房多了些许灵动和温柔。

这条路很僻静,很少有队列在此行进。路的左边是警卫连宿舍后面的晾衣场,平时那儿很少有人。右侧有一个独立的院子是师卫生院。卫生院的院门离主路有十来米远。门前修了一个圆形花池,种着月季、芍药和迎春花。现在,那些月季开得正艳,在阳光下熠熠生辉。

主路的尽头连着一个下沉的五级台阶,台阶下有座四合院式的建筑,下了台阶往前走几步,就是招待所客房部的后门。客房窗户外面种了一圈冬青树,比路边那些冬青高得多。冬青后面的空地上经过布局的花园错落有致。龙舌兰在宽松的坡上把利剑刺向四周,旁边的牡丹、月季在宽叶草中立起窈窕之身,绽放花蕊。墙根儿有野蔷薇探出花枝招摇。一条碎砖铺就的小路穿插其间,由石榴、日本晚樱、雪松等还有我叫不上名来的树木护驾。冲着我窗户的是棵有年头的石榴,娇艳的石榴花经阳光透射,水灵灵的,能滴出水来。住我隔壁的李副师长还没回来,他很少去常委灶,回来就去空勤灶报到。欧阳主任去战区开会还没回来,他春节也没回家,政委让他在家多待几天陪陪老婆孩子。

房里阴冷潮湿,没一点人气儿。拉开窗帘,帘布也湿漉漉的。打开门窗,风却迟迟不来光顾。倒是卫生间那股掺杂了铁锈臭的秽气在屋内弥漫开来。上床躺了一会儿,觉着不得劲儿。床单枕头被褥,但凡碰到皮肤都觉得黏糊糊的,便没了睡意。把凳子搬到窗边,那儿空气要比屋里干燥许多。听了会儿懒人听书,电话响了。

"回来啦。"对方很熟悉我的去向,没等他第二句说出来,我就知道是组织局青年处副处长周鸣。他们局的处长位置也很紧缺,他们处长才提不到半年,可见他的处境一点不乐观。

"有啥指示？追到这儿。"

"当官了，打个电话都不行啦？想你了呗。"

"别那么肉麻，你小子想我准没好事儿。"

"干吗，回来参加民主生活会？"

"哎哟，你怎么那么清楚？看来我身边有你的奸细啊！"

"奸细个鬼啊！告诉你，我要走了。"

"你走？准备上哪儿高就啊？"原来他是向我报告升迁喜讯的。

"对，自己高就。我准备自主了。报告已经递上——"

"什么、什么、什么？你要自主择业？！"我没想到他要离开部队。

"嚯，看出感情深了。有这么惊讶吗？没错，我要自主择业啦。你们局也有自主走的，人家7级都不要了，选择了自主。"

"干吗这么急，不再待段时间看看啦？"

"看什么看，早走早点打江山。告诉你，这次给的待遇以后不见得能有了。我这水平的自主能拿不少钱呢，你这级别的能拿一百多万——"

"这么多？"军改的优惠政策，让那么多人提前做出选择，"师职不是不让自主吗？"

"这次允许，今天上午刚开完会，能落编的落编，不能落编的赶紧走人。这回技术7级的可以自主。也就是说，五十三岁之前的副师都可以选择自主择业。不过，你不要自主，将来当了将军，我们有点啥事好找你呢。"

我没想到我前脚刚离开，周鸣后脚就要离开部队，心里涌起一股说不出的悲凉。尽管前些日子嚷嚷了很久，等新编制的消息有几年了，大家都有点麻木了。谁知道新编制说到就到，识时务才说走就走，也不含糊。以后再回大院，想必认识的人就不多了。

"啥时候回北京啊？哥儿几个聚聚。"周鸣仍是乐天派的口吻。他难道不清楚在部队几十年，到了地方可是两眼一抹黑啊！旁观与身处可是两码事。他将来究竟能谋什么样的职业,效益如何,干得舒心与否,幸福指数高不高,就更难预料了。

"说不好啊,天天蹲在飞行团,不是飞行就是开会学习。你在基层干过,哪是想回就能回的?再说,回去多了,领导知道了该说你不安心基层了。"

"那也不能家都不要了。有信,不至于吧,你是不是看我要走了,躲着我啊?——"

"你还能再说得难听点吗?!我今天刚到师里,下午民主生活会,完后就得回团里。'十一'的时候看吧,争取回去一趟。"我嘴上这么说,心里却觉得归途仍然渺茫。

"要是你有时间可以来我这儿啊,我给你出路费,哥们儿请你——哎呀,干啥都行,就是不能喝酒了——告诉你啊,我们这边风景还是不错的,你来,我安排。我自己掏钱,你不用担心。"

电话那边长时间停顿后,方听他说:"我真想见见你,这些年,也就跟你能毫无顾忌地说说心里话,说实在的,我现在都不知道干啥好,我能干点啥?"

"那你干吗自主啊,就为那点钱?转业也行啊!"

"我这学历哪能比得过80后啊,宣传局一哥们儿,北大毕业的,考公务员考了第二名才进去,我们这些军校毕业的没人愿意要。有位飞行团当政委的朋友,前些年转业的,人家还立过二等功的,说好给安排个实职,可一晃七八年过去了也没安排,还是个处级调研员。房补、采暖补助都没有,说他们山区的财政没钱。我就一航校飞行员淘汰的本科生,地方谁要啊!我现在是副处,到哪儿都不好安排,还不如自主,拿一笔钱,找门路做点生意啥的,你说呢?"

我真不知道跟他说啥好,就他那脾气,做生意只赔不赚。哥们儿义气起来,家都恨不能让人搬走,这种人做生意?拉倒吧。

"走一步看一步吧,你同学中有做生意的吗?先跟人家学一学,好好琢磨琢磨,生意哪是那么好做的?炸油条、卖火烧你还得先学手艺呢,不是咱们想的那么容易。"

"也是。"他吐出这两个字后,又安静片刻,像在调整情绪,这种情况我来 B 师前也经常有。

"好了,你眯会儿吧,下午还得开会。"他又恢复到先前的样子,"嫂子这边有事吗?有事让嫂子言语声。"

"对了,现在非现役的待遇怎么样啊?不会是让你干几年,合同一到又不管你了吧?"

"这我可说不好,主要是不知道具体内容。你家有谁想应聘非现役吗?"

"官玉琪给儿子找了位英语家教,名牌大学毕业的,现在读研,想到部队来干。"我把老婆交代的这事略做了调整,怕照实说,人家嫌我们俗气。

"回头我问问,这年头愿意到部队来干的人肯定是错不了,更何况是嫂子看上的人。这事交给我了,等有结果我告诉嫂子,你甭管了。"

扣了电话,犹如漂浮海上,心里一片茫然。我把椅子又往窗前靠了靠,把腿搭上窗台,准备这样解决午觉。闭上眼睛,用意念让自己放松——放松——什么都不想,只需要睡一会儿——这办法还是参加十九大学习班时,干部局一个哥们儿告诉我的对付失眠的办法。试了几次,比数羊数星星都管用。

就在我朝着梦乡前行之时,一阵细微的声响引发了空气震颤,执着地传递着来电人的急迫。手机与桌面因震动产生的共鸣,如机场行李传送带上那只最重的箱包,等着给我沉重一击。我得在睡意全无时终止它。我侧身去够手机,却失去平衡连人带椅摔翻在地,才要发火,一声"爸——"让我没了脾气。先天的温情平息了心中的怒火。

"什么事,儿子?"

"爸！你这回真得说说妈,她又翻我东西,她真是太狡猾了。我到今天才发现她一直在骗我。说尊重我隐私,还给我的抽屉买了锁,其实她手里早就配好钥匙了。你说现在的人民教师让人家怎么相信她！这回,她翻完东西钥匙都忘了拔了——"

"打住、打住,赵傲,这个点你怎么在家里呢,你逃学了啊?"

"哎哟,我的亲爸啊,你要再这样我就没什么可指望的了。今天下午学校不上课,全是自习,老师让我回来了。"

"为啥老师单让你回来,没惹什么事吧?"

"爸,我在你们眼里就这么不堪吗? 你们能不能想我点好,你儿子也不是铁打的,也会生个小病闹个小灾的——"儿子像受了多大委屈,声音里有了哽咽的沙哑。

"病啦?"我心里的石头落了地。可转眼琢磨还是不对,要是儿子病了,官玉琪也应该跟着一块回来,"你妈呢? 没回来吗? 你一人在家,喝水上厕所多不方便——等我给她打电话,让她回来陪你——"

"你就甭操心了。我打球把脚崴了,过几天就没事了。我妈不让我跟你说的,可你看今天不是出了这档子事儿了吗?"儿子声音恢复了常态,果真不像发烧的样儿。

"脚崴了也不能大意,要是崴惯了,以后运动总是那儿容易受伤,伤筋动骨一百天,你要好好静养,听你妈的话——"

"她这样我怎么听她的话?"

"或许她是无意的,说不定她急着找什么东西呢?"

"她的东西也不可能在我抽屉里啊?"

"怎么不在? 她的心。她的心一直在你身上。原谅妈妈这回,她要是惯犯,就不会把钥匙留在上面。也可能她是怕你自己钥匙管理不好,搞丢了,预先为你保存了一把也说不定,你不要把她弄到对立面,先试着想想她是不是为了你才这样——"

"别说了,再说我都不好意思了。我怎么忘了你们永远是一国的,还跟你报案自找没趣!"

"你不能连我一起攻击了。你别急,要不这样,我晚上跟官玉琪同志好好谈谈,让她收敛些,行了吧?"

"哎、哎——我说爸,你不用这样。算我没说行了吧?以后我自己买把锁换上就是了。"

"行,我一百个支持!买锁的钱我出。"还是先稳住这小子的情绪。

"对了,还有,你告诉她,不要把那些乱七八糟的杂志放在我桌上。她也太敏感了。我也不是故意把床单弄脏的,再说,这也是正常生理现象——爸,你也年轻过,知道那是怎么回事,可我妈看到像天塌了一样,好像我不学好了,脑子里全是肮脏下流的东西——"

他话没说完,我就被"肮脏下流"几个字击中了。那几个字像空气里突然伸出的一记拳头,把我彻底砸蒙了。脑内的那些沟回被那股气浪吹拂后,仿佛再也不是气流冲撞前的样子了。官玉琪发什么神经,把这小子弄成一只愤怒的公鸡。说好了遇到什么事跟我商量着来的,尤其是儿子的事,我不在家,遇到事情一定要跟我通个气,你看她弄的,搞得我多被动。难不成儿子近来经常遗精才让她这么紧张吗?要么是这小子心里真有什么人了?

时间过得真快,转眼儿子也有这事了。我脑袋蒙蒙的,一会儿想这小子是不是跑马跑得过于频繁,一会儿又想是不是他身边真有让他心猿意马的女生了。我甚至想到官玉琪请来的美女家教。两人在一个屋里,坐那儿近,美女家教的眼睛、睫毛、鼻子、嘴唇、皮肤,包括身上的气味,可都在儿子的视线范围、嗅觉范围、心理萌动范围呢。

"爸——爸——在听吗?"儿子见我半天不吭声,唤了两声。

我清了下嗓子,回过神来:"你别怕,这是正常的生理现象。她是女人她不懂。"我不明白为啥要这样说。可直觉让我说了这样的话。那一刻,我觉得一个健全的男人比豆芽菜书生要重要。

"就是,你知道她有多蠢吗?还专门把那种文章翻开放在我桌上,好让我看见。我偏装着没看见。"儿子越发无法无天,竟然斥责起他妈来。

"你也得体谅你妈,那玩意儿确实很难洗,我洗过我知道。"

"大不了我戴上尿不湿,不麻烦我妈行了吧。"

一阵大笑冲出窗户,惊飞了树枝上歇息的麻雀,把初春里宁静的正午惊了个正着。我怎么也想不到儿子会说出这话,眼泪都笑出来了。我想象着他戴尿不湿的样子,就无法止住笑。

"爸、爸——你别笑了——"

"哎呀,你不用戴尿不湿。你妈也不会因为这个生你气。相反,她会为你高兴,因为你长大了。男人谁没遇到过这种事呢,处理好就是了。俗话说得好,日有所想,夜有所梦。你要是天天琢磨着考第一,考满分,这种事自然就少了。这你可蒙不了我。"

"知道了。"儿子恢复了平静,不多会儿,又问,"爸,你什么时候能回北京啊,就是回来了不再走了的那种。"

"想老爸啦?"我站起来,把胳膊撑在窗台上,"说不好啊,不过,我想也要不了很久吧?"我觉得这样回答他有点糊弄人,他会感到失望。儿子这样问,很显然希望我在他身边。可我不能骗他,与其让他在心里依赖我,不如自己赶快成长壮大。

"你放假了可以来这边啊!现在交通方便,通讯也方便,咱们可以视频,打电话。将来你要能考到南方的大学,我们见面就更方便啦——"

"不。"儿子打断我,"我还是喜欢待在北京。"

我有点意外,这小子难道不能装一下,非要这么直接。可见他还是个孩子。

"北京的大学当然好啦,北京的环境是哪也比不了的,有很多资源你可以利用。以后,遇到事先冷静一下,不要妄下定论。你毕竟是你妈身上掉下来的肉,她肯定非常非常在意你,才盯得那么紧。这一点我心里很清楚。她关注着你的每一点每一滴的成长进步。虽说有时处理问题的方式有些不妥,可她真心为你好。她也是头一回给人当妈,就像你头一回给人家当儿子,大家相互体谅吧。你心里要是还放不下,就给我打电话,什么时候都行。"说到这儿,仿佛提醒了我目前的某种境地。一股莫名的酸楚涌了上来,就像此刻轮到它们上场了。

"那她再翻我东西怎么办?"

"你藏好了,要不就别记日记了。那东西对你考大学并没多大用处,平时多写几篇作文照样可以练笔。你可以在手机的便签里记呀,写完了设置上指纹密码,保准谁也看不了。"

"你教我怎么弄。"儿子来了兴致。

教儿子设完手机开锁连接密码,起床号就响了。

"爸,不吹起床号,那些兵就不起床吗?"

"谁说不起。吹号意味着行动的开始,是集体行动的号令。好啦,我得去开会了,回头有事再说吧。"

"我们军训的时候不吹号就不准起。"儿子低声咕哝了一句,又道,"爸,你跟我妈结婚这么久了,你手机还设密码,是不是有事瞒着我妈啊?你可不能弄出绯闻之类的事儿,如果有那想法劝你赶紧拉倒!你整天不在家,我妈一人带我很不容易的,你可不能对不起她。"

我没理他,说了声"挂了",放下手机。儿子心情好了我也高兴,去卫生间洗了把脸,梳了梳头,琢磨着下午会后,还是给老婆赶紧打个招呼。结果,还在会上,老婆电话就打过来了。

"你是不是教他设密码了?赵有信,我告诉你,要是咱儿子有什么事儿,你要负全责!"

我那儒雅的老婆这会儿完全成了母老虎。那河东狮吼般的嗓音让会议室瞬间安静如水。坐我旁边的李副师长估计连她说的啥都听清楚了。

师长显然也被这突如其来的电话惊扰了,朝我这边抬了下头,眼神在我脸上驻足片刻,旋即又低下头看手里的学习资料。政委眉头微微皱了一下,仍将视线停留在十九大学习读本上,其他人也是一语不发,静观事态,可这突降的寂静让我越发不安起来。

第 9 章 赵有信

老婆这通电话让我在师党委会上很被动。前半段理论自学结束后,进入民主生活会环节时,轮到我发言,我先检讨了忘记关手机,违反会议纪律一事。我检讨时,室内突然间静下来,就像一群人正热火朝天地议论着,我一出现立马冷场的感觉。李副师长在桌下浏览手机信息,或许觉察到气氛不对,迅速把手机放进裤兜,抬头与我四目相对时,歉意地冲我挥了下手,说:"还有我,我也检讨一下,刚才没关手机。不过,有时候关了真怕飞行团那边有急事找不到我。"

李副师长说完这话,师长将身子往后靠了靠,瞄了眼政委。我觉得刚才李副师长说得恰到好处。一来为自己看手机做了解释,二来也为我做了开脱。

"老赵,这会体会到两地分居不易吧?你来后一直没回北京,盯在8团快一年了,老婆自己带着儿子,应对高考这种事很不容易啊!我看过段时间,能调开的话,你还是回家看看。"袁政委说。

"我同意政委的意见,回去看看。下半年如果有空就回去一趟,不一定非要等到年底。不过下回开会还是不要带手机,既然有规定,我们还是要按规定办,以后开会大家还是把手机放到外面橱柜里。去空军机关开会,他们都不把手机带进会场,我们也不能形同虚设。开会的时候跟下面交代一下,有急事打到值班室,大家可以去那里接电话。"师长并没有完全按政委的思路展开,说到这儿,他突转向我,打量着我问,"有信能喝多少酒？"

我有点蒙圈，不知他究竟何意。

袁政委插进来："你别吓唬人家老赵了，就是能喝也不能请你喝啊，他老婆又不在——"

"问他能不能喝酒，就一定要请谁喝酒吗？"师长仍是雷打不动的淡然表情，一丝微笑永远是他的标配。

"你馋酒了？明天去我那儿，我让老婆炒几个菜，叫上有信、老李去我那儿喝几杯啤酒咋样？明天是周末，可以稍稍喝一点儿，算是犒劳两位兄弟。"

"你自己想喝，从我们身上找理由。我问有信能喝多少酒，跟你请大家一点关系都没有。"老李说。

"你去不去，不去下一步不让你参加改装——"师长要挟说。

"咱别老拿这个说事行不行，我跟歼7待了这么多年，好不容易有了改装的机会，你不能断我后路不是。我离停飞年龄还差两年呢，这两年我带兄弟们上去打一仗——"

"打仗你得往后靠靠，我得让向辉先上。你先别吹牛，说，去不去？"师长继续打趣道。

"人家有信不喝酒。你就放心吧，用不着声东击西。"政委反驳道。他可是知道老搭档葫芦里卖什么药的主儿。

我这才明白师长这是考验我爱不爱喝酒，在团里犯了酒瘾怎么办。我赶紧表态，说："师长放心，我就是能喝也不会喝，况且我不会喝酒。顶多任务结束，团里庆功的时候喝一点儿啤酒，白酒绝对不沾。这里请师长、政委放心。"

"很好。8团下一步任务非常重，你在那儿给看好喽，不能出任何问题。"师长说。

"是！确保万无一失。"

"赵副政委都这样表态了,你就放心吧。"政委把笔记本合上,"不过,明天到我家,老赵还是可以喝一点啤酒的。"

"不了,政委,开完会我就回团里。"老招待所那股沉闷的潮湿气和卫生间的铁锈腥臭味儿,时刻提醒着我,那儿是许久没人住的客栈,还不如飞行团的宿舍楼有家的感觉,心里也踏实。

"不用那么急吧。"政委说。

"你就别虚情假意的了,有信,你走你的,这边有事随时说。"师长瞟了政委一眼。

政委颔首笑笑,对我说:"这家伙终于找到报复我的机会了。"

我知道他俩关系一直不错,在机关就有所耳闻。

"回就回吧,老招待所太潮了,我昨天还跟他们说过你们今天来,让他们通通风。这帮家伙搞不好忘了,上回老李那屋还漏雨呢。"欧阳主任住的时间长,对此感触更深。

傍晚,从灶上吃过饭,我直接回了团里。驶出师部大门,拐上省级公路时,西边天空完全暗了下来,暮色伴着雾霭变得越来越浓重。快7点的时候,老婆电话打过来。听我说正往团里赶,她有点不高兴。

"跟你说多少回,不能开完会就急着往回赶。虽说你们没有周末,可周六周日毕竟是国家法定的休息日,怎么也比平时轻松点不是?你是师党委班子成员,总不能班子里的同志不打成一片,还怎么在那儿混?你得多跟师长、政委交流交流,汇报汇报你的思想,省得到时候上面下去了解干部情况,谁知道你干得怎么样,能力怎么样,你得主动让人家了解你——"

"好好,不说了。"我捂住听筒,从后视镜看了眼司机,"再有一小时就到团里了,等到了我们再——"

"哎、哎——你先别挂!"她喝令我,"知道你不爱听,可爱听的不管用啊。我还没说完呢,有事跟你商量——刚才周鸣给我打电话了——哎,赵有信,你在听吗?"

"嗯。"我捂着听筒,怕她再叫。

"谢谢赵领导。我说刚才周鸣给我打电话了,招非现役的事情。说来也巧,今年你们战区也招呢。我跟那雅说了,她特高兴,说成不成都得试一试。"

"你别高兴太早了,万一不成,人家积极性受损,搞不好会鸡飞蛋打。"

"你以为人家就你这点觉悟?这孩子很不错的。其实她就是当不了非现役,我帮她在部队找个军官,不照样能在部队大院过一辈子?她谈过一个朋友,被人骗了,后来在庐山遇到一个——"

"你说什么?庐山?"我想到于庚。

"哎呀,一说庐山你就想起你们团的于庚,难道庐山只能于庚一人去吗?我是想,她要是能应聘上非现役,把她介绍给于庚多好,肥水不流外人田呀。"

"你先别乱扯,告诉我她在庐山遇到——"

"我有病啊,专问人家的伤心事。"

"你瞅机会问问呗——"

"哎呀,下回我再去你那儿把她带上,让你当面问行了吧?"

"别,你以为部队是什么人都能来的地方吗?一个家教老师,你帮人家应聘,还帮人家定终身啊?"

"这不为了儿子吗?这小子最近情绪还比较稳定,因为小于补课,他跟那单亲女孩也没什么见面机会了。我让小于有意安排在周二、周五晚上——"

"这要让他知道了,又得闹——"

"顾不上了!咱家得罪人的事不都是我做吗?你一年回不来一趟,总不能让你唱黑脸。"

我叹了口气,表示赞同。

"实话讲,我确实挺喜欢小于的,这年月像这样乖巧听话的女孩可不多——"

"有照片吗?"我突然想,如果真是在庐山遇见的那个女孩,我肯定能认出来。

"赵有信——你想干什么?"老婆阴阳怪气地问。

"没什么,就是问问。你既然觉得人家那么好,跟她合个影又何妨?"

"五一吧,五一去你那儿就知道了。"

"你别胡来啊——"

"官玉琪从不胡来。"

我老婆上头有两个哥哥,家里就她一个女孩,她一心想有个妹妹。嫁给我后,我下面是个弟弟,让她老失望了。没能圆上姐妹梦,可她女人缘好,结了一帮闺密,各种年龄段的都有。

"我琢磨好了,她现在研究生第二年,明年春天就毕业了。这段时间呢,是咱儿子的关键时期。有她盯着,我很放心。这小子亲娘的话总不如外人管用。五一劳动节我打算带儿子去你那儿一趟,家庭融洽对儿子也是个促进。如果她同意,我们一块去,一举两得。"

我没表态。离五一还有两个多月,期间除了东海集训,还有一次对抗比武。

"对了,还有件事,你原先订的《空军报》和《解放军报》还续订不?收发室打电话问了。"

"订吧。你作为军人家属,人民教师,不能光跟人家聊天扯八卦,得多关心部队建设。"

"我带好儿子,看好家,让你没有后顾之忧,保持后院安定,就是为我们家做大贡献了!"

"你也不能整天盯着儿子,把他弄逆反了,到时候你管不住他。再有,你老公还没离开部队,你就不愿意看军队报纸啦。看来你并不关心我的进步与否。"

"好好好,我订我看,一直看到你登报的那一天。你可得好好表现喔,就是为了我们娘儿俩,也得拼到重新回北京的那一天——"

我吓得赶紧捂紧听筒,生怕司机听到她后面这几句话。

"好了好了,先说到这儿吧——挂了。"我看了眼前方,柏油路面正像不断放大的喇叭,飞速向我延伸而来。上高速有一会儿了。

或许于庹啥事也没有,只是家里催婚催急了些,用不着有点蛛丝马迹就紧追不放。手机可以将全世界的人联系起来,不能用阴谋论去分析偶尔发错的几条信息。我想放下,可念头刚过,那事又紧着挂上心来。同一个号码不会在一个月内接连发错几次呀?范小进说过于庹春节期间去过庐山。可他回来后就来我这儿,有说有笑地吃饭,并不像发生过什么不好的事儿。或许他跟范小进说自己可能做错了什么,不是指男女方面的事儿。可他做错了什么呢?他心头压着的重负对他而言无疑是个威胁。这种威胁对他、对飞行团的稳定都是不利因素,我得尽快找到解除威胁的途径。

一年前,我一身轻松,毫无牵挂地来到 8 团。平时除了北京的娘儿俩分散了我一些精力处,在团里觉得还算轻松。来 B 师报到前,官玉琪怕我寂寞,特意帮我下载了些音乐。有帕瓦罗蒂的《我的太阳》《安魂曲》《今夜无人入眠》《女有善变》,李双江的《延安颂》《小小竹排》,李健的《神话》《传奇》,还有李健跟孙俪合唱的《风吹麦浪》。官玉琪还下了另外一首《延安颂》。演唱者是近年电视选秀推出来的一个男孩。她说不比不知道,他唱得比李双江差远了,特意下载了让我区分。

"他的声音总飘在嘴里。"她煞有介事地说。

我又不是音乐大赛的评委,哪能听出声音"飘"在嘴里是啥感觉,反倒觉得光头男孩唱得不比李双江差。那英的《雾里看花》听了一回就删了。还有一首近年火热的《洗衣歌》，也给插入其中。这些歌从头听完一遍大约43分钟，每天饭后散步听一遍回屋，刚好赶上看《新闻联播》。要是休息日待在屋里，每回听到《洗衣歌》里班长跟藏族小姑娘的对话，我就倒过来重新听。我发现每首歌在不同时间里听，感觉也不一样。晚上我爱听老帕的《今夜无人入眠》；早晨起来到院外散步，李健的《风吹麦浪》则是首选，阳光好的时候，我甚至会把它设为重复播放，直到自己脚步停歇。飞行的时候，晚饭在外场吃，饭后有一小会儿休息时间，我会沿着机场散会儿步。那时候放《传奇》《神话》感觉很不错。飞行结束从机场回营房，在车里打开李双江的《延安颂》，那一张嘴唱出的"离别三十年，今日回延安——"，会让紧绷了一天神经放松下来。

　　下了高速，路两边大片的农田多了，远处村舍的屋顶在落幕时分，显现出灰暗的色调，与掩映其间的树木融为一体。每次来往于师部与8团间，我都会看到这些风景，然而，一如既往地为生活在那里的人感到孤独。与以往火车旅行看到沿途山洼里的那些房屋、绿翠山野上点缀的农妇时的感觉一样。觉得他们在那儿生活一辈子是不是太亏了，他们知道外面的世界是怎样的吗？

　　"我真佩服那些山区里走出来的大学生，他们要比城市的孩子多付出多少努力，才能来到与时俱进的城市中。"有一回，我探亲途中，看着窗外山野上坐落的村舍感叹，"人真是在哪儿都是一辈子。"

　　老婆说："或许他们并不像我们想象的那样悲凉，如果他们根本就没见过外面的世界，也不会像我们这么多烦恼。"

　　"反正我不愿意在这样的地方待，连个麦当劳都没有。"儿子在一旁咕哝说。

　　"麦当劳有什么好，那些洋快餐都是垃圾食品。"官玉琪毫不留情地开火。她强烈反对儿子吃那种机械化生产的汉堡。

　　"要是垃圾食品，国家干吗还让开呢？如果我将来有钱了，一定在这样的地方开一个麦当劳,让这里的孩子也能吃到城里孩子爱吃的东西——"

"好啊,这志向不错。"我说,"先放下哪是哪类食品不说,就你这种善念就不错。"

再有十几分钟就到飞行团了,我很想回宿舍安静会儿,坐在沙发上愣会儿神,任思绪从四面八方涌来,然后,再像剥洋葱般将这些东西一一褪下,体味沉默在悄然中对灵魂的抚慰。

司机打开了音响,帕瓦罗蒂高昂的《我的太阳》,像一股怪异的山洪横冲而来,顿时搅得人心里五味杂陈。让他关了吧,怕他觉得自己专横,行驶到飞行团前面营区那条主路时,我提前下了车。

入春后,天黑得迟了。我想在小树林子里走一会儿,开了半天会,来回近四个小时车程也是坐着,得活动一下腿脚。官玉琪让我每天至少要走 6000 步,说:"这是底线,没个好身体,一切都是零。"

"乌龟不爱动倒是活千年。"我说。

"你这是抬杠。"她声音变得尖厉起来。

每每这时,我便会知趣地闭嘴。做了十几年夫妻,要说最深的体会,就是息事宁人。遇事得能忍,相互忍。

宿舍楼灯火通明。休息日,楼上的人们多是一家人集体出行踏青,要么逛街看电影,晚上这顿饭家家吃得都晚,而且隆重。空气里浮动着鸡鸭鱼肉烹煮后的混合香味儿,让我想到北京的家,想到餐桌旁的老婆儿子。以前这个时间,我从机关下班回家,老婆都在一米多宽的长条状厨房里做饭。

"有信,你什么时候能让我在开放厨房里为你们爷儿俩做饭,保准我的厨艺还能上两个档次。"

"这水平我已经很知足了。"

"你这个人没劲! 一点野心都没有。"她回过头来,认真地瞪我一眼,失落地晃晃手里的锅铲,甩下这话。

"有时我想,你要是当了这院的政委,我就啥也不干了,光带孩子做饭收拾家,当全职主妇。"那一回,她做完土豆烧肉,一边啃着锅铲上的土豆肉渣儿,一边羞涩地看着我。那一刻,我真是颓丧极了。没想到她竟然这么敢想。我算了算,我要真当上这个院的政委,一步不落,也得十好几年。那时候儿子根本不用她带,家也不用她收拾,饭也用不着她做,省得天天就是那几道菜。春节时的大菜也不过就是周末、五一、十一这类节日里的翻版,土豆烧肉改成土豆烧牛肉,凉拌黄瓜改成凉拌海米鸡蛋,鸡汤青菜改为鸡汤蘑菇,再加两个平日只看价格从不买的荷兰豆、青笋,外加超市卖的五香豆干、北京蒜肠和罐头鱼。

调北京机关工作后,部里每年夏季或春节期间,组织家属孩子游玩聚餐,活动当天,她早饭都不吃,专留着肚子等着吃鱼吃鸡啥的。她那会儿可真能吃。有一回,她见桌上剩了许多炸黄花鱼,便悄悄用餐巾纸包了放进儿子书包里。结果路上堵车,天气又热,车厢里全是炸鱼的味儿。儿子鼻子尖,知道书包里有鱼,却给母亲留着脸面,死死捂着书包。到家后书包都给油染污了。第二天官玉琪就去给儿子买了新书包算是补偿。那时候她的世界很单纯,一切由本性行事,还没受手机里这样那样的信息干扰。她就是一个刚从三线城市进北京,没怎么见过世面的初中地理老师。

"现在你们也不组织家属、孩子活动了呵?"

对她的明知故问我从不搭腔。

"这汤太淡了,香菜也放少了,重新回下锅吧。"我把面前的汤碗推到往她跟前。我烦她没完没了总说这些话题。

她眼珠儿一瞪,盯着我的脸看了好半天,好像我提这要求很没出息:"我跟你说这么大的事儿,你竟然光想着喝汤?男人总是要关心政治,关心时局的发展吧——"

"我饿了,先吃饭行不行?吃完饭咱们一边看《新闻联播》,一边商议国家大事,只说大事。"我讨好地拍拍她,让她赶紧热汤。

"妈,你老说这些,我爸能不烦吗?"

"我老说哪些了?大人说话,小孩别老插嘴。吃完饭赶紧做作业去。"

那时候,我们吵吵这些事儿的时候,还窝在11号楼两间十平方米左右的单间房里。多年后,师团职的经济适用房盖好了,大院的公寓房腾出不少套。空军三令五申,一再强调有经济适用房的必须腾退公寓房,废除了以前分房中的弹性规定。我们便搬进了这套76平方米的小三居。

能这么快住进小三居,我也很高兴。拿到钥匙打开小三居室的房门时,我情不自禁把老婆抱起来转了几圈。其实,这世界原本很简单,是人给搞复杂了。

"妈,这房子真大,以后我们就一直住这儿吗?"儿子进了专为他布置的房间,非常惊讶。在11号楼时,他没有自己房间,跟我们一屋睡。靠墙的地方放了张小床,与我们大床间一帘之隔。现在,我们给他好好装修了一下,靠床的那面墙,我们特意买了进口涂料,刷成深海蓝的颜色,还印上几只飞鱼,很有海阔凭鱼跃之感。

老婆听他说这话,意味深长地看了我一眼,从身后抱住儿子,用下巴抵住他的脑袋说:"以后爸爸还会让我们住上更大的房子。"

"儿子,将来我们一定住得比这还要大。"我说。

才住进新房的那段时间,就像新婚一样。

皮鞋底踩在潮湿的石板路上,发出沙沙的声响,给老婆打个电话吧。

"到了?吃饭了没?"她立即猜出我在哪儿。

"吃了。"

"唉——说你什么好呢。你呀,真是劳碌命。在师里多待一天多好,又不是没地住。轻松一下,全当给自己加个油呗。"

"干吗呢?"我扯开话题。

"还能干啥？给你儿子做饭呗。"

"几点了，还没回来？脚还没好，你还是跟他一块回家好。"

"没事。有人照顾他。今天周五，年级组织他们去人大附中听公开课了。让他去感受一下，对他也是个促进。"

"噢——那你辛苦了。"

"不辛苦，命苦。"

我真有点后悔打这个电话了。"怎么，情绪好像不高？"

电话里，她突然笑起来。

"赵有信，你刚才是不是后悔了？你说是不是？好不容易主动给我打个电话，我又总这样阴阳怪气地拿话噎你，是不是很没劲？"

"谁的情绪都有高低起落的时候——"

"赵有信——谢谢你打电话回来，真的。刚才我炒菜，还在想你呢。以往这会儿，正是咱俩做晚饭聊天的时候。那会儿我们的生活还挺规律的，不像现在，家都不像家了。得亏儿子还在家读书，要是他上大学走了，我们家三口一个人一个地方，每天要分别给两个地方打电话，哎呀，那种日子想想都寂寞得慌。"

"到时候建个家庭群呗。"

"哎，赵有信，到时候我辞了这边，到你那儿随便找个活干干，你看行不行？"

"这儿能有啥像样的活？下一步营区周边的商业街都要清除了。你来这儿不亏了吗？你有北京户口，有正式工作，还有职称，下一步还要评高级教师。这些你不要了，辞了到我这儿打工，你觉得值吗？"

电话里安静了一会儿，传来一声长长的叹息。

"再坚持几年，顶多也就三四年，我可能就回去了。"我琢磨着怎么才能缓解她此时的伤感。

"是吗？你会回来当部长吗？"她的声音又拨云见日般晴朗了。

"你想什么呢你?！我是说退休。"我刚说完就后悔了。电话那边一片寂静。

"官玉琪,官玉琪？你在听吗？——"

"小的在。"她转换了情绪,声音里带点油滑。

"不过——"我犹豫着要不要把机关要建经济适用房,我也能参与分房的事儿告诉她。

"不过什么?"她机警地问。

"不说了,好事一说就没了。"我采取了迂回战术。一来,这样既能传递我要说的是件好事。二来,也给自己留了条活路,万一不成也留不下把柄。

"只要是好事,不说也成。"她大度地说。

第10章 官玉琪

我可不想成为那种离了男人就天塌了似的,整日愁眉苦脸,动辄哭天抹泪的女人。赵有信下去任职不管怎么说也是提拔任用,比那些还待在原地不知去向的人好多了。即便他在外面待个三五年,即便儿子高考期间出现什么变数,遇到什么困难,我都必须扛下来。我可不想让张凤芝她们看笑话。张凤芝现在虽说不如老公在职的时候风光张扬,可人家依然是我们军队家属中职位最高的一位,仍稳坐校教务主任的位子。

"玉琪,下个月有两周的业务培训,安排你怎么样？——噢,看看我这脑子,你不能去,你老公刚下去对吧,一人带孩子可不容易。算了,照顾一下你,让她们去吧。"她假模假样地惋惜道。

瞧瞧,这是什么话？赵有信没走的时候,这种业务培训的好事也从来没轮我到过头上。她这么说无非想告诉大家,我男人不在机关了,用得着的地方少了呗。这个势利眼,白眼儿狼。她老公转业的时候还是赵有信以组织名义出面，去接收单位跑过好几趟，有一回还自掏腰包请人家吃了顿大餐呢，害得我们家几个月没吃肉。

"人家老公高升啦，要不了几年，就会回来当部长的。"在这种会上敢公然对抗张凤芝的只有吕萍。

张凤芝眼睛笑成一条线，摆出大人有大量的样子，善意地看着她，好像胸有成竹在等一场好戏。

吕萍算是我最好的朋友了。她比我大两岁，牛高马大，浓眉大眼，高音大嗓，说话从不绕弯子，十分爽快，在学校大家都叫她大吕，以致时间长了有回校长点名，叫到吕萍时，大家愣了好一会儿，才听角落里高亢地甩出一句"有"。瞧瞧，她自己都忘了。

大吕比我活得洒脱，在家从不做饭，她结婚的时候北京市面上早有洗衣机了。因此，她结婚后从没用手洗过衣服，即便是裤衩胸罩，也扔洗衣机里转，她可是十指不沾阳春水的女人呢。

"瞧你这手，真该嫁到豪门里啊！个高手小，天生就不是干活的命。"有一回，我握着她那双又白又嫩、绵软无比的小手感叹道。她却把手一缩，眼睛一瞪说："你干吗呀？你要再这样我可就起疑了啊。"

我不明白她这是啥意思。

见我被她唬住了，她咧嘴一笑，捅了我一下，说："哎呀，你这人一点都不幽默，忒认真啦。"说罢，搂住我晃了三晃，"跟你开玩笑呢。走，请你吃比萨去。"

"我可不想帮你再增加几十块钱的消费账单。"我赶紧推辞。我属于话少的那类人，大吕也是冷眼旁观的一类，一般不吭声。我们又都不怎么好热闹，或许是应了"物以类聚，人以群分"这句话，很自然就走到一块了。最近她发现她老公有出轨的嫌疑后变了不少，下班后不再像以前那样先去城乡、翠微逛一圈，往肚子里塞个汉堡，吃几个牛肉饼再回家了。她逛完街后把饭打包回家，跟老公一块享用。有天早上，她来得很迟，踩着上课铃声进的校门。虽说衣服换了,可没熨,裙摆处全是褶子。那天刚好张凤芝担任校值勤,见大吕才来,冲她友好地笑笑,还亲昵地在她屁股拍了几下。大吕竟然没有恼,还娇嗔地冲着她笑了笑。这件事对我触动挺大,看来,谁也不愿意得罪权力在握的人啊!可转念又想,既然这样,她为何总为我打抱不平,在会上顶撞张凤芝呢?很久以后,我才知道大吕为啥不跟张凤芝说话,只是笑笑。原来那天晚上大吕喝酒了,还是去酒吧喝的。问她跟谁去的,她往旁边瞥了一眼,附身道:"还能跟谁?跟我那口子呗。"

"两口子喝酒,还跑酒吧去?"我也低声道。

"走,咱们出去溜达会儿。"她把我带到走廊外面的葡萄藤下,伸了个懒腰。

"快说,干吗跑出去花这冤枉钱?"

"我得让他把心里那些犄角旮旯里的东西都吐出来啊,要不我怎么知道他跟那'伦敦珍妮'到底怎么回事?"说着,她又用那种洞穿一切的眼神盯着我,"这么感兴趣,是不是你家那口子——"

"他有部队管着呢,你就放心吧。"我诚恳地截住她的话,"快说,结果呢?他说了吗?"

大吕眼皮一耷拉,得意地晃了晃脑袋:"德国黑啤不到四瓶小眼神就迷离了,还跟我斗!"说着,从裤兜拿出路上买的烧饼,撕了一块塞进嘴里,嚼了几口,没等全咽下去,她又道,"我觉得他也是有那个心,没那个胆的货。他说起心思活泛过,也琢磨过是不是见一见,说个假名,把先前那个停机保号的手机重新启用,跟她联系一下,最多也就是玩玩,不行赶紧拉倒,快刀斩乱麻,一点后患不留——你瞪什么眼睛?用不着那么吃惊,不是我说啊,现在男人都这个德行。他不也有公家管着的吗?男人都会装呢。"

"他没察觉你请他喝酒另有目的吗?"

大吕手一挥:"男人有时候很简单。他想喝酒的时候,你能把酒乖乖地递他跟前,还得让他知道你也是有深度的,也很 fashion。第一天,我请他在家附近的'老酒馆'喝的,隔两天,我又带他去了五道口的'左耳',再过一段日子,我们又去了'斑马',不到一个月,那'伦敦珍妮'就不再跟他嘘寒问暖了。"

我没想到大吕在驾驭男人方面这么有本事,赶紧问到底是咋回事。她脸上显现出难为情,又有点狡黠的表情:"你知道我那口子怎么跟那女的说吗?那天我们又去'左耳'喝酒,那女的微信来了。他跟那女的说他在302呢——"

"302是哪儿?"

"哎哟喂,302你都不知道呀?传染病医院。"大吕乐起来。

"瞧瞧,您那口子可真行。"

"昨天我下班回去,左等右等不见他回来,快8点的时候,人家拎着两瓶法国红酒、一套高档白领丽人套装回来了——你不用张那么大嘴,跟吃了我似的,真的,我不骗你。你知道吗?人家这么晚回来是给我买衣服去了。"

"你太可以了!"

"必须啊。现在可不兴'一哭二闹三上吊'啦,让人笑话。本来呢,我是想留一瓶下周喝的,可高兴啊,把两瓶全造了。"

大吕从灵魂上收复失地,那些乱七八糟的想法却上了我的心头。看来夫妻之间也得讲究技巧,得靠智慧去拴心留人。光有钱没容貌不成,光会烟熏火燎地做饭,想用美食吊住男人也不会长久。不是我小心眼,恐怕天底下所有女人都怕老公眼前有美女晃悠。那天早上听完大吕喝罢收复失地的胜利酒后,我也开始琢磨赵有信所在的飞行团有没有女干部,有没有年轻貌美的随军家属,想来想去很没意思。一来我不能天天盯着他,二来即便是我管住了他的身体,也管控不了他的心。最终我得出结论,就是改变自己，让自己的小宇宙变得强大些。

要想让人瞧得起你，首先要学会爱自己。女人不仅要学会把自己打扮得漂漂亮亮的，还要积极去学东西，尝试接受新鲜事物。我得给自己加油，让赵有信眼前一亮，觉得我比以前还精神。我可不能像个洗衣刷锅的糟老娘们儿，驼背斜肩整天奔波于菜市场和超市。我要结交新朋友，尤其是年轻朋友，还要抽空报个拉丁舞班，把身材管理好。再有，远离那些爱八卦的女人，跟赵有信的同事保持沟通，搜集点这边的情况传给他，从加强与他个人进步方面的交流中，渗透感情交流，省得他除了飞行团的事啥都不知道。我还要重新拾起英语，多学点英文歌。让那雅教我几首，等五一去部队的时候让赵有信开开眼。学会一首英文歌能记住十几个单词，日积月累，要不了多久就能记住上千个英文单词呢。那雅刚给儿子上课那天，请她去必胜客吃比萨，遇到几个外国小伙问路，那雅对答如流，令我大开眼界。这样的女生我都喜欢，男人不动心才怪。

我眼馋那雅的英语，要是能把英语拾起来，就去考级试试。即便不行就练口语，等赵有信退休后出国旅行，给他当翻译，帮着买买票、砍砍价儿，也比睁眼瞎强。大吕的爱情收复保卫战，让我浮想联翩，想出种种加强自我小宇宙的招儿，可实施起来就没那么容易了。

周六上午，儿子去学校参加年级补习，没让我送，说坐公交车，顺便走走，权当运动。我叮嘱他注意脚踝，别再伤得严重了。他说没事了，基本上感觉不到疼了。我不由得感叹年轻人就是恢复得快。上周我落枕，现在还疼得不行呢。坐公交车去学校，往返车站都是步行，这比他每天离开餐桌就钻进车里，下了车子又进教室强多了。每天坐十几个小时，对身体一点都不好。

儿子走后，我把家里彻底打扫了一遍，把阳台的花搬进卫生间用水擦洗了花盆——那上面落了一冬的灰尘——又给它们浇了些水，再拖到阳台。那些刚刚浇过水的蟹脚兰、刺梅、看桃、滴水观音、吊兰，就像重新焕发了青春,有模有样了。阳光好,我把床铺也给揭了。儿子的床铺温暖干爽,床单上没有精斑,我心里别提有多踏实,像绝望的母亲终于看到改邪归正的儿子。我把床单和他上周脱下的脏衣服扔进洗衣机,才发现洗衣粉没了。想洗个澡再去超市买,却发现洗发水也只剩瓶底了。啥也不想了,干脆先去超市吧。昨天晚上下过一场小雪,这会儿外面一定很冷。穿了那双从外贸市场淘来的 COCO 平底棉鞋,这鞋自去年穿了就没洗,鞋口那圈白羊剪绒已经脏成灰色的了。不想从衣橱再往外拖衣服,在门口衣架上取了那件也要洗的黄色羽绒服,在皱巴巴的保暖内裤外面套上宽松亚麻裤,顶着乱如鸟窝的头往超市跑。

超市刚开门,站在门口的中年男保安都没瞧我一眼。可赵有信走前,我俩来买东西的时候,他还殷勤地为我取了采购筐呢。拿了洗衣液、洗发露,又去水产、肉类那边瞅了瞅,琢磨着晚上给儿子做点啥。琳琅满目的柜台,没一眼相中的东西。前臀尖打折,原先 15 块 8 的,现在卖 11 块 6。挑了一块扔到秤上,一斤多。经过蔬菜区,带了捆韭菜,准备包饺子。途经面包区时,刚出炉的面包散发着浓郁的奶油香,就让柜台里的大姐拿一块蒜香面包、一个橙味儿香包,外加六只装的糯米馅老婆饼。那位大姐却像没听见我说的话,当我是聋子一样,大声问:"你要啥?"

这位大姐今天怎么了?昨晚跟老公吵架了?平时我来这儿买面包她都是笑意浓浓,弯弯的细眼里藏着一脉温情地看着你,让人很舒服。难道今儿吃错药了?

或许察觉到我不高兴,她心虚地又问了一遍,声音比方才小了些:"你到底要啥啊?"

我忍了心火,重复了一遍。这回她头也不抬,飞快地将我要的面包统统塞进一个大袋里,与往常每一种单独包装,然后再放一个大袋里截然不同。

"给几个小袋,我一次吃不完这么多,要分装。"我冷冷地说,也不看她。

她仍忙着手里的活计，顺手从底层柜台内抓了几个小塑料袋扔给我。我接过来，仍不忘说声"谢谢"。其实，我这样做是想提醒她待客要有礼貌，可她仍是那副样子。

出了超市，雪后的寒凉阵阵袭来，身上的热乎气很快便被冷风舔食了去。方才门外迎客的保安，此刻已回到了超市里。两位高大帅气的值勤战士，站在超市对面的宿舍楼下，全神贯注地盯着过往行人和车辆，看是不是有违规的。

"班长，现在几点了？"我向其中一位正朝我这儿看的战士问。他飞快地看了眼手表，回答："10 点零 3 分。"

道过谢，我赶紧往家走，省得让人看见自己的邋遢相。过了蓝天幼儿园大门，继续往前走，看到雄鹰招待所南边，52 号楼拐角那儿，走来两位打扮入时的女孩。其中一位有 1 米 7 高，穿着红蓝相间的薄呢长裙，上身披了件白色无袖羽绒背心，脚上是双过膝的皮质软靴，文艺气很浓。另一位略微矮一些，背着双肩包，看着眼熟。她的一只胳膊挎着穿长裙的女孩，下身穿着浅蓝色紧身牛仔裤，上身竟是件很流行的粗花呢小洋装，脚下是乳白色中筒坡跟皮靴。随着距离渐渐缩短，我认出牛仔裤女孩，是给儿子上课的英语家教那雅。

我有点惊讶。她每回来家给儿子上课穿着特别保守，而且总是那套白衣黑裙的职业装，外面裹着长羽绒服，脖子上围着几圈毛织围巾，像郊区售楼处站在路边的售楼小姐。原来，这才是她的本来面目？

"小那——"我认出后，张口喊道。

她微微一愣，认出是我，冲我挥了挥手。

今天儿子没有课啊，她怎么这会儿来大院？难不成还有别的学生？

"官阿姨。"走近后，她像往常那样，非常斯文地轻声唤我。看出我眼里的疑惑，她顿时明白了什么，挎着长裙女孩的那条胳膊用力晃了晃，像是介绍长裙女孩是谁,又像此时与我在这里相遇有点尴尬。

"我同学今天给人家小孩辅导,我没事,陪她来这儿转转。"

"瞧瞧,我刚才还琢磨哪来的两位仙女呢,没想到是我认识的。小那,你要没事去我家坐坐,外面这么冷。"

那雅不好意思地笑了笑,看了一眼长裙女孩。那位长裙女孩冷漠地打量了我几眼,对我方才的恭维没任何反应。今天真不知道怎么了,要么是日子不对,好像全天下的人都在跟我闹脾气。那雅是儿子的英语家教,我怎么着也得放下身段,热情相对。至于那位冷漠的女孩,管她是谁,跟我没关系。于是,我打起精神,继续跟那雅寒暄:"今天有风,你转一会儿还是来家吧,反正她给人家上课也要有一会儿的。"

那雅又看了一眼女友,见她还不表态,用胳膊晃了她一下。

"那好,我走了。"长裙女孩扬长而去,却把一股冰清玉洁的幽香留了下来,在我们周边的空气中轻盈浮动。

"那张冰冷的美人脸,难道不会笑吗?"我忍不住咕哝道。

"她就那样。"那雅说。

"瞧她多帅气,人也长得漂亮,身材好穿什么都好看。"我由衷地赞赏。我可不是那种小心眼的女人。

"她学习可好了。"那雅也毫不吝啬地夸赞道。

"怎么个好法?"我有点冲动,很想知道那位美女让人折服之处。

"她大二英语就过 8 级了。上周,她给人家翻译的长篇小说出版了,拿了不少版税,反正我跟人家没法比。"那雅伸了下舌头。

"真的吗?这可真把我给吓到了。你的英语就不得了了呢。"

把那雅带回家,我琢磨中午给她做点啥吃的,可想到等会儿她还得跟朋友会合,就想是不是把那位美女也请来家一块坐坐。或许是儿子面临高考,我对学习好的学生特别感兴趣,恨不能让她们把学习方法都传授给儿子。

"您家可真干净呀。"那雅一进门就禁不住赞叹,"我们宿舍可乱了——"她脑袋一缩,伸了下舌头。

我喜欢她这种天真无邪的样儿。以前她都是赶着点来,进了门就直奔儿子房间上课,基本没在客厅坐过。

"不瞒你说,我刚打扫完卫生,准备洗澡的,洗发水没了,灰头土脸地去超市买。"我让她先坐会儿,回房间把衣服脱了,换上赵有信走前给我买的浅粉色中长袖羊绒衫,穿了经典英伦范儿的灰色人字呢平角裤,跐上平时不怎么穿的棕色坡跟皮拖鞋。等我把头发梳好松松地盘在脖颈上方,信步穿过客厅,把衣服扔进洗衣机时,我能感觉到她的目光一直追着我。那雅下意识的目光,让我想到超市门口那位对我视而不见的男保安。看来,女人要想得到这种关注,首先自己要体面。

"咱们吃饺子吧?"我说。尽管我一直在准备要吃饺子的,可还是以商量的口气问她。

"我可是好久没吃饺子了。我们食堂有时候也有卖的,皮厚馅少,放的肉里还掺了鸡肉,就这还抢呢。"

我心里可真是乐开花了。她的反应总是那么合我的意,长得也顺眼,一看就是讨人喜欢的好脾气女孩。这样的女孩才有耐心辅导学生。只是当初不知道她同学中有比她英语还好的,不过,就她的水平,教儿子也足够了。

"那我们就包饺子啦。"我从儿子房间拿了几张旧报纸铺在茶几上,把韭菜摊在上面,那雅去厨房取了盆放在地上。

"今天周末,你同学辅导完会不会在那家吃饭啊?"

"她才不会。"

"那都择了吧,我们多包点,等会儿让你同学到这儿来吃。你现在就给她发信息,让她结束了过来。"

"等她下课给我打电话的时候,我再告诉她吧。"

"行。你看着办。"

"阿姨,这个人很有名吗?"她指着《空军报》上的一张照片问。

我这才发现刚才从儿子屋里拿的那几张报纸,其中一张是 B 师 90 后飞行员于庚的事迹报道。照片上的人正是于庚。

"你认识?"我突然想到赵有信说过的,于庚在庐山曾遇到一个北京女孩。

那雅笑着摇了摇头。

"有名没有名我不知道,反正他是位很有前途的年轻人。"我觉得这样定义于庚比较恰当。

"真棒。我觉得开飞机的都不是平常人。"

"那是什么人?三头六臂?"

"叔叔也是飞行员吗?"

"不是,他是地面干部。"我发现她对飞行员好像很想了解点什么,不由得起了戒心。

"那雅,你家是哪儿的?"

"河北的。"她把择好的一把韭菜放到盆里。她举手投足的幅度很小,像那种乖乖女的感觉。我甚至想,于庚娶了这样的女孩也不错。

"北京有亲戚吗?我记得你说过在人大附中上过学。"我心想,如果五年前她在北京读书,会不会真是赵有信在庐山遇到的那个女孩?

"哎呀,怎么说呢?"她叹了口气,像是有点不情愿提起那段日子,"那时候我爸妈还在北京做生意,现在——"她肩膀往上一耸,做了个"完了"的动作。

我没马上回应,希望她继续讲下去,可她并没往下说的意思。不知怎的,我突然很想知道她的过往,包括她的家人。如果说那时候她父母在北京做生意,那么现在不做了吗?去部队前,我最好多了解一下,省得赵有信问我,一问三不知。于是,我厚着脸皮又问:"你爸妈现在还在北京吗?

我是不是应该请他们来家吃顿饭?"

"不用,不用,他们在老家呢。"她立马推托。

"现在生意不好做啊。"我明知故问,继续套她的话。

"可不是。"她长叹了口气,摆出一言难尽的样子。

她可真是个嘴巴上了拉链的姑娘。见她没有丝毫往下探究家庭话题的意思,我干脆打住。其实,我真想倚老卖老,拿出长者的风范,直接问她去过庐山吗,可又怕惹她不高兴,影响儿子的辅导质量。

"阿姨,您说飞行员很有前途是指什么呢?"她突然停下来,好奇地看着我,"我可不可以这样理解——就是他日后很有可能当大官的意思,或者开更好的飞机?"

"那雅有男朋友了?"

她双手举到脸前,不好意思地向我堆起笑脸。要不是手脏,她早就捂在脸上了。害羞?腼腆?反正她没有正面回答我的问题。不过,那笑容更像是"人家还小,问这种事太早的"意思。

"现在大学生谈恋爱不都挺早的吗?"

"怎么说呢?正儿八经谈恋爱的并不多。好多女孩跟人家谈朋友,目的挺不纯的——说句不好听的,就是为了有个'饭票'。出去购物、吃饭、看电影、打车,有人能为她埋单。"

"就是正儿八经谈,将来毕业分配也是个事儿,分不分到一块还是个问题。你想过找什么样的吗?比如说部队的。"我觉得今天提出这个话题,完全可以取代非现役的事情。应聘非现役的事儿,还是等以后对她更了解些再说。

"稳定点的吧。"她想了想,嘟囔道。

"想过找部队的吗?比方说飞行员。"我觉得腰弯得有些酸,整个身子向后倒在沙发上。

她微微一愣,好像我问这话指向很明确一样。她冲我不好意思地抿嘴一笑，低下头。"没想过。飞行员找的都是什么女人啊？"

"没你想的那样高不可攀。他们的妻子也不是你想的那种'三高'女孩。我见过他们团的飞行员家属，学历有高有低，不过长得都很漂亮。"我没把飞行员的婚姻也不是铁打的，飞行员也有女方嫌男方总飞行，顾不上家离婚之类的话说出来。经济大潮下的中国婚姻，哪家不受金钱物欲冲击？总让一方为另一方做出牺牲，短时间还可以，时间久了，另一方难免牢骚满腹。

"噢——我觉得飞行员离我的生活好远哦。"她嗫嚅地感叹。

我注意到，刚才我在说这些的时候，她一直在很认真地听。

我真想直接问她，五年前认不认识一个叫于赓的人。一想到赵有信说的那个北京女孩，我心里就放不下这事儿，就寻思一个多月后的五一小长假。

"现在像你们这样勤奋的年轻人可不多。功课那么好，还打工挣钱自立。人家大学生有点空就结伴出去旅行，你们不去吗？中国的名山大川那么多。"

"家庭条件不一样啊。以前我家还行，现在——"她耸了下肩，"还是等以后吧。"

"高考结束，你家里也没带你出去玩过？"说完我就后悔了，她明明说过她家里有过变故，我还哪壶不开提哪壶。

她有点惊讶地看着我，仿佛明白了我一再追问的目的。她脸上骤降的温度让我有些紧张。为打消她的疑虑，我赶紧自顾自地说："我可是最喜欢出去旅行了，儿子很小就跟我们出去玩，那时候也没钱，他爸爸每回休假前，我们都会提前在地图上选地方。穷游呗。我家那位还没调北京的时候，有一年夏天来北京，我们就住在防空洞的地下旅馆里，那个潮啊，裤子抓在手上都是潮的。"

见她听进去了，我又道："我儿子小，可心里好像啥都明白。有一天，我们去天安门那边玩,回来特别晚,往地下室走的时候,旁边有很多高楼,他就问他爸:'爸爸,我们什么时候能住在楼上啊?'当时听了,心里真不是滋味。"

"那种生活虽然苦,却是值得回忆的。"她的嗓音告诉我发生了什么,抬眼瞧瞧,她眼睛里竟然有了泪水。

第11章 官玉琪

正琢磨着怎么安慰她,她的手机响了。她看了屏幕上的号码,一边起身一边冲我指了指阳台的方向。

"去吧,那儿信号好。"我轻松地说,尽可能让她感觉到,我并不介意她去那儿。

那雅往阳台走的时候,我听到她手机里传出一个男子的声音。她的声音很小,听不清她跟对方说了什么。不多会儿,她就像春风里盛开的梨花一样回来了。

"没事,我们助教。"她主动告诉我对方是谁,是我没料到的。因为我压根没有问她的意思。

"我去洗一下,你休息会儿。"我把择好的韭菜拿到厨房。她却急着把报纸上的泥土和菜叶儿收进垃圾筒,然后,翻到有于赓照片的那一版审视了片刻,才仔细叠起来放到茶几上。她对于赓照片的态度,像对待有收藏价值的宝物。

我觉得哪里不对劲儿。那张报纸。我仔细回想了一下,最初知道报纸上有于赓的采访和照片,还是听儿子说的。那天吃过晚饭,我让他帮我把垃圾倒掉,他走到门口鞋柜那儿穿鞋,发现有份才送到的《空军报》,而那份报纸的扉页上就有这张照片。

"妈——你看,这不是于叔叔吗?"他连忙喊我。

"谁?"我把水关了。

"我爸他们团的于庹叔叔。我得把它收藏起来,将来见到他,好请他签个名。"

赵傲从楼下回来就把报纸拿回了房间。既然这样,那雅在他房里想必早就看到过这张照片了。或许她已经认出这人就是五年前在庐山偶遇的那个男人,才一直有备而来,以便应对我提出的各种问题。

看来,我大意了。刚才也不知道脑袋想些啥,把儿子收藏的这份报纸忘得一干二净,要不是她主动问起,恐怕还发现不了她对于庹这般关注。或许,她早从儿子那儿打听了不少于庹的消息。儿子虽然知道得不多,倒也清楚赵有信在那里救过一男一女。那次疗养我们全家一块去的。

"需要我和面吗?"她走过来。

身旁冷不丁地冒出她的声音,把我吓了一跳,水也弄了一地。

"噢,不好意思。"显然,她明白吓到我了。

"没事,一会儿和吧。"

她乖巧地拿来拖把拖干地上的水,放回拖把时又道:"我和吧。从小我妈就教我和面,说会和面的女孩将来饿不着。"

"那就辛苦小那老师啦。"我很中意她的决定。我不喜欢和面,弄得手上黏糊糊的。

"那雅,五一你有安排吗? 跟我去部队玩怎么样?"我寻思着如果她是赵有信五年前救的那个女孩,她心里还有于庹的话,五一见一面,没准是件好事。现如今飞行员找媳妇也不那么容易。虽说她是研究生,于庹只是个本科,可他家庭条件不错,可以弥补他的总体条件。飞行员家属可以随时办理随军调动的,到时候,她跟过去就是了。要是部队有接收指标,像她这种高学历,能特招到部队更好。

"不了吧,太麻烦您了——"

"哪儿的话。那几天你要有空可以辅导赵傲啊。你瞧,还是我占你便宜了呢。只要你觉得可以,我自然乐意你跟我们一块去。"

"你们可是好不容易才团聚一回啊。"她仍有些犹豫。

"我这边你就不用考虑了。辅导费呢,我会正常给你——"

"您说什么呀!都去玩了,还要什么辅导费。只是——"她温和地看着我,"如果我去的话,能不能再带一个女孩?我是说假如。"

显然,她刚才就是因为想带上这位,一直犹豫该不该跟我提的。

"谁呀?一会儿来吃饺子的那位?"

她点点头。

"没问题!"我说,"只是,你俩住一个房间可以吗?"

"当然可以。"她竟然双手合十冲我拜了拜。

我心想,反正要住飞行团招待所,两个人刚好一个标间。要是她一人去,我还得天天考虑怎么安排她,总不能让人家整天辅导孩子吧?她有个伴儿,我们一家人团圆的时候,她俩可以自己出去玩。要是于庚他们能陪她们一块出去转转,没准还真能凑成一对姻缘,也算是我这老空军家属为飞行员做了件好事。

快12点的时候,那雅的手机响了。这回想必是"高冷"美女打来的了。我们已经包了一半了,我先拿出二十个饺子放进冰箱冷冻室里,留给儿子晚上回来吃。那雅让她直接到这儿来,电话那边的好像有点不情愿。那雅又跑到阳台去游说。那雅到阳台上打电话,只能说明一个问题,就是有些话她不希望我听到。其间,我听到一句非常奇怪的话:"你过来就知道了……我不骗你……"

我家还有她需要印证的东西吗?

"不就吃几个饺子吗?……来得及……求你了……"那雅说这些话的时候,我有点不高兴。她要是不想来就算了,何苦这般哀求呢?转念又想,不对啊,那雅那么希望她来,或许还有一层意思,就是"五一"跟我一块去部队。

她又说了一会儿，才从阳台折回客厅。

"官阿姨，她一会儿就到。"那雅脸上又露出晴空万里的样儿。可现实是，"高冷"美女并没像那雅说的那样，一会儿就到。快12点半了，她才站在我家门外，手上拎着超市用的大塑料袋，装着超市那些时髦的零食，还有我嫌贵从来不买的彩椒和五香牛肉。

"您好。"她冲我微微弯了下腰，打了声招呼。

我是谁?！我可是教授各类性格学生的北京中学的老师。在小自己十几岁的女孩面前，我哪能失掉长者风范呢?

"哎呀，就是想让你过来一块吃个饺子。瞧瞧，你还带这么多东西，快进来坐。"我举着粘满面粉的手，热情地迎上前。

"高冷"美女并不像我想的那样认生。她拎着东西直奔厨房，然后逐一分类摆放好。

"这位美女贵姓呀？也不知道该怎么称呼你。"我尾随其后，总不能叫她"高冷"吧。

她飞快地瞅了眼那雅，说："姓于，叫我安然就行。"

"于安然，这名字真好听，是取爸妈的姓吧?"我本来想说"哟，你也姓于啊，我们有位朋友也姓于，是位叫于庾的飞行员"，可觉得矫情，作罢。

她脸上即刻起了变化，细腻白皙的皮肤温度瞬间跌至零下，浮上一层浅灰。

"嗯。叫我安然就行。"她重复了方才说的话，像在调整心情。她把手上的水往水池里猛地甩了几下，举着手走进客厅，在面案前坐下来。一切看上去又都是那么自然了。她拿起一块饺子皮，熟练地往里放馅，捏成花边褶儿，饺子像元宝似的饱满好看。难怪一提到她，那雅总会情不自禁流露出崇拜的神情。

"安然，你的手可真巧。"

"她还会织毛衣裙呢。"那雅总觉得我表扬得不够充分，及时补充道。

"是吗？我手笨，织不了那个。我们那会儿谈恋爱的时候兴给男朋友织三件套：毛衣、毛裤、毛背心。我给我那位织了条毛裤，不会收裤脚，结果织成了筒裤。我那位还乐得不行，穿着出操训练，可没多久，见人家的跟他的不一样，就不穿了。他说人家的毛裤都能塞到袜子里，他的塞不进去。他说不用织了，毛衣不如发的绒衣舒服，毛线扎人呢。我心想不织正好，还省下毛线了。"

她俩大眼瞪小眼看着我，像是挺感兴趣。

"你们现在送啥？"

"能送什么？剃须刀、领带、钱包之类的呗。"那雅含糊地说。看来，她也不想在这个话题上继续下去。

安然表情木然地往饺皮里放馅，然后仔细捏褶儿。她的五官很精致，是那种别人看一眼便会被吸引的女孩。

"安然有男朋友吗？"我知道这样问有些唐突，可不知怎的，就想向那冷漠发起挑战。

"没有。"她眼睛都没抬。

"安然的标准可高了，一般人她可看不上。"那雅说。

安然往上挑了下眉，像是认可，又像是自嘲。我觉着奇怪的是，起先她不肯来，来了又一点都不认生。饺子包好后，她端去厨房，熟门熟路，比那雅还顺溜。她把自己买的松花蛋剥了几个切了，又配上红黄彩椒，用各种调料拌到一起，放进一个略深的青花瓷盘，看上去就有食欲。其间，她并没问我盘子在哪儿，酱油醋放在哪儿，她仿佛生来就知道它们摆放的位置。

她把拌好的凉菜端到客厅的餐桌上，又折回厨房煮饺子，我让她去客厅歇会儿，我来煮。因为我看到那雅一直有心事似的盯着安然，所以，我将她支去客厅，看那雅要跟她说什么。

"那我去客厅剥蒜。"安然抓了一把蒜头去了客厅。

我接了大半锅水放在炉子上，往外瞅了瞅，就见那雅已将那张报纸摊开来，指着上面的照片让安然看。安然的脸旋即进入寒冬模式，整个人像刚刚遭受了暴风雪。察觉到我往她们那儿看，她将报纸迅速往那雅跟前一推，抓起剥好的蒜瓣走过来。

"放这儿就行，去歇着吧。"我把一只空碗放她跟前。

"我捣蒜泥。"她从橱柜的下面拿出蒜臼子，仍是那么冷漠。

真搞不明白这么好看的一个人，整天板着张脸。看来，她不是那种轻易对谁敞开心扉的人。自打进门，她就没认真看过我一眼。她甚至都没粗略地打量一下客厅，像那雅那样客气地夸赞一番。

我让她把蒜泥碗放到厨房门旁小餐柜上。她顺从地去做了，不一会儿又折回来。

"阿姨，这是你们全家的合影吧？"

她拿着小餐柜上的相框走进来，那是我们一家三口的合影。那年儿子6岁刚上学，全家在院内的照相馆照的。

"是。"我说完回过头来继续盯着锅，以防水漫金山。

"这是叔叔吗？"她指着赵有信问。

"是。"我丝毫没怀疑她对赵有信产生的兴趣。

"真年轻。"她的目光仍停留在照片上。

那张合影照得不错。人要年轻穿什么都精神。赵有信那会儿也就三十一二岁，正是男人显现魅力的时候。

"那会儿年轻。"我说。

安然放回相框，走过来看我下饺子。我突然有种异样的感觉，仿佛有股温良的、柔软的气息在慢慢靠近我，一如冬天阴郁的晨光里突然现出太阳的金晖。我禁不住扭头看了她一眼，此时，她眼睑低垂像沉浸在温暖的回忆里，一抹柔情从那僵硬的冰壳里破茧而出。

"安然，你见过我们家赵有信。"我大声道，"你变得我都有点不认识了。"

她一脸错愕地看着我,像从很深的回忆中往外挣扎:"啊,不,没什么,他很像我以前见过的一个人。"

"安然,老洪找你。"那雅举着手机走进来。

安然接过手机去了客厅,我觉得那雅是有意赶这个点来救场的。否则,我真要问一问,为何看到我老公突然变成那副神情。

"需要我干点啥?"那雅自从接了洪姓助教的电话,一直洋溢在喜悦中。她拿起方才安然说的那个相框,看了看又放下。

"俗话道,孩子的脸就像六月天,说变就变。"

"我可没变。"她倚小卖小地笑了笑。

我往客厅瞅了瞅,见安然又恢复了往常一张冷脸,对着手机面无表情地嚅动着嘴唇,像事先录好的应答机一样。

"安然挺会做饭呢。"我说。

"高三的时候她都自己做饭。"那雅小声说,"她很少在外面吃,典型的少年妈妈。"那雅瞅了眼客厅,冲我打着哑语。

"你跟她说了去部队的事儿?"我也打哑语。

"还没,过几天再告诉她。"那雅同样打哑语。

安然人看上去冰冷,可是个很有眼力见儿,又会照顾人的年轻人。比如,我吃得差不多了,想喝饺子汤,顺嘴说了句"原汤化原食",她就起身给我盛了一碗饺子汤,之后又给那雅盛了一碗,问她为啥不喝,她说不喜欢。其间,我几次想说请她一道去部队的事儿,可怕弄拧了。安然有眼力见儿,却不是我能掌控的女孩,还是听那雅的,让那雅找机会跟她说。

送走她们,我心里空落落的。不到 5 点,屋里的光线便暗了下来,对面楼上不少人家都开了灯。韭菜味儿经过暖气加温后,浑浊不堪,远不是吃的时候那种感觉。儿子回来还得有一会儿,寂静的空间突然让我莫名地伤感孤独,有那么一瞬,我甚至想哭。我说不出身体哪里有股压抑的情绪没释放出来。春节从部队回来，大姨妈推后了半个多月。大吕说："这叫异地闭经。也就是说，你从常居地出差到了另一地，月经周期就会随之发生改变。尤其是45岁以上的女人，好多都是这样闭经的。"我不知道此刻这种心悸是不是更年期提前到来的征候。反正我一刻也不想在屋里待了。我裹上披肩，逃一样走出家门。

春天傍晚总是昙花一现，夜幕很快从西山那边笼罩过来。马路两旁高大粗壮的杨树遮天蔽日，这会儿已是黑压压一片了。走了不多会儿，路灯亮了。其实，那种人造光亮我并不喜欢，走在自然的春月下，感受难得的自然气息，向往一下田园和旷野，才是久居都市的人们所钟情的精神出游。

茂密高大的杨树，过滤了城市的一些光亮，让我看到树木顶梢处那道狭窄的真实夜空，看到纯净天光中让人多愁善感的明月和深邃的星空。

树叶阻挡了路灯苍白的荧光，月儿便悄悄跃上树梢，将道路中间映出一片炉灰般的轻柔。这个点儿，家家都在吃晚饭，路上少有行人。昨天堆在树下的积雪，经过一天的日照风吹，化得差不多了。这个时间段，我能在这条路上散步的机会并不多。赵有信在家那会儿，儿子还没上晚自习，这个点儿我多半在做饭。赵有信走后不久，儿子开始上晚自习，放学就跟没放一样。我在办公室批改学生作业，批完后看点业务书，要么把当周的课提前备一下，写出教案，等他晚自习下课后一块回家。

今天，则是个例外。

与两个女孩不期而遇，让我头一回对自己产生了渴求。尽管我还不清楚自己渴求的是什么，但能清晰地感到那种遗憾的缺失。婚后，我从没这么近距离地与年轻女孩长时间在一起。在学校，我们已婚女老师并不受未婚女教师待见。当然，像张凤芝那样有权调班，有权让你培训，让你领到加班补助的学校领导除外。

她俩像面镜子，映出我的惨淡现状。赵有信走后，我在不知不觉中就听任自己变成老妈子式的粗俗女人。以前那个爱好打扮、追求时尚、对新生事物充满好奇、不甘落后的官玉琪不知哪儿去了。刚来北京的时候,我从不因自己是三线城市来的中学老师感到低人一等,也没有因为是省师范中文系毕业的高才生,到北京教了初中地理有什么遗憾,反倒像获得新生一般,快活得像只蜜蜂。

"这样轻松些。教语文、数学这类课的都是班主任,在北京当高中年级的班主任根本顾不了家呀。大吕教过高二,说忙得没跟家人吃过一顿晚饭。"我怕赵有信内疚,常这样安慰他。

"也是,没准人家知道你是军属特意照顾你呢。"他不知是安抚自己,还是安慰我。那时候我的精力旺盛,从不知道累。除了在学校教地理课,我还担任了儿子的语文辅导老师,在家给他吃小灶。新学年到来前,他的课我都从头到尾给他讲了一遍。老师再教的时候,他全当复习。因为吃了我给的这份"独食",他的语文从没考砸过。"照这样下去,他考大学没问题。"初二期末考试后,儿子语文成绩在全年级排名第2,总成绩排名第28名时,我这样告诉赵有信。

我很快发现北京消费水平太高了。那时候大院没有超市,只有一个不大的军友服务社。里面的东西少,陈旧,与外界差着几十年,价格还贵。时间久了,我发现一些退休干部骑着自行车,从院外驮回又新鲜又便宜的鱼肉果蔬,方知附近昆玉河岸边有个惠民早市。北京早市的东西比超市便宜。没多久,我又探到一个更好的去处,就是西郊农贸市场。那儿的东西是院里同类东西价格的三分之一。从此,周末我就骑车远行,去西郊农贸市场买菜买粮买调料。那儿还有新鲜的牛羊肉,还有冰冻海鲜、从水库拉来的大鱼、从远郊农村运来的活禽。每趟回来,我都会为又节省了几十块,甚至上百块钱而欢欣不已。

有一年中秋,赵有信借了周鸣的自行车跟我一块去。

"真便宜,我们完全可以批发回去卖啊!"没看几个摊位,他就禁不住感叹了。

他为了我跑这么远就买斤把肉和几斤菜感到不值:"来一趟应该买点像样的东西。"他建议买一只活鸡。我想让商家帮忙杀好带回来的,可那天人多商家顾不过来,没工夫帮这个忙。

"回去自己弄吧。会吃鸡就会杀。"卖鸡商说着看了看赵有信。赵有信脸上挂不住,把两只鸡腿用麻绳系好往车把上一挂,说:"走,回家咱自己杀弄得更干净。"

他到家把鸡"请"进厨房,先往地上铺了几张报纸,然后把菜板放在报纸上,然后把家里最快的刀拿出来,准备杀鸡。

"我怎么觉着像做手术。"他托着腮,看着地上的鸡。

"你动手可要快啊,最好一刀毙命,别让它受罪。"我哆嗦着抓着鸡腿,想让他下手。

他瞪了我一眼,好像我假惺惺了。

"你把腿抓紧了,我杀的时候你不要松手。"他说。

我本来以为他自己就能解决,我顶多是个围观群众。可实际一看,根本不是么回事。一看他那架势,就知道从没操过此业。鸡身上滚烫,像在发烧,吓得我赶紧松开,将手轻轻搭在鸡腿上。

"官玉琪,你打算扶它过马路吗?"赵有信嘲讽道,很显然,他觉得我配合得很不着调,"你得用力抓紧了,要不然我怎么下刀?"

"好,用力。"我攥住鸡腿,可越用力,感觉鸡施加于我的力也在加大。

"快点,你倒是快点呀。"我微闭双眼,等着他刀落鸡亡。可过了好一阵儿,仍听见那只鸡在叫。我睁眼一看,鸡还完好无损。

"等会儿。"他嗫嚅地擦了把汗。

很快,他再次下手了。只是,他抓着鸡脖子影响他下刀。

"割脖子,我妈杀鸡就是割脖子的。"想起母亲杀鸡的情景,我大声告诉他,他却停住手。

"官玉琪,你得帮我控制鸡头。"

"什么？那不成。"我断然拒绝,"我可弄不了那里。"

刚才我抓鸡腿的时候,似乎感觉它与我搏斗时的愤怒。我可不想让它变成鬼还记恨我。再说了,鸡头怎么控制？那儿根本没法控制。

"你另一只手抓着它就行。"

"不行,不行,绝对不行,它会咬我——"

"这世上还有难倒官玉琪同志的事吗？"赵有信拖着长腔开始拍马屁。他轻易不拍我马屁,可每回只要拍我准照单全收。不过,每回选择虚荣换来的都是难以言表的苦差。

我的魔爪在他的循循善诱下伸向鸡头,我听到他鼻息里奇怪的笑声,我闭着眼睛摸向鸡头的样子一定很蠢。我一手抓着鸡腿,一手抓着鸡头,这跟魔鬼还有什么区别啊？我心里残存的那点善念被他无情地践踏了。我尽可能回避它的嘴,只抓着它的后脑勺。天呀,它的后脑勺可真小,像把倒扣的勺子。人们这时候总是呼唤上帝,可他从不下凡解救我们的灵魂。

赵有信仍是迟迟不动,我睁开眼睛,见他在目测他站的地方到门外桌腿的距离,像在琢磨是不是把鸡头用绳子绑了固定在那条桌腿上。

"要不咱们送人吧,太残忍了。"我小声提议,显露出并不坚决的意志。

赵有信不知是因为我说了这句话,还是他自己也觉得没把握,从我手上抓过鸡扔在地上。那只鸡被他猛地一摔,晕过去似的躺在那儿。它的脑袋刚好耷拉在菜板边上,说时迟那时快,赵有信同志看到这个天赐良机,举起刀劈过去。那只鸡显然感应到死神的降临,只见它猛地一挺,赵有信的刀就劈偏了,杀得半死的鸡四处逃窜,客厅、卧房、沙发、茶几,凡是它认为安全的地方,它在生命的最后一刻都光顾了。家里到处都是血,最后,它在阳台的一个角落里力竭命终。

鸡死了,可怎么收拾呢?他给他妈打电话,他妈在电话那边教,他在这边照着做。烧水、烫鸡、拔毛,等到一只光溜溜的躯体呈现在我家厨房案板上时,他却又不知道怎么开膛破肚。

"这必须问专业人士,万一弄坏了,破了胆会苦……"

"那是鱼。"他白了我一眼。

赵有信又给他妈打电话,为了让儿子吃上鸡,老太太开始传授技艺,教他怎么开膛破肚。半个多小时后,赵有信终于把鸡肚子打开来,取出里面所有的东西。我赶紧把洗干净的高压锅端到他跟前,他把鸡切成两半放进锅内。

"我妈说肺不能吃,其他的都能吃。"赵有信有点不舍地在那堆鸡杂碎里翻捡,把确定能吃的内脏挑出来洗净放回锅里。最后,我们在一个小球状的杂碎面前犹豫了好长时间,谁也无法确定它到底是啥。于是,他又打电话给他妈,老太太那天真是成就感无比,她为儿子这般需要她的经验而感到自豪。听罢,她停顿了一下,然后用学者的口吻告诉她的军官儿子:"那是鸡胗,就是鸡的胃,那可是好东西。"

等我们照着她说的剥下鸡胗里面那层厚厚的黄皮时,已经觉得息像个专家了。

"这东西就是传说中的鸡内金,可以入药,用于消化不良、遗精盗汗啥的。"他煞有介事地举着那块粗糙的鸡胗皮说。

"好,留着给你泡水喝。"

他没理我,把那块营养丰富的"鸡内金"扔进垃圾袋。

在清炖还是红烧的选择上,我们决定用最安全的烹饪方式——清炖。因为忽略了这只鸡的性别,我们到头来清炖了一只公鸡。而且,因为贪念作怪,又放了好多水,结果,一只公鸡我们吃了三天。三天里,我们吃了蘑菇鸡、鸡汤粉丝,最后一顿是鸡汤面条。

"吃肉才是真正的生活。"赵有信抹了把油嘴。因为沾了很多鸡油,他的嘴唇红润而丰满。

"在外面吃这样一只鸡得多少钱？最起码也要一百多——"我适时逢迎。

"一百多块钱还不一定是这种柴鸡呢。"他牛×地"哼"了一声，把汤里一块稀烂的鸡皮送进嘴里。之后，我们又去过几次，禽流感爆发后，我们去得少了，加上儿子学习紧了，西郊菜市场的各种优惠我们便再没得到过。

我不知道那些富人都是怎么生活的。我有这样的生活谈不上多么自豪，但也不觉得难堪，我很知足。因为在那些鸡毛零碎中，我体味到家庭的温情和幸福。这里面的小情趣在那些富人眼里或许有些不雅，但这里面有金钱无法买到的夫妻间患难与共的信任和满足。这世上，许多人都选择先成功再考虑幸福。可我认为人应该幸福地去追求，才是更健康的人生之旅。那时候，我多么自信啊！我的幸福感就像水量充足的自来水，随时都能流淌出来。

今天，我面对两位如花似玉的高知女孩，竟然有种自卑感从骨子里往外冒，连师级军官家属头衔都无法掩盖的自卑，像幽灵一样站在我的对面，冷冷地看着我，如安然那张自傲不凡的冷脸。

赵有信走后，那种甜蜜感盈满的小日子离我越来越远。如果儿子不在家，我一人从不做饭，要么在学校食堂教师灶上对付，要么回来路上买个煎饼果子，到家用微波炉热一下。人也比过去懒散，备完要教的地理课内容后，就不再想看别的业务书了。等儿子放学的那段时间，我经常戴上耳机看电视剧，那种几十集的长篇电视剧。我会在周末把想看的电视剧都下载到手机上，靠它打发时间。起初，我安慰自己看英文电视剧对巩固英语有好处。时间久了，我自欺欺人的把戏让我自己都觉得讨厌。我堕落了，把自己给废了。

3月的北京，乍暖还寒，晚风中寒意阵阵，让人情不自禁对温暖、阳光、南方这类的字眼产生憧憬。还有两个多月就到五一了,有了目标的日子才有奔头啊!我的影子向右倾斜地落在路面,一如忠实可靠的朋友,时刻陪着我。向西走时,我踩到它的肚子,等拐到楼后栽有法国梧桐的那条路时,它则粘上我的脚,调皮地跟我一同前行。每迈一步,我都会踩到它,它却像个好脾气的情人任我撒娇。

儿子的学习一天比一天紧,每天一测的日子终于到了。这是学校高二年级结业前的传统。自此到高三结束,每天早读时间都会有一科测试。学校认为这样可以缓解和调整部分孩子对考试产生的紧张心理。平时经常加强这方面的训练,会减少考试时的恐惧心理。由于要应对种种测试,儿子的英语辅导只能挪到周末。问他要不要暂时停几周英语辅导,他说不用。

"周末上个英语辅导,也是个缓冲。而且,效率也不错。"他说。

瞧瞧,美女家教的功力显现出来了吧。上周,接连三天的英语测试,他的成绩都在前十名。这让他信心大增。

"赵傲英语赶上来了,让他巩固住。"他的班主任在食堂见到我,专门走过来夸奖他。

"天天盯着哪!"我赶紧表态。尽管我很想改变自己,成为一个独立自主,又有所建树,还能够保持身材容貌的知性女人,可现在却不得不无条件向儿子一方做出倾斜。他爹赵有信常告诫他:"你现在辛苦三年,将来就能幸福三十年。"这话,也同样激励了我。"辛苦这三年,将来或许能轻松三十年。"要是他考不上理想的大学,将来受累的肯定还是我们。

4月随着一阵阵花香终于到了,天气一天天暖起来。周三早晨,我正在厨房做早饭,赵有信的电话就过来了,说跟部队去外地驻训,估计要一个月左右。听到他又要出去,听到一个月左右这样的话,我的脑袋立马炸了。他要在外一个月,就意味着这一个月无论大事小事,即便天塌下来都得我一个人扛着。做了这么多年的随军家属,这点常识我还是有的。飞行团去外地训练跟打仗差不多。家里有啥事,电话打不通,找不到人是经常的。飞行团的家属大部分都随军在营房,多少还有些保障。可我呢,我们娘儿俩远在北京,难不成还得让人家飞行团来保障吗?因此,每每接到赵有信这类通报,我都很无奈,这则通报言外之意,是我得做好一个月孤军奋战的准备。

"那、那五一能结束吗?"我突然想到五一小长假打算去部队。春节从部队回来,我就开始了减肥计划,盼着五一小长假团聚的时候让他眼前一亮。

"说不好,到时候再联系吧。"

"你们这是去哪儿——"我话还没说完,电话就传来忙音。看来,他很忌讳我这样问他吧。想想也是,部队训练的去处哪是一个家属能随便问的。

"妈,你干吗呢?牛奶都溢出来啦——"儿子冲进来关了炉灶。

"抱歉、抱歉,我真是该你们的——"

"怎么了?又阴阳怪气的。"

"我阴阳怪气了吗?"我不知哪来的一股火,气冲冲地走到灶前,重新把火打着,把和好的葱花鸡蛋面糊倒进锅里。面糊与热锅瞬间产生的烟雾散发着难闻的煳味儿。

哎呀,没放油!我怎么能把面糊倒进滚烫的秃锅里呢。我赶紧沿着锅沿往里倒了点油。

"妈——你别急——"儿子温柔地拉了下我的胳膊,"没事、没事,你不是说煳了对胃好吗?"

儿子这么一劝,我的泪都快掉下来了。其实,赵有信就是在飞行团也帮不上我什么忙。但每天能通话啊,长期分居两地,可不能小看了通话。通与不通截然不同。每天说说家里的情况,听他说说吃了什么,休息日怎么过的,然后重点谈谈儿子的学习情况,也是另一种意义上的"团聚"啊!

如果家里有突发情况,你也能第一时间打电话给他。他出去训练就不一样了。首先,他的手机是不允许开的,会议时也不能打开,警戒时更不能打开,除非他找到机会,主动给打过来。

"妈,刚才是我爸吗?我爸要去哪儿了?"

"没事。你赶紧把东西收拾好,今天咱家车限行,咱得在7点前赶到学校。"我调整了情绪,让自己尽快平静下来。

儿子乖巧地回房收拾,又听他在卫生间洗漱,没多会儿,人就站在你面前了。

"就在这儿吃吧。"我把鸡蛋葱花饼放进盘子里,把牛奶递给他。

"好。"儿子好像突然间长大了,从没有过的顺从让我很是欣慰。

"西红柿等你早自习结束再吃。"我把一碗洗好的圣女果倒进饭盒,又洗了两个苹果装进食品袋,一同放进他书包。

"好。别生气了。"他说罢,轻轻拍了拍我。

"没事儿。"我揽着他走出家门。赵有信不在,儿子真成了我相依为命的人了。别看他嘴上不说,其实他也很想他父亲。有时他坐在桌前,能愣上好一会儿。

我曾把他桌前书架上的一张全家合影拿到客厅,那张合影是赵有信去部队前,一家人在大院照相馆照的。几天后,那个相框又回到原来的地方。

周三早晨这个电话,让我在接下来的几天里怎么也打不起精神。周五晚上快9点的时候,安然突然打电话来,说:"那雅明天——那雅以后不能来辅导赵傲了。"

第 12 章　官玉琪

我忽然觉得赵有信、那雅和安然是有意串通好,向我发起挑战的。他们一个个高高在上，不用洗衣做饭伺候高考生，也不用担心有位假的"单身"老公整天漂在外，啥事帮不上不说，还让你牵肠挂肚、辗转反侧。当我晚上不敢早睡，早晨不敢晚起，路上还得拿出专业司机的状态为儿子开车，放学后还要盯着他学习，关注他的交友，又当妈又当爹，整日惊弓之鸟般度日时，他赵有信整天拎着个卵，倒背着手，在他的一亩三分地上，大首长似的迈着四方步到处巡视，过着饭来张口衣来伸手，屋子脏了有人打扫，衣服脏了找"洗衣机妈妈"（这是他给洗衣机起的名字）的日子。逢年过节食堂搞会餐，寂寞了放电影搞联欢，动辄还会被同事报以同情，请到家中吃个家宴，有貌美的家属招待一番，他哪知道第一时间听到儿子考试考砸了，发现儿子跟女生出去吃肯德基，有恋爱迹象让你抓狂的时候是个啥感觉？

每当我郁闷烦躁不安之时，我都会把他想得如此不堪。我会用粗俗恶毒的思维把他转换为假想敌。这次，又多了两位打手。气头上的我会把他在部队的种种辛苦抛掷脑后。就像去年腊月里，我在家擦窗户被融化的雪水滑了一跤，跌坐在了窗棱上，疼得我骂他祖宗三代的心都有了。我像小丑一样骑在窗台上，感觉全天下的人都在看着我。而我一肚子的火却不能爆发出来，怕惊动更多的左邻右舍，我还得不露声色、尽量优雅地爬下来。否则，这一幕定会成为邻家茶余饭后的笑资。

我把悬在窗外的那条腿拿进来，忍痛跳下窗户。在我平安落地那一刻，我把方才那一幕带给我的所有耻辱都转成利剑，射向那个把我们娘儿俩留在北京的赵有信。

我接连几天没给他打电话，直到周五他主动打过来。我没像以前那么贱嗖嗖地冲他发嗲，我握着听筒，用沉默来抵挡心底渐渐泛起的眷恋之情。

"过得挺好？电话都不打了。"

瞧瞧他这开场白。

"儿子怎么样?"

我仍报以沉默。

"他最近还跟那个、那个单亲女生来往吗?"

"哟——不对啊,你这是怎么了?"

我叹了口气,以示我的存在。

"噢,那你先忙,等会儿——"

我知道他这是要挂电话的节奏,赶紧接上话茬儿:"赵有信,你最近眼皮跳没跳?"

"没啊,怎么了?"

我真想说"我这几天都在用最恶毒的话骂你咒你呢。你不用黄鼠狼给鸡拜年,假慈悲。我们娘儿俩不是你茶余饭后,闲庭信步偶尔有的念想,你也不要为满足自己心理平衡,打电话来对付我们几句,然后,又把我们忘到一边,继续坦然地当你的黄金单身汉,过你那风轻云淡看云卷云舒的日子啦。你今生这一家之长当得太轻松了,只需动动嘴就可以——",可事实却是,我张着嘴喘着粗气,半句埋怨也说不出口。

"你没事吧?"

"儿子不听话啦?"

"玉琪?"

瞧瞧,他专戳我的软肋。

他的声音一声比一声轻,一声比一声温柔,一声比一声无辜。我扣了电话。我怕再晚那么一会儿,我心里的另一个我就开始反攻了。她会说:"他一人在外多不容易,头疼脑热身边连个人都没有;他每月的工资一发下来就一分不少地转给你,这种男人现在很少啦。他对你们娘儿俩的心还是很重的,春节值班发的糖果饼干都拿回来。感情上人家对你也算是忠贞不贰了。关于这一点,春节去部队的那几天,想必你的体会最深,他全部的力气不都用在你身上了? ——"这种劝说要不了多久就会将我拿下,捆绑后送到他的脚下。每每这时,我只能任眼泪滂沱,末了,还得给他发一条安慰短信,让他心安。

电话又响起来。

"刚才怎么断了?说,怎么了?"

"没事。大姨妈来了。"我的大姨妈经常在我需要的时候挺身而出。

"注意休息,辛苦了。"他好像就会这两句话。一如听到"感冒"二字,便会嘱咐你喝水一样,没半点新意。

"好。"

"挂了?"

"嗯。"

通话后,我这次破例没后缀一则安慰短信。我得让他知道人到中年,夫妻双方都得做出积极的改变。情感需要新鲜的营养补充,如果你不想让你的婚姻成为一潭死水的话。跟一年内容没有更新的赵有信通话,还不如跟那雅她们吃一顿饭得到的信息多。她们会让你感到生存环境的改变、观念的改变、世道的变迁,让你有种不进步就会被淘汰的危机感。

我不知道是更年期即将来临,还是我得了甲亢,要么是我这些年在婚姻中一贯息事宁人的"忍耐",让我积压了太多的负面情绪没有发泄出来,那雅连缓气的机会都没给我。她明明知道赵傲的英语刚有了起色,知道我一人带着儿子有多辛苦,可她怎么说变就变,说不来就不来呢?她到底怎么了,上周来家可是一点风声都没透露,才几天的工夫,她就让安然带话来了,亏我还要帮她弄什么非现役。此刻,我心里无数个"负面"攒成的我,带领不同的"辩手"开始论战。我怒火中烧,却又无能为力。我想尖叫、想骂人,可又连愤怒的力气都没有。

周遭的声音越来越小,我整个人在往下出溜。儿子表情夸张地对我说着什么,像在演哑剧。我手里的电话不知何时到了他手上,我的视线从他肩膀滑到小腿,最后,我看到他光着的两只脚就在我膝盖前。很快,他的身子也矮了下来,目光也与我平视了,我能闻到他身上出的汗味儿和臭脚丫味儿。就在我能感知这些味道时,他把手机放在我耳边。一阵刮风般的杂乱声响过后,我听到一个女声在清晰地叫我阿姨。

"官阿姨,您别着急——"

"这是谁?"我扯了下儿子。

"安然姐——"儿子小声说。

"安然?"我重复了一句,思绪比方才清晰了一些。我甚至能听到对面楼传来的隐隐琴声,那弹琴的人总是弹一首哀伤的曲子。那回安然来家吃饺子,听到这曲子后,说是挪威作曲家格里格为诗剧《培尔·金特》作的配乐。说着,她把手机上的耳机拔掉,竟跟弹琴人一个曲调,不过,安然的耳机里是一位女高音哀怨的声音。

多大的伤痛让人能唱出那样的感觉啊!像安然这样的 90 后年轻女孩怎么会喜欢这样的曲子?那弹琴人又是以怎样的心态,不顾左邻右舍许多人起早上班,好多孩子要起早上学,有时候非在深更半夜做出这样的疯狂之举?那旋律中似乎缺少了什么,像心里有个空洞怎么也无法填充一样。后来,我上网查看了有关这部诗剧的内容。弹琴人和安然手机循环播放的那首曲子是诗剧第四幕,女主角塞尔维格在家纺纱,望眼欲穿等待培尔·金特时的一段配乐,后来改成索尔维格的无伴奏独唱。安然为什么愿意让这样一首哀婉的歌常伴耳边?难道她心里也有一位痴心等待的人?她在感情上遇到什么挫折了吗?

冬天已过去,
春天不再回来,
夏天也将消逝,
一年年的等待,一年年的等待——
但我始终相信你一定能回来,你一定能回来。

我曾经答应过你,我要忠诚地等待你,等待着你回来。
假若你如今还活在人间,愿上帝保佑你。
当你跪在上帝面前,愿上帝祝福你。
我要永远忠诚地等待你,等待你回来。
你若已升天堂,就在天上相见。

这首源自十七世纪的诗剧,一个为其创作的配乐组曲让我不得不重新认识安然这样的女孩,重新认识周边邻居。他们都有着怎样的故事?那位弹琴人或许心中就缺着这样一个歌者,而常用琴声去呼唤吧。

发现这个秘密后,我更多的是琢磨那个弹琴的人是男的还是女的?为什么总弹那一首曲子?他(她)会不会也在大院工作,赵有信有没有可能认识?住在楼上的人家都是有家庭的人。难不成他(她)失去了什么珍爱之人?或许,他(她)一直在等待伴他而歌的那个女人(男人)?安然这么小的年纪喜欢这首曲子,一定与爱情有关。一天晚上,深夜2点多的时候,那琴声像穿过黑夜扑向窗户的受伤夜莺,把我从梦中唤醒。

一定发生了什么,我披上衣服,推开窗户,对面楼琴声窗户附近的几家灯也亮了。肇事者家窗户向外散出微弱的光,像旷野里微弱的火苗,与寂静的夜晚竟是那般和谐。不过,咒骂声很快就穿插其间:

"神经病啊你——这么晚不让人睡觉?!"

"别弹啦,把孩子都吵醒了——"

"去神经病医院吧,别在这儿祸害人了。"

"报警啦——"

一股同情涌上心头。曾几何时,我们的邻里之间早已形同陌路。在这个院里谁也不管谁,谁也不干涉谁,各自过着自己的日子。他(她)一定是无法控制自己纷乱的心绪,无法把持那喷涌般的感情,才不得不如此释放。此刻的弹琴人正品味着别人毫不知晓的孤独和绝望。我甚至有了与他(她)做朋友的念想,有擦肩之余忽然看到老友之感。弹琴人心里一定藏着无法言说的故事,像《培尔·金特》一样的爱情故事。"这是《塞尔维格之歌》。"安然告诉我时,仍是那张冷脸。她让我知道了这世上仍有许多像塞尔维格一样痴情的女子。

"妈,你快说呀——她是安然。"儿子把我从杂乱不堪的思绪中拼命往回拽,他着急地看着我,头上全是汗。

"安然?不,安然,你到底什么意思?"我说。

"您先别急——听我把话说完。明天上午我过去辅导赵傲……"

"什么?你是说你要来辅导赵傲?"我看了眼一旁焦灼的儿子,哑声对他道,"她说她要来教你。"

他脸上顿时显现出心花怒放的表情。我的心也被一股喜悦"嗵"地撞了一下,又正常运转起来。我甚至没听她说完,就禁不住捅了儿子几下,仿佛刚才快急疯的人是他。儿子冲我指了指电话,示意我听完了再说。

"呵,对不起,安然,你说。"

"我先教他两天,如果他不适应我的方式,我再帮他找别人……"

"就你了!安然。就你了。"

第二天,我简直以迎接皇帝的心情等着她的到来。安然十分准时,不到8点就到了,10点她还要去辅导另外一个孩子。

我把客厅的茶几搬到儿子的书桌旁,把准备好的食物端进去。

"阿姨,你不用忙,我们开始了。"安然仍是那副淡淡的面孔。我不由得心疼起那张冷艳无比的脸。"天知道这孩子遇到过什么事!好好的一张脸一点笑容都没有。"她开始上课后,我就不知道自己该干点啥了。以前,那雅来家辅导时,我该洗衣洗衣,该做饭做饭,可今天不知怎么了,很茫然,却又搞不明白这茫然来自何处。

怕影响到他们,我拖了把椅子去了厨房,然后把门带上,把菜择了,土豆刮完皮切成丝泡在清水里。做这些的时候,我一直在想,等会儿留她在家吃午饭。不过,以我平时对她的了解,她可能不会留下来。厨房里有点闷。我去客厅取了杯子给自己泡了杯绿茶,禁不住去儿子门外听了片刻,安然声音很低,偶尔问儿子什么,儿子不语,双方像僵持在那儿似的。过了好一会儿,才听到儿子恍然惊喜的赞叹声。

我重新回到厨房把门带上,打开北面的窗户,捧着茶杯趴在那儿看着外面的春光。碧蓝的天空没有一丝云朵,阳光很强,从对面楼映射过来的光线,耀得我有些睁不开眼。许多家的阳台晾晒了被褥、衣服、毛巾,还有的人家羽绒服都洗了,给人感觉冬天彻底成了回忆。呷了口绿茶,我心绪平稳多了,瞅了眼弹琴的窗户,那儿什么都没有,阳台上连件衣物都没有。此刻,我倒有点希望那首曲子轻盈再现。

安然果真没让我失望。与那雅相比,儿子似乎更喜欢安然。"她简直酷毙了!妈,以后咱们能不能不换了,就让安然姐辅导我。"

"要叫老师。"我纠正他,"你不能光指着别人,你自己得努力。你要把方法学到手,坚持下去。"

安然虽然不负众望,可我仍担心她哪天也像那雅一样,打个电话就不来了。好在,接下来的日子里,安然一直准时为儿子辅导。她甚至主动提出让赵傲减一学时:"讲那么多没用,他得有时间来消化。他用不着我来给他报听写了,您可以在我来之前完成这部分,等我来时把结果给我就行。"

我很感激安然能实事求是地为赵傲考虑。其实,站在她的角度,多一学时她就能多拿一学时的钱。她很实在,虽说看上去傲慢,但人真像那雅说的,是个善良姑娘。

4月里第三个周末,她来家辅导,我问那雅的身体怎么样了,还想不想去部队玩。她微微一愣,像是不知道这件事。

"那雅没跟你说吗?"

她转过身,头一回与我四目相对。我看到一双清澈的眼睛,令我震惊的是她眼眸深处有股麻木不仁的悲凉。她看着我的脸,仿佛不相信我说过这话。

"说过。"

"噢。"我尽量不受她的影响,"那你想去吗?只要她身体允许,你们仍然可以跟我一块去。当然,下周我得先跟我家那口子联系一下,看他能不能五一前回部队。定下来以后,我会提前告诉你们。"我嘴上这样说,心里却一再祈祷她不要拒绝。

"好吧。"她低下头,又像往常那样,把目光放在对方半个身高的地方。

她这么痛快,我又想留她吃午饭。

周五放学回来,我去超市买了点牛肉,准备做咖喱饭,省事,也受年轻人欢迎。安然辅导结束从屋里走出来,我说饭已经好了,让她留下来吃饭。这回,她没像以前那么迅速回绝。她先给我一个奇怪的表情,准确地说,就像一个不会笑的人想笑,实事上呈现给对方的却是另一种"凄惨"表情。

"不了。那家小孩今天是最后一节课,以后我就不教她了。我想早点过去跟她说会儿话儿。"她解释了不能留下来的原因。

"让那雅去带吗?"

"不是。"

"她到底怎么回事?得了什么病啊?"我忍不住问。

"没什么,快好了。"她穿好鞋,没再说下去的意思。

这事过了很久我才知道,那雅不能辅导赵傲,是因为她怀孕了。那雅的男朋友就是她说过的那位助教。她没给我打电话或许是不好意思吧。可那位助教已经结婚了,他让那雅再忍耐一段时间,等他离了婚再明媒正娶那雅,结果却是操作失误,把她弄到医院里去了。

我很快就原谅了那雅,也没再问安然这事。因为,没多久安然就搅得我们全家不得安宁了。

周一傍晚,我刚到家便接到一个陌生男人打来的电话。对方先"喂"了一声,就跟旁边人交代起什么。我半天也没想出这个号码出自哪里,才想说你打错了,对方热情的声音又顺畅地传过来:

"嫂子,您好啊,我先自我介绍一下,我是师政治部欧阳主任,跟你们家赵有信一个锅里吃饭的,也是招待所的近邻……"

"啊呀,欧阳主任您好您好。"我赶紧问候,拿出精神头应对这位师领导。以前听赵有信说过,师里有位复姓的政治部主任。"欧阳这个姓可是名门贵胄的姓氏呢。"

"哎呀——嫂子知道我啊。谢谢您高抬了,名门谈不上啊——"

"姓欧阳的可不多,说过就不会忘的。"

"哎哟,谢谢嫂子。这段时间您辛苦了啊!有信长年不在家,您一个人带着孩子在北京,我们离得又这么远,也没有去看望,您多担待啊!"

"孩子都大了,家里也没什么事。对他的工作,我一百个支持——"

"谢谢嫂子。给您打电话是这个事啊,这不五一快到了吗?我们向您和孩子表示慰问,同时呢,也真诚地邀请您和孩子来部队过节,来的时候,记得带张三百块钱的发票。这是部队给参训人员的过节补助,因为老赵在外面不方便通话。食品、车费都可以……"

"啊呀,谢谢领导关心啦。"

"快别这么说,这点钱都不好意思说出口。另外啊,我还有个想法。不知道嫂子以前来过南京没有,我私人想请您跟孩子到南京转转,我让我爱人陪你们在南京玩两天——"

"哎呀,这个就不麻烦了。你们也好不容易有个假,你们全家自己出去玩玩吧,都不容易呢。"我心想这是万万不能的。不管对方是真心的还是客套,我都不能答应人家。再说了,我还得带着两个女孩去呢。那个于庹让赵有信这么上心,如果真能给他撮合成功,这趟就没白跑。

"不麻烦……"

"不用了,不用了。只要老赵五一能回来,孩子能见他一面就很好了。其实,我去也是为了儿子,他们见面聊一聊,对孩子的情绪稳定有好处呢……"

"回来、回来,部队回营地过节是定了的。"

"那谢谢欧阳主任啦。以后您和家人来北京,一定到我家做客,我给您做几道北方菜……"

"啊,您稍等。"欧阳主任说罢捂了电话筒,好像有急需办的事情。我就想等一下再通话,干脆跟他说再见。

放下欧阳主任的电话,给赵有信拨过去,他手机关机。我就安下心来做饭,可心里还是惦着,盼着他早点给家打个电话,好跟他商量买点啥。再有就是带那雅和安然的事情,怎么也得跟他通一下气。结果,4月28号了,他也没打过来。29号上午,8团丁政委电话打到我手机上,告诉我赵有信已经知道我们要去了,问我订的啥时候的票,我这才赶紧通知安然,让她把身份证号码发给我,我好从大院订票,然后大家30号直接去火车站取票上车。

安然传过来两人的身份证后,我看到那雅的身份证果真是河北保定的。她没有骗我,看来,她不是赵有信说的那个女孩。

订完票给老丁打过去告诉他车次,说还有两个同行的才貌双全的女大学生,请他帮忙在招待所订房间。丁政委痛快答应了:"嫂子,您这是帮我们解决困难啊,我们团大龄飞行员可不少呢。这次要能谈成一个,我给您请功,评您为优秀军属。"

"哎呀,丁政委,这可不敢当!她们都是孩子的老师。"

"明白明白。北京的姑娘愿意到我们这儿来就很不容易了。这样的小长假,到哪儿玩不好,跑我们这儿来?到时候我请你们一块看夜航,让你们领略一下我们飞行员的风采。"

有她俩跟着去部队,儿子非常开心,一路上不停地给她们讲部队的事儿,把多年来对飞行的种种储备知识统统道出来。我说这次去,团里可能会安排我们看夜航。儿子说夜航很壮观,飞机尾翼拖着烈焰特别好看。那雅很开心,虽然小脸依旧苍白,可听说看夜航,嘴一直合不上。

"放假了还飞?"安然并没多大反应,一路的注意力都在赵傲身上。她跟他交流的全过程都说英语,因此,儿子时不时便会卡在那儿。安然很少告诉他答案,让他自己去查单词看语法。

"一般不飞,安排休息。"我说。其间,我一直惦记着赵有信,今天都30号了,他就是再忙,现在也该上飞机回返了。为保险起见,我给他发了短信,告诉他我带了美女家教。这则消息对他来说无疑像枚炸弹。他果然急了,车还没到郑州,电话就打过来:

"你以为你是月老吗?你是不是脑子出了问题……"

他的声音很大,显然,他在气头上。怕她们听到,我捂着手机去了车厢的连接处。

"你嚷什么呀,全火车的人都听见了。谁让你不早点来电话,人都上车了,你现在说这些还有什么用?昨天给你打了 N 遍电话,谁让你不接。"

"即便为了儿子,你也用不着把家教都带了来?你要真觉得过意不去,回去的时候给她们带点土特产不就完了,干吗把人带过来?——"

"还不是想让你确认一下,省得你整天疑神疑鬼的。"我压低声音,生怕安然突然过来接水听到。

"对了,可能没戏。我订票的时候才发现她的真实身份。她是河北保定的,不是你说的北京女孩。"

"嗨,既然来了,就这样吧。"

"还有一位哦。"

"你组团啊,把儿子小学的黑管老师也带来了——"

"你别急呀,那雅已经不教了,现在安然在教儿子。她俩是好朋友,她顶替了……"

"官玉琪,你刚才说谁?"

"哎呀,你别一惊一乍的,吓死我啦。我说还有一位美女也一块来。"

"她叫啥?"

"安然。"

"官玉琪同志,虽说你是好意,但你带这一大帮子来得确实不是时候……"

"啥意思呀?"我被他劈头浇了盆凉水,"赵有信,我啥时候才能做出让你满意的事呢? 你看我要不要给中国科协写封信,让他们赶紧研制一款超智能机器人,配给你们军人当老婆。你们训练、作战的时候,她们无怨无悔地为你们守家园,看孩子,你们空闲的时候,心情好的时候,她们还能无条件地服从你们,陪你们做一切事儿……"

"你胡说什么啊。你不了解情况,等见面再说吧。"

"你都这样说了,我们还需要见面吗?等会儿到了郑州我们就打道回府——"我真想好好治治他,"对了,一会儿我就给丁政委和欧阳主任打电话,告诉他们我们不去了,赵有信同志认为不合时机。"

"我错啦!我错啦还不行吗?玉琪,好啦,别闹了。等见面我告诉你,你就知道我为什么这么说了。电话里不方便。嘿嘿——对了,你刚才说那个女孩叫什么?"

"哼,说到女孩你就来了精神。不过,你别高兴太早,我敢保证,她根本不可能是你说的那个女孩。"

"好了,不说了。"他突然冷下来,挂了电话。

我很烦他这样,刚才还"我错了、我错了"的,顷刻就没事了一样挂了电话,不管你什么心情,还有什么话没说完。

往车厢走时,我突然有种不祥之感。如果安然是赵有信当年救的那个女孩,那么她也知道我们娘儿俩是谁了。

第13章　于庹

晚霞映红了海面,成群的海鸥在海面翻飞,捕捉归巢前的食物。呼啸了一天的翔云机场,被海浪拍打岩壁的涛声覆没。晚饭前与兄弟单位的篮球赛,将我推上风口浪尖。他们真是小题大做了。当我光着身子,前胸后背贴着 A4 打印纸走上球场时,即刻引来一片哗然。哗然并不是因为我只穿了件裤衩,而是 A4 纸上印着让我白天饱受耻辱,对抗赛时,敌方把导弹射进我方洞库的屏面截图。我在截图上稍微发挥了一下,用红笔画了一个巨大的零蛋,为的就是这个效果。

"于庹,你真是光着屁股推磨,转着圈丢人。"第一个向我发起进攻的是师父梁立生,"你还嫌不够丢人吗?你想干什么——"

他的话离我越来越近,他几乎是向我冲过来的,我硬着头皮跑到控球后卫的位置上。球赛已经开始,我方在少我一人的情况下同意开球,颇有些不把对方放在眼里的气势。我因胸前的杰作,晚到了一会儿,四周聚来的目光让我如芒刺在背。方才还生龙活虎打球的兄弟们,这会儿都放慢了速度,惊讶地看着我这位新出场的"怪物"。白天与之激战的兄弟部队飞行员,也都津津有味地观赏这哗然的一幕。

"兄弟,至于吗?"我们团王牌大队的一位兄弟,快速运球奔我冲来,跃过我时,耳语般地问道。

我没吭声。我什么也不想说,更不想解释。我就想这样狠狠地羞辱一下我自己。对我而言,白天惨败的耻辱和远比铭记曾经的荣耀更重要。因此,我身轻如燕,追过去断下他手中的球,转身投给大梁。

大梁怔了片刻,接球投进篮筐。随着那球滚落篮下,又随即弹起,场上的氛围渐渐恢复到方才的争夺中。尽管他们有一百个不情愿,但他们仍接受了我。大有只要我能出息,管我是走哪条道儿,唱哪路歌呢。我知道师父一直窝着火,给我传球都是砸过来的。可我畅快极了,我发现在众目睽睽下揭开自己的疮疤,并非一件坏事。这场球赛我们以 13 分的优势赢了兄弟单位。可散场时没一人留恋这胜利的舞台,也没人搭理我,好像我是一只心怀鬼胎,时时会对他们造成威胁的狼。大家揣着种种疑问,回屋洗漱,等着晚饭的哨声。这会儿,我才发现自己一点食欲都没有,我像一只没用的皮囊,在海上茫然地漂着。

我把胸前的 A4 纸小心扯下来叠好,放进口袋里。后背那张抢球时被蹭掉了。透明胶粘下好多汗毛,我也感觉不到疼。回屋后,我把胸前那张截图贴到门上。想着一会儿大梁出来会制止,我推门一看,他竟然不在屋里。

大梁的反应我没想到,别人怎么认为我也没考虑过。我只想让自己记住这次失败,像这种给未来战局带来威胁的事情必须刻在脑袋里,否则一切都是瞎扯。我简单冲洗了一下,便去临海的崖边散步。

海滩在悬崖下面,步行下到崖底沙滩怎么也要一个小时。这儿的风景十分迷人,可一个月来紧张的训练,似乎没人注意到它们的存在。每一次升空、着陆的过程中,它们只是一处处地标,是用于作战的标志物而已。当一切回归宁静,眼前的一切以自然风光进入眼帘时,方觉身在另一个世界。

暮色从地平线融入大海,灰色云层里还透着橘红的霞辉。我站在悬崖的突起处,就像站在一艘巨轮的船头。我望着暗下来的海面,脚下一刻也停不下来。要不是晚饭等在那儿,我真想到崖下的海滩走走。方才球场上那些异样的目光,让我终生难忘。等不到晚饭时间,来这儿参训的部队可能就知道 B 师有位 90 后,在球场上演的这一幕了。团里的兄弟肯定觉得我丢了 B 师的脸,砸了 8 团的牌子,也给兄弟们脸上抹了黑。我想要的结果,客观上,在师长、团长胸前也贴上了这张截图。想到这儿,我心里有点不安。如果他们也认为我这样做很愚蠢,那我只能自守高处不胜寒啦。我坚信这是一个让灵魂饱受煎熬的高地,我必须战胜它。因为我深知今天如果是在战场,失去的那就不仅仅是命了,而是牵动整个战局的胜败。既然是空中斗士,我怎能让自己刻在历史的耻辱柱上,让战友和家人因我而蒙羞?

接近食堂3号帐篷时,空气中多了炸鱼、辣椒小炒肉的荤香味儿,凉拌黄瓜里的蒜头和陈醋味儿也隐匿其中。走到帐篷门外,我听到里面大梁的声音,偶尔还有赵副政委的插话。赵副政委这次跟先期部队一块到的,每天任务结束都要来伙房看看,叮嘱炊事班给大家做几道可口的家常菜。刚才球场上没看到团长,不知道他会不会也在这儿。正寻思呢,就听到他的声音在里面骤然而响。

"我认为于庹没错,是你这当师父的思想有问题。你这人心事太重,不要老想着没面子,面子再好看,里子不结实也没用!10发弹打飞8发,跟打飞了5发有什么区别?真上战场,一发不中就可能失去主动啦!这里面经验固然重要,但怎么保证机弹不要失联才是关键,对手中的每样武器都要了如指掌。我们团这次回去要好好总结,检讨一下不足,看下一步怎么把这些问题解决了。于庹比我们先走了一步,脱下飞行服去球场打球,脑袋里想的还是白天的问题。与之相比,我倒觉得感到惭愧的应该是我们——"

"可自取其辱也不是目的啊?"师父说。看来,他对此仍耿耿于怀。

"所以啊,你这当师父的要好好引导啊!再有,你得好好考虑一下,不要老想着于庹这事儿。你是飞行大队长,得考虑你全队的状态,为啥你们干不过一大队?我觉得不光因为人家是王牌飞行大队,是空军的典型,关键是人家的团队协作能力确实过硬。你们队纵然个个是精英,但未来战争讲求的是协同作战,合在一块打不赢,也完成不了使命。"

"其实,也没团长讲的那么严重。"赵副政委想缓和一下,不再打击大梁低落的情绪,"这次8团打得还是不错——"

"老赵,这要真打仗,你恐怕就不这么说了。"团长打断他。

"我再找他谈谈——"大梁的声音。

"你自己先好好琢磨琢磨吧。他敢于把自己单独亮出来,是想独自承担责任,难道你这当师父的还看不出来吗?你好好想想你该怎么做,对于庹我心里有数,你用不着在我这儿护犊子。"团长一点没给大梁留情面,他抓起桌上的一块玉米,又道,"于庹有种才这样做,你梁立生敢吗?啥叫向死而生,你好好想想。"

"必须的,徒弟都被人打光腚了,我一定深刻检讨自己。"

"老赵——你信不信?"团长就没接师父的话茬,"我们8团要出黑马了,一匹真正的黑马。"

本来我想进去替师父受过的,可一听这话,反倒不好意思进了。

我在门口的草地坐下来,把视线投向远处的天际线,黑暗让夜空与海面、海面与崖面完全重合了。机场上的灯光,此刻就像海面停靠船舶上的灯盏。团长是个有血性又有本事的人,团里的飞行员都很服他。他能走上团长的位置,肯定有足够担当此任的绝门杀技。刚下团那会儿,他带着8团兄弟们转战南北,参加各类对抗比武,执行各种艰险任务,每回都是凯旋,从未失过手。在诸多胜利和喝彩声中,团长总是带领大家在那短暂的、几乎看不到微澜的片刻欢愉后,重归沉寂,回归到理性思考的世界。他常说:"我们都是背'初教六口诀'飞出来的兄弟,是一校同胞,我们应该比亲兄弟还要亲,因为我们面临的挑战是生死与共。"

他这个人胆大,心又足够细,考虑问题总是将自己逼到极限,再绽彩虹。有一回,他们长途奔袭,途中需要空中加油,可云层很厚,穿云出去加油的高度超出上限,但他就是不信邪,坚持走极限。最终,他与加油机密切配合,成功完成极限加油,改写了空中加油的高度纪录。

"如果谁都不去尝试,不敢去冒那个险,我们就永远停留在数据的框架里,在安全的花园里自娱自乐。打仗时没人给你范围,能赢得胜利,从战场上活下来才是最后的赢家。战场上到处都是极限!"他总是把战争挂在嘴边,仿佛战争如夜晚的潮汐、晨起的雾霭,即刻就会来临。他这种作风据说也让不少人感到头疼。

"其实吃这口饭的都清楚,平时总想着过安稳日子,总把安全挂在嘴边的人,等真打的时候坐蜡的还是自己。把战场当练兵的人能有好处吗?不等你开火就被人打下来了。"师父很佩服团长,平时团长怎么骂他都承受着,他知道团长是对的,"团长骂你可不是泄愤,他会骂明白一些事情。"

我没想过"向死而生"四个字,团长高估我了。或许他自己走到今天,经历过很多"向死而生"之类的事情。他认为要在未来战争中打赢,飞行员得有这种向死而生的精神。

"你在这儿干啥?!"

我抬头一看,团长嘴里啃了块玉米,不知啥时站在了门口。

"看海。"我说。

海面那边配合地传来涨潮时海浪拍打礁岩的声响。

"你好好看。"团长把玉米芯子投到前面的泔水桶里,转身对门里喊,"大梁,你徒弟来找你啦。"

我起身送走团长,进了帐篷。大梁和赵副政委坐在桌旁吃玉米,赵副政委见我进来,招呼我过去。大梁离开桌子,端着空碗又去里灶上拿了几块玉米回来。

"听说刚才赤膊上阵,赢球啦。"赵副政委示意我坐他旁边。大梁把玉米递过来,好像啥事没发生地对我说:"来一块儿。"

"对不起,给师父丢脸了。"我接过碗放在桌上。

"肯定的。你也不想想,你光着脊梁贴了那玩意儿跑出来,我这老脸恨不能钻地里去。不是我说你,你小子干什么吭一声不行吗?非得搞出这种哗然的事情。飞行员又不是演员,自己心里明白得了,以后好好飞,不行的地方用心练,非闹得地球人都知道——"

"就是想让地球人都知道,我都觉得无法洗刷那种耻辱!"我知道作为徒弟,我跟他性格完全相反,师父是低调的人,在飞行战术上都有体现。有一回,他巡航突遇两架敌机高速向他接近,但他没有畏惧,非常沉着地亮了下肌肉,用了一个水平顺势急转的动作展示了他的实力,让敌机逃之夭夭。因为那个动作他要承受自身5个G的重量,也就是承受五倍于自身体重的力。届时,大脑血液往下流,心脏、血管及身体各个脏器都要超力承受,是普通飞行员根本完成不了的战术动作。所以说,像我这样动辄引起哗然的徒弟,想必让他很挠头。

"那你也用不着把那种截图贴在胸前背后,你知道我怎么想?知道团里的兄弟们怎么想?反正我不喜欢你出这种风头——"

"我不在乎别人怎么想,我要老考虑大家怎么想还不会走路了呢。我只知道如果今天打仗,我可能都不会站在这儿让你骂,更不会贴着那张纸靶子,痛快享受一场篮球赛了。"

"反省是必须的,但也不要搞得这么'壮观'。上次,我们跟A师对抗,人家是红军,咱们是蓝军,结果呢,我们大获全胜。要照你这逻辑,人家A师还不活了?我清楚平时紧逼实战的目的是为了打仗,为了实战减少牺牲——"

"可刚才是谁跟团长一直牢骚满腹来着——"

"守着团长我不得来点儿苦肉计,让他狠狠骂我一顿先消消火啊?再怎么说,你那样做也不是光彩的事儿。你是飞行员,不是痞子英雄,玩那些噱头。不过,你小子这回真成名人了。"

"师父理解吧,如果不这样做,我自己都难平——"

"为啥?就因为你是于庹,是咱军区90后的飞行员代表,上过报纸上过电视?"他狠狠剜了我一眼。

"不光因为这个。我认为我有点自我膨胀,我必须用最狠毒的方式让自己记住这次耻辱。不过,刚才师父说的一句话我觉得特别对。"

"那是。师父那是谁都能当的?"赵副政委冲我使了个眼色,"快说说,哪句话让你这么入耳了?"

"'自取其辱不是目的'。"我说,"刚才我在外面听到你们的对话了。下一步,我得找出机弹失联的原因,从根本上解决问题。落地后我就一直琢磨这事儿——"

"你小子现在就立军令状,将功补过。"师父打断我,"你要解决了这个问题,我去团里给你请功。"

"请功就算了,我这事师里那边还不知道怎么个反应呢?毕竟在兄弟部队面前——"

"你小子这回觉得不妥啦?"

赵副政委制止了大梁,对我说:"你不要有负担,虽说你这样有点唐突,但仔细想想也没什么。年轻人有问题敢于晾出来是好事儿,等会儿饭后,我再跟团长碰碰,看怎么处理更妥当。"

"谢谢政委。"

"好,你们吃饭。"他起身出了帐篷,去地勤灶吃饭。

赵副政委这人没架子,心胸很宽,还很善解人意,能处处为飞行员着想,在团里口碑很好。这次要是老丁来,球没打完就会让我下来了。现在,我只需找出 X–WJR 导弹与飞机失联的原因。对我而言,这不仅是挽回声誉,而是挽回生命。真正打仗面对的是敌人,不是对手。飞行员只要升空,对手就是敌人,而且,必须是敌人。否则,真正作战,对手的概念会影响到行动力。

周四下午讲评会上,团里说了对这件事的处理意见。团长真是酷毙了。说真的,这种处理方式我是没想到的。团长说经过研究,决定把那张纸制截图制成铜质的警示牌,挂在 8 团空勤楼门口。直到那一刻,我心里才踏实下来。我像获得了自我救赎的机会,还有一点沾沾自喜。师父的脸比球赛那天还难看,就像他被挂在 8 团门口似的。

他那副样子的时候最好别去惹他。我闭上眼睛,想把座舱内的噪音,掩入身体最愚钝的地方。我想找一条清静的小路尽情地走下去,我想到范家庄南边的堤岸公路。五一快到了,那里一定是草长莺飞的盛春景象了吧。

回返部队,带着耻辱,也带着希望。可能是节日快到了,又在一场大强度的任务后,身体渴望放松的欲望还是有的。那些打得好的飞行员脸上洋溢着自信满足的神情,等着与亲人共度轻松的假日。打得不好的,似乎也没什么太大的变化,在我这块"耻辱的截图牌匾"的遮掩下,他们都站在了我对面的光彩处。团里跟我一道分来的飞行员,除我之外,另外两位都谈了女朋友,其中一位准备十一结婚,五一节女朋友来队探望,指导员批了他三天外出的假。这会儿人家正闭目养神,琢磨着与女朋友会面的种种欣喜呢。

"小陈,别把事情提前做了啊?"有人拿他打趣,这小子更加得意。

"有时候神秘感更能抓住女人的心。"又有人为其出谋划策。他们跟小陈开过玩笑,又转向另一位,唯独不拿感情的事说我。

虽说他俩也打飞了几个,但比我强,我只打中了两发,其他的全打飞了。这样看,他们还是给我留了情面的,不像以前那样拿我感情上的事儿"猛攻"。

午饭前最后一波次下来休息时,有人去前面厨房拿东西,还体贴地给我带块面包,递个水果;有人从我跟前经过时,还轻轻拍拍我。其实,这种特殊照顾让我很不爽!我可不是可怜虫,这种安慰我不需要!我更希望回到以前那种自然的氛围中。因此,我又站了出来。我对好意递来矿泉水的哥们儿大声说:"别拿公家的东西送人情,老子不需要。"

最后那句"我不需要同情"让我咽下了。

对方先是一怔,很快又明白了似的,冲我胸前"嗵"地就是一记重锤:"你小子少拿了吗?你小子有今天都是国家培养出来的!"

那拳头是有分量的。

我龇牙一笑,回敬对方一拳。

对方忽地架开我的手,将手上的面包塞进我嘴里,我躲闪着他的进攻。这时,旁边的人开始起哄,各种嘈杂的声音涌进耳鼓,我心里畅快极了,这才是我需要的。

第14章 于庞

五一节对我来说成为名副其实劳动的日子了。我要看几百小时的飞参,寻找问题的原因和解决办法。长期从事脑力劳动的人,需要偶尔参与一下体力劳动。飞行员长年封闭在座舱训练,其实非常需要偶尔的放松。可是,我自己葬送了这次放松的机会,所以,上飞机前就给老范发了短信,告诉他五一不要来部队了。

"老爷子下令了,我还是得去一趟。"

"别废话。"

"我已经受人邀请——"

"谁?"

"见了告诉你。"

"浑蛋。"

"原来就不是好蛋。"

出了舱门,空气中那股熟悉的生活气息扑面而来,我拎着行李,跟在大家后面下了舷梯。快到地面时,大梁从后面加快步伐走到我身边,附身道:"小子,这下如你愿啦,用不了五一后,属于你的那块光荣牌匾就挂咱团的门上啦。这下咱们团世世代代都会看得见,搞不好还会写到团史师史里头去,你小子这回真是给我上了个大眼药,新式的、毒辣的大眼药,我这眼估计到春节还消不了肿呢。"

我选择了沉默。

上了接机的班车,他仍在我耳边不停地数落。我想表个态,可琢磨了一下,还是让他继续骂为好。既然我无法轻松,就让他彻底发泄一把,谁让他是我师父呢。

"不过,也不用担心,"走到食堂门口,他突然停下来,一把搂住我的脖子,用力往下一压,几乎是耳语地说,"小子,有种!"说罢,甩手而去,我转了转被他压疼的脖子,顿觉轻松了许多。

西边的太阳还骄傲地悬在空中,俯视自己映照下的盛春美景。晚上队里安排自由活动。我跟指导员说了一下,直奔范家庄南边的堤岸公路。在老范五一来骚扰之前,在破解那堆资料找到问题和解决办法之前,我想好好享受一下这个宁静清凉的黄昏。

出了营门,前面多了一条插进林中的小路。原先,这儿都被栅栏围着的,因为这片杨树林年头已久,是当年在此建营房的老前辈们种下的。树木与一个私人承包的果园交错在一起。从营区去堤岸只能沿着林子外围的土路去堤坝,这会儿栅栏没了,从这条小路穿过林子,要比以往的行程近两三公里。

林中的空气很好,我禁不住跑起来,鸟儿在林子上空盘旋觅食,寻找最后的食物安顿一个美妙的春宵。林子与果树相邻的地方,有人用铁丝网、破渔网、包装绳拦上了,以示私人领地。偶尔能听到狗叫,不知是不是果园主人的狗,听上去像离这儿有段距离。再往前走,杂木就多了,地上杂草丛生,各种藤蔓依树攀缘;与林子接近的果树也没修剪,毫无章法地向四周延伸,让人有点透不过气的感觉。

往南拐时,看到果园拐角处有个快要坍塌的棚屋,想必以前是看园人居住的地方。林中光线明显不如方才明亮，那棚屋歪斜着，后墙已经倒了，露出屋内杂乱无章之物。难道这果园成了无主之地，要废弃了不成？

看到颓败的棚屋和杂草丛生中没有修剪的果树，我心里像慢慢暗下来的光线，也有点暗淡。走出林子，霞光满天，眼前也开阔起来，一切都显得那么富有生机。

机场与村庄相连的那块空地上，停放了几辆施工用的重型机车，空气中多了农家炊烟的气息。那条有年头的土路两边，稻浪滚滚，一如金色的海洋。远处村庄外面人家的墙壁，被夕阳均匀涂抹了一层金色，看上去温暖而满足，让人有种说不出的安慰。赵副政委一直鼓励我好好干，仿佛我的未来已经前程似锦地展现在他面前。上次《空军报》记者来团里采访，他就推荐了我，说8团有位90后飞行员志向远大，有理想有追求，是飞行员中的佼佼者。

"于庹，你将来一定可以飞出来。"指导员最近动辄就这样感叹。我明白他说的"飞出来"的意思是什么，还有人干脆就直言："有赵副政委盯着你，你小子好好干，保准错不了。""有人盯着是好事，你可别骄傲啊！"丁政委也这样说，好像我在诸王子中是那个早被认定的皇太子。

"小子，不管别人说什么，你自己一定得知道自己几斤几两，知道自己是干啥的。他就是对你再好，也帮不了你升空打仗。"师父总是那个泼冷水的人。

真是怪事，平时练得好好的，怎么到关键时候掉了链子，打飞了那么多呢？机载显示是机弹失联，可从使用说明来看，操作不可能有问题啊？这款导弹先进程度就不用说了，目前所有的发达国家空军都在使用，一定是哪里出现了致命问题，否则不可能打飞了那么多。

接近村子时，土路两边的建筑上多了些鲜亮的标语口号。大门上贴着渴望致富的门对子，院墙上写着新近村委会主任选拔、迈向新时代等政治标语。村头那家安徽人开的牛板筋面馆门外聚了不少人。天热了，店家把简易饭桌摆在街边,围在桌前吃面的几位食客,与身边领头的几位壮年农民交流着什么,给人感觉像是村里有了公开拿来讨论的大话题。

横跨村子的那截路已是沥青路面,与通过这儿的一条县级公路相连。我从主路上岔开,从一条村巷拐去村东的堤岸。巷子两边住家的院墙内不时有桃花、樱花探出墙来,散发出一股股浓郁的花香,让人忍不住想打喷嚏。

走到巷尾,又是一个比较宽阔的村街。过了街道,准备穿越对面通向村外的最后一条巷子时,一个小女孩端着簸箩从巷子里走过来,看到我后,有点胆怯地往旁边靠了靠,戒备地盯着我走过去。我看到她的簸箩里放着几张摊好的杂粮煎饼,她从我身边走过时,我能闻到那煎饼散出的谷物香味儿。

"真香。"我夸张地冲她友好地笑笑。

她趔趄了一下,险些弄翻簸箩。

"小心点。"我叮嘱道。

她似乎预感到我会说什么,仍没有背向我,而是半转着身子,一边往前挪步,一边留意着我这边。

"再见啦。"我回过身去,把手举到头顶上方挥了一下。

走到村东头,有条小河。河对面有片洼地种着一大片整齐的杨树,一直延伸到堤岸公路的护坡堤下。几声狗叫让我发现了通向河对面的一座小桥。原来,小桥的另一侧,紧连着这片杨树林的一块开阔地上,有户养鸡的人家。几百只鸡在林里觅食,距小桥不远的地方有顶绿色的帆布帐篷,那狗叫声就是从帐篷前的一棵枣树下发出的。它把我当偷鸡贼了。

正要过桥,听到身后有人喊:"于赓——是于赓吧?"转过身来,就见丁政委站在巷子口,旁边还有位穿着考究的中年男子,此刻,那男子手搭凉棚地正四下里张望。

"政委,您怎么在这儿?"我有些惊讶,琢磨着他这个点儿怎么会在这儿。

他也不吭声,疾步跟上来,那感觉就像专门在此等我一样。今天独享散步的时光恐怕要泡汤了。

"你这是去哪儿啊,喊你都听不到?"他走过来便先发制人,眼神里充满了"内容"。

"出来透透气。"

"刚回来不好好休息,跑这么远透气?"他上下扫了我几眼,好像我想不开,有思想包袱似的。

"这儿空气好。政委,您怎么也在这儿,公干吗?"

他回头看了看那位中年男人,低声说:"那是方总,陪他来村里看看。他想在咱们机场前面那块空地上建一个乳制品厂。"

越过丁政委,我冲那人点头笑笑,算是打过招呼,随后跟他道别,说:"那您陪客人吧,我先走了。"

"哎——你别走,等会儿我跟你一块。"说着,他折回方总那儿,跟他说了什么,方总离去,走时,还冲我这边挥了挥手。

丁政委执意陪我散步,想必与团里决定挂出的那块截图警示牌有关。因此,他想借散步的机会教育教育我,谁想,他给我讲了一路学习经济的体会和自己未来的安排和打算。

"无论谁都不可能干一辈子。你即便是当了将军,也有退下来的那一天。从退休到离世,期间还有几十年呢,这几十年可不能混啊,要早有打算,好好安排。最近,跟方总接触,学了不少经济上的学问。你想啊,跟这些商人打交道,咱不能什么都不懂啊?你是飞行员,可以不知道,我是政委啊,我得对咱团上上下下负责啊!经济是门正儿八经的学问,现在,国家和军队都在经历一场浩大的革命,要是不学,很快就会被淘汰的——"

爬上堤岸,他停下来,显然,他也被眼前的风景打动了,"你看看,在这儿待这么久,这么美的地方竟然不知道。其实,就是跨过这条小河,爬上来就看到了，可好多人就是没过过那条河，总以为过了河也不过如此。'想当然'害人不浅啊！"

"在这儿待着，让人心里很敞亮。这水面有的地方比湖泊都要宽。"我说。

"你怎么发现这儿的？"

"空中。白天着陆的时候，这儿就像一条金色的缎带。飞夜航的时候，这儿又像一条银色的河流。"

"常来吗？"

"偶尔。最近没什么时间。"

"家里老人都还好吧？"

"都好。"

"还催你结婚不？"

他这么一说，我才想起来，去东海集训前，家里还通告我五一回家订婚呢。我说回不去。这次老范突然来部队，会不会跟这事有关呢？他不会把黄小姐也带来吧？这么一想，脑袋就大了。

"你们走后，团里又派人去你家走访过，做了些安抚工作，跟你父母也做了深层次沟通。我们认为感情问题上不要强加于你，让你自己选择。你父母好像松了口呢。"

难怪家里一直没打电话来，原来团里为这事又去家里走访了。看来老爷子也拿我没办法了，我这边动不动就是组织出面，他对我有气也不好说什么。

"政委五一不回西安吗？"

"不回了，老婆子过来。"政委说着，眼神里竟有了一丝神往，"我老婆臊子面做得好极了，食堂炊事员也做不出来那种味儿。"

一碗臊子面能让他想到妻子的好处，想到家庭带来的温暖。我心头涌上一股酸楚，觉得政委挺不容易的。

丁政委是个好人。师父说丁政委刚当政委那会儿,有位转业干部家庭困难不想走,可他又没法解决,就到处托关系自己掏钱帮人家安排工作。到头来,那人到了新单位后,一次也没来看过政委。"组织关心干部是天经地义之事。"那位干部觉得丁政委帮他办事时,花了公家的钱拉了自己的关系,一举两得。其实,丁政委往里搭的都是自己的钱。

"你自己谈的那个对象怎么样了?"老丁突然转了话题。

"哪来的什么对象?我现在可没那个心思,我的情况您又不是不知道。"我觉得今天还是绕不开这个话题。假日一到,随之而来的问题也就到了。飞行员家庭稳定、情感稳定历来是政治工作的一个重点。

"没有就没有。五一老赵的爱人从北京来,据说还有两个北京姑娘一块来咱这儿,我让他留意一下,有好的给你留着。小于啊,什么年龄做什么事,你不要像现在许多年轻人都弄到很晚才结婚,有的甚至丁克不结婚,其实这是不符合常理的。人啊,到了男大当婚女大当嫁的时候就得结婚,到了生儿育女之时就得生儿育女,这是天经地义的事儿。我这么说不是守旧,不是老脑筋,你仔细琢磨琢磨就这么回事。"

"那也得遇到合适的。"这当口,我没有探讨感情问题的兴致。

"那是。过去讲究门当户对,现在讲究找到真爱,找对那个人。"说着,他无奈地摇了下头,"其实,感情也是可以后天培养的,我觉得有了家庭,有了孩子以后,感情反而更容易培养出来。婚姻并不像人们说的,是'爱情的坟墓',我倒觉着家庭是培养感情的最好温床。"

"政委,五一期间我打算好好研读一下飞参,看看机弹失联的原因到底在哪里。"

"知道你闲不住。"他若有所思地看着我,眼角处堆起几道深深的皱纹,"不过也得注意休息,难得一个春天的假期。工作之余也出来放松放松,更有利于工作。"

老范如期而至,邀请他的人是赵有信。我寻思这不仅仅是上次散步缔结的友谊,赵有信请他来想必还是与我有关。可是他知道我的情况啊,这种时候让老范来,不是牵扯我精力吗?难不成他真怕我想不开?

"你这白眼儿狼啊,这会儿真是翅膀硬了,断奶啦,不是那会儿整天'小进'这'小进'那地求我啦。那会儿把你当少爷般伺候,现在简直就是把你当菩萨供着啦——飞行员,听听,哪个敢惹?你家老爷子这会儿都得让你三分呢。于庹啊于庹,想不到你真的梦想成真了。你自由啦,都飞上天了。老爷子人再多钱再多也控制不了你。你光宗耀祖,都上了咱县的名人录啦。以后,再来看你恐怕更不容易喽。"老范躺在床上,鞋也没脱,两只脚搭在床边,一顿一顿地转动脚踝,像有无限的心事。

"你别一大早在那儿腻歪,不赶上事儿多吗?"我把早晨从灶上带的几块蛋糕和鸡蛋、油条放桌上,用力拉了他一把,"快起啦,一会儿带你出去走走,快点。"

他叹了口气,仍是无限惆怅似的。

"哎哟,你现在怎么多愁善感的。"

"多愁善感的是人家黄小姐,这么多年了,就看中你一个,你怎么就不被感动呢?有段时间,我真观察了一下,她挺不错的,你怎么就相不中呢?她这么痴情,我都受不了。"

"别瞎扯。你先垫垫,等会儿咱们出去吃。哎哟,我差点忘了,小东街那边的小吃店不知道现在还营不营业,听说要拆的。"

"不拆你这儿也没啥好吃的!"他坐起来,用手掐起一根油条,扯了一块蛋糕放嘴里,一边干嚼一边嚷嚷,"说真的——要不是老爷子让我来,我才不稀罕来这儿看你脸色呢,你是大忙人啊,整天干着无比崇高的、不能与朋友分享的伟大事业。你的喜悦、你的果实、你的一切都是神秘的,我们俩现在就像站在河流的两岸,只有相望的份儿啦——"

"哟,你是不是有啦?"我觉得他不太对劲儿。

"我倒是想有啊,可天天被你小子吊着,哪有时间呢?!当初老爷子把我弄到身边是为了控制你,可实际呢,他并没控制得了你,相反,却把我给控制得死死的。"

"对不住了哥们儿,谁让你是老范呢,我的结拜兄弟——"

"别来这套,用我的时候嘴巴甜得跟抹了蜜似的——"他突然哽在那儿,像是噎住了。

我赶紧给他倒了杯水,他喝了一小口,愣着眼睛,静等咽喉部那儿恢复畅通。

"你得清楚,"他终于能讲话了,"五一小长假也是我们这些小老百姓期盼的假日,不像你,明媚春光里的小长假都不在乎。你赶紧结婚吧,你一天不结婚,我就没有好日子过。你赶紧找女朋友,别把我也给耽搁了……"

"你烦不烦啊了!回回都这些废话。你不是赵有信请来的吗?是他让你说这些的吗?你可不能背地里捅我刀子,给我小鞋穿,哥们儿现在的日子也不好过。"

"又有人骚扰你了,于庹?不怪她们总盯着你。谁让你有事业有前途又有钱呢?"他抓起蛋糕送进嘴里,旋即又吐出来,咬下小半块,"哎——你们伙食真不错,等会儿去你们食堂吃一顿呗——"

"那怎么可能?别说你,这次出去,赵副政委跟我们全程,一回都没去我们灶上吃,连块点心都没碰,你能吃上蛋糕够可以的了,还想去飞行员灶上蹭饭,亏你想得出。"

"看把你们金贵的,不就是顿饭吗?"老范脸色有点不好看。这家伙到哪儿都不能亏了嘴。可小东街那边万一没地儿吃,跟指导员说一声,只能每顿饭给他从灶上打点了。

"哎呀,有我在,能饿着你吗?我爸妈身体怎么样?"

"挺好。"他突然转过身,将脸贴过来,认真地看着我说,"你真那么忙,连回家的工夫都没有?你们团的飞行员都不食人间烟火,都没家吗?

还是他们根本就不想有个家,不想与家人团聚?"

"你这话怎么说的,谁不想有个家?可眼下确实很忙。"我没跟他解释太多,我觉得越解释跟他的距离越远。飞行员的婚姻并不特殊,像普通家庭一样,有离别有欢聚,有苦恼也有难以言说的苦楚。谈恋爱的时候,感情因素占据很多,可时间久了,新装备列编,飞行员的心思肯定都放在掌握新装备上。在这一点,无论哪个行业都一样。只不过,飞行员在行业中保持精力绝对集中是排第一位的。飞行上问题没解决,即便回到家里,也没心思休息。可另一半的心态就截然不同啦,好不容易盼到一个休息日,恨不能让你从里到外,从灵魂到肉体去体贴她。可你这会儿或许还琢磨着是不是提前归队,继续解决你的问题。久而久之,两人间的距离就大了,难免滋生矛盾。去年二大队一哥们儿,女儿不到一岁就离了。没办法,妻子受不了聚少离多的日子。加上女方父母也在其间挑唆,女的生了孩子一直住在娘家,休息日也不回来,哥们儿就去老丈人家报到,进门就被数落,一次可以,两次也能忍,可谁能忍受长时间的责备呢,就离了。我以前不愿意回家,是怕父母搞突袭逼我结婚。现在不想回还是有这方面的因素。想想前车之鉴,我就更不能步后尘。除非我要找的女人非常了解我,对飞行也有一点兴趣,境界最好还能稍高一些。否则她一个人,整天想着二人世界,想着你侬我侬,想着名牌包包名牌衣服,想着过节,想着旅游,时间久了,肯定歇菜。我了解我爸,他不是轻易放弃的人。他对婚姻的观念很简单,就是过日子。别看他现在对我挺客气,组织经常去家访他看似有所收敛,可我从不低估他的迂回战术的能力。他眼神里的诉求,明明白白写在那儿。恨不能你前脚到家,后脚就进洞房,几个月后他就能抱着孙子出来,向邻居显摆。

"如果以后为这事儿,你就不要来了。我回头跟我爸说,你在公司做事,人是自由的,不能把你拴在裤腰上。再有,我爸那人有点老糊涂了,不要他说啥你这边就是个啥,你也可以反抗啊——"

"我可没那么傻,我干吗反抗啊?你给我解决房子了,还是给我解决票子了?虽然我现在没时间谈朋友,可我房子有了,钱挣到了,我干吗跟自己过不去?五一来这儿出趟差还有补助呢。你晓得我家老太太怎么讲?五一这个假期,在家里除了跟人家打牌还能有什么事,不如出去转转,看看于庚,心里也换个安稳。"

"哎哟别说了,我都听不下去了。既然你愿意,不觉得吃亏,我还说什么呢?现在你对我的感情可是越来越淡了,你被老爷子洗脑洗完了。你不是过去那个小进,也不是过去那个老范——"

"你不要站着说话不腰疼!"他的眼圈突然红了,"我要是没感情,能马不停蹄地往这儿赶?我完全可以坐明天的车。我饭都没吃,水都没喝一口就上了火车奔你这儿来,你却推三阻四的,你不晓得车上多少人,连张卧铺都没弄到,在车上站了大半天到了这边,还要坐一个多小时的公交,坐了公交还要坐老百姓的电动三轮车,才到这个鬼都不愿意待的地方——"他的手在空中舞动。

"唉,不说这个了。"我捉住他的手,用力握了握,"好了好了,快说赵有信干吗邀你来这儿?难道这次真不是老爷子派你来的?"

老范抽回手,难为情地叹了口气:"怎么说呢,都有吧。你爸妈希望我有时间过来一趟,说,你要没事就去找于庚玩玩。有惯性之意,也有点担心。你们单位总有人去家里走访,老太爷心里有点不踏实。赵有信像是临时动议的。昨天下午我往车站走了,他电话打过来,问我五一有没有安排,说有空到部队这边玩玩,会会老朋友。"

"没说别的?"

"你是不是真惹什么事儿了?跟我你就别客气啦。快说,男女作风上的,还是工作上的?"

"你希望是哪方面的?"

老范转了转布满血丝的眼睛,脸上浮现出狡黠的表情,像在掂量我这样问啥意思。

"说呀？你希望是哪方面的？"

"哪个都不希望，还是啥事没有的好。"他的脸像被上帝的鞋底抽了，立刻显出正襟危坐的神情，"说真的，每次来看你，回去的路上心都平静不下来。其实，我知道你活得很充实，有自己的目标。而且，你总让我有种遥不可及的神圣感，让我情不自禁地想与你拉开距离。不像我，行尸走肉似的只知道挣钱。上个月，咱们班在江苏工作的同学搞了次聚会。本来我对这种事没什么兴趣的，可长期待在你爸身边，有时候觉得自己也像个老人了。心想去看看吧，大家聊聊，看人家都在干啥。你猜怎么着，到会的100%都在公司企业上班，政府部门的很少。他们的梦想就是一个，买套大房子。男的不光要娶貌美如花的，还得有钱。女同学则希望美容界能研发出没有副作用的美容产品，让她们永葆青春，能钓个金龟婿啥的——哎，没意思透了。这种日子不能闲下来仔细想想，否则都无法面对曾经有过的青春和梦想。说是两天一夜的聚会，不到夜半我就拍屁股走人了。也不知道从什么时候开始的，房子、女人成了我们这一代，甚至从70后就开始认定的目标了。我们为了房子奋斗，为了女人奋斗，社会进步与否似乎与我们无关了。于庾，你当初的选择真是对的。真的，老爷子都受你影响，公司无论做什么事都要讲求形象，军属的形象——唉，你在听吗？"

"嗯。"我觉得眼皮有点沉。

"你什么时候能分房子？以后可以不用住这招待所了，一股霉味儿。"

"结婚就分，两室一厅。"我完全顺从了潜意识。我的眼皮相互间的吸力更大了，老范变得越来越扁了。

"唉，大清早的，怎么犯困了呢？熬夜了还是失眠了——喂，你是咋搞的？——"老范来回推揉我的肩膀，我却被那股浓重的睡意裹携着无法动弹。昨夜,屏幕上那些个轨迹,此刻在脑海里像一艘艘凌波飞翔的船,在海面上纵横交错地穿梭。

"别、别——让我眯会儿——"我在最后一刻倒向他的床,便什么也不知道了。

第 45 章 于庚

我醒来后,窗外仍黑着。忽闻身边有微微的鼾声,心里一惊,寻思是不是梦中的情景,轻轻伸出手去,竟摸到一张胡子拉碴的脸,方知自己还在招待所。天啊,这是几点了,怕影响老范休息,我没开灯,借了透进窗的月光找我的手机,最后在厕所马桶后面的按钮处找到。这家伙一定拿了我的手机如厕玩游戏,也不想着上完了拿出来。

按了开机键,显示凌晨 2 点 32 分。再看看床边的桌上,有老范吃剩的方便面和火腿肠,觉得有点对不住他。我们从初中、高中到大学一起经历了那么多事情,他既是我的老师也是我的哥们儿更是我的知己。无论我遇到什么困难,只要想到他就会有种说不出的安全感。他成了我的精神依靠,在我幼稚躁动的青春期里,他是我心中雷打不动的磐石,是我蹒跚前行中的那盏灯。他或许不知道是我先离开鲁米米的,他还以为她见异思迁甩了我。因为害怕有损自己在他心目中的形象,我只字未提。那段时间我一直跟在她屁股后头,完全成了见色忘友之人了。为讨好鲁米米,我天天陪着她。有一回,她去图书馆查资料,我一人无聊,在书架上随便翻书,突然看到一本摄影图片多文字少的书。我读到书中一首诗的一句"我将被留下——"时,心里咯噔一下,觉得今世我和鲁米米不可能在一起了。有了这种感觉后,我啥也没说,收拾了书包离开了图书馆。

我仔细端详老范,觉得他真有点老了。曾经给我解决过无数疑难困惑的老范,这会儿像孩子似的在沉睡。现在,我有了很多他解决不了的问题,有很多他不能知道的秘密,我们各自的世界之间,有道看不见的墙正在逐渐搭起。我希望那道墙立得慢一点,再慢一点。假如允许,我会在那墙上凿开一道缝,好让他往来通行。

让他睡吧,等他醒后再请他去小东门那儿吃夜宵。如果那儿没有,就去超市买几个鸡蛋,用电热杯给他煮方便面。

春宵一刻值千金。在这温煦的春夜,我心里却是一片怅惘。楼下的士官来队家属们烹炸水煮的各种荤菜的余香还在走廊缭绕,让人想到家,想到父母,想到避风港之类的东西。可我却执意要去做避风港,做给亲人遮风挡雨的那种人,我是不是有点不自量力?师父嘴上不说,心里一定也着急。这两百多小时的飞行视频还是他帮忙从兄弟单位找来的,比我要到的那张视频截图有价值。他自然希望我能尽快找到"机弹失联"和"末端搜索"问题出在何处。现在的飞行8团,人们仰慕的不是高官,而是军事方面的领军人。前年,我第一次跟师父去西北参加金头盔比赛,就领略过他的风采,这场比赛也让我真正进入公众的视野。他完全可以找技术更娴熟的飞行员做搭档,但他选择了我。

"战场是练兵的最好时机,你自己得把握住。"

那天,气象超标,风力远远超过对抗课目的底线,完全可以不打,可师父偏要上。当时,我很不理解,冒险升空,万一在这样重要的比赛中出点啥意外,可咋交代啊!后来,我才悟出其中内涵。作为优秀的飞行员,不仅要在比赛中拿第一,还要在战场上把战无不胜的气势拿出来。就是那次跟着师父"逆风"而上,超低空飞行,避开"敌人"地面雷达干扰和对抗,才在恶劣的气象条件下收获了满堂彩,还开创了极端恶劣气象远程机动、超低空山谷突防、实弹攻击三项纪录。正是师父那次大胆起用了我,才成就了我的今天。

团长把截图制成牌匾挂在8团门口,用意并非为了立起一个雪耻的警示,而是再次发出的无声号令,也是对我的督促和激励。想到这儿,觉得疲乏消失了,我得尽快找出解决问题的办法来。楼内静悄悄的,一个人都没有。我轻手轻脚上了二楼,发现自己的房门虚掩着,里面有微弱的光亮透出来。天啊,会不会师父来这儿看视频了?

推开房门,师父电脑桌上台灯果然亮着。卧房门半开着,里面黑着灯,我走过去探了一眼,师父斜躺在床上睡得正香,衣服也没脱,想必看累了想躺一会儿再起来看,却禁不住倦意沉沉,睡过去了。我轻轻把门带上,把台灯熄了,抱起桌上的电脑进了对面自己的卧房。

不知过了多久,老范打电话找我,我才知道已经是早上 8 点多了。去师父房间看了看,人不在。寻思着是不是凌晨 5 点那会儿,我睡过去时他走的?

"哎呀,你心里到底还有没有我这个老朋友,昨天就没管我,今天你还让我吃蛋糕和方便面吗?——"等等,哪来的香味儿?我放下电话,寻着那股香味找到卧房外的桌上,两个满满的大托盘里有煎鸡蛋、肉包子、鸡蛋饼、小菜和蛋糕啥的小点心,还有两包没开封的牛奶,我用手摸了摸,还是热的。师父有时候嘴上不饶人,可心真是菩萨一样啊!

"喂,我说,你听没听啊——"老范还在电话里嚷。

师父真让人感动,他连我同学的那份也想到了。

"于庚,你是不是又睡过去了?等会儿我可到团里找你啦——"

手机里叫唤的也是好哥们儿呢。我鼻子微微一酸,觉得自己很幸运,除桃花运外。

"等着,这就把早饭给你端过去。"

"你说什么?——"他好像不相信自己的耳朵,"真的吗?那我可等着啦——真是饿死我了。"

老范吃光了师父准备的丰盛早餐,心满意足地抹了抹嘴。知道我又熬夜加班后,他有点于心不忍,主动放弃去后岭散步。我说没事,今天专门陪你去。后岭那边我去得少,团里去那儿玩的人很多,节假日都拖家带口地去那儿郊游野炊，咱们去那儿正好蹭点饭吃。"

老范的心思似乎不在这上头。他的脸这会儿荡漾着怪异的神色，像饥饿的猫发现柜子里的鱼干时，露出的那种高深莫测的神情。

"哎，告诉你个秘密，今天早晨我出去的时候，看到隔壁住两女的，一看就是那种北上广一线城市来的女孩。大气时尚还有点小冷漠——哎，你别撇嘴，我说的是真的，今儿早上还有当兵的给她们送饭呢。肯定是哪家领导的亲戚。"

"一楼是士官来队家属住的，只有二楼有几个标准间是给像你这类来队探亲的家属和朋友住的，搞不好是哪位的女朋友吧。"

"女朋友还凑成双了来探亲？"老范端起水杯喝几大口水，"等会儿你问问呗，那个短发的女孩特入我的路子——"

"歇菜吧你，对你路子的女孩多了去了。再说了，天南地北的怎么过啊，你还是老老实实在老家找一个，下次带过来，我帮你找地方住。"

老范"哼"了一声，没理我，又拿起筷子夹我盘子里的小菜吃。见我光吃蛋饼不吃小菜，他把筷子往桌上一撂："于庹，你是不是嫌我脏啊？"

"没有啊。天天都是这些东西，腻了。"

他开始给我剥鸡蛋，往上蘸了点酱油，然后递到我跟前。我要接，他却改了主意，执意送我嘴里。

"咱们先实习一下，以后就是别人喂你了。"

"真恶心。又不是没胳膊没手，干吗让人喂！"我夺过鸡蛋放进嘴里，"哎呀，你是不是没洗手啊，一股腥味儿。"

"嗯，你来前我刚蹲过坑。"

我吐出鸡蛋，用清水漱了下口。

"咱们对着一个瓶子喝啤酒的时候你也没这样。"

"没办法，万一你感冒或得了别的什么病传染给我怎么办？过两天我还得飞，能跟你一起吃饭就不错了。"

"臭美吧你！"

"真的，我们有规定，一般不让在外面乱吃东西的。除了卫生这条外，还得讲究营养均衡，我们平时有航医盯着呢。"

"知道知道，就像你们单位的人跟你家老爷子说的：'无论于庹找啥样的，将来都会照顾好他的。我们教育我们的空勤家属，要像爱护眼睛一样爱护飞行员爱护自己的老公。他们可是我们空军的战斗力。'"

"没个正经。走，咱们去后岭转转，哎——干吗呢？"

"嘘——"他把指食放在唇上，"你听，她们好像出来了。"老范全神贯注地听着外面的动静。

就在这时，我的手机铃声大作。老范一把抢过来，按开屏幕："不想让我来，是不是自己早约了别的什么人——"

"噢——是你的恩人赵有信。"他冲我打着哑语，把手机递到我手中。

"于庹——于庹——"电话里，赵有信接连喊了两声。

"是我，政委。过节好。"

"中午有安排吗？我老婆儿子过来了，中午你跟老范来我这儿吃饭吧，我儿子还有东西给你呢。"

"谢谢政委，会不会太麻烦？嫂子好不容易来一趟。"

"不麻烦，还有两位小客人，大家一块热闹热闹。"

赵有信没容我多说便扣了电话，这个邀请就算大功告成。我知道他一直很关注我，几年前庐山的共同经历拉近了我们的距离，让我们自然而然走得很近。这事我也没跟师父讲过，赵有信似乎也希望团里不知道我们在庐山的事儿。从他第一次回避老丁对我们相识的疑问，我就觉察出来了。

"哈——刚才他说啥了？还有两个小客人，你说会不会是隔壁那两位美女？"

我瞪了他一眼："咱们是不是去城里超市买点东西呢？离吃饭还早，

我们总不能空着手去吧？嗨，你带酒了吗？"

"你们不是不准喝酒吗？上次带酒被你叨叨，这回不带你又要。"

我赶紧打开约车网，想让以前去城里约过的出租车来接一下，却一直联系不上。老范下了床，把桌上的东西往中央一堆，到电视桌旁取了垃圾桶，把吃剩的东西全倒进去。

"来得及吗？别因为去城里，回来堵车，迟到了更不好。我看不如去你们团服务中心买点水果算了。"

"也是，五一那儿没准进了些东西呢。"我说着往外走，老范就不高兴了。

"到底是谁千里迢迢来这儿看你的?! 还不知道人家请的是谁呢，就慌成这样，搞不好是俩男的呢。"

老范这么说，我并不在意，其实老丁早就透露过赵有信家要来两位北京姑娘。不知怎的，只要提到"北京"二字，总让我想起她来。只是，跟老丁在一起的那位方总让我又担心，会不会还有老丁和方总呢？

"怎么了？刚才脸上还乐得像朵花似的，现在怎么又像蔫巴茄子啦？"老范穿好衣服，走过来将我推出门，然后清了下嗓子，好像提醒隔壁他出来了似的。

"昨天我去堤岸，碰到我们团老丁和一个地方老总。"

"噢——我说你怎么突然变了脸，怕人家请的是老丁和那个老总吧？"

"不完全是，他们或许也会去。"我说，"要不这样，你先过去，看看究竟有谁，然后给我发个短信，我看情况再定。"

"人家可是师首长，这点面子你还不给人家？不就去陪个酒吗？到时候我替你喝就是了，人家大过节的请你一个小飞行员到家里吃饭，你还推三阻四的。"

"你不知道不要乱说。"

"你看看，我就说你肯定犯什么事儿了！说，是不是惹了哪个美女，没擦干净屁股，让你们领导批了？哎——你干吗推我，是不是被我说中了，恼羞成怒——"

我用力把门带上，那门年久失修原本就松动，又有风借力，就听"咣"的一声，木门严丝合缝地撞进门框里。

"你以为人家都那么傻吗？还让我先去探路。你能有多忙，五一节还跟你们领导撂挑子。"

隔壁屋的人好像也被这声巨响吓坏了，我们走过去后，听到身后有开门的声响，想必是出来探个究竟的。老范听到身后有人开门的声音后，立马换了心情，赶紧回头去逢迎，只是，很快又颓丧地转过身来，遗憾地摇了摇头："不解风情。"

买了啤酒跟饮料，又买了一篮水果。我决定还像上次那样早点去帮忙，总不能让老丁他们去帮嫂子择菜淘米吧。老范也同意："既然去，就好好表现一下，毕竟人家没请别的飞行员，你应该感到荣幸。"

来到赵有信家里，还不到 11 点，我敲了下门，没人应，可能都在后厨忙着。于是，我又加大了些力度，敲了三下。这回很快就听到门内有人趿着不合脚的拖鞋，往门这儿疾走的动静。

门开了，一个我不认识的年轻女孩站在我们面前。

"啊，是你——"老范拱上前，轻轻碰了我一下，"这就是我说的那个隔壁。"

"是于庹吧？"赵有信的声音传过来。

"是，是我。"我跃过女孩的头顶，冲里面应着。

"快请进，快请进。"女孩立马露出笑盈盈的样儿，殷勤地往门里迎着我们。见我满地上找拖鞋，她麻利地从柜子里抽出一双宾馆用的棉质拖鞋，轻轻地放在我脚边。我发现她做这些事情的时候，目光便在我身上打量，仿佛在确认什么。

嫂子从厨房迎出来，举着两只粘满面粉的手，赵有信系着围裙紧随其后。

"赵傲呢？"我问。上次我们玩得挺投缘。

嫂子压低声音朝旁边一个房间指了一下说："还在上课，一会儿就完。你们先坐。"

"是位非常严厉的老师呢，他不敢造次。"赵有信把我俩领到客厅阳台，那儿早已摆放了一张大圆桌，上面摆了坚果、水果。老范把果篮提进厨房，其实，他完全不必这么做，我知道他想找机会与那开门的女孩聊一聊。

知道老丁和老总不会来，我心里踏实下来。"赵傲学习抓这么紧，来部队过节还跟着家教？看来北京的高三生很辛苦啊！"

"怎么样？昨晚又熬夜了？"赵有信岔开话题，解下围裙搭在椅背上。

"没有。老范来了，陪他玩玩。"我不想让他知道熬夜加班的事儿。

"就是。劳逸结合嘛，休息也是为了头脑更清楚。"

这时，厨房传来女孩跟嫂子的笑声，看来老范攻关还算顺利。

"要不要去帮忙？"我欠起身，想过去看看。

"不用。"赵有信说罢，眼神在我脸上认真扫了一下，"于庹，你和那个女孩在庐山分手后，又见过面吗？"

"没有。"我觉得这是他迟早要问的问题，"你走以后，我跟她借手机来着，我的手机不是被人抢了吗？我当时一直担心她是不是离家出走，自个从家跑出来的——"

"你也这么想？"

"嗯。直觉吧。我觉得她像离家出走的女孩，可后来一接触，又觉得不是，她性格很开朗，人也聪明。"

"那她一个人——你们后来没一起结伴玩吗？"

我有点语塞，我不想让他知道实情。那段时光是属于我的，如果她也跟我一样珍惜,那也是属于她的一段美好时光。是的,我就是这样定义我俩在庐山相遇的那段日子。

"我很快就离开了。"我想着他跟老范上次去堤岸散步的事儿,没准老范跟他说过庐山的一些事情。所以,我有意略过了重要部分。

"政委,如果这次解决了机弹失联问题,下次任务的时候再尝试一下——"

"今天不说这个。"他飞快地朝厨房那边看了一眼,低声说道,"于庚,你说这世上人与人的缘分究竟有多深?当初,我见到你的时候,觉得缘分这东西真是太不可思议了,可今天,你嫂子——"

"于叔叔——"赵傲人没出现,声音先飞过来,"于叔叔,你来啦,你看我给你带什么来啦?你得给我签上大名。"

赵傲手里挥着一张报纸冲到我跟前:"快,于叔叔,在这上面给我签个名,我得留着等你当司令的那天。"说着他把报纸往桌上一按。

"谁说我能当司令,当司务长还差不多。"我顿觉脸上袭来一股热浪,这小子当他爸的面抬举我,真让我消受不起。这会儿偷偷看了眼赵有信,我发现他的目光一直在孩子身后。我的余光告诉我那儿伫了一个人,一个女人,而且,很有可能是今天的主角儿。于是,我直起身子,可是,等我看清那个人后,心里就像响起一片惊雷。那张冷艳奇谲的脸上依稀能看到当年的模样。是她!

心那儿又是一阵紧缩,感觉提到了嗓子眼。我想到赵有信刚才大说特说的缘分。难道今天请我来,就是为了此刻的重逢?

我情不自禁近上前去,那鼻翼左下方确实有一颗小巧圆润的雀斑,真的是她。我伸出手拉起她垂在腿边的手,轻轻握于掌中。那双手还是那么小,像孩子的手一样。

"你怎么会在这儿?"

她脸上显现出古怪的表情,按常理,她应该礼貌地笑一笑,为这奇特的缘分,为几年后的重逢笑一笑。可她没有。

"你不认识我了?"我看着她。那纤细的胳膊被我摇成一段弧线。"是不是我变了?不再是你说的那个羸弱的书生了?"等等,她的手好像在做挣脱我的动作,一股背离的力正在暗暗使劲。我松开手,任那小手像鱼儿一样重新回到水里。

"你好。"她说,像初次见面的陌生人。

"她是我的英语老师,于叔叔,你看她长得是不是特像刘亦菲?告诉你啊,她的英语酷毙了——"他啰里啰唆地向我炫耀。我没应声,我的脑海渐渐被庐山的那段日子填充着。看着那双冷漠的眼睛,我多希望能从中找到些热情,找到曾经有过的率真和娇憨。可那里分明就是一个冰封已久的严冬,一个看不到任何春天希望的寒带。

第 16 章 于庚

"嚯,成了冰美人了。"老范附耳咕哝了一句。

她变了。容貌依然美丽,身材凹凸有致也没的说,可那张脸却是历尽沧桑,受尽深痛巨创,才展现出的面孔。与人相逢,笑都不会笑了,与几年前那个活泼可爱的天真女孩完全不同了。那副冰冷的表情完全是拒人千里之外的样子。

"喂,听见没?你还是自己赶紧找辙吧,我可管不了你——"她像轰苍蝇般回头冲我嚷嚷。

"我的手机不是被抢走了吗?如果我不舍机救你,你的手机恐怕也会被他们抢走的。"

"这我管不了。"她向前小跑起来。我紧跟其后。她要溜了,我找谁帮忙啊?见我跟着,她又停下来,很生气地冲我嚷着:"你听不懂人话是吧？你干吗总跟着我呀?!"她踢飞脚下的石块,却被顶得生疼,龇牙咧嘴在那儿吸气,令人忍俊不禁。

"笑屁呀?!"她白了我一眼,"你手机被抢了你找警察去呀,你跟着我一学生算哪门子事吗?"她不小心说漏嘴。

"因为你是个学生啊。你看,你长得吧还行,人呢也机灵,要是坏人盯上了就麻烦了,把你卖到深山里,你爸妈可就找不到你啦。你消消气,我就借一下下,给我家里打个电话——"

"哼,什么叫还行呀?"她嗫嚅着,继而又叫起来,"你当我傻啊？别的你记不住,'学生'二字你倒是记住了,我看你是心存歹心,不怀好意,乘人之危。"

"唉,我怎么说你才能相信呢?"

"你怎么说我也不相信。"

"要不这样。"我把身份证、学生证、食堂饭卡、洗澡堂水卡全都掏出来递过去,"你看看,我不是坏人吧？我是南京理工大学的学生。跟你一样——不,跟你不一样,我是大学生你是小学生。我们都是受害者。你明白？我只是借你手机给家里打个电话而已。"

这回,她安静下来,目光在身份证和我的脸间来回扫视了片刻,像在印证我跟相片上是否为同一人。为确保无误,她还将身份证放我脸边比对了一下。

"不骗你吧?"我说。

她"哼"了一声,说:"万一你这些证件都是假的呢？你可是比照片上的人瘦多了……"

"我瘦吗?"我摸了下脸。

"是骨瘦如柴。"她伸了下舌头。

我又摸了摸胳膊,那儿空荡荡的一根骨头挑着衣袖。"唉,都是被我爸妈折腾的,不瞒你说,我这几天没吃过一顿饱饭,要不是他们老逼着我回家相亲……"不对,等等,她脸上怎么有了幸灾乐祸的表情?天啊,我说了什么?我怎么自己也说秃噜嘴了?

"瞧你那傻样!"她干脆笑出声来,洁白的牙齿在阳光下闪闪发亮,可以做牙膏广告了。她有点吊眼梢,比杏核眼美女还好看。鲁米米开过眼角的眼睛都比不上她的大,而且还有神。露在外面的皮肤不如领口下面白,像是被庐山强烈的紫外线晒的,显现着健康的小麦色。要说她比鲁米米稍微逊色的地方,就是胸部了。她那儿还没发育起来,像母鸡只吃了七分饱的鸡嗉子。

"哎哎!警告你呀,你刚才往哪儿看哪?"她掩住前胸的衣襟,肃声道。

"对不起、对不起,稍微走了点神儿。"我赶紧道歉,"你还是慈悲为怀,把手机借我用一下。要不这样,你拿着手机帮我拨,按下免提我来说。"

她又上下打量了我一会儿,才很不情愿地打开手机准备拨号。忽而又像想起什么,她把手机往胸前一收,警告说:"你可别啰唆啊,有啥事赶紧说完拉倒——"

"你让我拖泥带水我也不会。我跟我爸妈打电话从不超过——"我突然发现那眼神有点不对劲,立马打住。我的嘴把门的跑哪去了呢?

她"哑哑"了两声,很不屑地瞥了我一眼,叹了口气:"就你这样的孝顺儿,我可真替你爸妈感到不值。"她摇了摇小脑袋,用那种对不孝儿的鄙视眼神看着我,"说吧,你要打的手机号。"

我逐一说出每个数字,看着她输进手机拨通。

"哪位?"我妈的声音很大。

她微微皱了下眉头,把手机往我跟前放了放,示意我赶紧说。

"妈,是我,于庹。"

"你个死家伙,去哪儿玩呀也不跟家里说一声,害得我跟你爸日夜不宁，饭都吃不下去，你心里到底还有没有我们？你就是旅行也得跟家里说一声。"我捂住听筒，她竖着耳朵在那儿偷听呢。发现我在注意看她，她装着大方地把手机又往我跟前送了送。

"妈，我手机丢了，您赶紧给我往这个手机里打点钱，一会儿我把微信号发给你，你让我爸转点钱过来，我好买个手机……"

"你别跟老子玩什么花花肠子。"感觉我爸夺过手机去，"赶紧回家，我已经把你的卡冻结了。不过，里面给你留了足够回家买票的钱。"

啊呀，讨厌死了，这丫头简直要笑出泪来了。

"爸，我手机丢啦，你冻不冻结都没用……"我没说完我爸那边就挂了。

她没收回手臂，拼命忍着咯咯笑了好一会儿，才调整好表情看向我。"喂，看看你做人的诚信，连你爸妈都不相信你，你怎么好让我相信呢？不是我不帮你，你爸妈根本不相信你这种儿子，我又能有什么办法？好了，这回你别再跟着我啦。"说完，她合上手机，拍屁股走人。

"等等。"我小心地捏住她的衣袖，怕她一叫，旁人以为我非礼她，"好人一生平安，你帮人帮到底。我这回再给我哥们儿打个电话。就这一个，如果还不行，我自己找警察去，绝不找你麻烦了。"

她生气地瞅着我抓她衣袖的手。我立马松开赔上笑脸。她白了我一眼，再次打开手机，脸上仍掩藏不住幸灾乐祸的神情，猫逗弄老鼠般地对我拖着长腔，说："这可是你说的啊，就这一回啦，最后的一回啊！"

老范果然没让我失望，转了 2000 块钱让我先找地方住下。我让他再转一点，我好买个手机。他说他一会儿就到，让我住下后，给他发短信他来找我。钱到以后，我们一起去银行取钱。

"好人一生平安，帮人帮到底，放心吧，我不会骗你的钱。"她在学我。

看来她是个不错的姑娘。要是她要赖说这钱是她的我也没辙。我们在镇上找到一家建设银行，人家正在歇业。又去各商场、酒店寻找 ATM

取款机。这回,她有了方向。她把我带到一个叫"晨辉"的中档酒店,从她顺手顺脚的麻利劲儿,我就知道这儿一定能取到钱。果然,在吧台后面的楼梯拐弯处,有一个建行的 ATM 取款机。

"你来这儿取过吧?"

"快点的,哪那么多废话?"她好像有点紧张。

我取了 2000 块钱,寻思她帮了很大的忙,说请她吃碗米线。

"用不着。"她扭头去了楼上。

"哎,等等。"我喊住她,突然间很怕她消失了。

"又怎么了你?"

"方便给我留个电话吗?"

"不方便。"

"我只是想给朋友发个短信,告诉他我要住哪家酒店。"

"那么多酒店呢,你干吗住这家啊?!"她站楼梯上瞪着我。

"有你在,不是壮个胆儿吗?万一再碰上那帮小混混,把我这 2000 块钱也抢了去——"

"瞧你那出息!"她白了我一眼,"前台有电话。"

"哎——同学,你别走,请问你是一个人来的吗?还是跟你爸妈——"

她的脸色倏地变了。她退下两级台阶,警惕地看着我,疾声厉色地说:"你这人怎么这么啰唆?你要是再不走,我报警……"

"别——我只是想,如果你爸妈在,我上去跟老人家解释一下,刚才……"我示意她身后那团黑乎乎的血迹,"你好像,你好像受伤了——"

这回,她像受惊的小鹿,骂了声讨厌,跑上楼去。

我突然有种不祥之感——她是离家出走的。从她今天的行程看,不像是跟父母出来的。那焦灼的神色暴露她并没有安全感。她或许是青春叛逆期,偷偷跑出来的。她的年龄看上去也就像高中生,不超过 18 岁。

我在宾馆四周转了转,又到前台看了眼价格,每晚360块钱的标间,我都觉着贵,她一个高中生更不会觉得便宜。要是她真是离家出走的话,得带不少钱,才能入住这样的宾馆。

"服务员,刚才出来倒垃圾,风把门带上了,我朋友在里面洗澡。麻烦您帮我开下门,您要忙,我自己开了把钥匙送下来。"

"你朋友?"柜台里是位30来岁的女人。她扫了我一眼,"是刚才跟你一块进来的那个女孩吗?"

"啊,是啊。"

"她不是一个人住吗?前两天还跟我砍了半天价儿呢。"

"噢,她先来的,钱带得不多,我现在不赶过来了吗?"我给那女人一个温暖的笑容,以求唤醒她的同情,赶紧给我开门。

"倒垃圾还背着背包,你骗谁呀,你是打人家小姑娘的主意吧?告诉你,年纪轻轻的别起什么歹心,我们庐山这儿可是人杰地灵的地方,容不下使坏的人,她父母很快就到了。"

这时,从大门口又进来几位旅客,女人立马换上笑脸迎了过去。

"算了,我自己喊她好了。"我赶紧撤离,怕再僵持会弄出更大的麻烦。中年女人都没搭理我,开始给那几位客人介绍起房间和价格。

我上了楼,挨个门听了听,希望能找到她的蛛丝马迹。有的门里一听就是好几个人,排除了几间,继续往下打探,就见前台那位中年女人领着两个保安上来了。

"就是他。你看他鬼鬼祟祟的样儿——"

我脑袋轰地一下,赶紧争辩:"我哪有鬼鬼祟祟了?"

"有没有我们一会儿就知道了。"那女人把手里的钥匙摇得哗啦响,她在南边第三间门前停下来,敲了敲房门,拿出对待良民才有的温柔,望着那门说,"小姑娘,是我呀,总台服务员——"

"啥事儿?"门内的声音并不热情。

"有件事要跟你核实一下,有人说是你朋友,麻烦你出来确认一下,看看是不是这个人。"

事情到这儿了,我只能硬着头皮站在那儿。如果她不认,我大不了耍赖说我们吵架了,她才这样的。几分钟后,门才开了一条缝,歪头探出两只眼睛,朝外面扫了几个来回。垂在一侧的头发还滴着水,像是冲过澡。这让我莫名地陡升了自信心。"看吧,她在洗澡嘛,风把门带上了,我被关在外面的。"说着,我偷偷向她递上祈求的眼神。

"小姑娘,你可认识这个人呀?"中年女人并不为我的话所动,说完,竟冲她意味深长地瞥了眼自己身边的保安,意思是:如果你不认识他,我们立马把他带走。

我又悄悄递上祈求的表情,那张脸上立刻露出狡黠的得意,她冲那女人乖巧地笑笑,说:"谢谢您啊,他是我朋友。"说罢,将我拉进门去。在门关上的那一刻,我庆幸地呼了声"妈呀"。

"我不是你妈。"她关上门,神情严厉起来。

我把身份证、学生证,还有刚才取出的2000块钱掏出来,放在电视机旁的橱柜上。

"你这是干什么?"她并没有讲和的意思。

"你别误会,我只是想让你知道我不是坏人。这些东西包括这些钱都放在这儿,直到我哥们儿过来跟我接上头。再有,我想确定你是不是跟父母来的,准确地说,我怀疑你是离家出走的小孩……"

"还说你不是坏人。"她低声呵责道。随即我便被一股力量掀翻在地,我倒下时弄出的动静很大,像是碰翻了什么。我的脑袋一片空白,我甚至不知道发生了什么,谁把我弄倒的。我甚至在想这屋是不是还藏着一个壮汉,或许就是那壮汉授意她哄骗我进来,收拾我的。

"好汉——好汉——你听我说——我、不是、真不是坏人……"我的话连不成句,被空气揪成一块一块的。

"那你老跟着我干啥?！一个大男人,总盯着一个小姑娘还能是好人吗?"不对,这像是女人的声音,难不成我遇上雌雄一体的大盗啦?

"对不起,我手机没了,我的头好晕……"我闭上眼睛。

"关我屁事。"

我静静地躺了一会儿,觉得脑袋不像刚才那么晕了,慢慢摸索着坐起来,往旁边看了看,想找到方才摔我的人。"师傅——武功高强——对不住——我、我没恶意——"说着,我拱手也不知冲着哪个方向就作了几个揖,"明天我哥们儿就到——她的手、手机——我不能离开……我绝、绝不是坏、坏人——我很快——当兵、当兵……"

有人伸手捅了我胸前一下,她的声音就冒出来:"嘿,你这家伙摔傻了吧？你跟谁说话呢？"

我举手又作了个揖:"好汉——你,不,是您,相信我！等——朋友来,我们——今生今世都不再见啦……"说着,眼前猛地一晃,就啥也不知道了。

蒙眬中我看到一张美丽的脸。光线很暗,四周灰蒙蒙的,完全睁开眼睛以后,周遭空无一人。透过对面那个窗户,我看到外面黑得严严实实的了,没有星星,混沌的中度的灰暗笼罩了一切。屋内有点光亮,饥饿让我的嗅觉变得异常灵敏,很快发现床头柜上有吃的东西。我爬过去看了看,有包子、奶油面包,还有一袋双汇玉米肠和一小包榨菜。那些食物没有一点香味儿。或许这是梦中,梦中的食物是没有味道的。我搞不清自己身在何处时,感到了恐惧。难道我死了,变成饿鬼啦？我在一抹淡淡的意识中拿起包子,一边吃,一边体会喉咙那儿是不是像火烧,脖子中间有没有裂开的地方,让吃下的东西流出来。还好,咀嚼让我品出了调料的味道,脖子也安然无恙,喉咙也没有火烧感,我没有死。

四周好静,头仍昏昏沉沉,不知道是不是我脑袋里发出的声音,我觉得整个身体和灵魂都浸在一个恒定不变的机械声中。隐隐地,我能听到来自遥远村落的犬吠,听到潺潺的流水……我想那狗就是二郎神的哮天犬了,那潺潺的水声就出自那条闪光的银河吧。身下非常硬,一阵凉意袭来,我发现自己躺在一处毫无遮掩的旷野上。原来,我在梦中的世界里活着,很快,我又陷入方才那种不见底的黑暗中。

渐渐地,耳边有了鸟叫声,鼻息里有了自然界生机勃勃的清新气息,我竟然有了尿意。我爬起来,却被一片耀眼的光芒穿透了。睁开眼睛,我看到窗外一轮红日正在冉冉升起。

我这是在哪儿啊?我站在原地,肚子本能的反应,让我寻着屎尿味儿的地方跑。一个小门,没错,那就是人类的卫生间。遗憾的是小门关着。

我不能回去,绝不能再坠入无边的黑暗,我用力敲着那门,虔诚地祈求:"开门、开门啊,我在这儿——我来啦……"

门开了,我看到一个蓬头垢面的鬼。"你发什么神经?"

"这不是天堂吗?"我壮了胆又问。

"你妈——这是卫生间!"女鬼大声嚷道。

我拨拉开鬼,夺门而入,我感觉下面要憋爆了,我看到那个白瓷圆洞,便熟门熟路地往里嗞尿。

"真倒霉,看来真摔傻了,我怎么这么倒霉……"女鬼用力地搓了下脑袋,去了外面,我方才来的娑婆世界。

"你等着,我这就让服务员去喊医生……"女鬼在外面喊,说要出去找医生。听到医生,我好像明白怎么回事了。

"别走。"我喊道。

"不要叫啦,我一会儿就回来。"她竟然模仿人类,用那种温柔的语气跟我说话。

光线有些刺眼,我觑起眼,等着慢慢适应。渐渐地,我发现能适应这种光了。我四下里看了看,打量着"天堂"的景致,却感到了疼。还有,我越来越觉得这是场梦。因为我眼前的一切,与我生活的娑婆国度老旧的宾馆标间没啥两样。一道道黄色的尿渍横在马桶边缘，桶内沉积着厚厚的尿垢，散着刺鼻的臊味儿。

我没有死，也没有离开娑婆国度。我吃的那些食物是她给我准备的。狗叫是远处村子传来的，那潺潺的水声就来自卫生间她冲洗浴盆时发出的声响。此刻，那里面窝着一堆棉织物，为了躲避我这流氓嫌疑的追随者，她竟在肮脏潮湿的厕所里待了一个晚上。

我冲出去，在走廊里将她拉回房间。这会儿，她完全挣脱了瞌睡鬼的束缚，两个大眼睛在我脸上身上滴溜溜地打转，我有点恐惧，赶紧坐在床上。

"你好啦？没事了？"她惊喜中又有些迷惑。她俯身用手碰了碰我，让我抬起头，让她确认一下，看是否如她判断的那样。那一瞬，我脑袋里有个声音在厉声警告我："不能如实说，你对付不了她的，你得讲究策略，直到跟老范接上头为止。"

"这是哪？我怎么在这儿？"我继续装傻。

"你不记得了？"她瞪大眼睛，伸手在我眼前晃了晃，紧盯着我，仿佛这种目光能唤醒我一样。好笑！这回得让你知道我的厉害。

"我的头好晕……这是哪儿？……"我捂着脑袋趴在床上。因为身子拧着，膝盖疼得厉害，可怕她看出来，我只能忍着。

她很快发现床头柜上的狼藉，声音就不如方才那么温柔了："这些都是你吃的？"

"我不知道，什么东西？我吃什么了？"我用力敲了下头，趁势恢复坐姿，缓解下膝盖那儿，却因用力过猛，失去平衡，一屁股坐在地上。

"已经够傻的了，别再敲啦。你歇着吧，想吃啥我再去给你买。"她扶我坐到床上，见我不吭声，又俯下身来问我想吃什么。我心里都要乐开花了，我得好好治治这个小丫头片子，昨天真被她摔坏了。

"我的腰好像断了——"我手抖在腰处，侧身歪在床上，"天啊，那儿着火啦——"我不停地吸气,以示我疼得多厉害。那小脸的表情越来越严肃,她绝望地叹了口气,直起身,一声不吭地盯着我。

"哎哟哎哟——我的胳膊断了,哎呀,你看,我这条胳膊胖啦——哈哈,我变胖啦——"

她的脸色越来越难看,不会真给吓坏了吧?不行,我得让她接受教训。

"太好啦,我胖啦,你看你看,你不觉得我丰满了吗?"我举着受伤的胳膊,兴高采烈地看着她。

她突然转过身去,用力跺了下脚。我看到她的背影满是绝望。

"哎,小姑娘,你刚才说什么?买吃的?我要吃很多很多,我要长胖——"我装着站起来,又趔趄了一下,跌倒在床上。

她赶紧转过身来,几乎是同时,我看到她飞快地擦了下眼泪,然后,和颜悦色地看着我说:"不用啦,你好好休息。我去买。你想吃什么?"她刻意摆出的笑容里透着纯真的善意,看来,她是个好姑娘。我想自己会不会装过头了。只是,一想到她有那样一身功夫,就害怕她万一知道我在骗她,又要找我麻烦。

"说吧,你想吃啥?"她弯下身来,像对待小孩子。

"馄饨、油条、油炸糕、桂花茶饼——"说着我想起昨天晚上的包子还不错,又道,"还有昨天晚上的那种包子。"

她点点头:"好,我这就去买。"她顶着一头乱发往外走,浑身上下都显现蜷在浴盆睡觉留下的疲惫和倦意。走到门口,她突然又转过身来。

"你不许走啊,外面有狼……"她摆出凶狠样子看着我,让我相信出门的后果。为了让我死心,她还把两只手往头上一放,装成狼的样子冲我咆哮了一声,像在唤醒我的回忆似的。"狼,知道吗?吃人的狼!"见我没反应,她又恢复到绝望的那种状态。

那一会儿,我真想告诉她我啥事也没有。她太单纯了,轻易就被我骗了。要是骗她的不是我是别的男人该怎么办啊？这样想着，我不由得替她担心起来。

她走后，我把屋内简单收拾了一下，怕她看出破绽，我不能收拾得太干净。想着她一会儿会带着许多吃的东西回来，我心里就充满了冬日拉开窗帘看到太阳时的暖意。我把吃完的那些包装纸袋卷成一团，扔进电视柜下面的垃圾桶，把地上的被褥放回床上，烧了壶开水。我把柜子上的2000块钱装进兜里，想了想又掏出三张，留作今明两天吃饭的花销。

一个钟头过去了，她还没有回来，我觉得有点不对劲儿。她该不会偷偷跑了吧？我打开橱柜，里面还有她的一件风衣和一双露趾凉鞋，她的牙刷还在电视柜上放着，毛巾还悬挂在床头灯的铁杆上。看来，她没走，可怎么去这么长时间呢？会不会她父母找了来，把她直接带走了？要是我父母看到我在，准是二话不说，直接把我弄走的。

我躺在床上，又仔细回忆刚才跟她说的那些话，发现还真的出了点问题。我不该那么贪心，还让她去买昨天晚上吃的包子。这说明我已经想起来昨天晚上那些东西是我吃的。照她的机灵劲儿，只要静下来想一想，就能找出破绽。如果她知道我明明醒过来了还骗她，绝不会轻饶我的。可她刚才并没察觉到的意思。出门前，她还是那么和颜悦色地跟我讲话。可去这么久了，为啥还不回来呢？会不会我要的东西太多了，人家小贩一时没做出来？要是现做的话，还是需要一些时间的。我安慰着自己，却又如此真切地感受到内心难以控制的忐忑。

第17章 于庚

就在我等得快发疯的时候，她回来了，手里拎着好多吃的东西，还买了水果黄瓜和西红柿。真以为我傻了，这是要给我煲汤滋补身体吗？

"快点吃，吃完了姐带你去兜风。"她转了一大圈回来，称呼也变了，

"没准活动一下,恢复得更快呢——"她拉出床头柜,把所有吃的东西都码在上面,然后让我把它们消灭掉。

"你脸上有——"我摸了下我的脸,对她说。其实,她脸上啥也没有,我只是找个理由提醒她还没洗漱。

她微微一愣,摸了下脸,冷冷地看着我。

"你的头发真好看。"我尽可能让自己看起来还是傻瓜。只是,我怎么也得提醒她一下,省得一会儿出去,她蓬头垢面的样儿会吓着人。

她直起身子,有点惶惑地看着我,像是起了疑心。我回避了她的目光,抓起一只麻团往嘴里塞,结果,里面的豆沙全给挤出来,弄得我满嘴都是。这下,她放心了,把手上的一盒酸奶递到我面前。

我粗略地算了一下,她买这些东西得花不少钱。她这样对我,让我想到自己刚才预留的那 300 块钱,想到她为我还请过医生,想到她因我而惶惶不安。我应该把钱都给她,让她交房租、当餐费。反正今天老范上山后我就有钱了。我的心情落至冰点,为戏弄这样一位善良的小姑娘感到羞耻。

这会儿她进了卫生间,我听到里面哗哗的声音像在洗漱。想到昨天一晚她窝在那只肮脏的浴盆里,我心里就很难受。之前,她戏弄我、训斥我、要撵我走地让我产生的所有不快都烟消云散了。

"你也来吃——"话一出口,又立即打住。我知道现在还不能用正常思维下说出的话来跟她交流。

"好吃——好吃——"

听到我叫,她立马跑出来,额头上有块硬币大小的雪花膏还没有涂抹开。她几步来到我跟前,一边继续抹着雪花膏,一边问:"怎么了?你怎么了?——"

"好吃,你吃——"我把她刚才给我准备的酸奶插上管子递给她,她直起身来,含住吸管几口吸净里面的酸奶。接着,我把一根油条递给她,自己也拿了一根横在鼻根上,用舌头去够。她嘴里鼓着油条,还有半根捏在手上,她怔怔愣在那儿,一派茫然。

"你吃——"我把鼻子上的油条扔给她,她无奈地接了,扔在橱柜上。

忽然,她冲我伸出手指:"喂,这是几?"

"出去玩,出去玩——"我举两个油手疯叫,避而不答她的问题。我可不想在屋里跟她摊牌,万一她再摔我一个仰八叉,我可就真傻了。

她绝望地摇了下头,喃喃道:"吃吧,吃吧,吃完了我们就去玩。"

我抓起她扔掉的那根油条塞进嘴里,几口咽下去。旋即,她又举着一只包子笑眯眯地启发我:"喂,小哥,这是什么呀?"

"包子。"我说着夺过来塞进嘴里。

这回,她长舒了口气,庆幸地笑了笑。我又吃了三个包子,还剩下五个留给她。她昨晚可是一点都没吃呢。

"饱了?"

"饱了。"

她没心思吃饭。她把剩下的包子包好放进背包,像要带在路上吃。过了一会儿,她站起来,围着我转了几圈,像要重新摔我一下,看能不能把我摔清醒一样,脸上有股诡异的神情。不行啊,这可万万使不得,并不是所有人在出事地非要重新遭受一次打击才能清醒过来。我暗暗祈祷,我可不想再昏睡过去。

"你这儿还疼吗?"她指指我的胳膊。

"疼。"我护着胳膊,仿佛稍慢一步会被她打断。

"啊,疼。"她讪讪地自语,脸上又重现出无奈的表情。

这回,轮到我不踏实了。我要在哪儿恢复正常才合理呢?这是我面对的第一个问题。出门后,游玩中,还是在回返的路上?再者,老范今天什么时间能上山?如果是晚上可怎么办?万一他不打电话直接摸到宾馆来怎么办?那会儿我可不能再这么装疯卖傻的吧?想到这儿,心里一沉,恍然还有一个自己没想过的问题,那就是她会不会早已给老范打过电话,告诉他我现在已经是傻子的事实?那样的话,我又该怎么为自己正名?

她开始收拾路上要带的东西,她把吃剩的食物、水果都放进一个大塑料袋,装进我的背包。而后,她又把自己包里的三瓶橙汁也塞进我包里。

"都说傻子的劲儿最大,这会儿可是检验你的时候了。"她自言自语地嘟囔。

我琢磨着是不是把钱都交给她,可又怕她觉察出来,便硬着头皮背上她给我塞得鼓鼓囊囊的背包,跟她出了宾馆。

她一边走一边打听去五老峰的路。一位当地的出租车司机告诉她五老峰是最远的景点,紧挨着三叠泉,离镇上有十几公里,言外之意她可以坐他的出租车去。

"十几公里的山路不比平地,坐车都要走40多分钟。50块钱两个人真不贵的,不信你问别人,看有没有我这个价的——"

我觉得可以坐车,我兜里还有2000块钱呢。难不成她想靠两条腿走到那儿?我故意往出租车跟前蹭,她像没看见,谢过出租车司机,径自去了路边小公共汽车站,在站牌下察看各个站点。只要不走路怎么都成。我赶紧凑过去,看到站牌上写着五老峰东线票价80元,这80元可在7天内反复乘坐。我决定买两张,等老范来了再买一张,省得他来了也会马上回去,一块玩几天再走,就不用为车犯愁了。于是,我开始大声问过往的游人去哪儿买东线票,我的声音很大,像一个聋子跟另一个聋子说话。我这样做引来不少目光,她吃惊地冲过来,一把将我拉到身后,那举动就像我这傻子会吓着他人。

"对不起,对不起——"她竟然跟人家说对不起。

我看到一个年轻男孩露出邪恶的嘲讽表情,还冲她轻佻地挑了下眉。真是无法无天了,守着我在光天化日之下,他竟敢——她将我拉到一处僻静地儿,让我坐在一块石头上,然后她从我背包里取了一瓶橙汁递给我,那感觉就像幼儿园的阿姨哄哭闹的孩子。我有点受够了,傻子可不是好玩的角色。我觉得很热,身上的汗顺着胸膛一个劲儿往腰间淌,不用看就知道腰带那儿被汗水浸出一圈汗渍。喝了几口再寻她的身影,发现她正躲在一棵树后数钱。

"坐车——"我把兜里的钱抓出来,伸到她跟前。她吓坏了,飞快地看了眼四周,生怕被人看见抢了去。

"不用。"她飞快地把钱塞进牛仔裤兜里,低声催促说,"你快收起来,让贼看见就麻烦了。"

"你现在能骑自行车吗?"说完,她指着一辆共享单车,转身问我。

"能。"

"咱们骑车去吧?今天还算不太热。我们慢慢骑,走哪儿算哪儿得了。"她提议。

她一定说了违心的话!她的腋下的汗渍已经像两只小眼睛了。不过,我遵从了她的建议,骑车去五老峰,起码不用背着那么重的包,可以把包放车筐里。我的妥协很快让我付出代价。骑到芦林湖的时候,一辆奔驰紧贴着她的那一侧驶来,仿佛没看见她已经上了桥。

"小心——"我大声喊道,让她注意汽车,可她不知因为听到我的喊声还是突然看到了汽车,她的车子开始左右摇晃。天啊,万一她往右边倒就跟车撞上了。这样想着,就听到沉闷的一声巨响,她的车子撞向副驾驶座后面的那扇车门,她倒在地上,她的一侧被车子压着,车筐里的食物滚落了一地。

"天啊!"我懊悔万分,真该坐车去。

我扔下车子跑过去,她连人带车躺在桥边的人行道上,她不会伤到吧?我小心把她与自行车分开来。她的脚面在流血。一个抹了大白似的浓妆女人从车上下来,没朝这边看一眼,就直奔车身被撞击的地方,左摸摸右瞅瞅检查起她的车有没有被撞坏。我看了一眼,撞的地方并没有凹下去,只有一块轮胎胶皮在上面蹭出一道两寸多宽的污痕。

"人都伤了你还想着你的车!"我大声嚷道。

"怎么叫我撞到她?分明是她自己没有刹住车,撞上我的好不好?"那女人也叫起来,"这是奔驰车不是桑塔纳,撞坏了修一下要上百万呢。"

她出言不逊,还想讹人。可不能让她唬住了。这时,周边的人慢慢都聚拢过来,有人嘀咕奔驰车刚才开太快了。

"桥上速度要控制在30迈的,你刚才60迈都有了,那桥墩旁边可是写得很清楚。"

"我开得很慢的呀,我要开快了她还能站在这里吗?你看看,她把我的奔驰撞成什么样子了!"那女人抚摸着那块污迹,不依不饶地嚷着。

"这是怎么说话呢?"她站起来,抱着胳膊大声说,"刚才你明明看到我了,还冲着我过来,你是故意撞我的。"

"我哪有撞你?是你自己骑车技术不行还怨别人。"

"你就是没撞,人家骑的是非机动车,是弱势群体,你也得赔人家。"

"哈——你们想讹我对不对?小小年纪不学好,告诉你,老娘不怕这个。现在是法治社会,不要抱着那种仇富的心态妄想讹我。我现在就报警——咦,你们不要激动哦,你仔细看清楚,你现在哪里!你都走错了道还敢跟我叫,你应该靠右骑的,却骑到左边来与我相撞,不是成心的又是怎样!"

经那女的一嚷,我才发现她逆行了。天啊,今天到底是怎么了!她在梦游吗?怎么稀里糊涂逆行骑了呢?

"你不要动车,我要拍下来,告你逆行撞我的车子。"

她如梦方醒,懊恼地抓了下头发,像责怪自己不该犯这样的低级错误。

"这就不大好办喽,你先快去看看伤到没有,你看你的脚是不是撞坏了,一个小姑娘这么小变成瘸子可不好——赶紧去医院吧——"人群里有人善意提醒我们赶紧撤。

"谁也不能走！"那女司机横在路前，对我们说，"我可是老司机了，你们想讹我要先搞搞清楚自己有没违反交规，你知道你这样子在路上乱跑要是在国外，被人家撞死了都没有人管的——"

"哎哟，能开上这种好车的人也算是有钱人了，你有大量，不要跟人家小姑娘计较什么了。"

"就是，车又没撞坏，不能得理不饶人啊！"有人继续给我们帮腔。

"可我的车也给撞坏了啊，你看看——丑死了，那么一大片，修起来要花很多钱的呢。"

这时，说女司机是有钱人的那位大叔上前摸了摸，像是很有见地地对那女的说："没事，没有撞坏，那是轮胎胶泥，用点汽油擦擦就没有了——"

"你可不要说得轻巧，哪就能擦下来呀？"

"那你说怎么办？"她拨拉开那位大叔走上前来。

"哟，你这小姑娘人不大可脾气真不小，你知不知道你闯了多大的祸，还敢这样跟我说话？"

"大不了赔你就是了。"

那女的咂了咂嘴，上下打量了她一下，像在估量她的身家。

"要不这样吧，我来擦，如果能擦掉，您就痛快走人，如果有事咱们就报警。对了，您的驾照、车辆行驶照、身份证都在吧？一会儿报警可用得着。"我觉得这丫头太单纯了，对付这种女人得用心计。

那女的脸色果然有了变化，眼睛不停地眨着，像在琢磨心思。

我让她打开油箱盖，从 T 恤衫下面撕下一圈布条伸进油箱去，然后拿出来擦了擦那块黑迹，果如那男人说的能擦掉。远观看不出什么变化，但趴上去看，能看见一道轻微擦痕。那是自行车铁质车筐外沿在车门上留下的细微的痕迹。

"没事,看不出来啊——"人们显然仍在帮衬我们。

那女的站在那儿左看看右看看,嘴里嘟囔说:"还是能看出来,这可是我们老板的车,他要知道弄坏了,会让我赔的。要不这样,你给我3000块钱,痛快走人,我就不计较了,也不报警。"

"我没那么多钱给你。"她大声叫了起来,"碰你一下就要我3000,你这不抢劫吗?"

"没钱就得小心看路,谁让你逆行!"女司机又被激起火来,不依不饶地也冲她喊,"反正你不给钱休想走。再说了,你男朋友不是在这儿吗?哎呀,你这样的小姑娘,得让男朋友操多少心啊。"说着,她又咂了咂嘴。

我都在想是不是报警算了,可连个手机都没有。她又一个人来庐山,到现在我连她姓啥叫啥都不知道。老范转钱来的时候,我只知道她的微信昵称是"过目不忘"。

"刚才说得好好的,能擦掉就算了,明明都擦掉了,你又变卦。"我说着悄悄朝她使了个眼色,希望她躺下装晕,要么嚷嚷,说撞到哪里疼了。可她站在那儿一动不动,分明没什么大碍的样子,她的脚面却一直在流血。

"你看她流了那么多血,我们得先上医院了,要不你报警吧。"我准备将那女的一下。我觉得女司机也不想报警处理。

"要不这样,2000块,2000块钱总能有的吧?"

"我们没钱,你爱怎么样就怎么样。"她"扑腾"一声坐在地上,将头埋进两腿间。

聚拢过来看热闹的人越来越多,过往的车辆不停地按喇叭。这样下去不用报警也很快会引来巡警的。我想着兜里的2000块钱,可又不甘心就这样便宜了那女司机。

"我们都是穷学生,真没那么多钱。"好汉不吃眼前亏,我只能示软。

"就是,开这么好的车子,怎么说也撞着人家小姑娘了,还是算了吧——"

"开好车怎么了？我说不过你们，我报警了。"那女的说着开始拨号。我赶紧拉住她，郑重说出我的价格："1000，1000行不行？我们真没钱。"

那女的脸上瞬间露出胜利者的傲慢表情，她右边嘴角轻轻往上一挑，尖声道："2000。"

我把钱掏出来，后悔刚才没把这些钱都交她拿着。哪怕她接了那300块钱也行啊，结果这完整的2000块钱只在我身上待了一晚便如数给了一个无赖。

这会儿，她忽地站起来，把地上的东西往车筐里一扔，跨上车离去。她可真行，也不想想她走了我一男的有多不好应对局面。那女的接过钱，看着骑车远去的那个背影，嘴里咂了咂几声："你女朋友这脾气，将来有的亏吃呢。"

"我身上一分钱也没了。昨天我俩刚被人抢过。我的手机也给抢了，刚才给你的2000块是我哥们儿刚转来的。如果你还有点仁慈之心，是不是再给我几张让我们今晚有个安身之处，也有口饭吃？"我夸张地对那女的说道，那位好心的大叔还站在那儿，希望他能继续助我一臂之力。

我说完后，人群爆发出为我讨好那女人的善意笑声。

"还是给人家留一点吧，谁没有走背字的时候？"那好心的大叔果然发声了。

"是啊，到庐山来旅行的人都是积德行善的仁义人。"

那女人这会儿已经上了车，我看到她把那2000块钱扔在副驾驶座位上，在她准备摇上车窗玻璃时，我仍盯着她。这回，她犹豫了片刻，从那些钱中抓了几张扔出窗外径自驰去。

"快捡起来走吧，这女人不是个善茬儿，给你就不错了。"有人起哄。

"快走吧，别等她反悔。"又有人催促我。

"快去追你的女朋友吧，慌里慌张的，她别再出什么事儿。"

起先我以为多少钱呢,仔细数了就300块。我拿着那失而复得的300块钱,中了大奖一样朝前追她。我想喊"过目不忘",可那四个字一到嘴边,就给咽下去了。不知道老范有没有打电话过来,要是接到老范电话让他赶紧存下来。刚才她一定吓坏了。她想必也怕那女的报警,否则她离家出走的事情就有可能会暴露了。再说我俩也不是男女朋友,人家警察问不了几句我们就会破绽百出。

离鄱阳湖没多远的一处上坡拐弯的路边,我看到她在一棵大树下乘凉。她靠着车子,把受伤的脚踏在自行车的斜梁上。身后是通往庐山热带植物园的大门,门边的一块道路指示牌上画着一个大箭头,标着五老峰、植物园和三叠泉的方向。她一定怕我骑上去奔了鄱阳湖,特意在这儿等我的。

我把车子撑住,从T恤衫上又撕下一圈布条帮她把脚包扎好。我完全忘了自己是一个遭受撞击后变傻的废人。她歪斜了脑袋看着我,眼珠骨碌直转。

"你好了对吧?你刚才就好了——你好了对吧?"

我抬起头,看着她眼中显现的希望神色,我不能再骗她了。

"对,被你吓得不轻,彻底好过来啦。"我固定好布条,直起身来与她四目相对。我看到灿烂的笑容绽放前的精彩瞬间:一串晶莹的泪珠儿从她脸颊滑下来——

我愣在那儿,忽然间觉得与我相对的脸几乎撞在一起。旋即,就感到一个特别柔软纤细的小身体紧紧抱住了我。"太好啦,太好啦——你终于好过来啦——"

天啊,她的身体一直在抖,她一定吓坏了。她哭了。她的头在我的肩头一耸一耸的,她的秀发蹭在我脖颈上,弄得痒痒的。

"我真不该来这儿,我怎么这么倒霉,这么多灾多难啊?呜呜——啊啊——"她放声大哭起来,惹得路边过往的游客不时朝我们这儿张望。我真怕她哭下去,前面凉亭下的那位巡警,已经朝这边看了好几眼了。

我不敢轻轻拍拍她,或是抚摸一下她的后背。我只能像个僵尸一样被她紧紧抱着,一动不动站在那儿。我怕她过会儿反过劲儿来,又觉得我有流氓之嫌。这会儿,站在弯道旁的那个警察又往我们这边看了。我听到"扑通、扑通"的心跳,从我俩相拥的地方冒出来。

"我们不如就在鄱阳湖玩一会儿算了,你的脚有伤——"

"不——没、没事——不到五老峰、三叠泉都不算——来庐山——"她啜泣着说,"反正我、就、就想去那儿——看看到底什么样——"

"那我们先在这儿歇会儿,看看鄱阳湖的风景,然后坐车去,万一你脚疼起来,回返的时候没法骑车的——"

她松开我,有点不满地看着我,好像我明知道她身上没多少钱了,还故意提坐车的事儿。我把兜里的300块钱掏出来,塞到她手上:"就这些了。"

"那2000呢?"

我摇摇头。

"你可真行,干吗都给她呀?"她勃然大怒。

"不给怎么办? 报警——你敢吗? 你要敢,我现在就去追她,反正我记住她的车号了,你说,我听你的。"我将了她一下。

她果然蔫了,脑袋也耷拉下来:"不过你也不能给她那么多啊,我都不好意思花你的钱。你可真舍得,一下子都给了人家了。"她真替我那1700块钱叫屈,可我又能怎么办?

"没事,今天我哥们儿就到了。一会儿咱们去五老峰,把这些钱都花光,去去晦气!"我不想看到她垂头丧气的样儿,"对了,你叫什么? 刚才万一真报了警,我们又不是——反正挺悬,你想啊,我都不知道你叫啥。"

她蹲下来,抄起一根小树枝在地上不停地划拉,像是在犹豫告不告诉我。

"我叫于庹。"

"你姓于,于什么'妥'?"

"庹——我妈的姓。"我拿过她手里的树枝在地上写给她看。

"你爸妈的姓合起来就是你的名字?"

我点点头,把树枝还给她。

她看着我,眨了眨眼睛,并没往地上写。"我只说一遍啊。"她调皮地冲我笑笑,"听好了,安然。"

"你才骗人呢,这是电视剧里的人名。"

"爱信不信。走了。"她撑着车子的大梁,有点不舍地晃了晃,"你确定我们要坐车?"

我瞅了瞅她的脚,冲她夸张地点了点头:"先看鄱阳湖吧。对了,你看过《倚天屠龙记》吗?600多年前这儿有场大战。"

"朱元璋跟陈友谅。陈友谅率60万大军从春天开始,从九江向朱元璋控制的南昌发起围攻。朱元璋率20万兵救急,与陈友谅一直打到当年8月,最终在这里决一死战。"她轻描淡写地说。

我没想到她对这段历史也很熟悉,其实,我是在上山途中大巴车上的广告里看到的。她不会也是从那儿得到的信息吧?

"我对朱瓦刀脸这种玩计谋的人不感冒。"

"你学文科,还是学理?"

"学理就不能知道文史知识吗?"

"文科要背的东西很多,我当时就烦背东西,尤其是英语,我真不明白为什么中国人非要学英语,把人家国家的语言看得那么重!照我说,应该在全世界推行汉语——"

"幼稚。走了。"她加快了步子。

她不像那种娇生惯养的女孩,挺泼辣的。她的脚背已经肿得老高了,还真能忍。我琢磨一会儿上去买几支冰棒帮她冰敷一下。可是打眼望去,路上没有卖冰棒的。走了一段,看到一个男孩举着冰棒从上面下来,问他从哪儿买的,小男孩的家人说上面的观景台上就有卖的。

"哎,我们去这边还是那边?"她在一个岔路口停下来。左边爬上台阶是望湖亭,正前方的平台则是著名的含鄱口看日出的观景台。

"先去望湖亭吧,你等我一下,我去去就来。"我心想顺便方便一下。

"你去哪儿啊?——"她后面的"啊"字,用力挑了上去。她的声音沙哑,像是刚从沙漠跋涉而归,多日没喝水了。

"去你不能走过去的地方。"我说。

第 18 章 于庹

观景台外围的栏杆前聚了很多人。这儿三面环山,东北边山峦间有片开阔的湖面,那是鄱阳湖与九江水交汇的地方。观景台上的人都背朝着我。他们或是眺望对面庐山最高的汉阳峰,遥望含鄱岭上的观景亭,抑或侧看来时经过的第四世纪冰川切刻出的一个角峰——犁头峰。吸引我的是那片宁静的湖面,在我看到她的那一刻,就想到"湖光山色""波光粼粼""碧海湖泊""良辰美景",也想到那些被战场尸骨滋养泛滥的鱼类,想到无辜、冤枉之类的词语。它们像一个个迅捷的小飞侠,在我脑海里穿梭。她说对玩心计的人不"感冒",她觉得我跟她玩心计了吗?

她肯定清楚我也怕报警的。要让警察知道我跟一个素昧平生的未成年少女搞在一起,会扯出大麻烦的,上航校恐怕都成黄粱一梦了。在航校确定录取之前,我一点事儿都不能出的。

"看,那儿就是鄱阳湖与九江连接的地方。"旁边有位男子指着远处那片金灿灿的地方对女朋友说。他那位女友戴着一副高度近视镜,有点腼腆地朝他指的方向看了看,感叹道:"真美——"那女的半张着嘴,显出被美景击中的样子。

"你知道含鄱口怎么来的吗?"那男的受到鼓舞,又跩起来。

"它气势如马,又宛如游龙,横亘在九奇峰和五老峰之间,张着大口做出鲸吞鄱阳湖水而得名——'乍雨乍晴云出没,山雨山烟浓复浓',就是说的这儿的景色。"

那女的这会儿眼睛潮润,像是受到极大的震撼,风光的神奇和男友的博学让她瞬间感到自己成了人生赢家。我突然想到在下面等我的安然。如果我也像这哥们儿给她叨叨一番,她会不会也这样附和感叹?可是,眨眼间我便否定了自己。虽说安然年纪比这位女子小很多,但她绝非随声附和之人。来这儿的途中,很少听到她对周围景色的评判。她只是安静地望着,从那些大惊小叫的人身旁走过。不知道她为啥一个人跑到庐山来散心。北京那么大的地方,城里城外许多名胜,她偏偏跑到庐山来。这个年纪要是涉足早恋,而且又是非常投入的那种,结果将是毁灭性的。我想到老范说过的计算机系的一个女生,就因为看到男友在饭堂帮一位女老乡买了饭,一时想不开就从楼顶上跳下去,吓得学校把所有通向顶层的楼梯口都封死了,让男生连抽烟透气的地方都没有了。

那女的或许看到我一直在看她,有点不好意思往旁边靠了靠,像要给我留出更大的地方。他的男友察觉到我在注视他们,有点警觉地将女友往身边揽了揽,差不多像是拥她入怀了。他可真会借势而为啊!我站在那儿,突然有点茫然。我上来干啥,怎么跑到人群里来了?我是因为人类趋之若鹜的惯性使然,还是另有图谋?我是好奇鄱阳湖那场遥远的战争,还是单就上来看看这片烟波浩渺的湖泊?

此刻,鄱阳湖在阳光下变成一片耀眼的光带。

"于庹——于庹——"有人在喊一个名字。那陌生的嗓音,那刺耳的分贝,让我突然感到不安。我有点蒙圈,或者我真就被她摔坏了某个零件。不同空间的呼喊,让我感到与她之间存在的距离。

应声奔去,看到她背靠台阶一侧的石柱站在阶下。

"喂——怎么了?"想到她毛手毛脚地摔我,害我方才出现的迟钝,我有点不快。

"你怎么去这么久啊?"她的声音里竟有了一丝娇嗔。

"看风景呗。"

"哼,还以为你掉坑里了呢!"她厉声嚷道,又恢复了刁蛮样儿。

冰棍!我怎么忘得一干二净。我转身往索道那边跑,索道后面有一排景区设立的小商铺。我要用冰棍帮她冷敷伤脚的。

"哎呀,你太有'财'了。我还以为买了车票,就一穷二白了呢。"她看到冰棍,眼睛笑成弯月。她舔了下嘴唇,道:"真有点口渴了,可你干吗不买矿泉水啊,这玩意儿越吃越渴,还死贵,10块钱一根吧?昨天我就问过了。其实,矿泉水就行——"

"是不是广场舞跳多了,跟老太太——"

"你才跟个老太太似的呢。"她瞪了我一眼,夺过冰棍。等她撕开包装纸,把舌头贴到冰棍上时,眼睛又弯弯的像个月亮了。

"你怎么不吃?"她在台阶旁的一张石凳上坐下来。"坐这儿,这儿凉快——"她拍拍石凳对我说。

我把她撕下的包装纸扔进垃圾箱,返回她跟前时,她手里的冰棍都快吃完了。我蹲下来,把我那只冰棍捂在她受伤的脚背上。

她的脚往回一缩:"你土豪啊?这也太浪费啦!"

"等你脚真出事,你就不觉得浪费了。"

"那让我吃几口再敷呗。"她抢过冰棍,啃了几口递给我,"喂,你不说没钱了吗?怎么有钱买冰棍了,是不是还藏着一些——"

"天下的女人都是财迷。"我手下禁不住用了点力,她疼得龇牙咧嘴了几声,"这是买门票剩下的。就这么多,你就别再想好事了。"

"你真把那些钱都给那无赖啦?"

我没理她。她坐在石栏杆上,把脚悬空,看着伤脚摆动了几下,挺无聊似的。我买了两张东线的套票,接下来的七天内可以在东线任意景点上下车。等老范来了,有了钱后再在这儿待几天,不过,最好想办法让她尽快离开庐山,她一人在这里很不安全。

花了160块钱的车票让她有点心疼。"其实,我买单趟的就成,反正我明天也要——"她没说下去。

"喂,你为啥一个人来这儿?"车子驶进植物园时,我忍不住问。

"不为啥。"

"你爸妈知道你来这儿吗?"

"嗯。"

我没戳穿她。要是她爸妈知道她一人来,还给她带这么点钱啊。而且,从昨天到现在,我就没听她爸妈给她打过一个电话。"你打算还住几天,你刚才说明天,明天你要去哪?——"

"呀,你这人,才给我买了套票就撵我走——"

"我不是那个意思。反正我还得在这儿待几天,等哥们儿过来一块玩玩,你呢?"我觉得老范来了,再跟她泡在一块,老范会对我来这儿的动机起疑心的。再说,她是离家出走的未成年少女,我总不能明明知道,还睁只眼闭只眼地跟她泡一块儿。

"说啊,你打算还待几天?"

她把目光投向窗外,那儿是绵绵不断的山峦和幽谷。

"不管你发生了什么,都是你人生必须承受和面对的,这世界原本就不像你想的那么好。这跟有钱没钱一点关系都没有。"我说。

她仍不言语。

"你跟爸妈吵架了?"

"我从没跟我爸我妈吵过架。我觉得我爸妈挺不容易的,我没有理由让他们为我操心。"

这回,我心里稍稍敞亮些了。只要不是那种叛逆的孩子就好解决了。

接下来，我没再对她刨根问底，而是讲了老范当年说服我忘掉鲁米米说的那些事儿。我说的时候，她一直默不吭声，像是听进去了。

"那时候我觉得自己这辈子就她了，她就是我今生要娶的人。可是，连我自己都不相信，一个月后，我竟真的忘了她。有时即便想起来，也觉得跟吹进窗的风儿一般平常了。她离开我的最后那天晚上，我独自喝了一瓶锦江大曲，52度呢（为了说服她，我稍微做了些调整，有意将自己塑造成痴情男的形象）。事后想想，真不值啊。人生百年，你会遇到多少人，有多少人现在或许将来要进入你的生活，与你同行走完人生路？所以说，我们不应该受其干扰，我们照直前行，走完自己这段旅程即可。因为谁也不知道后面会不会有更美的景色等着我们。

"那是我头一回喝白酒，除了嗓子辣得难受，胸有点闷，收获了十几个小时昏睡和醒后的疼痛外，并没其他的感受。等这些过去以后，我发现我又活了过来，毫发无伤地活了过来。那些曾经让我们觉得天塌地陷的事儿并非如此。雨过天晴，太阳还跟以前那样明媚，你的一切都会复原如初。你发现那些曾有的痛苦和焦虑是多么不值——"

从含鄱口到五老峰的途中，她一直闷声听我说，连声叹息都没有。到五老峰山站时，她抢先下了车。看着远处的山门，她突然喃喃自语："就那么走了，连个招呼都没打呵——"

"那又怎样？"

"他说要考同一所大学的，可年前他就参加SAT考试——"

"那又怎样？"

"他们都说他跟她一块去考的SAT，他走后我从别人嘴里知道了这一切。"

"今天天真好，要是他还在，天肯定不会像现在这么蓝。"

我听到"扑哧"一声，她竟然笑了。

"哪跟哪儿啊？"

"你要为毫发无伤地摆脱了一个渣男感到高兴才是。我们不要用别人的错误惩罚自己。"

她吁了口气,表达谢意般地拍了拍我的胳膊。

"你的脚能行吗?"我瞅了眼云山雾绕的五老峰,她的脚背还肿得老高呢。

"没事儿。"她语气清爽,比刚才好多了。

到了五老峰,方知这"五老"其实就是五个像老头的山峰。那五个老头儿席地而坐,像在欣赏四周的风景。可能我来庐山的动机不纯,并没有全心全意领略湖光山色的念头。加之刚到,就被那伙混混堵在桥洞下抢了手机,路上又遇到无赖女司机,她又伤了脚,我心情也不怎么好,总感觉命运在捉弄我。我们俩凑一块也没好事儿,不是我被她摔,就是她撞上车,遇到无赖女,反正没一样顺心的。这且不说,在这场与命运的较量中,我还充当了护花使者的角色。可是从她对我无法掩饰的蔑视来看,我对自己能否照顾好她也心存怀疑。

五老峰站距山门还有五百多米坡路。她径自闷头往上爬,爬到通往山门最后那几十级台阶时,她回头向我嘟囔了什么。

"你确定你的脚没事吗?要不,咱们从这边去三叠泉,反正这五座山峰这样看,也是一目了然——"

她白了我一眼,哼了一声。

"哎,你哼什么?"

"你要真担心我,光使嘴的吗?"

难不成还想让我背她上去?她那两条大长腿,怎么也得有个五十斤,再加上上半身,脑袋——哎呀,我可不想背她。那都是电影里的情节,现实中哪有男人在大庭广众之下背女孩的?只是,她毕竟年纪小,不知道深浅,脚万一留下后遗症可就不好了。

"在那儿又琢磨什么坏心眼了?"她上了几个台阶,回过头看着我。

"要我——"我几步跃到跟她平齐的地方。

"干啥?"她拉开点距离。

"我能干啥?我的意思是——你需要我扶你吗?"

"多新鲜,学雷锋还问需要不需要。"她咯咯笑起来。哎呀,我真希望她永远这样笑着。她一笑,天都晴朗了,我心头那些个糟烂事儿也给笑得烟消云散。

一峰非常平缓,山路两边全是绿色的草地,要是不往四周看,跟城里的街边公园差不多。怕她累着伤脚,走到一峰和二峰之间的休息站,我就进了路边草地坐下来:"歇会儿吧,我有点累了。"

她顺从地走进草地,却没在我身边停下来,而是向尽头的悬崖边走去。崖边一块巨石旁,一位采药的中年农民正在抽烟休息,离他脚下不远的地方有个粗布口袋,里面装着他采集的草药和山珍。怕她再惹出啥事儿,我赶紧凑过去。

她站在离那农民一米开外的落叶松下,眺望着远处的山脉。我伸手拨拉开农夫的布袋,里面确有不少山货。我只认得灵芝,有两大朵新鲜的,像是刚采到的。

"这多少钱?"一位东北口音的大姐走过来。

"60。"

"60?"东北大姐撇了下嘴。

"那你说多少?"

"我咋知道?"东北大姐用手举起其中的一朵,一脸无辜地白了那农夫一眼。

"哎,他说这个60——"她突然转向我。

"噢,这我可没有研究。"我不想跟她深究。安然听到东北女人的话,朝我们这边走过来。我朝她使了个眼色,让她不要管闲事儿。可她像没看见,径直走到东北大姐跟前,像内行一样拿过来看了看,然后又放到对方手里:"不贵。"

东北大姐瞅了安然几眼,或许嫌她小,并没理会她的话。

二峰也不高,地势跟一峰差不多一样。到了五老峰中最陡峭的三峰,迎面看到一块巨大的岩石凌空飞起,好多游人都在巨石下面排队,往奇石顶端攀爬拍照。

安然停下来,一动不动地看着那块刺向天空的巨石。我琢磨着她是不是也想在这儿拍张照片,从出发到现在,她一张也没拍呢。我就问:"照吗?你去那边排队,我帮你照。"

她也不理我,依旧站在那儿四下里张望,像是沉醉在三峰巍峨壮丽的风景里。不过,很快我就觉得不对劲儿。有一伙 60 岁左右的男女正在石头旁边摆拍。这会儿,那块岩石下半段的坡起处,有位方下巴的黄脸女人非要等到镜头里空无一人才肯拍。因此,那伙老年人就都盯着我俩,那感觉比说话撵你还别扭。或许他们刚才已经撵过游人,拍过几张了。所以,除我们之外,还有一些游人对此并不在乎,仍旧拍自己的。在那黄脸女人的上方,也就是岩石顶部临空的峭壁旁,有对年轻情侣摆出各种姿势拍照,根本不理她。

"给我来一张。"安然往那黄脸女人跟前一站,将她完全拉进镜头。我可不想见她跟黄脸女人干仗,于是转到她的右侧,将那女人努力挤出镜头,给安然拍了一张。

"你干吗那么紧张?"离开那里后,她问。

"没有啊。"

"你好像谁都怕。"

"是吗?"

"不是吗?"

"不是。"

"你不觉得他们过分吗?"

"人家也是为了拍张值得纪念的优质照片，犯不上跟他们生气，自然风光不是属于某个人的。也许你认为这是公共景区，可人家觉得来一趟不容易，他们的年龄你也看见了，说不定这是最后一次来庐山了，拍张中意的照片有什么不可以的。再说了，人家也没阻止你，不让你拍啊！"

"他们那是软暴力。噢，大家都盯着你，让你怎么拍啊，笑都笑不出来了。"

"大家到这儿来都是散心的。放松身心，放下一切，何必没事给自己找不愉快呢？"

"你来这儿要放下什么？"她哼了一声，"哎——你别走啊，问你呢？"

"问我就得回答吗？"

"不无聊吗？说会儿话呗。"

"我来这儿是想转学去军校。"

"你想当兵？"她惊讶地打量了我几眼，"那你当初为啥不报军校，到现在才想起来？你可真够折腾的。"

"大一大二的理论课算学分的，不怎么折腾。"我昂起头看着她。这会儿她站在对面的岩石上，身后即是蓝天，身下则是万丈深渊。

"你、你别动，小心后面。"我怕吓着她，半道降低声音。

她脸色骤变，神色慌乱地看着我，战战兢兢地问："我、我后面是什么？"

我伸出手去，她乖乖地把手递过来，慢慢挪到我跟前。为了万无一失地确保自己的安全，她猛然向我扑过来，她因过于恐惧将我撞倒在地，而我则成了她不折不扣的肉垫。

我感觉整个身体都被撞散了。昨天被她摔得不省人事，今天又被她撞了个四仰八叉，我真想将她就地生擒，交到阎王那儿去。

"你发什么神经？——"我觉得尾骨像断了一样，疼得不能动弹。天啊，要在这个前不着村，后不着店的深山里——我都不敢想下去。

"你真是害死我啦——"我仰望苍天,欲哭无泪。

"谁让你吓我了?"她虽然嘴硬,可声音里已显现出柔和的歉意。她俯身想要扶我,我甩开她,仍躺在那儿。

"你真的不能动了吗?"她怯怯地看着我。

"你说呢?"阳光很强烈,我闭着眼睛,揉了揉左侧的胯关节,然后顺着往下用力揉捏,缓解疼痛。她见我伤得不轻,又凑过来帮我按摩,却不知我哪儿疼,便茫然地跪在那儿,傻傻地望着我。

三峰的游人大部分都在那块巨石处拍照,从我们身边过去的也大有人在。我俩的姿势引来人们的注意,还有人上前观瞻一番,并不想多管闲事。也有热心人叮嘱安然,撂下几句话走人。

"你快往前走,到四峰那儿找保安人员吧,请他们帮帮你,把你男朋友抬下山去,在这儿躺久了就是没有伤也会生病的。"

安然听了这些话自然紧张,不时问:"你真的不能动了?我可真去叫人啦?"

我仍没搭理她,刚刚我觉得右腿能动了。我又往里摸了摸,按按了尾骨那儿,木木的,不像刚摔的时候那样疼了。

"我走了,我真走了?"她站起来。

我眯着眼睛看了她一眼,她的头发全耷拉下来,包住她的脑袋,两只大眼睛关切地注视着我。我觉得她还是没放下来,心里仍装着那个男同学。她觉得自己很委屈,没人理解,没人诉说,心里很沉闷。她只能像个刺猬一样,见谁扎谁,跟自己过不去。想想自己跟鲁米米谈恋爱那会儿,也像她这样,想着如果她要跟我分手,我都没法活下去。老范发现鲁米米劈腿后在我面前没少骂她,说随便跟人上床的人我还当她是个宝。我心里明白怎么回事,可还是很痛苦。分手和劈腿可是两码事。劈腿是对感情的欺骗和背叛。我并不记恨鲁米米,那天我从图书馆出来,一切就开始发生改变了。不过,我还是很感激她。她是我今生的第一个女人。

"你叹什么气,是不是很绝望?像失恋——"

我一把拉住她:"知道吗?当初我女朋友离开我比现在还要糟糕一百倍。"

第 19 章　于庹

在四峰休息站停留了半个多小时,我试着活动了一会儿,觉得没什么大碍了。工作人员让再观察一会儿,以防万一,我们就又休息了一刻钟才走。到了五峰,四周仍是连绵不断的山谷、群峰,看到通往山下三叠泉的指示牌,我们便直接下了山。

看不到尽头的石阶让人头大,歇脚的地方只有斗方大小的阶梯拐弯处。不过人少,累了席地而坐,休息够了再走。到了山下,将近午后 2 点,她的脚也肿得跟馒头一样了。

"还是回去吧,你看你的脚还像人脚吗?"

她站在那儿,看着远处空中的索道,不知在琢磨什么。

"你这种心情去不去三叠泉都没多大意义,你根本就没心思玩,脑袋还在想那些破事上——"

"别说得这么难听成不成啊?你以为我不想玩,不想忘掉吗?可——你又不是没经历过,这点事都不能理解呀。其实——我是在担心你,怕你刚才伤着了受不了。"

"你别拿我当挡箭牌。不过,我不明白为啥你老撂我,是不是劲儿没处使?"

"只能怪你弱不禁风。"她白了我一眼,"既然你没事,那咱们还是去吧,都来这儿了,我想去看看三叠泉——"

"怎么,以前在那儿有点故事?"

"瞧你那肮脏的灵魂,就会乱想。"

"庐山这么大,干吗非去那儿啊?"

"那中国这么大你干吗来庐山啊?!"她说着就往三叠泉那边走了。

我活动了一下腰身,觉得没啥大碍,只有胳膊肘那儿有点疼,怕万一伤着了影响上航校,就慢吞吞跟着她。走到三叠泉索道站时,我想还是坐索道上去看看就下来。

别看她嘴硬,从后面看,她的伤脚还是让人感觉到了不平衡。走了一会儿,她转过身来,朝五老峰望了望:"哎,你看呵,从这个角度看五老峰,是不是跟广告上那些照片很不一样?'庐山东南五老峰,青天削出金芙蓉。九江秀色可揽结,吾将此地巢云松。'"她竟有心情吟起诗。或许是做给我看的,让我知道她此刻完全与自然美景融合了。

山上的鸟儿很多,在路边的灌木丛和树梢间穿梭低飞,它们胆儿很大,不时落在土路上,捡食游人掉下的饼干面包碎屑。不少游人在路边树下的阴凉里歇脚,从包里拿出食物野餐一顿,为上三叠泉做充足的体能准备。靠近村子的那侧路边全是当地小吃,有茶叶蛋、煮玉米、茶饼、桂花饼、糯米糕等。安然的眼眼珠子都快给那些食物吸了去。她走走停停,不时撇几眼解解馋,然后继续朝前走。我那怜香惜玉的心便蠢蠢欲动了。眼看着她走过索道入口,我喊住了她:

"喂,坐索道吧,我的腰有点疼。"

她转过头,目光在我脸上停留了片刻,像在确定这话是否可信。为了让她相信我没骗她,我扶着腰走过去。

"又疼了?"

她突然对我温柔相对,让我有点蒙圈。面对那真诚的眼神,我有点慌乱。不知是不是光线的缘故,那长长的睫毛下,竟然藏着一双美丽的棕栗色眼睛。天啊,她的眼珠还在变——好像很快就要变黑了——就在我发现奇迹的这一瞬,又立马想到她攻击人的能力,原来眼睛往黑色转变,显示她在生气呢。"不疼。"我以力挽狂澜之势赶紧回道。

"不疼。"我又重复一遍。为了让她尽快转换情绪,我把话题引向她的伤脚,"你的脚怎么样了,疼死了吧?其实,咱们真没必要去那——"

"钱还够吗?"她关心的并不是脚伤,看来她一定要去三叠泉。

我问了从索道上下来的游客,他们说坐索道到终点,离三叠泉景点还有十万八千里呢。很显然,他们刚才经历的一切并不愉快。起先,我还以为他们夸张了,事后才知道,人家说的一点都不过分。那些噩梦般的台阶,踏上去就像进了不见底的黑洞。蜿蜒不尽的山路,一侧是万丈深渊,一侧是你紧贴着前行的崖壁,窄的地方不足半米。一位恐高的游客趴在崖壁上失声痛哭,哭了好一会儿,才被人哄着过了那段险路。偶尔到了宽松些的地方,才能看到山涧的水流和森林。凌空绝壁的岩石上,有轿夫在那儿歇脚。他们把小腿悬在空中,听说那是保护膝关节最好的姿势。

"我还以为下了索道就能看到三叠泉呢,敢情还得翻过一座山峰,再下去才能看到。"显然,她低估了庐山的山路。我也后悔刚才没告诉她索道上下来的游客说的那些话。当初是怕扫她的兴,这会儿好了,她也打怵呢,但不能待在这儿干耗呀。一路上我都在她前面,遇到危险的地方就扶着她走。她红着脸跟着我,也不吭声,像跟自己赌气。上山下山的路都很陡峭狭窄,过往的人又多,没法驻足休息。稍微停顿一下,就会造成拥堵。

上下的游客几乎都是擦着身体而过,没谁抱怨。恐惧让人们总是情不自禁抱团取暖。我想安慰她也不方便说话。台阶越来越陡,有的地方简直是直上直下,后面的人顶着前面人的屁股向上爬。

"离三叠泉还远吗?"大家都埋头向上爬,我只能迎着那群脑袋大声问。

"快到啦——不远了。"一位20来岁披着长发的青年瞄了我一眼,热情鼓励我们。他的头发被汗水浸湿,黏在脖颈上,还有几绺搭在脸上。"加油——不远啦,很快就到了——"他的话引来一片嘲讽的嗤笑。显然,事实并非如此。

"下面有其他返回的路——"

"原路返回!"文艺青年又给我迎头一击。

他从我身边过时,我听到他喉咙深处的粗喘,像肺里灌了胶粘在一起,无法完成换气。刺鼻的汗臭让我禁不住打了几个喷嚏。

"等一会儿。"我停下来,用手轻轻挡了一下安然。她窒息般的喘息让我很不安。从我们身边过的游客都希望能借助岩壁攀扶一下,因为我们的停留,使他们的路变得更窄了。我屈身想看看她的脚伤,还没完全蹲下,就有人冲我嚷嚷:"快走、快走——不要堵上了——"

"在这儿停下来很危险。"有人呼应。

她拽了我一下,说:"没事儿,等到了前面休息站再说吧。"

我把她往崖壁上推了推,让她靠在崖壁上再休息一会儿。有人吆喝,我就一边护着她,一边极力把自己跟前的路让给他们。

"对不起、对不起——嘿嘿——你们先过,我们休息一下——"我装着累得要命,冲着那些不耐烦的人道。其实,不用装,我的样子也好不到哪儿去。

突然,我听见嘤嘤的啜泣声。在我与过往游客搭讪时,她趴在崖壁上哭起来。我的脑袋"轰"的一声大了,我最不愿意看到的事情发生了。可是,她偏偏在这前不着村,后不着店的地儿发泄出来。这儿随时都有意想不到的危险发生啊!

"快走、快走——再坚持一会儿,谁不累呀——这里不能停久啦,太危险啦!"又有人催我们。

"你还不哄哄她,你以为这是在你家后院吗?"

我背倚崖壁,用一只手臂护着她的后背。我前面不足一米宽的石阶上有游人上下涌动,外侧就是万丈深渊。相错而行的人因为我们连个攀扶的地方都没有。

我轻轻拍了拍她,示意她控制一下。她终于平静下来,但她悲伤过度,不自主的抽搐仍在持续。

"既然来了,就坚持下去吧。你想啊,那么多艰难险峻的路我们都走过来了,以后,我们还怕什么呢?——"

"快走啦,别再啰唆啦。"一位香港来的游客拖着长腔,似乎要对我们掀起新一轮攻击。

"走吧。"她慢慢转过身来,扶着崖壁开始向前挪动。

"我背你吧。"我跃过她,在她前面弯下身来。

"不用。"她轻轻推了我一下,"小心点,你先走吧,别管我了。"

我没听她的,继续当护花使者。

因为这一路的辛苦,三叠泉并没让我觉得怎么样。她的反应也差不多。我们趴在三叠泉休息厅外面的回廊栏杆前,望着对面岩壁2米多宽的瀑布,觉着像被人戏弄了。我们闷声看着第三叠瀑布,也就是三叠中的最后这道瀑布,偶尔俯视瀑布终点汇入的那汪潭水。潭内有不少坐着橡皮圈的游人,他们相互嬉闹,像在演一出并不精彩的闹剧。周围的一切与我们无关。置身三叠泉这著名的水流前,我们俨然两个孤独的人。十几小时前,我们还是毫不相干的两个人。我们不知道彼此叫什么,姓什么,家在哪里,可这会儿,我们却能在沉寂中感受到默契和信任。

夕阳改变了天空的颜色。刚才在休息站买来敷脚的冰糕,这会儿成了摊在脚面的一团肮脏奶油泡沫。她太不爱惜自己了,与她相比,鲁米米多娇气,逛趟街都要赖,说脚疼手疼,所有的东西都挂在我身上。不过,看上去安然家的条件也不怎么差啊。她用的是新款iPhone5,她的手也细嫩光滑。她的脚若不是受伤,也很白皙干净。此刻,她的手就搭在我眼前的栏杆上,我不知哪根神经动了,捉了那只手用力握了一下,好像我想说的话都在那用力一握里。当然,我很快就意识到这样做的后果。要不了多会儿,她疾风骤雨的斥责就会来袭。然而几分钟过后,仍是风平浪静。

等我们返回索道下山的入口处,那里已经排了百米长的队。我拉着她在一片谩骂声中挤向工作人员,途中,她被人拦截。我仍向前挤,向工作人员大声求助:"我朋友的脚骨折了,请帮忙让她先下去吧,谢谢啦美女。"我朝一位锥子脸女生喊道。显然那句"美女"与她很不相称,但仍让人受用。

我这样一嚷,安然向前的路便让出一道缝隙来。她很配合地向那锥子脸女生投去哀求的一眼。

"让开点,让开点!"锥子脸女生指挥道。

那道缝隙比先前又宽了许多,她像二战战场上受伤乘机回国的老兵,在众目睽睽下,拖着她那只伤脚走到我跟前。这时,旁边有位带着孩子的年轻母亲善意地对我说:"她都这样了,你还不背背她。"

我怕她不愿意,争执起来露出破绽,正在犹豫,她用胳膊揉了我一下,低声说:"快点儿的,车来了。"

一辆载满游客的车慢慢滑上来,等候的人群立刻骚动起来。我怕人们往前挤,再次冲散我俩,赶紧抱住她进车厢。今生今世我都不想爬山了,半月板都磨没了。那些令人发指的台阶,那些悬崖峭壁,那稀疏的瀑布,那拥挤不堪的人群,脾气再好的人也会发疯。我都不知道她是怎么坚持下来的。

又到了那条摆满小吃的村街,看到有卖西瓜的,嗓子眼都冒烟了。刚才在三叠泉休息站一牙西瓜卖 20 块钱,跟抢钱似的,这儿才卖 6 块。上山下山都坐了索道,我兜里所剩无几。怎么也得留点钱晚上吃饭吧?于是我们就硬着头皮从那些散发诱人香味儿的食物前走过去。

"哎——"她清脆地喊了一嗓子。

回过头一看,她举着两牙西瓜笑吟吟地走过来:"给,可甜了。"她递给我一牙西瓜。她头一回以正常人的口吻跟我说话。她笑起来的样子真是千姿百态,让人心里舒坦极了。

幸亏我们没耽搁,我们终于坐上回镇子的最后一趟车。山上还有那么多人呢,也不知道等会儿下来他们怎么回去。她选了最后一排座。她是想待在安静点的地方吗?

不知道是不是在五老峰被她撞的,要么是昨天被她摔的,原先疼的地方又开始作乱,浑身上下像散架一样。尤其左侧腰眼那儿,非得紧贴着座椅靠背,才稍微好受些。因此,我不停地选择让自己舒服的坐姿。

"你怎么了?"

"没什么。有点累。"我说。早知道这么累人我就不来了。在镇子附近找处景点玩玩不也挺好的,干吗跑这么远来受罪?要么就是心情不好,如果今天不发生这些倒霉事儿,或许又是另外一个样子。心情好,周围的环境才会好,这话一点儿不假!境随心移,相由心生。这世上最美的风景其实就在每个人的心里,可人们偏偏愿意相信自己的眼睛而不是心灵。

"知道我为什么要来五老峰、三叠泉吗?"她主动说,"那儿是我妈当年的一个遗憾。"

"幸亏她没来,省得像我们一样,累得像狗——"

"你才像狗。"她说着拍了下我的肩膀。谁料,她这一拍,我心里竟然"嗵"的一声,跳了一次违反常规的脉率。

到了镇上,天快黑了。我建议找家医院看看她的脚,她坚持说没事儿,说自己的脚自己心里清楚。

"那就回酒店休息,看看明天怎么样。如果明天加重了,我们一定去医院。"

她点点头。

"饿不饿,先吃点东西吧?"我觉得兜里的钱请她吃碗米线足够。然后,我再跟老范联系,看他什么时候到。我不想让他去酒店找我了。

"屋里有方便面,包里还有早上吃剩的东西。"显然,她想省下这笔钱。

"你看看手机,这会儿应该有信号了。我想跟哥们儿联系一下,看他什么时候到这儿。"

她脸上闪过一丝失落的神情。她顺从地掏出手机瞅了一眼,然后把屏幕那面朝向我:"看,没有。"

天啊,这是对我即将与哥们儿会合,离她而去表示出的不舍吗?我一点钱都没了,老范再不来我可怎么办?我有点心烦。

她像是看透我转坏的心情,探过头来不时留意我的脸:"要不——我们先吃饭?就这么大点的镇子,他要到了肯定会给你打电话。说不定,他现在已经往山上走了,长途汽车站就在咱们昨天回来路过的那家店铺的右边。"

我还是不踏实。明天她要去医院检查的话还要花钱。她身上的钱也不会多,否则,她不会买公交车票都要先数一数才决定。我让她主动给老范打一个电话,我说:"让他再打点钱过来,我现在一点钱都没了。"

她没吭声,低头按了一通,打过去。不通,再打,还是不通。

"不差这会儿,我有钱,走,我请你。"她把手机装进兜里。

"还是我请你吧,哪有女生请男生的道理。今天咱们饿了一路,晚上好好吃一顿。不过,我身上的钱只够请你吃米钱——"

"要不这样,我请你吃饭,你请我看电影。"她指着对面庐山电影院的一块广告牌说。

"那老掉牙的片子给我钱我都不看。"我瞥了眼《庐山恋》广告上那两位浓眉大眼相互依偎的恋人。

"哎呀,你可一点文艺细胞都没有,那可是一代人的美好记忆。你知道当年我妈迷郭凯敏成啥样儿,买挂历都挑他和张瑜的。我记着我家餐桌旁边的墙上,好像从没挂过别的明星的。"

"你爸不吃醋啊?"

"我爸也喜欢《庐山恋》啊!他喜欢张瑜。"

"那他俩可真凑一块了。"

"可不。"她俏皮地歪了下脑袋,整个人看上去比先前明朗多了,"喂——这家电影院每天都放这个片子,搞不好是循环场,咱们一会儿进去看看吧,反正也不贵。"

"好吧,陪你看,不过到时候我睡着了你可别怨我。"

她可真大方,竟然请我吃了石锅鸡。土鸡肉味道香郁,也不腻口。里面放的鲜笋和鸡腿菇,经浓汤熬炖后,汤汁鲜美,锅底的汤都让我泡饭吃了。其他两个素菜我基本没吃。这一顿少说也得 100 块。我一个人吃了三碗米饭,她吃了一碗。她见我喜欢她点的菜很得意,时不时望着我笑,还把那些肉多的鸡块挑给我。

我真喜欢她笑的样子,看样子她好像活过来了。这一天的磨砺,就像专为她蜕变成长设置的一次艰难旅程。她不再像个刺猬了,她给我的感觉像是刚认识的新朋友,举手投足间显现出应有的礼貌和修养。我突然想,跟这样一位美丽可爱的少女待上几天也挺美的,反正要等到航校那边有消息才下山。只是,老范一会儿就到了,如果我们仨在一起,他嘴没把门的,胡说八道反而有损我的形象。

"想啥呢,那么专注?"她拿筷子敲了下桌子。

我抬起来头,刚好与她四目相对,忽然就别扭起来,赶紧低下头装着吃点啥。

"你打算在这儿待几天?"她又问。

我心里想着老范,就道:"你还是开着手机吧,一会儿回酒店再充电就是了。我真怕误了哥们儿的电话。"我发现她总关着手机,这是否更说明她是离家出走的呢?

"你还没回我话呢?"她有点执着。看来,她希望知道我接下来的行程。

"等到航校那边有信儿了就回去。"我放下筷子,我觉得应该跟她说清楚了,让她早点回家,省得她家里着急,"你呢?我觉得你还是早点回家好。如果你不想让你的脚留下后遗症什么的——"

"呸呸呸,没事也让你咒有事了。"

"不是我吓唬你,我说的是真的。你现在还小,不知道爱惜自己,等你长大明白了就晚了。听哥的吧,明天你就回北京,我下山送你上车行不行?"

她垂下头,挺扫兴似的。这几天她一人在庐山指不定多绝望,多难熬呢。那个背叛她的小子让她吃了不少苦头。今天她刚返点阳,又让我打回阴天里去了。

"要不这样,如果明天你的脚消肿了,我就陪你再玩一天,不过明天把票先订了,后天你就回去怎么样?"

她抿嘴浅笑,明亮如水的眼睛里竟然有了羞涩的神情。

第 20 章　于庚

看电影前,我给老范打了电话,她仍自己拿着手机让我用免提。

"你拨打的电话不在服务区,请稍后再拨——"还是不通。老范跑哪去了,难不成钻地底下去了。"都快9点了,他应该到了啊!"

"或许没有上山的车了。"她说。

"你不要总关机,也可能他打过来的时候你正好关机呢？再说,你家里万一有啥事给你打电话呢？不如把手机调到震动位置,否则一会儿看电影的时候我们听不到。"

她同意了。其间,我一直盯着手机,总觉着老范很快就会打来,谁想电影快散了,他才打来。她跟着我摸黑跑出来,监督我跟老范通话。她这点警惕性让我很是欣慰。

"——哥们儿,不好意思啦,好不容易找到上山的公交车站——没车了,出租车愿意上山的价位太高。稳妥起见,我明天坐第一趟车上山,你

9点左右到镇上的长途汽车站接我就行。"

"老范——老范——你先别挂,我还有点事儿。"我回头看了她一眼,觉得当着她的面,有点难为情。

"什么事你说,手机快没电了。我得先找个地方睡他一觉,这几天为你这破事快折腾死了。"

"哥们儿,你能不能再往这个手机转点钱来?"我压低嗓音,"1000就成,今天撞车——"我说到半道,这家伙就挂了,弄得我很没面子。她这回可没嘲笑我,也没因为没看完电影就跑出来而有一丝抱怨。

返回的路上谁也没说话,我们默默往宾馆走。我寻思能不能在服务台压点什么东西,另开一个房间,不知道她愿不愿意我在她那儿蹭一晚。她看着地上忽长忽短的影子往前走,没跟我说话的意思。快到美庐别墅的栅栏围墙时,她停下来。她踩上栅栏下的水泥台阶,将一手搭在栅栏门上,摆出从自家出来的样子对我说:"给我在这儿拍一张。"

"会不会太暗了?"我觉得效果不见得有多好。

"这不有路灯吗?你先看看,照个影儿也成。"

从镜头里看,她就像另外一个女人。无疑,那是一个美人。小小年纪,她怎么会喜欢这里?这一天跑下来,只有"美庐"是她主动提出照相的地方。或许这儿又是她爸妈喜欢的地方,她拍下来是给他们看的。

我刚拍完,她的手就伸过来。我把手机递给她:"你到现在还在防着我吗?"

"没有啊?"她查看了照片效果,想起什么,又道,"只是习惯。"

"如果不理想,明天再来。"

她撇嘴笑笑,算是默许。我忽然觉得老范没来挺好。或许我又可以单独跟她过一晚了。没有那种暧昧事儿,只像朋友那样相安无事地过一晚。只是,我现在是清醒了,她允许我进屋睡吗?如果她发善心,我睡靠窗的地上就行。快深夜11点,我们到了酒店,却看到我俩行李都在大堂前台的地上堆着。那抹得一脸白的中年女人一脸漠然,头都懒得抬一下:"过点了,你们的钱中午就到限了。我们酒店有规定,如果押金不足,是不允许入住的。看在小姑娘交过押金,我们给你们看了半天行李。如果你们还想住这儿,就先把下午的房钱补上。"

我把剩下的 125 块钱给了那中年女人,告诉她我哥们儿明天一早上山就把押金的钱给她。那女人却毫无商量的余地。

"昨天你不讲来跟她会合的吗?怎么,没带钱啊?你扯谎也得看看行情再说。我们酒店概不赊账,你要对你女朋友有心的话,也替人家考虑考虑。昨天她为你看病把钱都花光了,还叫了 120,请了镇上的老中医,你可倒好,跟啥事没发生一样。"

她说这话让我非常震惊。依安然昨天的那种脾气,怎么可能一点风声都不透露给我呢?我昨天到底被她摔成啥样,昏迷了多久,我怎么一点印象都没呢?还 120、老中医——我怎么啥也想不起来?会不会她俩早就串通好了,要讹我一笔,只是没料到老范上不了山,我没钱给她们?不过,很快我就推翻了这个设想。

"我现在确实没钱,今天又遇了车祸,钱都赔人家了。要不这样,我把这个先压你这儿。"我从包里取出苹果笔记本电脑递过去。

中年女人没料到我会来这手,表情有点茫然,拿不准这样可不可以。

"你别弄丢了就行,里面还有我的论文和作业。"早知道安然手里的钱都花在我身上,就不该装傻骗她。

"你先看着东西,我去去就来。"安然说罢,去了昨天领我去的楼梯后面,我知道她是去取钱了。果然,过了一会儿,她拿着 300 块钱走过来。她留下一张,把另外 200 元递给前台女人。

"哎呀,这样也只能到明天中午——"

"要不了明天中午,我就有钱。"我打断她,拉着安然往楼梯那儿走。

"哎——你回来。"那女的又喊住我,然后冲安然挥了挥手,"你先上去。"安然看了我一眼,像在征求我的意见,很显然现在我们才是一国的。

"你先上去吧。"我冲她比画了一个"OK"。

等安然在楼梯拐角消失后,那女的忽然压低了声音对我说:"今天晚上可能有来查夜的——"见我一头雾水地看着她,她白了我一眼,又道,"打黄扫非,懂了呵?按说我不该告诉你的,我觉得你们太年轻了,怕人家误会了你们,冤枉了你们。虽说你们是朋友,可毕竟没结婚不是。"

"昨天我不在屋里了吗?"

"那是因为情况特殊。"她说,"昨天你跟死了一样。"

"我明白了。"

"你不明白。"她拿眼掂量着我,"你一男的还好说,万一她也给拍下来,传到网上——"说到这儿,她直起身来。我这回明白她的好意了。看来,这世上还是好人多。

"那我把东西放上去,一会儿就下来。"

"他们一般在凌晨2点左右来,具体我也说不准,反正今天夜里肯定是要来的。"

"谢谢,知道了。"

"这个——你自己收着吧,挺贵的。"她把笔记本电脑还给我。

回屋后,我冲了澡,想等头发干了再下来。出来一看,她已经在靠窗的地方给我铺了睡觉的地方,我很感动。白天发生的一切不快都在看到那个地铺时烟消云散了。站在窗前的铺上,能看到楼下有一个很宽的植物长廊架。长廊架下的两侧各有一条半尺宽,距地面30厘米高的长条板凳,我琢磨着等会儿到那儿待到天亮也未尝不可。而且,从那儿刚好能看到这间房的窗户。

等她进去洗澡后,我给电脑上了闹钟,便在她为我准备的地铺上睡下了。等闹铃响的时候,她已经睡着了。她在靠门的那张床上,一条薄被从腰际盖到脚面,勾勒出那婀娜的曲线。她呼吸匀称,像只熟睡的小猫。如果不是怕惊醒她,我真想看看她的脚是不是消肿了。我抱着被子,披上外套轻手轻脚去了楼下。

前台的女人看到我后,冲我会意地招了下手,悄声说:"这样我就可以跟他们说306就一人住。"

"谢谢您想得这么周到。"

"等他们走了我再叫你进来,在那边沙发上再睡会儿,也省得回屋打扰她了。"说着,她用下巴指了下大堂角落的三人沙发。

庐山的夜晚凉意十足。山风里掺杂了丝丝凉意,山脉在夜幕的衬托下安宁静穆,充满了人与自然和谐共存的眷眷诗意。明月、江湾、客栈、竹影、灯盏在月色里融为一幅庐山夏夜特有的曼妙画卷。长这么大,头一回在离家千里之外的星空下,与山野冷月相伴而眠。理查德·克莱德曼的《星空》和凡·高光彩夺目的异形《星空》陡然在眼前汇成一体,混淆了现实与梦幻。那些不知疲倦,频频向我送暧昧的繁星,让我感到苍白渺小,让我想到"命运多舛"四个字赋予人类的种种磨难。在众多的所谓的富二代中,我或许是那个最乏味、最胆小、最拘谨,从小被长辈管得死死的那位。但我仍向往自由——生命的自由。因此,当航校到我们理工大招生时,我发现那是唯一可以与家族抗衡的绝好力量,是真金白银无法撼动的神圣地方。在那里我会获得新生,获得自由。尽管我不知道最后的结果是什么,但我相信那绝对是一场风暴式的洗礼与颠覆。我偶尔也会想,擅自离校跑到庐山来是不是明智之举?能不能跟父母理性沟通?可旋即我就否定了这些。到目前为止,我相信那是绝对不可能的事情。

金钱在家庭中往往是充当那种改变意向,使其为自己服务的狠角色。有时候看似人在使用钱,其实却在不知不觉中,人为钱所奴役,做一些为维护金钱权益而违反亲情意志的蛮横安排。嫌贫爱富就是最为经典的,在人类婚姻中体现金钱替代感的一种交易。家族企业庞大到了一种程度,这个家族的长者,也就是利益最高的掌管者,自然会将所有的精神世界活动纳入资本交易的范畴之中。而那种充满了家族成员间的浓郁温情，往往是这个家族奋斗过程中滋生的最为珍贵的精神食粮，推动家族前行的动力。然而，一旦有足够的资本充入家族血液，人与人之间的安全感便逐渐为金钱所取代。

"妈，小时候我们住东台的时候，每年家里都要腌两缸雪里蕻，能吃到来年夏天。晚上，一家人坐门口喝稀饭就辣椒炒咸菜，那种感觉真好，有时候你还偷偷给我一个咸鸭蛋，还不让我姐她们知道——"

"好什么好？穷死了。你一个大小伙子，别净说这些没出息的话。咸菜有什么好吃？吃多了得癌症，还大学生呢，连这个都不懂。"我妈毫不留情地将我的美好回忆打翻在地，用她从网上看到的那些东西生搬硬套地教训我。每每这时，我都希望我家能重新回到东台时的那种生活。我承认我跟钱没仇，可我怕有了钱后变得越发自信和专制的父母亲。当物质生活改善了家庭生活后，精神滞后不前，文明进程缓慢的家族往往会激化出许多矛盾。有时候我想不通，为什么父亲不能和我好好谈一谈，聊一聊？为什么他固执己见，认为钱能改变一切？有一回，他竟然举了老范最终留在他身边，为他效力的例子，让我顿时感受到了背叛，觉得这位自小就信任的小伙伴被他挖走了。

一种莫名的惶惑和寒意从夜幕深处逐渐包拢过来，让人产生不祥之感。我看了眼三楼房间的窗户，那儿还有位让我不放心，让我情不自禁想保护的少女。我得让心安定下来，不能这么漫无边际地瞎想，影响斗志和心情。我开始数星星，先从月亮左边那片夜空数起。一颗、两颗、三颗——如果它们有生命，如果它们有情感，如果它们有着尘世所有生命的一切形态——事实并非如此，它们只是高傲地悬在天空，供我们这些俗人做出无限想象的冰冷的石头。

云层渐渐散开，更纯粹的靛蓝天空在我的视野里越来越宽阔，直至绵延到山峦的深处。偶有丝丝云絮留在那儿，像散落的纱线。庐山夜晚的云彩还是那么白。

  风从枝头跃下,身上的那床薄被就像阳光下的雪花很快地被融化掉。我不得不把脚放在腿肚子上取暖,等这条腿肚子凉了,再倒腾到另一条腿上。结果就是脚暖不过来,腿也变冷了。侧过身来背朝着风口,那阵阵寒意便恬不知耻地粘上后背,让你更没法睡。无处躲藏的寒冷,与你在温室里,憧憬户外生活时想象的那种感觉完全不同。户外仍不是人类习以为常的入眠处。

  三楼的窗帘还是我下来时那样,拉了一半。不知道她醒没醒,有没有发现我离开屋子了。那些扫黄打非的警察怎么还不来,等他们走了,我在大堂沙发上保准倒头就睡着。可他们迟迟没来啊!我起来把那床薄被掀起来,像缠毛线一样把它们裹在身上,只露出脚和头,然后重新躺下,看着那个越发清冷高远的夜空。

  鸟叫声和刺眼的光线唤醒了我。安然来过了,我看到身上多了床被子,头下也多了枕头。这会儿可能有6点了。夏天山野的早晨总是醒得很早。

  回屋一块吃了早餐,进卫生间蹲坑的时候,安然隔着门对我说,她有点事要出去一会儿。我说9点前我得赶到汽车站接老范,她说她要不了多久,她会在我走前回来。

  8点30分的时候,她还没有回来。我给她写了张条,才要出门,她呼哧呼哧地跑回来了。一夜充足的睡眠过后,她好像长高了,洁白的脖颈在阳光下显得那么白皙。

  "我给你留了条,正要走呢。"我让开一点空间,以便让她进来。

  因为骤然停下,她仍喘着粗气,胸部也在剧烈起伏。

  "你先歇着,我得走了——"我心里惦记着老范,想早点见到他拿到钱,没钱今天啥也干不了。

  "你等等。"她从兜里掏出一卷钱递给我,"这个给你。昨天让你花了那么多冤枉钱。"说着,她的腰深深地弯下去。她刚才跑得太猛了,还没缓过劲来。"这、这些钱肯定也不够你给那女无赖的——我就这么多了,你拿着吧。"

"不用。"我推开她伸过来的手,"我得走了,再晚了他又该——等我,一会儿就有钱了。"

她愣了片刻,让开道。

路上,我一直在想她这是跑哪儿弄到的钱。宾馆的取款机没钱了,去外面银行取的吗,还是去了什么当铺当了值钱的东西?对了,她好像说过有个当铺。小小年纪,她怎么会关注当铺这种地方?难道她知道今天出去还要花钱才去弄钱的吗?看来她真想跟我再玩一天的。可等会儿见到老范怎么跟他解释呢?他那么老远跑来救急,我怎么能做那种卸磨杀驴的事儿?要是一块玩,他指不定会胡说些什么。

就在我满脑子琢磨怎么跟老范周旋、躲过这一天时,长途汽车站那儿,我父亲的人马就已经布控好了。老范到的时候,我正被父亲的两位得力干将押着往车跟前走。

"老范,我得跟老范说一声才行,我有事要跟他说。"我拼命挣脱,可胳膊被他们抓得死死的,"我不跑,我绝不跑,我就跟他说一声——"

老范见状也傻了,几步冲到车跟前,一边拉扯,一边感叹:"你爸真是太有才啦,跟我玩起雪夜追踪啊——"

"别装了,我说昨天晚上你怎么不上山,原来你们早就串通好了,跟这儿抓我呢。"

"我装我是你孙子!"老范眼睛里全是血丝,他瞪着我,一脸的无辜。可我谁也不相信。

这世上连你的亲爹都设陷阱捉你,最好的朋友都能出卖你,我还能相信谁?我想到安然,她恐怕还在等我呢。她要是知道我这会儿被家里抓住了,会怎么想?我的笔记本电脑还在酒店,我的背包,还有——我跟说好再陪她一天的。

"不行,我得先回趟酒店,我的笔记本电脑和衣服都在酒店——"

我爸的哼哈二将冲老范使了个眼色,让他去取。

"不行,我信不过他。"我冲他白了一眼,"老范,以你现在的演技,可以拍电影了。"

老范抓着头上的几根毛,气得乱转,我突然想到错在自己。或许老范没骗我,他只是被我爸跟踪了。天啊!你说我爸他还能相信谁?

"好,我不去也行,得让我单独跟老范说几句话。"

我身边的那位下了车,离开车门一米多远。另一位守在另一侧门外,他们一动不动地盯着我。老范很不情愿地上了车,看也不看我一眼,嘲讽地说:"少爷,还有什么需要擦屁股的事儿,说吧。"

"你身上还有多少钱。"

"3000。"

我从靠背椅后面抽出便签,给他写了一张3000块钱的借条,保证回去加上他打来的2000,连本带利还他6000。老范叹了口气,没吭声。

"你马上去,把这些钱都给她。"

"为啥?我昨天可是刚给你2000。"

"你不用问,我既然给,就有给的道理。"

他哼了一声,一脸坏笑,那意思分明是我又被哪个女的粘上了。我不想解释。我说你把钱给她后,让她赶紧买票回北京。你必须确定她买上票,上了火车你再离开。

"哎哟哟,你把人家怎么了,让我这样伺候?"

"算我求你,这个忙你一定得帮我。"我觉得再说我就要哭了,一想到把她一个人留在庐山,想到她那张刚返阳的脸,我就特别难受,"老范,你一定照着我说的做,你告诉她,我家里有急事先走一步了,你拿了我行李,把钱给她你就带她去买票,然后,你们一块去九江火车站——"

"我×,我刚到你就让我走,我怎么也得欣赏一下庐山的风光——"

老范话音未落,左边那位就把他拉出车外,坐到该他坐的位置上。一阵疾风过后,我看到老范站在一片尘埃中。

时隔多年,她忽然就从天而降,坐在了我的对面,冷漠高傲,眼眸深处仿佛藏着一汪悲哀的湖水。她的眼珠儿又黑又亮,不再显现出柔和的棕栗色。显然,她对这久别重逢并不感到愉快。眼珠转黑是她生气的表现。不过,这丝毫不影响她与宾客神情自若地互动。只不过那种闲适自然离我如此遥远,仿佛告诉我,我与她之间不仅隔着一千多个日夜,还有一条更深的沟壑横亘我们之间。

第21章 赵有信

从小花园刚走出来,就闻到我家厨房散出来的炸带鱼味儿。这味道在她来部队前从未有过。这边的女人们做鱼的基本方法是"煮鱼"。大葱、生姜、大蒜,还要有干辣椒,然后放入油、盐、酱、醋、料酒,汤汁没过鱼肉,炖到汤汁黏稠时,放入滚刀鲜辣椒翻炒片刻,即可出锅了。有点像我们北方人做的家常红烧鱼。不过,最大的区别就是不放粉芡。我去大梁家吃过一次"煮鱼",他老婆因为我的到来,特意煮了一条三斤多重的草鱼,临走的时候,还给我盛了满满一饭盒,说凉透了摆在冰箱里,第二天吃冻鱼味道更好。第二天尝了尝,果真不错,觉得完全可以加入赵家菜谱。于是,官玉琪打电话来我就跟她说了这事。她似乎没多大感觉,应承了几声这事就过去了。不久,她从大吕那儿学会了炸鱼。炸小黄花鱼,炸带鱼,炸鱼丸,炸土豆,炸香椿——总之,不管什么东西裹了面糊均可炸。

"儿子特喜欢吃炸带鱼。等我去了给你做了尝尝,保准比煮鱼好吃。河鱼怎么能跟海鱼比?!"我知道她指的是味道,可给我的感觉好像在说她就是海鱼,大梁的老婆是河鱼。

这会儿,这气味在家属楼弥漫开来,昭示了二楼赵有信家的女人来部队探亲了。煮鱼和炸鱼对长期在食堂吃饭的男人来说都好吃。这就好比一个是江南女子,一个是北方女人。前者细腻婉约,后者气势磅礴,两种味道都能接受。春节短暂的假期后,又是三个多月的单身狗生活。还真想快点见到他们。只是,这难得的团聚她还带了两位英语家教,也不知道她怎么想的。她这就下锅炸鱼,想必后面还有新学的菜式要在这次聚会上展示。她喜欢把一切搞出仪式感,有先天因素,也有向众人展示她的多姿生活及与众不同的潜在欲望。

官玉琪准备了好几道我没吃过的菜。样式、颜色、食材都够新颖,可这顿饭的头条还是安然。尽管她事先向我透露过,可猛然看到几年前一面之缘的小姑娘,这会儿亭亭玉立地站在我面前,还是让我不禁感叹这世上的缘分竟是这般神奇。

"如果我是你,或许会考虑跟她发展一下关系。"很久以后,我对于庹这样说,"否则,这也太对不起上苍赐予的缘分了。"

于庹的反应有点木然,仿佛事情并非仅是"缘分"二字能说清楚的。

"有种爱是伴着诅咒一道儿来的。"我老婆先知般地告诉我,"对我来说,无论福祸,来了我都会接受。我这样做是不是太宿命了?没一点反抗意识,束手就擒于命运。"

五一节聚餐那天,我丝毫没感到久别重逢的兴奋,相反,我被一股莫名的惶惑笼罩了。一年前,我和于庹在部队相遇,让我相信了缘分这种东西。紧接着,安然降临我家,成了儿子的英语家教,却让我惶惑不已,这会不会是一个阴谋呢?一个从头到尾谋划好的陷阱。

我完全没有被岁月拉开距离看待此事的豁达和超脱,我完全被这种偶合产生的种种疑惑困扰着。到部队任职后,经常性的防线教育让我脑袋里的这根弦绷得很紧。现如今这个被学者认为"平的"世界,也有急流险滩,让你有随时跌入深渊的可能。当然,这只是其中因素之一。这太不寻常的巧合让我不得不想,这是不是某个特务组织对我精心设下的局,对我和家人进行潜移默化的渗透和拉拢？因此,在官玉琪不厌其烦地说学逗唱,烘托聚餐气氛,让席间一次次达到高潮,安然那张冷脸也有了温煦的春意时,我仍无法放松地去享受老婆为我奉上的五一精美大餐。

"生活中需要 surprise ——"

"对我们而言,可能更需要安详平适的日子,过去的几个月,我们一直在惊心动魄中。"我不想在这种时候跟她争论,但也想让她知道我的真实想法。或许她在北京待久了,体会不到部队空勤家属的感受。要是在本场飞,她们会一直等到最后一拨落地,发动机熄火才肯睡。尽管,她们的丈夫回营地依然住在与家属楼一条马路之隔的飞行团宿舍,还有第二天、第三天,或者突然而至的长途奔袭作战任务在等着他们。

"任务结束回到家,他们就想看到打扮得漂漂亮亮的妻子,看到学习不错用不着操心的儿女——至于做不做饭、洗不洗衣服都无所谓。我就想图个心情愉快。"大梁曾这样跟我说。起初,我真不理解,觉得男人嘛,一家之长,对家庭对生活不能太随意了。事后想想,他说的这种心情或许是最真实的想法。哪一回作战任务不是危险重重？哪一次升空不是战斗到极限,不是以紧贴实战出击呢？如果是我,累了几个月回到家,看到屋里一个蓬头垢面的黄脸婆,穿着一成不变的家居服,系着肮脏的围裙,保姆似的在那儿擦洗,孩子们不是猫在房里玩手机就是躺在沙发上看电视,屋里弥漫着永远的白菜炖粉条或韭菜饼的气味,你说心情能好吗？我没跟官玉琪探讨过。在男女关系上,她总是站在女人这边。

想象中的事情一经成为现实,反倒失去了魅力。先前,安然是作为于庚身边一个不稳定因素存在的。这次见面,当你发现并非你想的那样,自然对她出现的动机产生疑惑。她给人的感觉,好像跟于庚连普通朋友也算不上。那张像是失去笑神经的脸,会让你毫不犹豫地从飞行员女朋友的行列中把她删去。可人有时很会欺骗自己。人总喜欢结果向自己期待的一方倾斜。要不是在家属楼这套属于我的公寓内,有于庚、范小进、官玉琪和我家第一任家教那雅在此,我很难从过往生活里,预感到会有这样一次聚会。

我能够感受到安然给予我的礼貌和尊重。每当我讲话时,她都会放下筷子认真听。或许,这是我曾在庐山救过她的特殊回报。一如她对我的妻儿给予的爱屋及乌的关照。她对于庚像是训练多时后的一种精准表情,有股接近狠毒的冷漠。只有对范小进,她有种难以掩饰的敌意。

那雅对于庚有种别有用心的热情,以至于她在介绍安然时,像是推销一件上好的货品,句句说给于庚听。于庚的态度一目了然,对突然现身的安然除了惊讶外,难以掩饰的欣喜灿烂了整张脸。他才是今天聚会 surprise 的受益者。他常常忘了还有其他人,总是情不自禁地说起庐山的事情,那些只有他俩知道的往事。他在暗示对方自己从没忘记这些美好回忆。有时为了让她的记忆更加清晰起来,他甚至从手机里调出《庐山恋》的主题曲,充当我们聚会的背景音乐。看来,再强悍的男人,在他中意的女人面前,也会流露出他生命中最柔软的那一面。

"哎呀,于庚,这些事儿还是等以后你们俩慢慢回味吧。"范小进举起酒杯碰了他一下,希望他能收敛些,"别光说,喝酒。今天可是能喝酒的。"

"怎么,你们平时不能喝酒吗?"那雅逢迎地问。

"是。正课时间不准喝酒。"我说,"现在各工作单位也一样。"

"那你们什么时候能像今天这样放松一回啊?春节,中秋——"那雅把筷子含在嘴里,露出被故事吸引的天真表情。

"我们有《禁酒令》,上面有详细规定。"于庚说。

"《禁酒令》?部队还有禁酒的命令?"那雅惊讶地看着我。安然悄悄拉了她一下,像在制止她。

"快,吃菜。"官玉琪朝我使了个眼色,对于庚说,"于庚,你帮我把厨房灶上的炖鸡端过来。那雅,等下你多喝点鸡汤,这可是专门为你做的。"官玉琪冲她笑笑。那雅脸上泛起红润,安静下来。很久以后,我才知道她五一来部队时,刚刚小产不久。要不是为了安然,她或许不会还在休养期就跟着一块来,促成"安于"会。

"她并不像你想的那样轻浮,她可是个重情义的丫头。"官玉琪不止一次地这样告诉我,"她俩关系不一般。"

相比之下,安然就沉静多了。说是沉静,不如说她保持了进屋后一如既往的冷漠。

"安然是不是受过刺激?她以前不这样啊。"他们走后,我问老婆。

"你以为谁都跟你们似的喜形于色?"她把洗好的碗筷放在水池上的不锈钢筐里。这会儿她的脸上没了席间的激情,疲倦渐渐上了她的脸。谁让她谢绝美女家教的好意,让她们跟于庹他们去后岭,还让他们把儿子也带了去,自己留下来当洗碗婆?

"以后我们买个洗碗机,省得一人刷这么多碗。"我用身体把她往旁边一挤,准备接替她。

"咱家用的洗碗机还没设计出来。"她懒洋洋地说。

"你进屋歇着,我来拖地。"

她依旧站在水池边冲着满手的洗洁精泡沫,并没撤出的意思。我把她从厨房推出来:"你解了围裙吧,以后别一进屋就系上这破玩意儿,好像来我这儿就是洗衣做饭的。你得学会休息,把来这儿当成一次短暂旅行,把自己打扮得漂漂亮亮……"

"我倒是想啊,你看看这屋里,灰都多厚呀,从卧室到客厅都能走出道儿来了。"

"这不任务刚结束吗?!以后拂尘洒水,黄土铺路,恭候你们娘儿俩驾到。"我冲她使了个暧昧的眼色,想逗她开心。

她双手卡在腰际向后直了直腰,似乎对我的暗示不感兴趣。她走到客厅,往长沙发上一倒,把腿翘在扶手上。

"你说于庹跟安然可能吗?"老婆非常明白我不喜欢刚才的话题,知趣地岔开话题。

"就是有可能,离得也太远啊。"我从没想过安然能当飞行员家属。

"飞行员的妻子不是可以随时办随军,男方走哪跟着调哪儿吗?"她说完停了一会儿,像是确认我是否听到,然后又说,"要是部队所有干部家属都能有这待遇就好了。"

"你想过来呀,这儿也没官老师适合干的工作啊!"

"还没这想法,儿子马上考大学了。"

"现在部队两地分居的家庭比例比任何一个时期都要高,尤其是领导干部——"

"这是你们自己作的,上面这样要求是防止你们变坏了。这一点我坚决支持党中央支持习主席,省得你们在一地待久了,互相厌烦。"

"觉悟不低啊。"

"那也得看谁的老婆。"她打了个哈欠,用手搓了几下脸。

"老实说,你把她们带过来,是不是想撮合于庹跟安然?"

"也不完全是。你不是怀疑那雅骚扰于庹吗?知道那雅是河北的,你又怀疑安然,这不,两个都给你带来让你自己看。怎么样,不像吧?人家安然这种心高气傲、冰雪聪明的女孩,根本不可能做出你说的那种事儿。"

"可信是从北京发的。人生气的时候,难免会说出伤人的话。"

"那首先得有人伤她才是。没有这个前提,你这结论就不成立。"

"年轻人在感情问题上很容易遭受打击。有时是毁灭式的。这一点,只有亲身经历过的人才能体会到。"

"也可能另有他人呀。大学生活,女生宿舍一屋住好几个,没准谁恶作剧开玩笑也说不定。"她闭上眼睛想睡了。

"官老师,你没觉得她那样的人根本就不适合做飞行员的老婆?"

"哟——那飞行员的老婆得啥样呢?"她猛地睁开眼睛,这话像针一样刺了她一下,"怎么,你们飞行员的老婆得是那种貌美如花,进得了厅堂,下得了厨房的吗?"

"也不是。你想啊,如果你是飞行员,出任务几个月在外面,回家后还得面对这种不食人间烟火的女人,是不是有点热脸贴到冷屁股——"

"啊哟,赵有信,你现在说话可真难听。你不觉得事实上是于庹对她很有意思吗?你怎么也以貌取人呢?你要跟她待久了,你就会发现她是那种外冷内热型的好女孩。你不知道她对那雅都是怎么照顾的,那雅喝口温水都不让,每天都给那雅煲汤,我生孩子那会儿都没那个待遇啊。"

"不让喝温水,煲个汤就是会照顾人——"

"你不懂,那雅刚刚小产。"她压低声音,好像那雅还在屋里似的,"前段时间那雅住院都是安然照顾的。你说这样的女孩不食人间烟火,什么样的才算食烟火?她只不过不像你们男人期望的那样罢了。哼,现在的男人,甭管干什么的,挑女人都一个德行,喜欢贱的。"

她话说到这份上,我只能服软,再说就僵了:"那她一定经历过什么事儿,不信你打听打听。以我在庐山的一面之缘判断,别说是五年,就是二十年她也不应该变成现在这样子。她那会儿给我的感觉古灵精怪,她竟然能一眼认定我是解放军,跟我说'谢谢解放军叔叔',我都愣了。你先别那么早下结论,还得好好了解了解,说不定她真遇到过什么事呢。"

"她就是遇到上帝召见,也用不着你操心。你还是管好你的飞行员吧。反正她人在北京,打扰不了你们,也阻挡不了飞行员娶妻生子。不管怎么说,这次见过她以后,于庹的安全隐患问题解决了,你也不用再担心于庹被人骚扰了。刚才你看到了,于庹主动加了她的微信。如果她真干那些见不得人的事儿,组织直接出面就是了。反正他们的事儿今天推到桌面上,以后谁也不用藏着掖着的了。"

"你老实说,刚才让赵傲跟他们一块去,是不是事先安排好的,想让他给你探听点什么？"

"我可没你那么老谋深算。赵傲喜欢于赓，把于赓都当偶像了你看不出来吗？他现在主意大着呢，我说十句的事儿，安然一句就能解决。她要是能长期辅导赵傲，我可就省心啦，只是——"

"只是啥？你是担心钱吗？"说到这儿，问题就来了。安然来我家前就应该知道于赓跟我的关系。否则，像她这么冷傲的女孩怎么可能到这儿来？她很清楚来这里能见到于赓，才接受当赵傲的家教。这才是她此行的真正目的，可转眼我又觉得不成立。如果是她想借这个机会接近于赓，那她为什么对他那么冷淡？欲擒故纵？如果她一心想接近于赓，那么发骚扰信的是哪位？约他春节去庐山，又放他鸽子的是哪路神仙？她到底抱着什么目的来这里呢？

"哎，你去过她们学校吗？"

"我没姓没名吗？总哎哎的。"她翻了个身，把脸冲着我。我看到她的嘴一张一合说着什么，可我此刻仿佛身在另一世界，根本听不到她在说啥。我琢磨着于赓对安然或许真有那层意思。这从他不厌其烦地提醒她庐山的那些事儿就能看出来。老范的表现有点出乎意料，很谨慎，也十分留意他们在说些什么。他对安然的敌意并不在乎，甚至有点蔑视。这里面究竟还有什么是他上次去堤坝没透露的？要是大梁知道于赓这会儿精力转到了这上头，还不得气疯了？老丁媳妇来了，要不要请老丁和团长他们来家吃个饭？按照惯例，等不到节后飞行团就要做开训准备，机务后天就要进场维护。周三还要组织所有机关干部射击考核，我也得参加，考核前最好能先练练。

"赵有信！"怒吼像火箭弹从沙发那边向我射来，紧接着就见官玉琪直挺挺的小胖身子高出了沙发靠背，像《走出非洲》影片里望风而立的土拨鼠。她的脸通红，胸脯那儿一起一伏，显现着她此刻的心境。"你聋了吗?!跟你说那么长时间，连个屁都不放，你在那儿想啥呢？也太不尊重人了！我发现自打我到这儿,这屋里到处都是你的尾巴,我能待几天？你就不能为了我多夹一会儿啊！以后你跟我说话我也这样不理你,让你也体会一下冷暴力的滋味——"

"我正集中精力干活哪——"我把脚下的地面来回蹭了几下,赶紧去她面前俯首听命。长时间的分居让我蕴藏了充沛的精气神,我可不想把这难得的美好时光葬送掉。"老婆请息怒,我已经把尾巴夹紧了,有啥事请吩咐。"我在距她一米处的地面,单腿跪地来了个请命的动作。

她扑哧笑了,脸上的潮红也渐渐散开,复原到平时的黄白。这样就好办了,可要哄到里屋床上还得下番功夫。"这儿冷,去里屋躺着吧？现在正是外面暖和屋里冷的时候,稍不注意就会感冒。"我伸手拉了她胳膊一下。

她像个秤砣一样嵌在沙发里:"就在这儿眯一会儿,搞不好他们一会儿就回来了。"看来,她非常明白我的动机。

"回来就回来呗,坐那么长时间火车就够辛苦的了,又做了这么一桌丰盛的饭菜,把屋里打扫得这么干净,我看连花盆都搬到阳台上去了,这些男人的活都让你干了,多累啊,人疲劳的时候最容易着凉呢。"说话间,我把手伸到她的身下,做出要抱她的样子。其实,我就是装装样子,我抱不动她这只瓷实的小胖猪。我只是想激她,让她自己进去。谁寻思她身子一挺,道:"你要真能把我抱进去,我就去里屋睡。"说着,闭上眼睛等我抱她。

我知道她说的是那种公主抱。从结婚到现在,我只抱过她一次,用那种抱住双腿往上举的方式。我总感觉自己臂力不够,没尝试过电影里男主角公主抱女人的姿势,也很讨厌影视作品中男人们讨女人惊叫的这类小把戏。

"抱不动吧？"她仍闭着眼睛,"你就不想试一下？你知道多少女人希望自己的男人这样抱自己——"

"等着!"我把拖把扔到一边,起到沙发前,在我运足气准备抱她的时候,她突然睁开眼睛。

"你——你要不要活动一下腰?万———"她伸出食指指了我腰的部位。

"也是。万一闪了腰,弄出个椎间盘突出啥的,以后受罪的就是你了。"我做了几个蹲起。

"别、别了。"她坐起来,"体验一回公主抱断送了你的腰,不值!"她双手撑膝站起来,麻溜地去了里屋。那慵懒的媚态让我不禁心生亏欠之意,累成这样还打她主意,我不是仁慈之人哪。我讨好地跟过去,贴着她躺下。她转了个身,一心想睡的样儿。

"你不舒服吗?"我琢磨着是不是每月的那几天又到了。

她睁开眼睛看着我,枕头上的那只眼眼角处被挤压出几道细褶。她打量了我几眼,突然把手伸过来,在我脸上轻轻摸了摸,眼神里就多了些伤感。我握住她的手闭上眼睛。还是不折腾她了,就这样静静地躺一会儿也很好。

"有信。"她轻声唤道。

"嗯?"

"现在我们分居两地,我才体会到以前听说的那些随军家属的事儿。这会儿,我也是她们大军中的一员啦。"她的另一只手在我的眼球、眉弓、鼻子、嘴唇上摸索。

"刚结婚的时候,我们住在机关食堂后面的小平房,你还记得那时的邻居张大姐吗?"

"嗯。"

"就是政治处老崔的媳妇。"

"知道,经常给老崔包饺子的胶东媳妇。"

"有一回你出差,她来咱家给我送饺子,跟我聊天。'你家的不在呀?'她进门就这么问,像是知道你出差了才来的。她可真能说,像憋了几年没说过话一样,好像我一直以来就这样跟她畅所欲言地聊过天。她说夫妻总这么分着不好,男人会憋坏的。她说老崔总加班写稿子,也不知道哪来那么多稿子要写。她说不管多晚她都等着老崔回来,满足他以后才睡。有一回,她累了睡过去了,醒来看到老崔睡着了,心里那个懊悔啊,第二天晚上给了他两回。有时候不管多累,只要老崔想要她都满足他,即便是那种时候。"

我睁开眼睛。我看到泪水从她的眼角滑到枕头上,那儿已经有了一小片泪迹。

"我当时真的很不理解呀,心想人又不是动物,难道一定要通过这个来体现吗?现在我觉得还真是这么回事儿。记得你出发前的那天,教育局要来人到我们学校听课,我是被学校指定的其中一位。那天晚上,我感觉到你想早点睡,可我的课还没备好,我就跟你一块洗漱完,陪你上床看你睡着后,才穿了衣服去客厅备课。那天晚上,我也想到张大姐说过的这些话……"

我抹去她眼角的泪,合上她的眼睛。"别说了,我们什么也不做,就这样躺一会儿。"

她抓住我的手,放进她的衣服里。

"我也有点累了。"我抽回手,平躺过去。

"有信,你真的不想要了?"她抬起一条腿压在我身上,"刚才谁那么色眯眯地看我来着?"

我无声地笑了笑。

第22章 赵有信

赵傲自己回来了。问他都去哪玩了,他却四处瞅着找人:"我妈呢?"

"小点声,你妈刚睡下,别吵醒她。"

"我妈病了?"他走到卧房门口,朝里面探了两眼。

"没事儿。他们呢?"

"嗨,别提了。"他压低声音,直到客厅才松开提着的那口气,"范叔叔跟于叔叔吵起来了。"

"为啥?"

"你不用知道。"他突然仗义起来,"我怎么能告于叔叔的状呢?到时候你又该找他麻烦了。"

"这可不是小事,事关飞行员情绪稳定的事情,你必须告诉我。"

儿子去卧房把门带严实,蹑手蹑脚走回来,悄声道:"当年在庐山的时候,于叔叔让范叔叔给安然姐的钱,范叔叔根本就没给,也没送她回北京,安然姐自己走的。"

"是吗?"我倒真是意外,老范怎么能这样?他可是红口白牙告诉我,安然当时接了他的3000块钱的。"你范叔叔怎么说?"

"他说给了,人家不要他也没办法。"

"他俩当着她俩的面这么吵吗?"

"没有。他俩到一边抽烟的时候,于叔叔问他,才——"

"哎嗨!"我一把揪住他的袖子,去掏他的口袋,"他俩抽烟,你跟过去凑什么热闹?你是不是学抽烟了?你要抽烟,我可饶不了你。"

"我没抽。"他张嘴冲我哈了口气,"我是看着不对劲了才跟过去的。于叔叔可能觉得安然姐对他太冷淡了,又总不搭理范叔叔,就问他当年到底发生过什么事儿。老范说:'当年你自己亲自回去跟她道别,不就什么事没有了?谁让你总让别人为你擦屁股?'于叔叔就生气了,说范叔叔是大骗子,枉他这些年对他的信任。范叔叔就反驳,说:'你是花钱如流水的公子哥,可我没你那么多钱打牙祭。我是给你家打工的打工仔。'于叔叔说:'人品跟是不是打工仔没关系。因为你一直是我最好的朋友,像亲人那样的朋友。可你骗了我。'范叔叔就说:'你也不想想,就她那种心高气傲的劲儿,能要你的3000块钱吗?再有,你知道我找到她的时候她在干吗?她在酒店对面的酒吧门口跟一帮混混打台球。我对打台球的女孩印象一向不好,你是知道的。'"

"你说什么?她跟一帮混混打台球?"我也不相信安然会打那玩意儿。

"这有啥?台球打得好的一样可以当学霸啊。安然姐当年可是学校的风云人物。她从小学保送到初中,从初中保送到人大附属高中,大学也是保送的。还有,她这人特仗义,北大、清华都没去,留在了人大。"

"后来呢?"

"什么后来?"

"他俩打仗。"

"她俩过来了,他俩就不吵了。于叔叔跟她俩说很抱歉,今天到这儿吧。我们就回来了。本来送她们回招待所就完了,路过团史馆的时候,那雅姐说能不能进去看看,于叔叔就带她们进去了,我看过了就回来了呗。"

"他们现在人呢?"

"招待所吧。"

"这样,你也玩了挺长时间了,到这儿来也别误了学习,还是得抓紧,我去看看就回来。"

"我觉得您去不合适。他们又不是小孩,自己会处理的。"他看着我的眼神有些奇怪,"要是我的话,绝不希望别人管我的事。"

他以前从不这样跟我说话,即便是十拿九稳的事情,他多半也是以试探的口吻说。现在,几个月不见,他好像变了。

"飞行员生气了就是大事儿,我得去看看。"我琢磨着老范与安然之间,指不定还藏着什么于庞不知道的事儿呢,要不然她对老范的敌意怎么那么明显?

"赵傲,安老师平时教你的时候,也这么冷漠吗?"

"那是酷。"他不以为然地撇了下嘴,"她对谁都那样。其实,她人可好了。"

"好,你看书吧,别偷懒啊!"

"事关我命运的事儿,我怎么可能拿来开玩笑?"他坐在桌前把书啊笔记本啥的弄得噼啪作响。

这小子可真的变了,以往他绝不敢这么跟我说话。看来,他周围的人对他影响很大。那人除了安然还能有谁?

"儿子,你将来想干什么?"我在出门的那一瞬,突然很想搞清这个问题。

"你不去招待所了?"

"搞清这个也很重要。"

"多重要?超过你的飞行员?"

"这没可比性。你是我儿子。"

"如果我既是你儿子又是飞行员呢?"他转过身来,有点挑衅地看着我,仿佛喘气都多余地提着气等我回答。

我有点蒙圈,有种在森林中奔跑,猛然间坠入陷阱的失重感:"你还是好好复习吧,我们的飞行员好多都是双学历,还有不少硕士、博士呢,没文化到哪儿都不行。知识就是力量,知识能改变命运。"

他没料到我会这么说,眨着眼睛直冲我发愣。我得意地带上门,心想道:"干啥都行,飞行员就算了。"那帮家伙太辛苦了。这次出去,战场时间一般都在七八个小时,最长的时候达到 16 个小时。一天下来,非常疲劳。他们在天上飞,我在塔台上坐一天都累得不行。何况他们升空作战,每次战术动作都飞到极限呢?要是出现"特情",随时有擦枪走火的危险。上一次,于庚跟大梁去某海域巡航,遇到异国巡航机挑衅,于庚当即用中英文喊话,告诫对方这是中国领空,警示他们赶紧离开。对方也不示弱,跟他们对峙了好一会儿才解除僵持。那会儿我们在下面真是为他捏了一把汗。一个从航校到空军部队能升空打仗,还要打赢仗的成熟飞行员,不仅需要强健的体魄、积极健康的精力、稳固的心理素质,还需要对党、对国家、对人民绝对地忠诚,需要关键时刻能勇于牺牲奉献的钢铁战士。儿子青春年少,他崇拜于庚,想当飞行员,或许是他想找一个摆脱目前压力的一个出口。他不知道从一名学生到飞行员的成长过程,要经历怎样的艰辛磨炼和努力呢。不过,想到时下孩子们全力以赴的高考,想到他们面临的来自整个社会的压力,觉得他们很不容易,甚至比成人活得还要艰难。青春年少好做梦。他一生最美好的时候,要是没有高考这档子事,没有事关日后人生走向的社会考核在屁股后头等着,像他这种年纪,正是四处游走看世界的好时候。

5月的皖南,潮湿多情,雨意温暾,整个人仿佛浸泡在春天的润泽中。去年春天乍来时,看到路两旁的高大棕榈树,还有点错觉,仿佛到了三亚、海口那类的热带季候之地。可没多久,缠绵于左右的潮湿和寒冷便把这种念头驱除得一干二净。尤其是梅雨和初冬时节,浸透骨髓的湿寒让你无处躲藏。

午后多云,地平线与远方逶迤的山峦比以往更快地衔接起来。不知道是喝了酒,还是方才跟老婆亲热的缘故,我有点疲乏。想点支烟抽,兜里是空的。穿过小花园,来到办公楼前的水池旁,看到团史馆前面摆放了两张长条桌,两个战士用铁板拖车,正把桌上晾晒的书籍和资料往馆里搬。其中一位看到我,迅速跑了过来,给我行了军礼,请求说:"首长有什么指示?"

"继续。"我回敬了军礼。

"他们还在里头吗?"话刚出口,方觉自己没头没脑的,对方想必不明白自己说啥。谁想对方微微一笑,立即回道:"于少校刚回了团里,他的客人也都回了招待所。"

到飞行团,发现原来挂在右边的那块 8 团的鹰徽挂到了左侧,空出来的那个地方,预留了对手击中于庚洞库视频截图制作的铜匾。团长已经让人去县城定制了,要不了多久,它就会亮闪闪地挂在这里。于庚当初把这耻辱挂于胸前,恐怕不仅仅是向自己发出挑战,从某种意义上说,也是向所有飞行员发出挑战。下个月,空军"金飞镖"的比赛将要拉开战幕。8 团究竟会派谁去,私底下大家已经议论纷纷。有人说去年刚刚夺得"金头盔"的大梁师徒会在其中。也有人置疑,认为于庚把导弹打飞,大梁也有责任,他们不应该出现在"金飞镖"的序列里。

安然和范小进这时候来部队,于庚心里再焦灼,也不会把自己的失败告诉其中任何一位。可面对崇拜他的赵傲,面对知情的我,他无论如何也没有分身的功夫。安然的出现,把他内心深处的某种缠绵源源不断地扯了出来。他在这种情况下还能带他们去堤坝游览,已经是奇迹了。不知是不是歪打正着,刚才他们参观的团史馆,是飞行员结婚后,新婚家属必到的接受我军光荣传统教育的场所。这是 8 团一直以来的传统,也是 B 师的传统。于庚心里非常清楚,难不成他对她真的抱有什么幻想?

三层于庚宿舍的门虚掩着。我推门瞅了瞅,里间卧房有哗哗的水声,像是他在洗澡。桌上的计算机是开着的,屏幕上的弹道和飞机轨迹显示了他正在看的东西,想必是一会儿还要继续看。我停了一会儿,觉得还是退出为好。赵傲说得不无道理,于庚已经不是那个被混混堵在桥洞里的学生了。

部队在休息调整,以备再战。整个营区寂静无声,像是集体进入了一个静谧世界。此刻,这里的呼吸好像都静止了。孩子们也受了这种气息的影响,黏在父亲身边不愿意跑出门来。女人们就更不用说了,在厨房里忙得不亦乐乎,为久别团聚的丈夫接风小酌,秉烛长谈,将欢喜的气息渐渐融入宁静的春夜。偶尔,机务中队那边有零星的鼓声传来,像谁在梦中不小心撞到了鼓神。

久别胜新婚是上苍为守洁者给予的补偿。男人和女人在静谧之夜交欢,如皖南梅雨时节的雨水,无休无歇。一个月后,官玉琪在我正课时间突然打来电话,以一种陌生的口吻说:"赵有信,你要准备第二次当爹了。"

那天,我刚参加完8团技术研究报告会,听了于庹"某型导弹机弹失联的技术攻关的结果"的报告,她的电话就打过来。对我而言,她报告的内容不亚于于庹报告的震惊程度。于庹终于找到解决 X – WJ 型"机弹失联"的办法,把原先那些不听指挥的野马,归顺为听招呼、指哪儿打哪儿的"战马"。他找到了准确修正导弹轨迹,把它们送到最终目标的办法。他称这个办法为"U方案"。除此之外,他对另外几种型号的导弹也逐一进行分析,研究出精确打击的途径和办法。当然,于庹拿出来的"U方案"在理论上堪称完美,还需实战的验证。老婆所说的内容就不需要这类考证了。她在这一个月内,很好地将一颗种子孕育发芽儿,变成一个胎儿。对于庹来说,"金飞镖"对抗赛是"U方案"最佳的检验场。对我来说,几个月后将面临一个崭新的与我血脉相连的小生命。

会后,我想赶紧跟老婆确认,老丁找到我。他说团里确定了参加"金飞镖"比赛的人选,团长想起用年轻飞行员,还是决定让于庹参加"金飞镖"比赛。

"这事关8团的士气和荣誉,你们可要慎重。师长那边什么态度?"尽管我心里很想让于庹上,可一想到"U方案"万一不成,8团门口难道还能再挂一块牌匾吗?"金飞镖"那可是全空军群龙虎争的盛大赛事,像于庹这样的90后要在那样的地方拔头筹,赢头彩,得靠实力和真本事。

"放心吧,团长心细着呢。这个月他跟于庹飞了十几个架次呢,那可是手把手地教,心贴心地传授呢。他当年是空军最年轻的'金头盔'得主,他心里有数。不过,像于庹这样20多岁就参加'金飞镖'这类大赛的飞行员,在空军也是头一个。团长胆大细心,他要想不好的事儿不会轻易做的。师长这人呢,一向尊重团里的意见。他是团长的师父,对他比我们更了解。"

"大家对于庹参加大赛有什么看法?"

"能有什么看法?这帮家伙,谁有能耐,谁有本事服谁。于庹这次找出解决办法,大家心里都很佩服。现在不像以前啦,现在升空就是打仗,不是为了官位,单纯地守摊子,谁有本事向谁学。"

"这也不对,打起仗来谁官大就得听谁的。要是谁都有一套主意,岂不乱套了?"我扔他一包南京烟。

"不是那意思。"他干笑了两声,"老赵你可真会开玩笑。"从海训回来,他就改口叫我老赵了。

"现在这样才是部队应有的状态。大家都盯着打仗去练,而不是盯着小时补助,盯着位置去飞,军人就该这样。这回到师里任职,别说我没想到,部里谁都没想到我能被提拔任用。部改局以后就两位副局长,原先可是四位副部长,得消化两位副部长,你说我怎么敢想我能被提拔?当时寻思走就走,转业不行就自主择业。"

"房子能解决吧?我听说正团就给解决房子。"

"能吧。听说前边走的人说房子能解决。"我这样说有点虚伪,因为在做好走的准备时,首先就是打听房子的问题。看过相关文件,正团以上的干部没有经济适用房的组织给解决房子。正是因为有了这一条,许多人就放下了包袱。北京转业安置非常难,竞争得厉害。去年宣传局有位哥们儿考公务员,那个部门就要两个,考试的却有八百多人。他考了第二名,又有空军高级机关工作的经历,顺利录取了,这个消息当时很鼓舞人心。可谁敢保证自己在近千人里能考进前两名?这个难度跟攀登珠穆朗玛峰没啥区别。

"如果这样,我也不再耗着了,赶紧给别人腾位置。"

"你急什么呀?又没让你走。"

"老赵,说这话你就不实在了。我倒喜欢你抛开那些虚头巴脑的东西,直奔主题。你看啊,我正团这么些年了,你比我小两岁,副师都快一年了,你都做好走的准备了,我还在这儿耗啥?我后面还有多少人,因为我挪不开压在那儿了?老赵,今天跟你说就算是我的思想汇报,我真想走了,不是要挟组织,我这位置谁都能干,说白了,我就是一个过客,一个得了不少好处的过客。我一个农村孩子干到这位置,我已经很知足了。8团少了我照转!组织留我这些年是对我的照顾,可我不能等组织撵啊。"

"师改旅后,位置更少了。我总不能老跟人家基层成长起来的干部抢位置,自然要做好走的准备。你要走呢我也不拦你,大形势摆在这儿呢。你有想去的地方了吗?"

"你有基层的成长经历啊。你刚下来任职,年龄上也有优势。师改旅后,袁政委肯定走,他总不能高职低配吧。老袁师政委快四年了,提前一年退没啥。临退了成了旅政委,要谁谁也不干哪。我觉得人啊,还是知趣为好,咱们这支队伍里从不缺干部,只缺总占着地方不愿腾位的领导。他们记不住自己除了领导之外,还有过客的身份。"

"既然这样,先不说我的事儿了。"我觉得这种事说来说去都是车轱辘话,说一天也能说,"老丁,你有去的地方吧?"

"不能说有,也不能完全说没。你别嫌我说话唠叨,这次跟方总考核乳制品厂很受启发。平时总觉得地方老板趾高气扬的,其实人家做事很扎实、很敬业的,这几趟跑下来受益匪浅。我琢磨着如果方总这件事能成,我想在老家也搞个乳制品厂——"

"你老家离这儿是不是太远啦?乳制品厂的投资我不知道大不大,不过,我觉得既然方总要在咱这儿建乳制品厂,你不如跟他先在这儿干,蹚蹚路子。我说这话你别不高兴,我总觉得方总在咱这儿建乳制品厂有点那个——"

"开始我也跟你一样,觉得在机场附近搞这个瞎胡来,甚至觉得他醉翁之意不在酒,是不是打我们部队的主意呢。跟着跑一圈后,才发现做生意的人跟咱考虑问题就是不一样。他想在这儿创办乳制品厂是想解决咱们这一片乳制品的消费需求。你不知道过去我们这边小孩喝牛奶有多难。现在我不敢说,我们这没人是喝鲜牛奶长大的,这边人养牛是耕地干活的。"

"据我所知,就是市场上喝的一些国内品牌鲜奶也都是用奶粉调制的呀。"

"这话不假,国外也是这样。你要大批量供应市场,为了保存,都得这样处理。鲜奶的意义不是我们理解的那样,从牛身上挤出来加热就是鲜奶,也是得加工后才可以喝的。"

"开一个乳制品厂得投资多少钱?"我还是把关键的问题扯出来。老丁自主择业能拿多少钱?那些钱会不会就是他用来投资乳制品厂的?如果他把自己全部的养老钱都投到这上头,还不如找一家单位先干着,然后自己搞个小买卖安全些。万一投资有什么闪失,他的全部财产就扔进去了。以前朋友中也有跟工作过程中认识的地方老板干的,人家要你,说白了是看中你的关系,你的朋友资源。要是你没什么资源可用,对方立马甩手不干的多得是。当年局里有位干部家属在空军总院干得好好的,被来看病的地方老板鼓动着转了业,说转业去他那儿如何好。等她转业去找那位老总时,对方却不认账了。

"如果我能把方总这边的项目谈成,他要做的现代牧业的牛奶能成功上市——"老丁说到这儿停下来,抬起他那多褶的眼睛打量着我。

我知道我必须得表态说点啥,好让他放下顾虑。我说:"老丁,你刚才说找我谈话全当是汇报思想,我倒希望我们像朋友那样交交心,其实我的处境跟你差不多。师改旅后,全师上下几百号人得分流消化。既然你有这个想法,我不拦你,早走有早走的好处。如果是我,我恐怕也会选择自主,一来有工资照发,二来自己可以继续创业,还能多挣一份,比转业只拿一份死工资强。"

"我也是这么想的。而且,还有一条,我就一姑娘,没指望她给我们养老。我想趁年轻自己出去转转,折腾点事做,总比待在一个地方耗时间有意义。如果你觉着行,我年底前就提出来。"

"刚才你话里好像不是这事儿。"

他身子往椅背上一靠,狡黠地冲我笑笑,厚厚的嘴唇把牙齿用力一包,又松开来:"老赵,方总说如果我能帮他把这边的项目跑成,他可以免费提供给我设备。投产后,返还他50%的设备钱,或给他15%的股份。"

"反正小东门商业街清理没你也不成,这事办好了两全其美,我觉得有谱。刚才你说自主办厂,还以为你要把拿到手的钱都投进这里头,替你担心呢。我看挺好,我支持。需要我做什么尽管说,只要不是犯错误的事儿,我都支持。"

"你想犯错误我也不允许啊。"

就在这时候,官玉琪的电话又打过来。

"赵有信,刚才告诉你准备第二次当爹的事儿,你考虑得怎么样啦?"她的声音很大,老丁肯定听到了,要不然他脸上怎么会荡起那种笑意来?

"我正跟政委说事儿呢。"我赶紧放下电话。

"老赵,你的战斗力可真强啊,一个五一就有了战果,恭喜你呀——"

"你可千万别当真!她闹更年期呢,明天保不准又说怀了双胞胎呢。你可千万别乱嚷嚷,这把年纪了,让人听见笑话。"

"这年纪正当年,我们村还有50多生孩子的呢。我倒真希望这是真的。国家现在允许生二胎了,不瞒你说,我们也想再要一个呢。我媳妇去医院检查,人家说不能怀了。"

"不怕再抱一个小炸弹了?"

"女人忘性大,生孩子的时候疼得恨不能杀了你,真怀上了还是照要不误。"

"你们为啥不能怀了呢?"

"还能为啥,长年避孕的结果呗。自行车不给点油都不好骑,别说人了。过去分管家属就怕计划外怀孕,长年盯着她们的肚子上环避孕,那房子里头长年不住人,早就报废了。大梁他老婆春上刚怀上了,听说二胎放开了,这头一胎才种上,就想着要二胎了。老赵,嫂子就是真怀上了,你也用不着藏着掖着,这是喜事,说明你们年轻。到时候,多少人羡慕你们还来不及呢。"

"现在可以试管婴儿,你们不试试?"

"那些东西都是给有钱人预备的,孬好我们有一个姑娘了。别说我,我老婆那关就过不了。用试管养出孩子来,她不会同意。"

"那也不一定,人类的科技成果本身就是用于造福社会的。当然,除了战争——"我冲他做了个打枪的手势,"说试管婴儿3万块钱的费用一般家庭都能承担得起,试管婴儿先体外受孕,然后再植入女性体内孕育,并非你想象的那样。"

老丁一脸坏笑地看着我,好像我有什么不可告人的秘密瞒着他。

"你别瞎想,当初听大梁老婆一直怀不上,我上网查过试管婴儿的信息。实不相瞒,我没想过要二胎。我跟老婆一直分着,她要真怀上了我也照顾不上。再说我儿子明年就高三了,家里有高考生是啥状况,你应该比我清楚——"

"那感觉就像抱着一连串的小炸弹,不知道她什么时候发作,给你来一家伙,心整天揪着。你别笑,我是熬过来了。你不知道我爱人当时被我闺女折磨成啥样儿,动不动就给我打电话哭诉,说'丁万全啊,你这当爹的就靠你那身军装保护了你,我不敢跟你闹,不敢跟你吵,处处都得让着你。你知道甩手掌柜说的谁吗? 就是你们这种人。早知道这样,给我套房我也不嫁给你'。嚷嚷完了,又懊悔,说'你别往心里去啊,也别不耐烦啊,我也只能说给你听听,我还能把你抓回来怎么的? 要不跟你说说,我都没法活过今天'。你儿子现在上高二,你还体会不到,等上了高三你试试? 咱国家的老师也省事,孩子在学校出点啥事都找家长。从幼儿园开始,到小学,小升初,初升高,老师但凡有点事就提溜家长,每回开家长会,孩子的成绩逐一列在黑板上,像过堂一样。送一个高考生减十年寿,家里的收入得缩水过半。这还是好的,碰到成绩差点的,送出去留学,家底就全光了。你来的时间短,我跟我老婆两地十几年了,我自己都觉着性格变独了,心也硬了。眼不见心不烦,精神全在眼前事儿上。部队生活是个啥节奏? 早上一睁眼,你就闲不下来,根本没有清静下来的时候。你说,她们的问题怎么能挤过眼前的事儿? 有时候她打电话,我还挺烦的,心想你们一不缺吃二不缺穿,工资到手还没热乎我就转给她,还整天跟我叨叨没完,现在像我这样兜里没钱的男人有几个? 可冷静下来想想呢,咱是人家的丈夫,还是孩子的爹不是?"

"可不。有段时间她要不打电话来,我甚至都想不起北京的娘儿俩,部队的事情太多了。下一步师改旅,几百名干部要分流呢,按规定,还有许多当地干部到要异地交流——哎呀,到时候我都不敢想多少军人家庭会受到冲击,多少家庭会像我们这样开启分居模式。"

老丁突然沉寂下来,像是被什么事撂了一下子。

"老丁,你想走的事儿跟王团长说过吗?"我突然想到与他共事了近十年的王向辉。老丁当上8团政治处主任的时候,王向辉还是飞行大队的大队长。老丁当主任第二年,王向辉当上8团参谋长。老丁提拔为团政委的时候,与老团长衣建军共同努力,8团在空军各项大赛中拔得头筹,出尽了风头。王向辉在老丁当政委的第一年,出征参加空军自由空战比赛,拿下"金头盔",之后,又多次在演习比武中取胜,成了空军新军事变革中闪亮登场的风云人物,8团也被推上空军改革强军的风口浪尖。老团长率先示人,给年轻的后辈让位,去军区空军司令部飞行技术室当主任。32岁的王向辉接任团长,开始与老丁搭档。现在,王向辉也面临着进退,不过,有传闻说师改旅后,他很可能成为 B 旅的首任旅长。"

"没说。不过他肯定清楚我的想法。这些年,我心里想什么,他都知道。"

"比夫妻都默契。"

"绝对。"老丁说着抬起眼,又做出那种深奥莫测的表情,"你知道他老婆现在被那关某人给发配到哪儿了吗?急诊室。现在每周还得值三天班,晚上还得住在医院。可这事他竟然一丝口风都没向我透露。"

"还是为了他小舅子提前解除合同的事情?上次院长出面了,他还玩阴的?"

"可不是咋的?本来还想着方总乳制品厂的事情谈成了,把他小舅子的公司和那几个家属都融进去的,谁寻思关某人竟然先动手了。"

"要不要我找老王谈谈?"我觉得王团长没跟老丁说,是不想给老丁添麻烦。谁都清楚这种事儿一向吃力不讨好。

"不用,我再找关副院长聊聊。"

"老丁,我总觉得在机场附近建乳制品厂不那么明智,空气污染难道对厂子没影响?"

"你还真懂一些呢。你担心的没错,不过,人家奶牛场不设在咱这儿,在后岭以南的马台,整合加工建在咱这儿。主要是地平,好铺设管线。马台虽说是山区,可到咱们这儿路是最好走的。那儿山羊也不错,还可以搞山羊乳制品产品。"

"如果方总真能搞成,飞行团家属子女工作安置能解决不少。"

"人家可是几个亿的投资,那么大的企业,融这几个人绰绰有余。"

"关院长这么干没人管吗?因为一己私利,公然拿部队家属开刀,双拥办是摆设吗?今年'八一'他们来的时候,我可得好好说道说道。"

"有你撑腰,我就好办了。"老丁咧嘴一笑,脸上露出暧昧不清的表情,"老王媳妇要在县医院扎下根,咱团的家属们生孩子可就有了保障啦。

妇产科甭管多忙,只要咱团的家属,到那儿保准优先进产房。现在生个孩子多难啊？猫三狗四,一年可以生好几回,人呢？现在生个人可太难了。你不知道现在多少年轻夫妇要不上孩子——对了,你赶紧跟你媳妇核实一下,看她有没有谎报军情,别把大事给耽搁了。"

第23章　赵有信

沉浸于老婆怀上二胎的喜悦,是带队去09基地参加"金飞镖"比赛,入驻西北大漠深处以后。那天跟老丁谈话,我还真没被她这则重要通报干扰,去机务大队转了转,马上就要进行半年大维护了,跟机务大队长聊了聊,掌握下一步任务保障情况。到了傍晚,才逐渐不踏实起来,饭后也没心思散步,回到宿舍给家里打电话,谁料,还没容我说出一星半点的疑惑,她就迫不及待地嚷嚷起来:"赵有信啊赵有信,我算是服了你了。你还真沉得住气,我还以为你不相信呢。你要不打这个电话,我也不会再跟你废话,到时候孩子生下来你就知道我不是骗你啦。"

我愣在那儿,脑袋里一片空白。

"平时总说你对我这么好那么好,可跟你说了这么大的事儿,你到现在才回电话——"

"不是不是,一直没工夫回。我这不没散步就给你打过去了吗？我主要是想找块宽裕的时间跟你通话。"我赶紧稳住她,"太好了,恭喜恭喜。"

"恭喜？恭喜谁？你,还是我？你可真会说话。看来你心思根本就不在我们娘儿俩这边。马上快半百之年的人了,被你折腾成这样,你竟然这反应——哎,你笑什么,很可笑吗？"

"不是,啥叫我折腾的啊?！那是咱们共同折腾结出的花朵——"

"还花朵呢？准确地说,是没有花期直接种上的果儿!"

"别这样,挺高兴的事儿,干吗怒气冲冲的呀？——好了,我不对,我应该早点给你打电话——"

"光打电话吗?"

"那你想怎样?"

"我觉得怎么也得给我买个大钻戒啥的吧?"

"钻戒哪有儿子好?我给你弄套房。"我琢磨北京东郊建经济适用房的事儿要不要现在告诉她。以我在机关的时间和经历,符合画线条件。可是,万一政策有什么变化,到时候兑现不了,让她空欢喜一场更麻烦。

"别说那些没用的。你以为在北京弄房像在你们老家盖几间草屋那么简单吗?做梦想想罢了。当然,你要努力再往上进步一下,当个正师、副军啥的,这些就不用你考虑了,我们娘几个就真的跟你享福啦——"

"哎哟,平时总跟我说不图我这儿、不图我那儿,只要身体健康就行了。敢情也做着将军夫人梦呢——"

"这是人之常情。你不觉得身为军官丈夫对任劳任怨在家牺牲奉献妻子要有回报吗?这世上谁待见不求进步、好吃懒做的人!"

"好,给你买钻戒,最大的那种,等我再去南京——"

"嗨——你别当真啊,我就那么一说。"她很快软下心来,"咱家哪有钱往那上头浪费啊?!说实在的,花那么多钱买块石头不值得,也就过过嘴瘾。赵傲明年考大学,老二明年也光临寒舍,咱家重大的事情都赶到一块了。到时候用钱的地方多了,你得快马加鞭地挣啊——"

"钱上你不用考虑,好好保重身体,现在投资啥都不如投资孩子。"

"跟我想一块儿了,一个羊也是放,两只羊也是放。咱们现在苦一点,以后老了就享福了。"

"先不展望了,你吃过了吗?以后晚上别再想着减肥啦,得好好吃饭。这件事先别告诉赵傲。"

"这你放心,等出怀的时候我就穿宽松衣服,保准到生了都让他看不出来。再说,他的心思也不在这上头。他现在很用功,尤其是安然接手后,他好像有了奋斗目标一样。"

我没吭声,看来她对这些事不知想过多少遍了。

"家里你不用担心,我能照顾好自己,你就安心管好你的部队,有空呢给我们打打电话,如果你觉得这事会影响到你的进步——"

"这什么话,高兴还来不及呢。你不要乱想,好好养好身体,安全把老二生出来。"

"你听我把话说完呀。"她打断我,"你知道我等你电话这段时间在想什么吗?我在想,如果你怕我生二胎影响你当官,动员我打掉的话,我就跟你离婚,自己带两个孩子单过——"

"我在你心里这么差劲啊!"我嘴上迎合道,心里依然很乱。对一个有着十七年之久的三口之家,突然加入另一个小生命,绝不是光凭感情冲动,嘴上说说的事情,有许多准备要去做。比如说,以后肚子大了,她怎么上班?怀孕期间会不会遇到什么意外?高考临近,儿子学习越来越紧张,万一出现大的情绪波动,她怎么应付?她的精力允不允许?儿子晚自习、补习班的接送,那些家长会和她自己的教学任务,她怀孕后能胜任吗?她一个高龄孕妇,能否正常运转一个有高考生的家庭?

十月怀胎一朝分娩,她临产之时刚好是赵傲高考在即,儿子肯定会受到影响。可是,要是现在告诉老家年迈的双亲,他们恐怕也会焦虑不安,即便到北京也帮不上什么忙,搞不好还得要官玉琪照顾他们。多了两个老人,作息时间不一样,对赵傲的影响更大。现在看,要保住这个孩子,只能靠她自己了。我什么时候有假能回北京,不是我能说准的事儿。

"赵傲呢?"

"在屋学习呢。"

"你没事也得进去看看,不能光看他坐在那儿,谁知道他想些啥——"

"放心吧,他现在可有主意了。前几天,高二年级原先的那个团组织部部长出国留学了。年级重新选拔，我觉得没多大意思让他不要分心，把精力放在学习上。他非要参加，说，'妈，你不能以你对这些事情的评判决定我的选择。一来这样会养成我的依赖思想，二来会影响到我自己对事物的判断，我得根据自己对事情的分析做出自己的选择'。瞧瞧，他是不是跟以前不一样了？"

"只要不影响学习就行。你在干吗？"

"我啊，看《大龄产妇注意事项》啊。"她笑了两声，忘了生赵傲，我从部队饭都没吃赶到医院，她看到我破口大骂"赵有信你不是人，你是王八蛋，大骗子大坏蛋——"的事儿了。原来我不在的时候，她老实巴交忍着，我一露面她就原形毕露，把人家医生都逗乐了，安慰我说："放心吧，冲她骂你这劲头，保准顺产。"

我们第一个孩子就在她的叫骂声中诞生了。

生命能创造奇迹。十几年前，我还没调到机关的时候来过 09 基地。那会儿虽然已经进入二十一世纪，可地处偏僻的基地仍很荒凉，营区马路上根本看不到行人和私家车。又一个十年过去后，这里变化就大了，俨然沙漠深处的一座城市。

我们到后被安排在基地老招待所。老招待所条件比不上新招，可王团长特别开心，似乎格外钟情于此："自打空军在这儿组织自由空战、金飞镖和各类比赛后，8 团每回住这里，也每回是凯旋，跟这儿都有感情了。"

"你是不是信风水啊？"

"这可不能乱说。我可是马克思的忠粉，坚定的共产主义者。"他梗着脖子笑道，"但我就喜欢住这儿。"

我住他对面。本来，他让我住二楼，可我想跟飞行员住一起，便于靠上去工作。为了让老丁年底前把小东门商业街的事情处理好，我跟团政治处肖主任一块来的。我除了是师领导的身份外，也是此次任务的最高领导。走前去师里汇报，袁政委说"让他们不要着急，遇事冷静沉着处理。

成绩固然重要,关键是借机让飞行员真正体会到实战的感觉",等等。去师长办公室,还没喊报告,他便招呼我近前去坐。他往椅子上一靠,很放松地冲我微微一笑,拉开抽屉取出一盒烟:"来一支。"

"谢谢。不抽了。"我想到老婆刚怀上孩子,早知道她能怀上这个孩子,前段海训就不该放纵自己,抽那么多烟。不知道这会不会影响到孩子。前些年,国家对公共场所限制抽烟后,我就开始减了。既然国家都不主张抽烟,戒烟也不需要那么多辩解,对自己也是个约束。到部队后,天天坐镇塔台,枯燥熬人,尤其夜航,到了晚上 11 点那会儿,困得不行,烟又抽上了。

"师长有啥指示,我一会儿回部队了。"

"不不不——吃完饭再走,今天你跟我到灶上吃。好长时间不回来一趟,屁股没坐热就急着往回赶,这不窝囊我和政委吗?"

"回去心里踏实。"我心想才 10 点多,等中午饭还有一段时间,在这儿待着还不如在路上休息,饿了在高速路休息站请司机吃个自助餐,这样,下午上班就能赶到部队了。

"你不踏实是因为你还不了解他们,以后跟他们待久了你就知道了。这种时候,他们看着挺放松,心里可比任何时候都谨慎沉着。我们要的就是这种处变不惊的心理素质,这次去 09 你就知道了。这跟海训还有点不一样。"

"是,能感觉到,像于庹这样的 90 后飞行员都很稳当,能成事呢。"

"让于庹上是好事,好事就要有好的效果。其实我认为如果条件成熟,再带几个年轻的去就更好了。向辉这方面有经验,他让谁上一定有让他上的充分理由。"师长把一颗香烟放鼻子下面闻了闻,又放到耳郭上,"稳点儿,全空军都在那儿看着呢,要确保万无一失。以前你去过那儿吧?"

"2001 年调空军机关前,我跟部队去 09 参加过演习。秋天,风特别大，恨不能把飞机掀翻了。晚上很冷，基地还没供暖，冻得睡不着。这次带队参赛，还希望师长多给我提要求——"

"嘿，你这人很谨慎，心又细，在机关待了那么多年，一点老爷作风都没有。来部队就扎到8团，人很扎实。真的，不是我夸你，政委也是这种看法，跟我交流过多次，说你是干事儿的人，有能力有方法。你去机关工作本来就是空军选优选去的，说明你过硬。这次带队去09，对你也是次机会。下一步，咱们师改旅后，你的发展会受限制，当然，也不排除高配一线作战旅一个正师名额的可能。现在这些事儿都没最后定，我们在这儿待一天，就要努力干好一天。说大了，是对党的忠诚，对军委最高首长的忠诚；说小了，是对部队培养这几十年的真诚回报。人可以随时离开，但营盘不能在咱们手中有一丝一毫的松懈。"

"请师长放心，我绝不放松要求。"我嘴上这样说，心里却琢磨着师改旅后，师长肯定会提将军，他有优势。只是风声难觅，现在干部使用方面的消息保密工作做得特别好。不像以前，谁要提拔使用，那边刚散会，这边就有消息了。

"师长一定要当将军啊！"我脱口而出。

师长微微一愣，看了我一眼："借你吉言。"

真是俗不可耐，我怎么说出这种话。好在他没流露出排斥和不快的表情，我的心踏实下来。或许人家给我留了面子，不忍心训斥一位常年在部队蹲点的同僚罢了。

"说好了，一会儿跟我去空勤灶体验一下。"师长说着打开眼前正翻阅的文件。

"谢谢师长，空勤灶我就不去了，一会儿我去机关灶上吃点就走。"我知道他是真心留我，可我还是想早点赶回团里。下午忙活完，晚上才能早点回去跟孕妇老婆通话，到09基地就不能跟她打电话了。为了让师长安心，我带司机到灶上吃了一碗面条，一盘猪头肉拌黄瓜和两个烧饼，便返回了部队。

走到楼旁的小花园,看到老丁一个人在那儿散步。他见到我后一愣,说:"这么快就回来了,师长政委没请你吃饭啊?"

"我又不是饭桶。"

"感谢啊老赵,真不愧是机关下来的,会做工作,人又低调,不声不响就把事情办了。"老丁对我主动去09基地很感激。

"怎么听着好像我在搞啥阴谋诡计?"

"哪里,水平高嘛。"

这趟去师里主要是汇报小东门商业街清理的事情,说白了是让老丁留守在家我去09。我说现在小东门商业街清理得趁热打铁,稳扎稳打为年底任务完成做工作。为了让袁政委下定决心,我还把县医院已经把王团长爱人排挤使用一事做了汇报。政委觉得此事关系军心稳定,同意我带队去09。不过我觉得政委不像师长那么痛快。或许我是个新手,同时,也是拜于庾所赐,第一回跟飞行团去海训,就弄了块耻辱的牌匾挂在团门口。担心这次再跟了去,8团不小心走了麦城。按说,还是王团长心大,要我肯定也会嘀咕。鸭子划水暗使劲,你悄没声地自己努力就行了,干吗非要搞得那么感性?老丁在这类事情都支持王向辉,就像政工、地勤这些事儿上,王向辉听老丁的一样。王向辉锐利锋芒,老丁绵软柔韧,两人配合得非常默契。老丁人前话并不多,却能以为大家办实事,解决困难赢得尊重。师里对他一直很器重,他在团里威信也很高,有些家属遇到什么事,有时会直接上门去找他解决。

"不是你去09我才说这些话,在团里这么些年,来过不少下来蹲点的师首长,可我觉得你很体谅我,设身处地为我想,为我分忧,让人很温暖。中午回家吃饭,小姨子陪我岳母来了,我老婆嫌她们来得不是时候。我跟老婆说我不去09了,她不信。说这事还能跑了你,上面就是来诈蹲点的你也得去,谁让你姓丁,专门'钉'在了部队呢。我说真不去了,老赵带队去。我老婆感动得眼泪都掉下来了。"

"过了,用不着。我一个在这儿待着还不如去09学习学习,熟悉熟悉部队。你岳母——哪儿不好了吗?"

老丁颔首一笑,说:"没有。我女儿上大学后我老婆不是过来了吗?去年也没回家,老人想闺女了过来看看。"

"那是那是。这些年你整天不着家,这次好好陪陪她们,带她们出去转转,南京、芜湖、黄山都不错。对了,你们那么多人住两间房太挤了。不如让你岳母和小姨子住我那儿——"

"啊哟,这可不行。"他立马打断我。

"瞅你紧张的。没事,都是从农村出来的,没那么多讲究,除非你嫌弃我。走前我把钥匙留给你,让你小姨子也帮我打扫打扫。"

晚上回到宿舍,我开始整理出差的行李。想到老丁岳母要来家住,我把床单揭了,被套也换了,把收拾出来的一堆东西塞洗衣机里转着,又去厨房看看酱油醋缺不缺。搞点方便食品,她们饿了吃起来方便,让公务员去服务社买了箱牛奶和挂面。打开冰箱,里面太空了,给公务员留了200块钱,让他明天来的时候顺便从超市买点水果、肉和其他菜,嘱咐他我走后有空过来瞅瞅,帮着打点开水什么的。一切安排停当,琢磨着该给官玉琪打电话了,告诉她这段时间有事先发信息,休息的时候我要看到了就会回复她。如果事情紧急就跟周鸣或处里的同事联系。正琢磨着,电话响了。

"政委好,我范小进。"

"你怎么想起来给我打电话,肯定不是想我了吧?"

电话里传来几声干笑后,留下一声叹息:"政委,于庹他家还在促成他跟黄家小姐的事儿——"

"她没有名没有姓吗?小姐、小姐的,你是他家长工啊?又不是旧社会,也不是资本主义社会,别整天小姐、小姐地叫。"

"好好好。"一阵沉默后,他道,"我还没告诉他,怕坏了他心情——"

"你做得对,他马上要执行任务了,这些乱七八糟的事儿先别跟他唠叨啦。当然了,婚姻也是人生大事,可现在我们总得分个轻重缓急,你说是吧?"

"我知道您一直为他好,一直在帮他。可这种事谁也替不了他,他必须得自己面对,您说是吧?"

"是这么回事。这样,等任务结束我再跟他谈谈。与黄家姑娘成与不成,他都必须给人家一个态度。回避是解决不了问题的。"

"可不。你说他当了飞行员,我却被'绑'在了他家,被他爸收编到现在。早知道这样,我当初真不该进他家的公司。"

"我倒觉着在哪儿干,怎么干关键还是看自己。那么大的一家企业,只要你是块金子,肯定有发光的那一天。你自己不要老想着自己被绑了,人家也没捆着你手脚,你要想让别人解放你,首先得自己解放你自己。你可以学习可以继续深造,也可以参军啊!人活在世,不要总想着外部的干扰,你得学会排解这些干扰去找自己喜欢做的事情。办企业学问也很大,里面要学的东西也很多。于赓父亲做了一辈子生意,在他身上一定有许多值得学的生意经——小范,你在听吗?"

"政委,谢谢您跟我说这些,听着心里很敞亮,好像有层窗户纸让您给捅破了,一下子看清很多事。我得好好琢磨琢磨下一步该怎么做。政委,部队的领导是不是都这么有水平啊?"

"别贫了,等会儿我还有事儿。于赓家里那边你先稳住啊,这次任务对于赓很重要。"

"这您放心。我知道该怎么跟他爸说。"

我放下电话给家里打过去,跟她交代了几句,她对我去09 未表现出一丝不安。二胎的突然降临,她的性情也变了不少,她的生活又多了一个关注点。她对我的存在似乎早已没了质感,就像我待在部队或其他地方,她也无法给予实际的帮助一样。

09 基地周围的树木比以前多了,十几年前来这儿的时候,营区后面的小树现在已有碗口那么粗了。落地的那天傍晚,天空竟然飘了丝丝小雨,让你丝毫不觉这里是沙漠深处。这里比内陆日落要晚两个钟头,晚上8点钟的时候,西边天空霞辉还像火一样红。营区南边的人工湖和藕塘经过十几年的风霜雨雪,一点也看不出人工的痕迹,野生的一般。路上散步的人也比过去多,小孩子滑着滑板穿梭于父母前后,大点的孩子扎堆在操场上打球。办公楼左边草地中间的游泳池蓄满了水,只等着暑热快快降临沙漠。在这儿的感觉很奇特,你身边刚刚还在喧嚣鼎沸,像内地某个营区周末的午后或黄昏,可转眼间,你便陷入不见底的暗夜之中,包括灯光、树木、房屋,一切都被无尽的黑暗掩盖。

老招待所外面的水泥球场上,王向辉领着一帮飞行员在打篮球。他的嗓门很大,老远就能听到他摆阵布局的声音。王团长五官周正,个头也猛出一米七去,就是头发不尽人意,脑顶基本谢光了。照我说剃光头得了,可他极其爱护他那几根毛,每天仔细梳理养护,放下来足有半尺多长。这半尺多长的稀疏毛发一定给了他不少安慰,所以,每天他都把那缕头发盘在脑顶,也不晓得上面有没有机关,平时还挺耐看的,可打起球来,他野兽似的横冲直撞,尤其是他投篮时极爱那么潇洒地往上一跳,那缕头发就随着主人张牙舞爪地出生入死。

"干吗不去室内打啊?——"我边走边冲场外记分的肖主任嚷,"你看这水泥地都裂了,崴了脚怎么办?"

"没那么娇气,我让他们在这儿打的,屋里太憋屈了。"王向辉把球传给大梁,大梁带球向篮下跑去,于庹横冲过去,举手将球打出界外。

"来,帮我打半场。"

"这是怎么个打法啊?"我看大梁跟于庹也不在一个队,双方不像以往那样分的。

"35 岁以上的跟 35 岁以下的打。"

我明白王团长的意思了,我脱下外衣扔给肖主任,左右扭了两下腰,还没上场呢,就见一只迅速旋转的球向我砸过来,于庹全速跟着那球也冲了过来。他的速度极快,到我跟前却突然 180 度转身往上一跃,伸出手臂。我没丝毫准备,给他这一撞摔了个仰八叉,引来哄然大笑。

"于庹——"王向辉忍着笑,冲他嚷,"你还想不想进步啦?把政委给撞倒了——"

于庹用力拉我,我那个恼羞啊,恨不能赏他一拳。可腰那儿不给力,岔气似的疼,便压住他的手,让他等等:"别动,我腰这儿好像不对劲儿。"

王向辉赶紧让人喊航医过来。

我挣扎着坐起来,想再静一会儿。记得以前看过这方面的知识,说摔倒后不要马上起来。我冲他们挥挥手,让他们继续。

"对不起啊政委。"于庹脸色都变了。他的手攥着我的胳膊的地方汗津津的。我听到球在水泥地孤零零地弹起又落下的声响。我冲他伸出另一只手,他立马握住,却不敢再用力拉我。这时航医背着药箱跑过来,我可不想再出洋相,我得在航医到我跟前时站起来。我让于庹再用点力,我的腿非常配合地支撑住,我慢慢直起腰,那儿果真不像方才那么疼了。我轻轻转动了两下,已到眼前的航医见我这样,脸上露出松一口气的表情。

"政委,你能试着往前弯一下腰吗?"

我按航医说的往前弯了下腰,直到与腿成直角也没觉得腰疼。接下来,航医又让我往后仰,我试着往后弯了弯,也没感到疼。航医说没什么大事,叮嘱我这两天注意观察。我知道他说的这两天注意观察是给我台阶下。

"政委,你缺乏锻炼啊!你看小于吓得,脸都绿了。"

"你小子也是,还没正式比赛呢,就把自家老帅给打下来了。"场上又是一片大笑,"政委,看来还得我上了——"

"你等等。"我打断他。也不知道哪来一股劲儿,心想我要不打这半场,以后在这帮小子面前,头都没法抬了。"你别急,我上。"我把王向辉推出场外,冲裁判喊道,"球场休息,五分钟后开打。"

第24章 赵有信

我硬要打那半场球的结果就是在接下来的一个月里,我的腰开始不停地跟我作对。刚开始那帮家伙对我还真是挺刮目相看的,言谈中流露出兄弟般的亲和感,可很快就因我身上越来越浓的膏药味儿知道了实情。我还不能隐瞒,须遵医嘱,在急性期控制住伤情,以防后患。因此,以我为半径,几米开外都能闻到我身上的膏药味,以至于走哪儿都会因这股药味儿招致瞩目。我的屋就像中药铺,我住的那半拉走廊全是这味儿。没办法,那也得治啊。坐塔台是个功夫活,一天下来好腰都受不了,何况我这伤腰。肖主任让文书跟着我,需要走动的事儿让他当通令员。

很快师里就知道我打球伤着腰了。政委问要不要紧,是不是让老丁来顶替一下。我赶紧表态说是他们谎报军情,我啥事也没有。政委打电话的那天晚上,王向辉来我屋,给我拿了几盒中药消炎热敷袋。

"男人这岁数腰可不能伤着。你试试这个,我用过,挺管用的。昨天我让基地的朋友搞来的。"

我发现跟他们出几趟任务,同甘共苦建立起来的感情应运而生,关系不自觉地就近了。

"你腰也不好吗?"

"现在没事儿了。这几天技术研究,你躺着就是了,有肖主任盯着,没什么事儿。等正式比赛你再上塔台——"

"那可不行。我来干啥的。你忙你的,不用为我操心,来之前师长跟我交代过,虽说以前咱团没失过手,但不能说没有问题,师长让我们稳着点呢。"

"嗯。走前师长打电话了。我把方案弄得再细一些。明天看天的时候,我跟于庹再飞一次。"

"看天气不是基地飞行团负责吗?"

"我们自己也可以看。以前也是这样。看天吃饭的人,掌握一手气象条件,心里更踏实些。"

"顺便看看靶区。"

王向辉冲我露出不谋而合的表情:"不是顺便,以往这类比赛,每家会给一次靶区巡察的机会。不知道这次有没有变化。"

"这次远距离突防,靶区离09那么远,你觉得于庹的那套U方案能不能奏效?如果这个可行,大家都可以按这个来。不过,我一直纳闷那些打得好的老飞行员为什么没想到这个办法。"

"于庹前一段时间视力有点下降,来前我就让他注意保护眼睛,目前恢复得不错。至于U方案,我看中的是科学理论的支撑。于庹能找到导弹射出后遥控它的方法,是他对无数导弹轨迹数据分析后的结果,应该没问题。你说老飞行员为什么没想到解决方案,我认为不是没想到,而是没想到用科学的方法建构出科学的理论来。关键还是观念跟不上。现代空战无论从武器装备还是参战人员素质来说,要求都非常高。他们主要还是靠经验。"

"那你说经验和科学哪个更重要?"

"经验是靠科学实践得到的共识。体系协同作战,时间要精确到秒。这要靠精确的科学数据来支撑。金飞镖比赛,时间是重要指标。战斗打响后,每一秒都决定着整场战斗的胜败。打仗需要勇敢,不需要盲目自信。体系协同突防,几秒的差池,就会被导弹揍下来,影响全局。这次比赛场地在北部丘陵地带,不是一马平川的开阔地。这对飞行员能不能最快发现靶标,是重要考验,更何况这是跨区奔袭突防。"

"向辉,"我脑筋猛地一转拐了方向,"向辉,打断一下啊!我刚想起来,我以前的老处长就在这次比赛的蓝军一方当政委。我们是同一批从西北选调进机关的,不过他比我进步快,前年去地导旅当的政委。"

他愣了一下,像是被我的思路弄蒙了。

"我的意思,我是说如果需要,我可以找他了解些地面部队设防的情况。"

"还是不要吧。"

"嘿,我听说以前演习,有的单位给基地制作靶标的单位送礼,好让他们打靶时看得醒目些,这事到底有没有啊?"

"那时候花哨的事儿是有。演习真成了'演'习。第一次参加金头盔比赛的时候,不怕你笑话,那真是吓了一身冷汗。以前哪儿搞过这样的自由空战啊?李副师长那年也去了,我们谈到这个话题时,他感触也是很深。金头盔比赛让我体会到什么呢?没有谁是常胜将军,要想打败对手,必须先过生死关。从世界空战史来看,新手,也就是初次参战的飞行员,有近九成是回不来的。这是个什么比例?我常跟他们讲,不要老觉着自己飞得不错,得瞄着实战去飞。如果不这样练他们,就让他们直接升空作战,尤其是那些新飞行员,肯定不会有好结果。还是得让他们先经受紧贴实战的训练。这次让于庞来打金飞镖,下次得让更多的年轻人去拿金头盔。虽说他这回找到解决机弹失联的U方案。可后面还有更多的新型导弹等着你掌握啊!所以说,这次让他打金飞镖是对他的奖励也是对他的激励。至于你刚才说的需不需要跟老朋友招呼一下,如果是单纯的朋友间问候我觉得非常应该,但要弄点什么投机取巧的事儿我看就罢了。"

"我就是问问。其实我也厌恶那种做法,现在谁再那样搞,只能说他没活明白。"我怕他误解,以为我这次带队来想弄个好成绩回去,才试探他的。

"老赵,说心里话,我倒真想看看手下这帮家伙的真实水平。原来打弹的时候,地面还跟空中交流,等飞行员进入干扰环境,还通报一下,现在不啦。真要进入战场环境,敌对双方各种干扰、抗干扰手段都会使出来。而且,人家地面干扰部队还能随时更换阵地,跟打仗一样。这次,我让大梁和于赓这组率先升空。于赓放在第一组我不担心,U方案毕竟是他从那么多视频中得来的。空中的感知力的建立没有地面的积累是根本不可能的,没有谁先天空中感知力就那么好的。于赓也不例外。他能找到办法,也是经过苦练和积累得来的。他看了那么多的视频,一秒一秒地计算数据,不是一天两天的工夫。来前,我跟他飞过,这小子空中格斗的态势感知非常好,很灵活,能量什么时候利用,把握得非常好,这与他地面的准备有直接关系。"

　　王向辉的作战安排我没任何意见。正如师长所说,他考虑问题非常细腻,是位有经验的指挥员。可我更希望一大队长那一组先上。谁都清楚最先升空的飞行员成绩会影响到后面人员的情绪。尽管王向辉就哪组突防哪组掩护做了明确部署,但也有防不测之时,各机组灵活机动调配的空间。对每个参赛机组来说,此次远途突防既要想到自己怎么打,更要考虑到机群间的协同,支援掩护兵力间的配合,稳准狠地跟电磁干扰和地面防空火力对抗,将导弹射到它应该去的地方。这次空军来了200多号飞行员参加突防竞赛,航线划分极细,许多战机从不同航线向靶标突防进攻,参赛者既要熟悉航线,还要不时修正进攻过程中的作战诸元,必须考虑得发丝般纤细。

　　T时终于来了。

　　这个时间像点燃的导火索,随指挥部的指令燃烧着飞来。T时便是开战之时。原规定参赛部队给一次升空察看战场环境的机会取消了。这意味着参赛飞行员面对的战场环境是陌生的。如何穿越地面防空火力和电磁干扰密网,准时抵达预定攻击目标上空,让第一枚炸弹准时触地爆炸,再安全顺利地回返——整个流程都要明确时限,有的环节需精确到秒。王向辉领着大伙围着靶区空情图一遍遍分析,研究最佳出击路线,揣摩地面的火力点布防的种种可能。

信息化战争要求飞行员不仅对自己的机载火控系统、雷达系统、电子对抗、数据链等搞清楚弄明白,还要精通各种信息化武器对抗中各类型地空导弹的性能,新体制雷达、地面干扰对抗装备进行仔细研究和分析。否则,有一丝不到位,升空之时或许就是你的毁灭之日。所以说,这次的金飞镖突防跟实战没什么两样,随时都有可能付出生命的代价。

大梁、于庹准时起飞。我跟团长在塔台,熬人的等待让我很想知道实时情况和整个战场环境,就让肖主任在塔台这边盯着,自己去09基地的指挥大厅。车刚拐到通往指挥大厅的主路上,就看到前面有辆A师的越野车也往指挥大厅开。可能各个单位的领队都想一睹大赛的战场全貌,不愿意放弃这个机会吧。

指挥大厅是十年前建的。蓝绿相间的靶区空情图上,数架飞机正沿着不同的航线向靶标攻击区突进。此时,大梁和于庹一定在不停地修正航线和测算诸元,于庹的U方案一定会旗开得胜。登机前,于庹与机务交接后,走到机腹的位置,拍了拍那儿悬挂的导弹,才上了旋梯跨进座舱。不一会儿我便被巨大的轰鸣声带到一个未知的空间,巨大的钢铁裹挟了于庹越滑越远,直到尽头人机融合成为一只凌空的雄鹰,腾空而去。

此时,看着那片茫茫的靶区,我真不知道他们怎样才能避开地面的导弹车,怎样发现那些导弹车"猫"在哪个土包旁,藏在哪片灌木林中。屏幕上的机群在接近靶区,指挥厅内的人们这会儿都盯着大屏幕,都想看看谁先击中目标。这时,我看到一架飞机脱离了机群向北飞去。

那架飞机高度越来越低,逼近极限。难道他想从北边迂回突防进去?如此低的高度不用说都知道是为了躲避地面雷达的搜索。又一架飞机脱离机群,从另一条航向迂回突防。空中的每一秒,都是成功和失败的交叉点。稍有偏颇,都会错失全局。我看了屏幕右上方的时间,已经过去二十八分钟了,如果不是地面各种干扰和火力,他们想必早已抵达区域上空。

突防时间也是重要指标。能在最短的时间内完成战斗,方显实力和水平。

那架向北的飞机又向东北方向迂回,这时,标识了地面导弹车的位置也发生了改变。看来,他们重新建立了对抗点。站我旁边 A 师的领队这时去了门外,我突然想到地面导弹车的移动对空中的威胁。我到门边那行记录时间的值班上士那儿要了纸笔,在后面比较空的一排把屏幕上导弹车移动的方向以及在屏幕显示的距离标了下来,交给跟我一块来指挥大厅的干事,让他火速送到塔台交给王向辉。如果,那架向东北迂回的飞机在地面导弹车移动时能把握时机,准能突防成功。

谁能赢得时间,谁就能赢得胜利。

往东北迂回的那架飞机动意非常明确了,指挥大厅所有人都关注着这架率先突防的飞机,高度已经下降到临界,甚至更低。大厅里不时有唏嘘声响起,对那架飞机的勇气表示出复杂的心情。谁都知道这是比赛,然而,谁的心里又清楚假如这是场作战的话,要想突防成功,生与死的考验无时不在。

陆干事走近我,附耳道:"政委,于庹正在突防。"

果真是于庹。这位几年前在庐山偶遇,几年后又在部队相逢的 90 后小伙子。我跟他今生的缘分到底有多深啊?我希望他突防成功,以雪海训之耻,摘掉 8 团门旁挂上的那块牌匾。我仿佛看到他在突防区,忽而拉起,忽而机头半扣,天空大地在他的眼眸里疾速变换——我穷尽我所有的想象看到他将第一枚导弹精准地射向靶标。接下来,一大队长,以及后面的兄弟一并而来,一波次、一波次地成功突防,将导弹射中靶标。他们以精湛的武艺和勇敢,让 8 团在碧蓝的天空绽放光芒。而我则在这光芒中看到我的未来和希望。我看到老婆肚子里的胎儿脑袋上,冒出山羊一样的两只角来。

"政委,成功了。"陆干事的声音几乎与大厅内爆起的掌声一同响起。与我隔着一条走廊的 A 师同行,在那儿低声交流着什么。

"走,我们赶紧走。"我边说边朝大厅门口跑去。我要赶在他们落地前回到塔台,迎接他们凯旋。

塔台,王向辉站在转椅前向飞机着陆的方向望着,见我进来,冲我点了点头。

"怎么样,用了多少时间?"

王向辉把指挥台上的记录递给我。还不错,比昨天最快的 C 师还快了 4 分 26 秒,如果下面突防的几家单位没有超越 8 团,那么 8 团这次就赢定了。

"比最初的计算快了 2 分 18 秒,要是再快一点就好了。"王向辉收回目光。

我明白他的意思,过去金飞镖比赛完全看单打独斗的能力,为了胜利,你可以"千里走单骑"。可现在,"千里走单骑"就有点莽撞之意了。许多西方国家的空军电子战手册都在告诫飞行员:永远别光想着单打独斗,逞匹夫之勇。协同作战,懂得配合才能打赢。

凯旋的飞机轰鸣越来越近,于庚、大梁先后着陆。我下了塔台,很想看看于庚走出来的样子。于庚看到我后立马冲我挥了挥手,大梁则转头继续跟他说着什么,想必是方才空中作战的哪个细节。我迎过去,在通往飞行员休息室的一个三岔路口等他们,脸上是难掩的喜悦。

或许刚刚完成一场厮杀,他身上有股逼人的英气。我拍了拍他的肩膀,大梁则把飞行帽换了个手,给我行了个军礼。

"报告首长,0A 机组完成任务,请指示。"

"休息。"我还了个礼,跟着他们去了休息室。

"刚才太可怕了。我真没想到那儿还猫着一个点。"于庚接了我递过去的火,点着香烟。

"主要是接近靶标的那一片区域,有几个连续起伏的土坡,让越低空飞行躲避侦察打击的传统方法很难奏效。"

"得亏团长传过来地面导弹车移动的位置,才躲过去,射出第一枚导弹。"于庚的声音里仍显现着激动的心绪。

"所以我不是跟你说了吗?你要不懂协同,想单独穿越电子环境下的种种阻碍是不可能的。我觉得这次考的就是协同,要不地面导弹车和电子对抗网那么密集,谁能躲得过去啊!"

晚上,我让肖主任通知灶上多加两个菜,肖主任说团长的意思是赛程还没过半,还是跟平常一样。我寻思即便赛事最终结果没出来,但 8 团赛完了,而且比预定成绩要好,加两个菜没什么吧。可琢磨着既然王向辉不想那样,也就罢了。让肖主任跟灶上说,菜可以不加,但质量上再努努力,怎么也得犒劳犒劳这帮家伙。

第二天对抗结果出来了,A 师与 B 师打出同样成绩。这一结果,我们谁也没料到,汇报给师里,师长让王向辉继续准备:"这是打仗,只有胜败,没有平局。"

师长的意思不言而喻,8 团要有再战的准备。这意味着王向辉还要拿出更精细更绝妙的协同方案。

比赛全部结束后,没有再超越 A、B 师的。指挥部通知所有参赛单位原地休息两天,部队边修整边搞总结。第三天,指挥部的通知和师长的电话前后脚进了 8 团指挥室。

傍晚,去营区散步。躺了大半天,觉得身上很沉,想活动活动。虽说不能做打球那样的剧烈活动,散散步总不会有问题。说是休息,王向辉领着兄弟们一直在操场打球,没参加球赛的不是打羽毛球,就是慢跑,那感觉更像是一场大战来临前的蓄势待发。

"赵处长——"

刚走过老招待所门前的马路,忽听有人喊,左右没人,想必是喊我的。

既然喊的是处长,说明来人一定是机关来的,惯性地叫着我来 B 师前的官职。

回头一看,一个瘦高英俊的男人从栅栏后面疾步走过来。

"处长,您也来啦——"

"啊,你好,你好。"我热情地接着来人的话茬儿。他能说这话,说明他不知道我已调到 B 师了。我脑袋里快速琢磨着来人是谁,我判断他跟我是一个大部的肯定没错。具体会是哪个部门的呢?这时,他手上那个砖头大的黑皮包提醒了我,那包上印着《空军报》三个烫金字。

"来采访啊?"

他走近我,那张脸跟电影演员似的耐看,却比电影演员儒雅和知性。他伸出手握住我的手,是只绵软的手,让我想起在庐山跟庹握手时的感觉。近处看,他眼角处有几道明显的细纹,三十来岁的样子。

"处长,我是魏伟。机关抓'双学'典型的时候,我们在部队见过一面——"他笑了笑,露出一口洁白的牙齿。

"噢,想起来了。"我用力握了握他的手。他就是站在副司令旁边的那位年轻人,当时还以为他是首长的生活秘书呢。

"哎呀,我这一到基层,脑袋都愚钝了。我觉着眼熟可就想不起来在哪儿见过。"

"处长哪年下来的?"他说话时给人感觉像在笑。

"去年,去年来 B 师的。"我说。他的脸那么白皙,难道整天在屋里写稿子才会这样的吗?

"恭喜恭喜。"他语调轻快地说,又伸出手跟我握了一下手,"现在这种情况能提拔使用真不容易。"

我看了眼他肩上的大校肩牌,难不成他现在也面临着要解决副师了吗?

"你现在正团——"我大胆说出来,心想他也就三十多岁,顶多也就是正团。

"我爱人在杭州,她不愿意来北京,房子在那边也买了,我现在有点拿不定主意。"

"你现在?"

"我正团四年了。"

这话出口,我很吃惊,他正团都有四年了。

"你今年有多大,我看着也就三十来岁啊,你进步可真快。"

这回,他夸张地张嘴大笑起来,像恶作剧的少年:"处长,你可真会夸人,我要有三十多岁就好了,我都四十二了。"

"你们报社副师位置紧张吗?你们不是可以走技术级的吗?"

"我犹豫呢。要是留下的话就得改技术级,可我觉得现在部队就是为了打仗存在的。我们这些部门迟早要缩减,与其等到年龄大了走,还不如趁年轻去地方闯一闯。"

我突然想起他就是《空军报》有名的笔杆子,在《空军报》《解放军报》头版头条的位置经常出现他的名字。既然这样,真不如早点走,到地方一样可以施展才华。

"有接收的地方了吗?"

"接收倒是没什么问题,就是——"

我没马上接过去,怕问得太紧不礼貌,万一人家不想说呢。

西边天空彩霞正是飞舞之时,霞辉里他那张脸越发显得生动。我不明白他在犹豫什么,一位首长身边的宠儿,想必也有自己不为人知的隐衷吧。

"不知道你相信不相信,"他看着夕阳下那片浩渺的沙漠,目光像一道无声的细流与那片沙漠融为一体,"这是我第16次来09了,每一次来感受都不一样。虽说我是个动笔的,可我写过他们,倾听过他们的故事,如今要让我离开,离开这片熟悉的沙漠,离开军营,还真是不舍呢。"

我没吭声,此刻他一定还有许多话想与人说,否则,他不会离那么远喊我。

"本来这次不是我来的,可我就是想来这儿看看。我觉得这些年09这儿发生的一切都印证了部队是为打仗存在的。来这儿,才能感觉到我们部队的状态,感觉到军营真正的精髓和魅力。我从S师调报社7年了,每次下部队,感受都不一样。这7年我们一直两地分居——哎呀,要不是对这身军装有感情,可能3年前我就走了。那会儿刚提正团,省里宣传部需要人,我爱人让我转业,还找了不少人。可那会儿空军'双学'刚开始。"说到这儿,他冲我笑笑,"我寻思等等再说吧,就等到了现在。"

"如果是这样,还是早下决心为好。"我心想他一人在大院生活了7年,这期间一直跟老婆孩子分着,多不容易啊!他不像我,我调空军机关后,官玉琪就跟着随军过来,他老婆一直在杭州,说明人家觉得杭州比北京好。

"你的房子解决了吗?机关在东边盖经济适用房你要了吗?"我觉得谁转业都会考虑房子问题。

他收敛了笑容,摸了下头,准确地说是用手从后向前扫了下头:"没有,我爱人在杭州买了。按政策规定夫妻双方不是只能买一套吗?"

看来他老婆是政府部门的公务员了,搞不好还是个领导。人家北京都没看上呢。官玉琪刚到北京时超级兴奋,完全掩盖了她对大城市陌生的茫然。此时,这位知足的女人正在一千多公里外的北京,小心孕育着第二个孩子。那个孩子已经快5个月了。

"哎哟,那你还是走为好。"我说。

他怅然舒了口气,和善地笑了笑,目光仍在霞辉里的沙漠上,仿佛那儿有无穷无尽的美景吸引着他。

周四早晨,接到总指挥部的命令:A师和B师在周五重新对抗,争夺冠亚军。突防靶区改为地貌环境更为复杂的北山靶场。

A 师突防结束后，陆干事就火速把成绩传过来。A 师比几天前的战绩还要好，仅突防时间就缩减了 1 分 57 秒。轮到 8 团时，总指挥部打来电话，说接到北山靶场急报，气象有变，攻击条件超出日常实弹打靶极限。而且，6 个靶标刮飞了 5 个，剩下的一个也刮倒了一大半。在休息室待命的几个飞行大队长听了这种情况，都上了塔台。

我认为还是稳妥为好，既然指挥部让我们决定，还是等条件成熟再打。王向辉一声不吭。

肖主任说："团长，要不我们明天打？反正靶标都倒了。"

王向辉仍不表态，把目光投向手下的兄弟们："你们，打还是不打？"

"打！现在要是打仗，我们还能不打吗？打。"大梁嚷道。

"要是打仗，我们一点余地都没有，必须打！"于庚紧跟着表态。

"那我们就不给自己留余地了。"王向辉自语道。像对他们也像是对自己。他在权衡吗？还是认为如果真是打仗，"上"是唯一的选择。

"打！"一大队长说完把头盔重新戴上，准备下塔台。

"好，按原计划准备突防。"王向辉说罢，拨通总指挥部，"一切按预定计划，我们打。"

我知道他们说得对。如果今天是在战场，我们不上，无疑会给敌人创造更多的机会。不过，我还是提醒他是不是报师里。不是我怕什么，而是我心里确实没有把握，毕竟气象超标，总指挥部也没要求我们一定要打。

"老赵，我知道你的意思。不过，假如师长在，他会赞同兄弟们的选择。既然是紧贴实战，就得拿出紧贴的状态来。"王向辉看着我，好像没想到我会反对。

"靶标都刮飞了啊？气象只是一个方面，要打的靶标呢？你总得有个攻击目标啊？"我认为王向辉这样做还是有点冲动，也不知道靶区现在准备得怎么样？毕竟是协同对抗啊！

我给师长拨通电话，跟他说了大致情况。师长让把电话交给王向辉。

王向辉接过去,就听师长的声音几乎咆哮般地传进塔台:"打!8团这一仗必须打,而且还要打好。"

王向辉脸上凝重的神色渐渐活泛起来,他把电话重新交给我时,眼神里充满了柔情:"放心吧老赵,我这回让你好好看看这帮家伙是个啥水平。"说罢,他向总指挥部报告完毕,准备升空。

"那,靶标呢?"

"北山说,如果我们坚持打,他们会尽快在原先靶标位置做标记。不过,跟原先的靶标比,可能不那么醒目。"

"你看看,气象超过极限,靶标又不明显——"我仍有些担心。

"政委,你就一百个放心吧!我们一定把它们全拿下。"于庚拍了拍我的肩膀。这小子在安慰我吗?

"你小子敢这么跟政委嚷嚷?打不好看我不收拾你。"王向辉面有愠色,目光里却是满满的温情。

第 25 章 安然

许多人喜欢从回忆中品味人生,流连曾有的得意和失意。我则希望生命中那些令人绝望的事儿从没发生过。因为这个断层,一直以来我都无法建立起正常的回忆。

"安然,你真的不想见他吗?这可是天作之合才能有的事儿。你说,我怎么就进了你救命恩人家里。而那个浑小子又怎么刚刚好是他的手下。安然,要不要我先打入敌人内部,为你报复做铺垫——喂,你说话啊?为什么不说话,难道你害怕那家伙吗?如果不是他,你也不会落得这么惨!"自从她从辅导的男孩那儿看到军内报纸上有于庚的照片后,就兴奋地跟第一次下蛋的小母鸡一样,喋喋不休地冲我嚷嚷。

"安然,你要有思想准备,那小子可不像你说的那么羸弱。从照片上看,壮实得跟牛犊一样,不过仍没逃过我的法眼。对了,他的胸大肌很发达,长得也挺英俊,喂——你别无精打采的,你在听我说吗?"

尽管他的变化很大,但有过那么多的铺垫后,我一眼就能认出他。他外表的变化要比性格的变化大。他还像那样,只要抓到机会,就向你解释这,介绍那,还时不时问你一些问题。在部队聚会的时候,他当着那么多人的面向我解释自己为啥离开。为了让我明白他的苦衷,他把父母捉他回去的每个细节都说了出来。

饭后,一出赵叔叔家的门,他就附身过来,说:"我到航校给你写过信,寄到学校的。当时也不知道你能不能收到,信写得很简单,说白了,就是想得到你的联系方式。老范手机上的信息都没了,你微信卡片上也不显示手机号,我只能这样撞运气啦。"他说着看了我一眼,像在确认我是不是听他讲话。

"庐山分别到现在,六年了,这些年我们都经历了许多事情,我希望你能考上理想的大学,大学毕业后能找到喜欢的工作,当年我不辞而别可能伤害了你——"

"不存在。我很好。"

我看到他眼中闪烁的希望被我扑灭后的黯然。可即便如此,我也不会跟他有任何牵连。

"安然——"

这两个字从他嘴里出来,让我觉着很别扭。我跟他曾是这样亲近的关系吗?

"安然——"他又唤了一声。让我心里有点烦乱。

"我不知道你这些年经历了什么,可我真心希望你好,你的生活,你的感情,你的所有。"他说。

"你看那是白鹭吗?"湖中间裸出的滩涂上,几只洁白的鸟儿在那儿啄食。湖对岸是大片的油菜地,此时黄花正开得娇羞烂漫。我不想听他再说什么,只想沉浸于大自然赐予的短暂抚慰,我希望自己能沉浸其中。油头范说他不带外人来这儿的,这里是他休息日常来的散心处。看来,他的心并没有完全融入他所追寻的生活,他仍保留了一块属于自己的小天地。或许那几只白鹭是他司空见惯的景致。可让我非常惊喜,它给我一种超凡脱俗、返璞归真的舒适感。

"经过几年的努力,我真的得到自己想要的自由。"说罢,他侧身看着我,"你呢,研究生毕业了想做什么?"

"还没想。"我没有丝毫同他探讨未来的心境。

"没想不行,得早规划呀!"他积极回应,"只要努力,你就能得到自己想要的生活。这几年我让父母明白了我的生命不仅属于他们,还赋予了更深层次的意义和价值。我从父母那儿赎回了属于我的自由和理想——"

"祝贺。"我打断他。尽头陡然袭来的恨意让我有点失控。他感觉到什么,停下来。"安然——我不清楚这些年你经历了什么,但请你相信——"

"我很好。"我再次打断他。

"你这么年轻——"

"我生活的好坏与年轻无关。"我接过话来,努力不与他火辣辣的目光相对。

其实,庐山那段经历让那雅知道完全是偶然。如果不是她先把自己同已婚助教程理原好上的秘密告诉我,打死我也不会让她知道这件事儿。好朋友似乎就是这样,你知道了对方的秘密,自然也得回馈对方。因为这事,她很自然就成了我那段生活的一个旁观者。春节前,我接到庐山那家典当行老板的电话,他说同买家终于联系上了。那雅知道了立马放下约会,陪我去了庐山。自从看到《空军报》上那篇于赓的专访后,她的心就没能静下来。她从赵傲那儿要了于赓手机号,一再鼓动我跟他联系。

"即使无法旧情重燃,也要对他当年'抛妻弃子'的行为给予声讨,让他以后不要再这样害人——"

"他也没害谁啊?"

"那你这样是活该喽?!"她轻挑了描得锅底般浓黑的一字眉,用手背抹了下嘴角的奶油。一到跟她一起吃东西的时候,她便滔滔不绝起来。"你得让他知道,这些年你都经历了什么——"

"现在说这些有意思吗?"

"你不觉得他应该承担点什么?"

"不觉得。"

"那你——嗨,算我没说。"

那天去堤坝,那雅制造了不少让我跟于庚独处的机会。比如,她拉着油头范到堤下拍照片,扯着他去村里的小超市买矿泉水,让他讲自诩的恋爱经历。总之,她想尽一切办法把我推向于庚。可越是这样,我越觉得没趣。倒是于庚很会利用那雅给予的机会,频频出击。

"去年春节,我接到一个'故友'约我去庐山的邀请。邀我故地观雪。"还没等他们走远,他就有点迫不及待地凑过来,耳语般地开始回顾,"我以为是你——我去了。因为我一直期待着是你。"

"你不觉得这种概率太小了?——"

"不小,就像当年庐山那么多游人,那帮混混单单把我俩堵在桥下一样。我们在一起总会有奇迹发生。"

"悲伤的奇迹。"我说。一想到跟他在一起发生的事情,就觉得他是上帝特意指派来观瞻我遭受磨难的使者。我没告诉他约他的人是那雅而不是我。谁能想到那雅能瞒着我给他发邀请信啊,留言写的是"故友"。那雅在此之前好像也给他发过信,问她,她死不承认。

"如果你心里真的放下了,就不会不敢去见他。全当折腾他一回出口气。要是他心里还惦着你,很可能来赴这个约呢。尽管他现在是部队的飞行员,有部队管着他,可春节假期应该不会飞行吧?我问过赵傲了,他说春节部队也休息,飞行员都回家过节的。"

本以为早就处理干净的一段邂逅,怎么会在几年后再起波澜?当我知道那雅约他来庐山时,正准备下山了。看来,她实在不忍心错过这次情感测试的大戏,末了告诉了我这件事。可她不知道,听她约了于庾后,我的心都要跳出来。我让她直接去车站等我,我还要去办点事儿。她竟二话不说,提了所有行李直奔车站。那雅这点我很欣赏,她是那种在一起让你感到舒服的朋友。

那雅约的地点是老别墅酒吧,离我们下榻的酒店隔着两条街。如果那天他没有突然离去,我们会一块来这里坐坐的。我们的关系,包括我日后的一切或许就不是现在这样了。他走的那天,我当了母亲送我的项链,还了他一部分钱,预留了买车票的钱,还剩下一点钱想请他去老别墅酒吧玩的。谁想,一切都在他去牯岭车站接油头范时被改写了。

那雅走后,我直奔老别墅酒吧。我没想到自己的反应会如此强烈,像要马上窒息过去。他竟然真的在那儿。他选择了酒吧内最醒目的一个座位。他相信只要我出现就能看到他,可我没有走进去。阔别六年,他已经不是那个赢弱,却十分善良,乐于助人的大男孩了。他小瞧我了,即便不在这特定的环境,在牯岭人来人往的街上,我也能一眼认出他。他一直盯着窗外通向这儿的石阶山路,认为我可能从那儿爬上来。他的目光自信沉稳,坦然果断,仿佛他等待的人一定会来。可他错了。我毕竟也不是六年前的那个傻丫头了。

我的心剧烈地跳着,"扑通、扑通、扑通——"再这样下去,我担心他隔着墙都能听见,我想象过无数次的重逢,却以落荒而逃告终。

"安然,我们每次见面,我都期待着程理原能给我带来惊喜。可是,除了第一次跟他上床,他事先准备了一条项链外,以后就很少收到首饰、名牌包之类像样的东西啦。有时候你知道他带什么吗?一箱牛奶,或是那种简易装的酸奶。还有一回,他给我带了一件 T 恤衫,会议上发的那种,前胸后背写着广告的那种。不过,他倒很用心,要了件小号的。哎呀,我算是看透了,舍不得为你花钱的男人不可能珍惜你。"

"那你干吗还黏着他?"

"还不是为了分配抱一丝幻想吗?他现在正离婚呢,如果他离成了,跟他结婚我就是北京人啦。"

"你认定他会娶你?"

"有一定把握。虽说花钱只是为了达成愿望,可拥有共同的秘密也是通往成功的一个渠道。他奶奶给他留的这套房,连他老婆都不知道,他却告诉了我。"

"知道不知道都有她的份儿,那是他的婚内财产。"

"那可不一定,他奶奶是赠予他的。赠予就是说这份财产只属于他一个人,算他的婚外财产。"

"你相信他告诉你是想娶你,而不是为你继续幻想增加的发酵剂?"

"你别这么刻薄。"她白了我一眼,"我可不像你,我没你有资本。你敢拿青春去赌气浪费容貌,我可不敢浪费一点岁月赐予的容颜和肉体。你不担心六年的时间皮肤会变干,头发会失去光泽,眼神会浑浊,会失去异性眼中的魅力……"

"你说的只是单纯的性吸引吧,真爱与年龄无关。"

"别做梦啦!中国男人只喜欢少女,我这种都嫌大呢。中国男人自古就没有欣赏女人的细胞。你说真爱与年龄无关,可我觉着再超脱的男人也不愿意娶一个满脸褶子的老太婆。"

"那你跟程理原是真爱啊,还是因为他能把你变成北京人呢?"

"当然是真爱啦!我再不济也不是那种纯靠肉体上位的女人。我追求爱情,追求浪漫和格调。他也一样,他也希望自己有钱,他买体育彩票买了好多年啦,可幸运之神总是降临不到他身上。"

"这是不是也意味着随着你们交往时间越来越长,你将来甚至连牛奶、酸奶这样的礼物也得不到,改为馒头、包子和花卷——"

"那也比你——"她猛然打住,那个"强"字还是让她咽了回去。她知道再说下去会触碰到禁区。因为,在感情上我跟她不能同日而语。六年前,我就失去了再谈感情的资格和权利。至少,我是这样认为的。她非常明白无论如何不能触碰这个底线,否则,我们之间的友谊会土崩瓦解。

"上天眷顾,让我失而复得,希望我们不要再断了联系。"他意味深长地看过来,我回避了。

"此言差矣。无'失'哪来的'复'呢?"我望着那些洁白的鸟儿,不知道它们是否能感觉到有人常来这儿凝视它们。这时,滩涂上有两只白鹭不知为何突然飞走。六年前,我们也不是那种男女关系。否则,他也不会那样离开,而且,还派了一个二半吊子来羞辱我。

《神曲》中谈到第一层地狱"灵薄狱"在天堂与地狱之间。有时我觉得自己就在那里。我像一只被人遗弃的猫,惶惑不安地向着两界张望,不知道哪儿才是自己的归宿。这次见到他,也没我想的那样惶惑不安。虽说有点小忐忑,但比半年前在庐山看到他时沉静多了。这种外部环境带来的波动,很快会被铭刻于心的巨创所覆盖。但它还是从心海缓缓滑过,带着妄想掀起一场波澜,让我感知他仍在内心深处某个地方存活,并在特定的时间与我产生共鸣。近距离感受,用翻天覆地形容也不过分。他现在完全像另一个人。他拥有常人没有的体魄,他浑身上下散发着身边年轻男子所没有的少年老成的魅力。他的那种美不是健身房练出来的,而是心经历过某种沧桑换取的。

没见他之前,我总是设想:对他而言,我只是他在庐山认识的一个游客罢了,像坐火车、乘飞机身旁聊得来的旅伴。这一点,在那天上午不辞而别后,就得到了验证。我们不是男女关系。否则,他不会东西都不愿回来拿,让油头范来酒店找我,还说出那样轻薄无礼的话来激怒我。不过,就激怒我,让我再也不想见到他这一点,油头范做到了。如若不是这样,那个拗口的名字确实很难忘记。

　　五一聚会,在座的无不感叹缘分的奇妙。官玉琪吟出吴承恩《西游记》里的两句"一叶浮萍归大海,人生何处不相逢?",我倒觉得白居易的"同是天涯沦落人,相逢何必曾相识"似乎更应景。我跟于赓在庐山那么长时间的接触,还共同经历了惊险未遂的劫案,这是我俩谁也想不到的。隐约中,我能感觉到脑海中"我终于能够以这种漠然的心,面对这一天,面对他这个人的念头"时而冲撞着我。俨然我是个蓄谋已久,等待向他复仇的女神。其实,当他向我伸过手来时,我只做了伸手动作,他却瞬即抓住我的手。他宽厚温暖长满厚茧的大手,让我不禁怀疑他到底是不是我曾经遇到的那个男孩。

　　"真没想到是你。"他用力握住我的手,毫不羞耻地看着我。我晃过他那炽热的目光垂下头来。我想给这重逢留点面子,我想露出一点坦荡礼貌的笑意,可现实的我一定给出了非常奇怪的表情。

　　我已经六年没有笑过了。

　　"女大十八变,越变越好看,好看倒是真好看了,可怎么有点奇怪呢?是不是做美容伤着表情肌啦,要不就是今天谁欺负你了,你怎么不会笑啦?哈哈——你的表情好奇怪啊——"油头范一点都没变。

　　"老范,你胡说什么。"于赓立刻转过身呵斥他。

　　我用力抽出手坐下来。那雅开始不停地介绍起我来,好像此行专为推销我这款不为人知的优良产品一样。

　　他们让我感到陌生,只有那雅属于我的世界。前年冬天,我让那雅陪我去父亲那儿拿钥匙,她很痛快就答应了。她知道我跟父亲一直不来往,为缓和关系,她特意买了一盒大蛋糕,穿上入学时的传统防寒服,陪我去了一趟。以前,我只当她是我最要好的朋友,可那一刻,我却感受到生命中又多了一位亲人。

大学本科的四年里,我一次也没回去过。我知道父亲不想见我。现在,他跟他的小新娘住在阜石路北面一个叫欣欣家园的小区里。原来位于新源里的家让父亲上了锁。大一那年冬天,我实在无法忍受宿舍的寒冷,头一次回新源里的家,却打不开门。父亲换了新锁。我原路返回宿舍,在单薄的被子里想母亲,哭着睡过去。从那以后,我再也没回去过。我在大学宿舍里过了四个春节。读研后,那雅知道了这事,啥也没说,春节前订了两张票,带我回她家过年。读研第二年时,我意识到这个问题很严峻。在这个城市,我必须有一个住处而不是宿舍。既然父亲不在那儿住,我还是想回去,我也有权住在那儿。我悄悄去了父亲的新家,刚好看到父亲跟小新娘手拉手从小区大门走出来。那女的看上去比我大不了几岁,高个,披着一头不自然的乌黑长发,脸上的粉老远看着就厚厚的一层,身材还算匀称,腿细,肩窄,中间部位粗肿。他们迎着我走过来,那一刻,我首先想到的就是回避这一幕,怕父亲看到我日后想起来害羞。

我躲到路边的阴影里,听着他俩"吧嗒吧嗒"的拖鞋声响过去。

我不明白父亲为什么找这么年轻的女孩,还是这种货色,像他自诩重情重义的北京男人,在母亲离世的第二年夏末就跟这个女孩好上了。据说,他在小酒馆看世界杯,醉得一塌糊涂,这位在酒馆打工的女孩英雄救美,扶着他回了家。之后不久,他们就黏在一块了。起先,我以为那女孩是从乡下来北京打工的,功课一般,连中专也考不上的那种人,后来才知道她是农村的不假,可人家是北京理工大学自动化控制系的大学生。跟那雅说,她惊讶得不得了。

"哎呀,早知道这样不如我嫁你爸算了。既能解决户口,还能落下半套房产。肥水不流外人田嘛。"

"现在也不晚啊,从现在起,雇你当小三怎么样?你舍得程理原吗?"

"别挖苦我啦,人家已经离得差不多了。"

"得了,啥叫差不多啊?离了就是离了,没离就是没离,你别被他忽悠了。"

"谁让你不早让我认识你爸？——"

"你还要脸不？你比我还小一岁呢。"

"不是你先聊起这话的吗？"她白了我一眼，"其实这算啥，日语系那个女生最近刚谈了一位教授，比她爸还大9岁呢。看来你说得对，爱情是不分年龄的。"

"那好，你接受这个观点就好办了。等明个儿我把我家那些街坊邻居都给你揽过来，任你挑怎么样？"

"我又不是收废品的。"她咕哝道，"孬好你爸是个公务员，程理原也是个大学助教，我也不是一点都不讲究的人，干吗那么埋汰我呀？！"

我们调侃了一路，越接近父亲的家，心就跳得越厉害。我琢磨着等会儿见了说什么，跟那位小继母怎么打招呼。我做足了准备，还有那雅助威，可到头来还是没勇气上前敲门，那雅代劳敲出了父亲。我准备迎接父亲暴风骤雨般的怒骂和羞辱，可新婚生活让他变得儒雅了。他像是知道我来干啥，把手上的钥匙往我身上一扔，堵住欲出来看究竟的小新娘，把门关上了。

我希望父亲能原谅我，像其他父亲原谅离家出走的孩子一样，像他同事的儿子跑到少林寺当和尚，被捉回来打骂一通，生活又恢复从前一样。为什么我一趟短暂的庐山行，却将生活永远变成了云泥之别了呢？

那雅帮我拿回新源里家的钥匙，也为她日后议论那位小继母提供了谈资。她根本不知道我早就见过小继母异样乌黑的长发。

自动咖啡机碾磨咖啡豆的声响让我心里愈加寂寥，要是那雅在就好了。她就要跟程理原结婚了。经过两年零八个月的卓绝斗争，加之这次意外怀孕，为程理原的名誉做出流产的巨大牺牲，程理原与前任终于在上个月办完了离婚手续。不过，让人意外的是，程理原的前妻在离婚三天后就给他们二人分别送了喜帖。那雅把这消息告诉我时，俨然北京发生了八级地震。

"看吧,看吧,她才是地道的背叛者!以前我还总为这事感到一丝内疚呢,这下好了,我的灵魂再也不受自责的煎熬了——"

"半斤八两,都是小三。"

"你别这样,小三跟小三也是不一样的。我是认真的,我跟他好时他俩关系已经有裂痕了——"

"然后你把这条裂痕踩成道了。"

"我是好女人,我是讲感情的。再有,你是我最好的朋友,不,是我的亲人。在这座城市还有像我这样疼你的人吗?你不能把我说得那样不堪。"她把手里的纸袋递给我。不用看就知道里面是真丝睡衣。

"是不是在淘宝上买一送一的啊?"

"你嘴上不能积点德吗?哎——我问你,我实在想不明白,程理原为什么去参加他前任的婚礼,他不嫌丢人吗?!他们才离婚三天啊!离婚三天他又像朋友一样去光临前妻的婚礼了,你说他是不是太贱了!他这样做把我往哪儿放?安然,你说他心里是不是还有她?他只是想去看个究竟,看看那个男的到底是何方神圣,这么快就娶了他的雄姑娘——"

"还是你嘴上积点德吧,啥叫雄姑娘啊?"

"这话可不是我说的,我可没那么聪明。'雄姑娘'的称号是程理原赠送他前妻的。不过她的唇毛确实可重了,老远看跟长胡子一样。"

"管那么多干吗?反正你现在如愿以偿啦。"

"美女——"她突然可怜巴巴地看着我,"今天我还得在你这儿凑合一晚。"

"不行,你来凑合几晚啦,还是回宿舍待着吧。马上要结婚了,你不想再过过学生生活吗?老猫在我这儿睡算哪门子事儿。"

"你可真没良心。"她装作伤心地看着我,"我还不是因为快结婚了,以后整天得伺候他,才躲着他的吗?也不知道他那小身板哪来那么大劲头,每回见面都不能空了,仿佛少了那事吃多少亏似的。不行,我得饿着他,不能总顺着他的心意! 也总得考虑一下自己的感受吧。"

"怎么——后悔啦? 他现在可是名副其实的单身汉,你就不怕他把他奶奶留他房子的事儿再告诉别的女人。"

"他敢!"她咬牙切齿努起嘴,冲我做了个砍杀的动作,"除非他再长一个脑袋。"

"他前妻那么壮的身板他都敢跟你好,你这样饿着他,他还不得在外面找小四小五吗?"

"喂,你别再拿我开涮啦。说真的,安然,将来我走了,你一个人在这儿,真不想我吗? 你以后到底打算怎么办呀? 昨天官阿姨给我打电话了,问你能不能再给赵傲辅导几个月,价钱可以再谈嘛。"

"不是钱的事儿。她给我涨多少我也不想再辅导他了,这是为了他好。我跟她说得很清楚了,就赵傲现在的水平,完全可以自己学,不能让他总依赖外部力量。他得挖掘自己,向内挖掘自己的潜能。"

"官阿姨现在不是特殊吗? 你每周去不了,隔段时间去看看,检测一下赵傲的情况,顺带辅导一下总可以吧。再说,你经常往那边走动,或许能知道些于庚的消息——"

"打住。别再扯这些有的没的,我跟他一点关系都没有。"

"一点关系都没有,还给你发那么多微信视频。"她白了我一眼。

"我可没跟他视频。再说我已经换手机号了,以后短信也不会收到了。"

"安然,你用不着跟自己置气。以前光听你说吧,我觉得他可能是那类公子哥,不靠谱。可见过人家之后,可真不像你说的那样。这点我还是能看明白的。我觉得你们之间肯定有误会。你不妨接触一下,我觉得他人真的挺不错的,大家都觉得你们很般配。"

"还说! 你今天晚上还想在这儿睡吗?"

"你别要挟我呀,怎么跟小孩似的动不动就翻脸。我这不是为你好吗?你说,研究生毕业了你打算干什么,继续考博吗?那考完博士呢?你即便不跟他谈,可以找别人呀。过了年你就 25 啦,你知道这个年龄有多危险吗?这可是马上进入备胎的年龄啦!25 岁是退居二线的分界线,以后你只能当备胎啦——"

"我想吃麻辣烫了。"我把口袋往她身上一扔。其实,这些天我动不动就会陷入寂寥之中。以后再到春节年关,还有谁像那雅那样不让你有一丝负担地带你回家过年呢。即便婚后她仍来叫我去,我也不可能跟她回去了,她身边已经有程理原了。

"你想吃麻辣烫?"她轻声问。那语气更像是揣摩我是不是有什么不对劲儿的地方。那雅的心很细,一星半点的变化,她都能觉察到。

"没有,就是想吃了。"

"你请我?"她娇嗔地冲着我抛了个媚眼。

"哎呀,马上就是北京人啦,还不请我吃?"

那雅瞪了我一眼,把桌上的另一个纸袋扔给我。打开一看,竟是一款我喜欢的牛仔裤裙,上次我们一块逛 ZARA 时我就想买了,可觉着贵没舍得买。这会儿她竟悄没声地给我买了来。

"我请。"我举起纸袋向她作了个揖。

街角新开的一家麻辣烫火爆得不行,老远就闻到川菜特有的咸香味儿。早晨起来,屋里都是烟熏火燎的麻辣油味儿。

"安然,我们不能再像学生时代那么随性了,得学着高雅点,不能再像以前,随便往嘴里塞点东西什么打发肚子了。我们得珍惜自己——"说到这儿,她突然打住,指着远处一个扶着墙的女人道,"哎——安然你看,那不是官阿姨吗?她到这儿来干什么——噢——"

那雅的"噢"声未落,那边就传来剧烈的呕吐声。

第 26 章 安然

"就是想你了,过来看看。"她把手上的饭盒往桌上一放,"你别有压力,不辅导赵傲,难不成朋友也做不成了?"

饭盒里是炸好的带鱼,香味儿阵阵。

五一从部队回来,大家不自觉变得亲近了。聚会让所有人被一种朦胧的温情笼罩着,如久别重逢后的老友,会情不自禁对再次欢聚充满幻想。从那以后,每次辅导赵傲回来,她都要给我带点吃的东西。一盒饺子,一盒炸鱼,还有一回给我带了鲅鱼炖黄豆,仿佛这样才对得起我谢绝涨辅导费的好意。

"我是怕你这样了还往外跑,万一出什么事,赵叔叔又回不来,该多着急啊!路上车多人挤,那些送快递送外卖的小电驴子也不管红绿灯,你一人跑这么远多危险呀!"

"哟,几天不见,越来越会心疼人了。不过,你也得学会心疼自己,多为自己考虑考虑。不管怎么说,人家那雅有主儿了,等她再有了孩子,你让她到你这儿来,她都未必有工夫来。你不能总一个人过吧?昨天赵有信打电话,说于庹攻克了技术难关,打靶得了个金飞镖奖,受到部队的奖励,还问我你到底有没有那个意思。"

"谢谢你们为我操心。我觉得一个人生活挺好的,我不觉得结婚才是一个人的归宿。"

"你才多大,你知道女人这漫长的一生有多少个日夜?你知道你 30 岁、40 岁、50 岁、60 岁的时候你会怎么想?你不知道。于庹对你可是一往情深,最近他还向组织表明了你是他的女朋友,那种以结婚为目的交往的女朋友。"

"那只是他的想法。"

"于庹可真行，我就喜欢这样的男人。"那雅忍不住插话进来，她也是一心想让我嫁给他，她好心安，"安然，我们真的不再是任性的年龄了。或许，你真该冷静冷静，好好想想官阿姨的话，她跟赵叔叔都是为你们好。现在像于庹这样负责任的男人很难找了。官阿姨，刚才我也一直劝她来着，我觉得于庹对安然一直有那种意思，只是那时候他自己都没发觉。虽说中间这几年他们失联了，那也是跟范小进有关，还有，这些都不是重点，你们久别后的再次重逢才是关键，你们是上天注定的缘分——"

"别起哄了，你给官阿姨倒杯水去。"我支开那雅，"官阿姨，赵傲呢？他一人在家吃饭能行吗？"以我对官阿姨的了解，她为了孩子什么都能做，甚至走进另一个世界，跟她们这些人交朋友。

"都安排好啦，他又不是小孩。我倒愿意出来跟你们聊聊天，自己也觉着年轻，心情能好一礼拜。"说着，她把鞋脱了，把肿胀的腿搬到沙发上，"这岁数怀孕真遭罪。人啊，真是什么年龄办什么事。20多岁就该结婚，30岁前就应该把孩子生出来。你们现在正是结婚的时候，错过了，生孩子啥的都得往后挪啦！"

"可不，你呀现在就该跟于庹重修旧好。"那雅端着水走过来。

守着外人，我真不好意思跟那雅发火。平时她可不敢扯这类话题找抽。现在便变本加厉地跟着捧场，恨不能让我迫于压力，赶紧跟于庹热络上。

"你想吃点啥，刚才你吐了那么多，现在饿了吧？"我转移了话题，"我去煮点稀饭，配点小菜，六必居的小黄瓜、腌青笋、小萝卜——"

官阿姨拿出那种挑儿媳的表情，上下打量着我。准确地说，那目光后面带着于庹和赵有信，甚至还有他俩身后的一大帮人。她是来替他们相亲的。

"官阿姨？"

"行啊，你做什么我都喜欢。刚才光听你说就流口水了。稀饭，喝稀饭。"

"官阿姨,要是安然在北京,于庹能调过来吗?"那雅又凑过来,"不管怎么说,安然也是学金融的高才生,英语又好,在北京找份好点的工作一点都不难,要是跟着于庹到部队当家属,您觉得是不是有点亏了?"

"你还来劲儿了!八字没一撇的事儿。"我在她肩膀上重重一按。她过分的积极让我觉得她是出于私心,当年她可是把他骂得狗血喷头。这才见了一面,就觉得他是唐伯虎了。

官玉琪脸上立刻显现出公事公办的神情,像在暗示她对这件事完全出于理性的态度:"这也是我犹豫过的事。那雅的担心不无道理。嫁给飞行员听上去风光,可结了婚,柴米油盐地过日子,要面对许多现实问题。在飞行部队待过的人都清楚,飞行员家属可不好当,整天提心吊胆的。只要丈夫飞行,妻子的心就跟着一块飞走了。很牵扯精力,搞得人很疲惫。而且,我听说飞行员谈恋爱的时候,遇到飞行日是不准跟女朋友联系的,怕情绪上有波动。飞行员情绪上有波动就不能参加飞行任务了。部队好多飞行员跟女朋友都是这个阶段吹了的。平时见个面也不容易,别说是飞行员家属,就连我这地面干部的家属,要见老公一面也很难。现在不比过去,训练任务很繁重,只要部队出去,赵有信就得跟着一块去。有时候电话也不让打,家里有点什么事儿只能你自己扛。"

那雅脸上的表情这会儿可滑稽了,像是谁在光天化日之下欺骗了她似的。

"你笑什么啊?!"那雅娇嗔地冲我嚷了一声。

"我哪笑啦?"我轻轻拍了她一下,让她去里面帮我做饭,她却执意要跟官玉琪分析出个子丑寅卯来。她这会儿的模样真是可爱极了。

"我觉得安然不会觉得无聊,她太独立了。到时候他飞他的,她干她的,她有事业,有追求,有自己的朋友圈子。他们谁也不干涉谁,我觉得这样挺好。她可不是那种离了男人没法活的人。"那雅猛然打住。很显然,她已经意识到这话对官玉琪可能造成伤害和刺激。

官玉琪并没有那雅想的那么小气:"现在的女孩都很自信,可自信驾驭不了感情。假如你遭遇了真正的爱情,它会把你的世界也带走的。除非你原本就是想搭伙过日子,对婚姻的要求不高。"

她在跟那雅讨论爱情吗?她这样说对那雅读研以来一直黏着程理原有所指呢。我暗暗吸了口气,希望她们赶紧结束这场因我而起的对话。

"爱情会让你的生活变得美好,也会让你的生活变得一团糟。"她看着目瞪口呆的那雅,仍没停下来的意思,"别说他是丈夫,就是好朋友,只要他飞上天,你也会情不自禁关心起天气预报的。除非你能把事业和感情完全切割开。不过,事实证明,从古至今,无论是干柴烈火式的爱情还是涓涓细流式的爱情,结果都是'在天愿做比翼鸟,在地愿做连理枝'。在天上不比地面,有点什么事儿能靠边停下来,飞机离地,生命就一半交给上帝,一半交给自己了,不担心是假。对此,还有更难听的一句'巧克力好吃,小寡妇难做'。这是二十世纪六十年代,飞行员家属中流传甚广的一句话。"

"既然这样,谁还嫁给飞行员呀?"

"想嫁给飞行员的姑娘大有人在。"不知道是不是嘴硬,她的脸因为激动有些发红,"我希望于庹跟安然好,是觉得他们感情基础不错。再有,于庹是位很有前途的年轻人。安然跟了他,或许能换一个崭新的视角去看这个世界。你不觉得她早就应该从陈年旧岁里挣脱出来吗?"

"这是我最最希望的。"那雅说。

我发现与其说她们在辩论,不如说她们在演双簧,目的只有一个:于庹跟安然配对。

"你刚才说的,现在能遇到于庹这样让人信任的男人很难了——"官玉琪说到这儿忽地一愣,然后抱着脑袋叫起来,"啊哟,你看我都瞎说了些什么,我是不是有点发飙了?那雅,你可别生气啊!这都是激素闹得,不说了,我想安然心里都明白,不说了,不说了,你看我都说了些什么啊?——"她拍着那雅的手,像一位刚对女儿发过火,立马又后悔了似的,抓着那手又拍又捏地安慰起来。

"还不是为她好吗?我真希望他俩能成。你都不知道我们身边那些男的都是啥样儿,头回跟你约会就动手动脚的,可不要脸了。"那雅平时不是话痨,但不影响她偶然会客串一把。

那雅是那种让人感到轻松的女孩。无论在哪儿,她都既不做作,也不忸怩作态,有什么说什么,不想说便一声不吭,安安静静听别人讲。我喜欢那雅安静的时候给人的安全感和依托力。我觉得这世上除了她,再也没人能给我这种力量。上大学的时候,我很矛盾,想回家。回到寒窗苦读的房间,回味母亲与我一起经历的点滴。可我又怕回去,怕想起那些往事,看到那些旧物,会对自己滋生更大的仇恨。我经常在回还是不回之间找出种种理由,得出不要回家的结论。

"你不要自欺欺人。你一直在自我救赎的问题上犹豫不定。其实你就是原谅了自己,也不会对你的双亲再造成什么伤害了。你母亲或许还会因此感到欣慰。这世上哪有母亲记恨儿女的。回家是你绕不过去的事儿。"那雅说。

读研究生第一年,我跟那雅去她家过年。节后回返途中,我能感觉到她想提新源里家的话题,但最终却选择了沉默。返校的第二天,我让她跟我去父亲那儿拿了钥匙,才回到阔别5年之久的家中。从父亲家往新源里走时,我轻松得像要飞起来。那种感觉就像被巨石压住的风筝突然间挣脱了。我买了一瓶张裕葡萄酒和一堆零食。那雅一路缄默,在我挑选零食的时候,她去另一边买了鱼和青菜,还买了大米和油盐酱醋。

进了家门,我傻眼了。每一处都有母亲的影子,我的眼泪像滑了丝的水龙头,没有方向地肆意奔流。那雅一声不吭地抱住我,仿佛说半句都是多余的。她只是静静地抱着我。她胸腔内沉着的心跳影响着我,很快我便安静下来。过了一会儿,她搀着我往一个房间走,房门上贴的化学元素周期表让她认出我的房间。

"不行,我不进去了。"我的屁股拼命往后坠,像蛮不讲理的孩子。

"不进就不进,今天我们就在客厅睡。你先静一静,把买的东西分分类,我把房间打扫一下,你看屋里的灰都能种菜了。"她去卫生间涮了拖把,搓了抹布,里里外外忙活起来。不一会儿,她把个几年没住人的二居室公寓打扫得干干净净。她干活的状态自然也带动了我,我去厨房洗菜,洗酒杯和盘子。我不会做饭,更别说做菜。母亲在世的时候,我从没做过家务。我把买来的东西用盘子装好,放在她擦过的茶几上。我脑袋里一片空白,以前跟母亲经历的那些能挑逗人心的任何事,我都感觉不出味道了。

我在飘窗黑色的大理石台面上坐下来,把一对高脚酒杯放在玻璃旁边,等那雅打扫结束,在这儿喝上一杯。这儿是母亲生前最爱待的地方。装修的时候,她让工人往里加宽了30厘米,弄成一个日式榻榻米的样子。每天早晨,她做完饭等我起床洗漱前,都会坐在这里喝一杯速溶咖啡。这里可以看到马路尽头拐角处的公共汽车站。每天,我都要从那个公交站坐63路车去学校。母亲当年坐在这儿的侧面剪影,正符合此刻我侧身坐着的角度。跨越几千个日夜,我们在此重合了。

屋内是那雅打扫卫生时弄出的声响,不突兀,像她的人那般自然。等她拨云见日地折腾了两个小时后,窗外下起的雪,是那种好看的满天飞扬的大雪。

那雅重新回到我的身边。她身上有股洗洁精的香味儿。

我往旁边让了让,给她留出一块地方。她却视而不见,端了酒杯去了沙发,把我独自留在窗边。不同的选择似乎暗示了我们不同的人生。一个舒适稳定,一个悲凉虚无。

"我妈走后,我一次也没梦到过。"杯底那层深红变成咖啡的深褐,

"她可能恨我,都不愿在梦里见我一面,让我把事情说清楚,哪怕是一次。"

她没吭声,像观看一幕人间剧目那样,礼貌而庄重地抿了口酒。她从不会对你家的摆放和故事发出这样那样的恭维和感叹。她对我家,我父母跟我之间从没发表过任何评论,哪怕是一声叹息。

这些年不是我没想过于庚,想过这样一位曾让我动过心的男人。我不是没有回忆过庐山难得的欢愉。只是那雅在不知不觉中取代了于庚的位置。此刻,她像一只乖巧的猫,蜷窝在沙发上,总是离你不远也不近。她喝酒的声音很轻,好像怕打扰了对方的思绪。她认为对一位多年没有回家的游子,应该持这种冷静观望的态度,还是她有意置我于孤独的处境,提前感受她出嫁后的日子。有时候,我分辨不出这是她的涵养还是原本性情使然。总之,她让人喜欢跟她在一起。

雪下得柔而不媚,如少女纯洁的心。研究生毕业在即,我得重新面对这个世界。我要找份工作,能够自给自足。我不希望于庚在我还不能完全独立的时候走进我的生活。即便与他做普通朋友,也要等我内心足够强大,起码得能独自穿越孤独,忘记羞耻,忽略怜悯,强大到不需要任何人的支撑和依托,独自站在世界的飓风中。我认为我跟于庚的可能性太小了,他很难翻越横亘在我们之间母亲离世的这座高山。

"安然,"第二天早上,那雅离开的时候,突然喊我,"昨天——我在打扫你房间的时候,发现你床下有样东西——我放你桌上了。"

"什么东西?"我彻底醒过来。但凡说到"过去"二字,我都有如踩了地雷般的绝望。

"你自己看。"

"你先透露一点——"

"其实,人怕的不是别人,也不是意外,而是自己。人因为害怕自己无法承受的伤害,常常会回避或放弃。可是,你知道吗?那些你曾经回避过的事情，将来有一天会一样不落地在路上等着你。"

我无言以对。我知道这一天终归会来。

"不急。你觉得能进去的时候再看。"

那雅走后，我想了好长时间，我在想她说的那东西是什么，会不会是父亲当年走的时候，把母亲的什么东西藏在床下了？要么是母亲给我买的什么东西，比如生日礼物，考试奖励之类，电影上煽情的那些物件儿。我被那雅甩下的秘密搞得七上八下。我站在门前，十八年间往返无数次的门前。那张化学元素周期表仍像几年前那么漠然冷酷，与我的记忆频频周旋，让我搞不好就会漏一个。现在，只要推开它，就能看到那雅留下的谜底。我站了好一会儿，还神经地把脸贴到门上，仿佛这样能发觉里面的异常之处。在一段更长的沉寂之后，我推开了房门。

那雅说的那东西，竟然是当年失踪的留言条。那是我去庐山前给母亲留下的纸条："妈，我跟同学去庐山玩几天就回来。"

那年，我的初恋男友突然去了新西兰，我备受打击，只身离家，却又不愿被人说是离家出走。我给母亲留下的这张字条，最终还是因为我的冲动，失去它的作用。那年夏天，突来的一阵风改变了我们母女的命运。母亲在寻找我的途中遭遇车祸，丢了性命，我的一生也因此而改变。上帝跟我开了一个巨大的玩笑，从开始便注定让我输掉的玩笑。

我重新搬回了学校宿舍。在我找到答案的几天后，那雅一直没有来。给她打电话，她都说在外面，说准备结婚用的东西。那种突然改变的公事公办的语气，像盼着儿女快快长大，能尽快断奶的母亲。

秋风吹进屋来，让人感到一丝凉意的时候，于赓说要来北京玩，可没几天又来电话说要去外地。我只当他没说过要来的事儿，因为他不是我生活的重心。我不明白那雅为什么告诉我纸条的事后，又躲着我不见。她不想跟我说点什么，就当年这件蠢事发表些看法吗？还是她不想再次揭开这个伤疤，让那血淋淋的一幕重新再来一次？

"从现在开始,我得习惯离开你的日子了。否则,将来万一我们不在一个城市,甚至不在一个国家,我该怎么面对这该死的生活呢?"这是她对这一段疏离的解释,"安然,我知道你现在就像我知道我目前需要的东西一样,我不能半途而废。"

还能怎么办?我只能静下心复习,盼着她回心转意的那一天快点到来,可她没有一丝回头是岸的迹象。她甚至八月十五都没跟我通电话。我总觉得她在密谋着什么,我相信总有一天这一切会昭然若揭。

银杏叶在这座山洼里的北方城市呈现出最美的金黄色时,官玉琪的肚皮隆起于人们的视线。每次去她家,我都觉得那肚子又大了一圈。

"那雅准备得怎么样啦?她整天在忙些什么,连个人影都看不到。打电话也是匆匆忙忙的,像去赶紧急会议似的,难不成她已经找到下家了?她到底什么时候结婚啊?"官阿姨总会这样问我,就像才对学舌有点领悟的鹦鹉,像是如果不能如期在那雅结婚前把礼物送过去,就有损了她的人格一样。

"我也很少见到她,她现在不怎么到学校去了,可能也在准备毕业的事情吧。"我只能根据自己的猜测,编些话来安慰她。

"你怎么样,有想去的地方吗?你也是明年春天毕业吧?"

"嗯。"

"这么年轻的姑娘正是好时候,谈个恋爱能有多难,你能有我这把年纪了还怀孕生孩子难吗?没有过不去的坎,相信我,伤感也是过,快乐也是过,与其总怀着悲伤过日子,不如幸福快乐地追求人生。同情能帮孩子交学费啊,还是能为你带来牛奶面包?不要再顾影自怜啦,这世上没有谁离了谁过不下去的。我怀孕很怕让赵傲知道,怕他会生气,会离家出走,会荒废学业,甚至学坏一蹶不振。事实呢,天并没有塌下来。他比以往任何一个时候都听话和自觉。你猜他怎么跟我说,'我一定得考个好大学,早点工作将来好帮你挣牛奶费'。你瞧瞧,几个月前我还为这事愁得像得产前忧郁症呢。"每回听她讲这些鼓励的话，我都觉得她更像是给自己打气。要么是她闷了想找一个比较确切的倾诉对象，而我，就是她认为比较理想的那位。

新年前，那雅和程理原在白塔寺教堂举行了西式婚礼，参加婚礼的人并不多。仪式结束后，他们在新世纪酒店的大堂包了几桌，算是婚宴。酒店刚过完圣诞，节日气氛很浓，窗户上金光闪闪的与圣诞有关的装饰物，雪车、风铃、圣诞树、银色的雪花和彩灯都原封不动地放着。酒店为了他们的婚宴，还非常体贴地设在无烟区，用屏风隔开了一块专属空间，屏风上用白玫瑰装点了，显现这里的与众不同。

我倒很喜欢这种不张扬的婚礼，没那么多客套，也没假惺惺的废话寒暄，更不怕那些挑剔的目光在你身上扫来扫去。那雅在敬酒的间歇，向我低调展示了程理原送她的钻戒，过程极短，像女儿对不甚满意的母亲给予的一个交代。然后，她就像小鸟一样飞去程理原身边了。那会儿，程理原正给岳父岳母敬酒。回座位前，途径我这儿，我拉过她来悄声道："以后你们再约会，他酸奶也不用买了呢。"

"你——你会——"那雅惊讶地用手指着我，却始终没有把那个"笑"字说出来。或许，我展现的只是"笑"的一位远亲的表情。

婚礼结束，他们就去澳大利亚度蜜月去了。原以为她会拍些蜜月照在圈里晒幸福，可事实却是她像没蜜月这回事，没在圈里晒过一张澳洲风光。后来，才知道他们的蜜月同程理原去悉尼大学读博士合二为一了。为了防止程理原留学期间"海边湿鞋"，被别的女孩抢了去，那雅从程理原告诉她结婚后去澳大利亚度蜜月时，就琢磨他为何把蜜月选择那里，直到后来她发现这个秘密。

"为什么不把握这次机会呢？完全可以一举两得的事儿。"那雅说跟程理原久了，才发现他脑袋并不灵光，从某种意义上说还有点木。于是，那雅精心策划起来。到澳洲两个月后，她怀了身孕。

那是她到澳洲后,发来的第一张照片。在那个人人皆知的著名海滩,她穿着白色雪纺短裙,将一个胜利的手势放在脸前,认真地看着镜头。远处的程理原穿着一条泳裤像是才从海里上来。她脸上的表情出卖了她,虽说她手举胜利的手势,却没有如愿以偿的表情。发来照片后,她紧接着发了两个字母:HY,一如她五一前发现自己怀孕,发来的 HY 一样。

天啊,我明白那雅想干啥了。她一定是想把孩子生在澳洲,她想留在那儿。这意味着我在她生孩子之前是见不到她了。我发了一捧玫瑰花表示祝福。那一大捧玫瑰系着缎带,闪着银色光芒,在屏幕上熠熠生辉,比真的还好看。我端详着那束玫瑰,想象着她收到后的表情。可是,等到几次屏显亮了灭,灭了重新点亮,她都没发信息过来。

那天晚上,我没回新源里的家。我出了宿舍,在熙攘的校园里漫无目的地跟着人流去了操场。时值寒冬,那里有不少人每晚来这儿运动。我跟在几位结伴来这里散步的老太太后面转了几圈,目送她们蹒跚离去之后,又跟在一对母女身后走了两圈,最后,我跟着一对年轻恋人上了操场大门旁边的看台。

那对恋人去了看台后排的座位,不用看就知道他们选在那儿的目的。一个多小时后,他们意犹未尽地从我身边走过,下了看台。

快 9 点的时候,负责操场关门的职工吹响了哨子,催促人们离开。9 点 15 分,那位职工锁了操场大门离开后,我仍在看台上。

我的灵魂像被什么抽走了,让我的皮囊失去了方向。我一遍一遍看着那雅发来的海滩照片,希望能发现什么蛛丝马迹,挖掘她还有哪些不可告人的秘密。我甚至预感到那雅还会发信来,只有在这儿等才有希望接到她从地球另一面发来的信息。今晚的看台似乎是卫星传送信息的最好方位。

我再次打开屏幕,那束玫瑰仍在信息的最后一条闪闪发光。我耐心地等着,渐渐地,耐心变为焦灼。我像一位靠肥皂剧打发时间的全职主妇，等着广告后下一集剧目的到来。然而，在这如墨的夜晚，一切都被冰冷和绝望笼罩了。

目视前方，我看到夜空中一双熟悉的眼睛。那是那雅的眼睛。此刻，她在对面的黑暗里，睁着她那双好看的眼睛，孜孜不倦地搜索着那些有价值的，对她生活能够起到推波助澜的人和事。我冲那眼睛轻轻"嗨"了一声，想让她注意到我。可她并没有回望过来。她仍在四处搜寻，把那些能让她升值的一切营养素都搜寻过来。

我听到看台外面，从游泳馆出来的最后一波男人，下流地议论方才游泳的艺术系女生。其间，还有急着赶回宿舍，骑着共享单车在路上横冲直撞的男生。当然，也有紧紧相依，走几步都要亲吻一会儿的情侣。当大门右侧健身房那边溢出窗外的灯光骤然熄灭后，我便完全与冬夜融为一体了。

湿润寒冷的水汽从路两边的冬青，从楼前楼后的树林，从干枯在教学楼墙壁上层叠的藤蔓，从校园各个角落逐渐弥漫到夜空。地球另一端的那雅一定正在午睡，否则，她怎么连个表情包也没发来。

我仍不想走，就想一动不动地待在这儿。仿佛只有这样，那雅睡梦中才能感觉到，才会启动她那恻隐之心，想到另一端有人在等她。

我一点也不困，思念会让一个人如此兴奋，如此忘我。湿润的空气，在我滚烫的肺里，像雪花落在炽热的红铁块上，蒸腾出一片白色的水雾。以至于多年后，每到冬天和春寒之时，我都要全力以赴同那团栖息肺中的寒湿搏斗。

凌晨3点多的时候，我已经感觉不到冷了，我的手在兜里与外面一个温度。我仍能动，我把手拿出来轻轻摸了下脸，却像触在一块挂在户外许久的腊肉上，我的心脏在羽绒服下早已打到节能模式。我稍稍动弹一下，胸口都会憋闷得透不过气。那雅一定还没看到我发去的玫瑰，要么就是她待的地方根本就没信号，国外的互联网可没中国互联网靠谱。有位在多伦多留学的大学同学经常在圈里抱怨加国的互联网不靠谱。

我在无边的黑暗里期盼那雅的回复,一如渴望初恋情人的爱抚。在北京生活了二十四载,头一回在漫长的冬夜去等一条回复。漫长的等待中,我感受到冬夜不寻常的呼吸和脉搏,直到曙光冲出黎明,破晓而来。

第 27 章 安然

这座城的年味越来越淡,只有那类利用节日搞促销的地方提示你年要到了。人们关心的是怎样请假才能连接出更长的假期,去海南、新马泰、欧洲或乘法国庞洛邮轮去南极三岛——人们早已不满足围在电视机前看那种老掉牙的节目,宅男宅女们都因经受不住抖音中展示的旖旎风光的诱惑,走出了家门投入自然的怀抱。

我留恋传统节日让人心头涌起的浓浓亲情,怀念母亲过年时才会做的那些耗时长且程序繁复的菜肴和面点。小年这天家家都包饺子,母亲除了包饺子外,晚饭后必要蒸两锅黏豆包。这预示着我们家的新年拉开序幕。腊月二十八这天,再蒸上枣糕豆面馒头,就要做"素鸡"了。母亲炸带鱼剩下的边角料和小点的杂鱼就跟着白菜、海带、黄豆加上大料、糖醋酱油一起进了高压锅。做好后不要开锅,放在阳台上凉透了吃。小时候,新源里的孩子们放了寒假,捣鼓鞭炮就成了假期的主要任务。有点零花钱都搭进烟花爆竹上,离过年还有一个多礼拜呢,就忍不了。舍不得放成串的啊,就拣些零星的,散了火药芯子的点一颗,扔到窗外吓吓过路的人,要么甩到路边唬一唬耳背的老头老太太。

现在过年,这座城反倒比平时安静。即便是三十晚上,也是静悄悄的,人们好像一夜间都藏匿起来。外地人回家过年了,环线上两节车厢的300 路车都开得火箭似的,早上出门不用担心堵车,卡着点上班就行。严重的雾霾,让这座城早与鞭炮绝缘。三环路两边高楼上连彩灯都少有挂的了。文化人对此也是无可奈何,眷恋传统文化带来的热闹,却也不会因生命受到威胁而坚持。只有商家对春节、圣诞、五一以及端午、中秋等节日无比向往,甚至恨不能再造出几个节来促销。所以,你要知道日子过到哪儿了,不妨去超市走一走,就一目了然了。

超市里商品琳琅满目,各商家贴心做好的家庭装的饺子、馄饨、包子、比萨、香肠、炸鱼、火腿等食物应有尽有,你想做哪一种大餐都能找到所需食材。可我像外星人一样,不知道把哪一种放进篮子里。我的拖框里似乎总放着洗发香波、沐浴露、苏打饼干和咖啡。这次还有点小突破,买了盒英式红茶,看看下午茶能否替代咖啡,减缓咖啡因对人体的伤害,改善日益恶劣的睡眠。我可不想因为"失去"那雅而变成酒鬼或咖啡鬼。

学校放假前的最后一个周末,我把明年春天以后不需要的东西统统搬回家。整理得差不多的时候,官阿姨来了。她挺着那么大的肚子跑这儿来,让我很不安。前两天才下了雪,路牙上、砖缝里、台阶内侧仍有许多雪凝结在那儿,有的融化后又重新结成冰,踩上去很滑。

"您真不要再来了,太危险了。"

我把她扶向沙发。她却大大咧咧地甩开我:"我可没那么娇气。"径自奔向厨房,仿佛那儿才是她此行的终点。

"您再这样我真不好意思了。"我看到她又带了那么多吃的东西。

"也不是专门给你做的,用不着不好意思。赵有信要回来过春节啦,我就顺带着多做了一些,省得你天天吃快餐。"她拉开冰箱,见里面堆得满满的饮料和酸奶,无奈地摇了摇头。

"多冷的天啊,你天天吃这个不怕宫寒,将来不容易怀上孩子呀!你也该学着做饭了,要不将来嫁人,看你怎么办?"她把一部分饮料拿出来放到餐桌上,把带来的小菜、熟食和冷冻好的饺子放进冰箱。

"一个人生活,用不着做。"

"不管一个人还是两个人,生活不能凑合。你说除了工作我们还有什么,我们拼命工作又是为了啥？不就为了过得好一些吗？人类文明发展到今天,家庭的意义越来越重要了。你看现在,所有发达国家老龄化都很严重。很多人选择丁克家庭,只想着自己这一生过得充实完美,人们已经不愿意为延续香火花费精力和时间了。年轻人对家的概念更淡漠,仿佛一夜间都成了不食人间烟火的神仙。唉——人生不过百年,趁年轻,好好珍惜吧！"

她说这些话我并不觉得矫情,我知道她是发自肺腑的。如果这话出自我的老师或是其他人,效果或许要差很多。我一直以为说教是最苍白无力的,生命的自觉,才是难能可贵的。那雅走后,官阿姨对我来说,就像漆黑寒夜回家途中猛然看到的一盏灯,让你瞬间感受到温暖的存在。尽管那丝暖意是意象中的,虚无的,却能让你冰冷的心能有随之起舞的一线希望。

"谢谢官阿姨。"

她转过身,两只手在胸前搓了搓,用那种欣赏自家女儿的眼神,在我身上,在屋子里扫了几个来回："安然,你不去你爸家看看呀,其实你妈走了他也不好受。春节是阖家团聚的日子,如果可能的话,你还是回去看看。再怎么,他也是你亲爸。哪怕不在那儿过夜,吃顿饭,或者不吃饭,就在那儿坐一小会儿都不一样呢。一家人不能总这样冷着,时间长了,搞不好就真成陌路了。"

我点点头。这是让她早点结束这个话题是最明智的办法。送她走了之后,我绕道去了昆玉河,在那儿散了会儿步。冬天的黄昏,霞辉收得都早,即便是晴朗的天里,过了下午5点,天就暗了。沿着蜿蜒的岸边小路一直朝北走,沿途有不少裹着大衣的钓鱼人。钓钩伸进凿开的冰洞,一个个身体微微前倾的钓鱼人侧影,鱼竿儿横着伸向河面,一条若有若无的渔线连着一条冬天的河。柳枝总朝着风的方向,低矮的卧地松和冬青旁,早已谢幕的花草裸露出姜黄色沙土。昔日花丛和灌木中,一条条砖石小路成了园区醒目的装饰。河面没有滑冰的顽童,隔段距离就有被人凿开的洞穴。一个黑衣男子站在河边,小心滑出几步,又立即上岸。去年八月十五,我跟那雅来这儿过中秋。那会儿新源里家的钥匙还在父亲手上,我们买了许多熟食和红酒来这儿赏月。

秋日的黄昏,这儿树木葱郁,花木气息浓郁。卧地松的松针香味儿到了晚上,能轻易掩过鸢尾花和月季花的清香。要是园丁浇过水后,那股松香便裹挟了水汽,与夜晚的凉意逡巡而来。堤岸边的木板观景台上聚了一些修大乘佛教的人。他们把买来的鱼放生后,正聚在一起诵经,虔诚而宁静。

昆玉河是从密云水库引进北京,供城区饮水修建的人工渠。许多久住北京的人却不知道自己喝的水来自这里,经常跑这儿来游泳、洗澡、钓鱼,对水质造成了污染。近两年,围绕昆玉河旅行又进行了深度开掘,南起玉渊潭,北至颐和园,这十公里之间还贯穿了玲珑塔、中央电视塔、西钓鱼台、万柳高尔夫及社区,囊括了许多历史文化和城市景观,可这些渡口处,游人的垃圾也日益多了起来,旅游经济在人文素质没有提高的情况下,对环境有很大伤害。

城中村拆迁的时候,要建的高档社区的售楼处就建好了。售楼处就建在昆玉河里停放的一艘船上。我跟爸妈上去看过,他俩对这儿好像很感兴趣,觉得无论投资还是自住都不错。只是房价太高了,每平方米要12000多,只得作罢。假如当初知道这个价格几年后会翻几倍,他们想必砸锅卖铁也会买的。楼房建好后,原先售楼处的那艘船改成了水上饭店。饭店一开就是几年,这几年饭店的水去了哪儿,想必不用说大家都清楚,全被昆玉河吸纳了。

我们在灌木丛的坡地找到了野餐地点。我把带去的帆布单子铺在地上。那雅切好月饼,倒上红酒。那雅想买只扒鸡的,可我觉得把扒鸡放在这儿很不搭,买了两根哈尔滨红肠切好带过来。喝到半道,我指着西北方对那雅说,我家就在那个方向,离这儿也就五六里路。小时候,我妈常带我来这儿给外婆烧纸。

"哟,挺远。"那雅顺着我指的方向望了望。

"以前我姥姥家就住这儿,这片儿拆迁后,换了新源里和清河那边的三套公寓房。我舅舅一套,我妈一套。我妈那套在新源里,我舅舅跟外婆外公去了清河那边。那时候我小,来一趟觉得好远。三十晚上,吃完年夜饭,我妈都让我陪她来这儿给我外婆烧纸。当时老房子拆完后,这后面还有一个城中村。为了少走点路,我妈总要从村子穿过去。村里巷子很窄,家家门外又贴着自家盖的一排简易房,想拆迁的时候多拿点补贴款。我妈在前面走,我跟着后面害怕啊,光踩我妈的脚后跟,落一路埋怨。过两年再来的时候,这儿彻底拆了,那个城中村被铁皮围了起来,没多久就施工了。我爸说这块地要盖一个高档小区。我妈就没再来过这儿。"

说到母亲,接下来肯定会是沉默。而且,那雅还会积极地做出沉默,摆出耐心聆听的样子,等我自己把这股情绪消化掉。

"想好毕业后干啥了吗?"

"没有,计划总是不如变化快。"其实我压根没想。

"女人不像男人,经不起折腾,最好还是找个收入稳定,又没什么家庭负担的男人把自己嫁了,然后再继续开拓,看有没有可利用的资源。男人只要有钱就能找到好女人,但女人有钱有学问,却不一定能找到好男人。"

我没搭话茬儿,这不是我喜欢的话题。我举起酒杯,有点赌气似的喝了一大口。只可惜酒总不如想象中的美味,更感觉不到纤细的滋味。红酒在我眼里是制造浪漫的催化剂,我枯燥乏味的生活需要它的点缀。它跟咖啡差不多,你说咖啡有多好喝我不清楚,但那种苦涩的香味儿让很多人着迷。

"你们家在北京也算是有钱人了,你爸他们家也有房子吧?"

"嗯。"说到我爸,酒就有点上头了,提不起精神。

"难怪北京人这么牛,有钱啊!这年月有钱就是爷。照我说,既然你爸也有房,不如你把钥匙要回来自己住,空着也是空着,干吗总在外面漂着呀?要是你有钥匙,咱们就不用来这儿闻这股腥臭啦,咱们铺上白色桌布,摆上蜡烛倒上红酒,早在屋里开 Party 了。安然,像你这样有房的单身女孩,其实就是女钻石王老五。你不知道我有多羡慕你,我甚至谋财害命的念头——都没有。"她的舌头跟她的人一样麻利,从不说落人话把儿的话,"这世界很公平,谁的就是谁的。我一直想,如果我有房子,先开一个阵容豪华的 Party,那种感觉一定酷毙了。空气里充满青春气息,音乐里有生命跳动,我们会遇到各种各样的男女,我们在一起消耗生命,什么也不为,只为了那片刻的欢愉和刺激。"

说归说,那雅从不会这样做的。现实中的那雅头脑清醒,目标明确,从不做毫无价值的事情。但这并不影响她下意识里也有对放浪形骸的向往。相比之下,我连这种念头都不曾有过。在得知母亲离世的那一刻,我眼前的世界也一同消失了。

中秋节过后,我头一回动了回新源里的心思。

腊月二十三过小年的那天下午,从官阿姨家辅导回来,我突然想去超市买点东西。或许她说得对,我应该去看看父亲。超市里人山人海,好像东西不要钱似的。人们手里推的车子堆着满满的货物,有的全家出动,小孩坐在推车上,小脸蛋红扑扑地冒着热气,爷爷奶奶抱着羽绒服护驾在两侧,年轻的父母四处巡视,挑选中意的年货。跟着人流转了几圈,我觉得自己啥也不需要,选了两盒包装好的年货去了父亲家。

父亲家的防盗门擦得铮亮,能闻到金属味儿。记不得父亲在新源里的家有没有这样擦过门。或许娶了不同的女人,生活方式发生了改变吧。我把年货放在门边,敲了下门,里面没有动静,才要再敲,听到门内的响声朝门这儿涌过来,吓得我扔下东西赶紧闪了。

出了楼道,忍不住往楼上看了一眼,其实,就是下意识的动作,我发现父亲从阳台正往下看呢。回到家,不知道是父亲擦得铮亮的防盗门刺激了我,还是父亲站在阳台往下探着身子望的情景触动了我,让我有了想改变的念头。母亲离世后,我头一回感到生活中还有温情。我从冰箱里取出官阿姨给我的炸鱼,用平底锅在炉子上重新煎了煎,然后煮了一包方便面。我可以煮饺子的,那样更简单。可那会儿更渴望方便面开锅时,热气腾腾的烹饪感。为显示自己重归俗世生活,区别往日单调的饮食,我在方便面里打了一个鸡蛋,放了几片黄瓜。可无论我怎么按着官阿姨的教法去做,都做不出在她家吃的那种味道,总觉着缺少一种调料,或许那就是"家"的调味料。

腊月二十八我给赵傲做了节前最后辅导,还去了另一家,为一个小学六年级女孩辅导了两小时英语口语。这是官阿姨特意帮我找的。她跟我一样清楚,研究生毕业前,我得有些稳定的经济来源维持日常开销。

我给那雅又发了几条微信,她都没有回。她的音讯连同那片著名的沙滩,消失在过年的忙碌里。于庚给我打过电话,问我能不能去南方。我回绝了。接过于庚的电话,我心里就有点不安分了。为了分散精力,我把家里彻底打扫了一遍。年三十上午,我从网上看了卡梅隆和温斯伯特演的《交换假期》,突然有了莫名的冲动,我进了自己房间,准备把原先的屋内摆设重新调整一下。我把靠窗的桌子移到靠墙的一面,把床移到窗户左边。床底的灰很厚,我在清理以前买的所谓的限量版的运动鞋的鞋盒后面,发现了母亲的一个旧柳条箱。那是母亲出嫁时外婆给她的。记得我高考前的一段时间,母亲还经常拿出来在飘窗前晾晒过。

我很兴奋,像发现了母亲不为人知的秘密和爱好。而今,这秘密只属于我,由我来守护和珍藏。里面是些早就不用的传呼机、旧手机和全能充电器,还有失效的购物券和一些单据发票。这些毫无价值的东西却让我备感亲切。我的手在母亲的指痕上轻轻滑动,感受母亲的温度——我甚至能闻到那些东西上母亲残留的体味。就在我沉浸其中,检阅岁月留下的种种痕迹时,一个硬硬的信封从那堆单据下面露了出来。抽出信封里的东西,竟然是新源里家的房产证。

我突然想到父亲为何不给我钥匙,或许他一直在找这个东西。所以,他不知道我说过留条的事是真的。因为他没发现母亲藏在这儿的东西。我把信封倒个底调儿,里面滑出一张纸来。天啊!这是母亲亲笔写的新源里房子她去世后的归属人。无须多说,那个人就是我。

母亲把这套房子留给了我。他们就我一个女儿。他们走后这一切都是我的啊,她干吗多次一举?他们感情也很好啊。母亲去世后,邻居们都说父亲经常一个人跑出去喝酒,深夜一个人醉醺醺地回来。再瞅瞅母亲的字迹,泪水就模糊了我的眼。这房子究竟还藏着多少秘密呢?我有点后悔了,后悔知道了这些事情。

"你曾经躲避的一切会一样不落地等着你。"我想起那雅那天进来打扫后说的话。

调整后屋内越看越别扭,床的位置与桌子突出来的一角,像随时准备掐架的公鸡脑袋。地上那堆东西像无家可归的流浪狗,被人发现后,顺遂地蜷在那儿,等着命运安排何去何从。我调出那雅的微信,按下语音视频,心想铃声响三下如果她不接就挂掉。结果响了一分多钟,直到铃声自然断掉,我还在祈祷能听到她的声音。

我从没像现在这般无助,我想跟人说说话,空荡的房子让我有些不安,我从没这样害怕自己一人待着。我打开电视,调出春节联欢晚会,把声音调到最大,上面展示的繁花似锦与我相距甚远。有了它们陪伴,我干脆放飞哭喊,让它们彻底失控,在屋内随性翻飞起舞。

大年三十举家团聚的时刻,我不能打给舅舅,不能打给父亲。我想那雅,想官阿姨,这时我才感到她们对我有多珍贵。脑海中出现的画面是,她依偎在丈夫的怀里,轻诉独自生活的种种——我没有勇气想下去。因为,画面后,渐渐浮现出于庚英俊的身影。

于庹？我不能打扰他。五一在部队的时候，他家人就盼着他今年回家团聚了。除此之外，那个黄小姐还会温文尔雅地前去拜访，共叙旧事。

我在吃醋吗？我从厨房拿出给自己准备的红酒、香肠、奶酪——我为什么要哭？我要庆祝！我真成了那雅说的钻石王老五了。我要普天同庆，我推开房门，冲着黑乎乎的楼道喊"今儿真高兴，我们老百姓啊，真啊真高兴——"。我听到那雅的声音，她回来了，难怪她接不到信息呢，原来她刚才在飞机上，我好开心啊——

我的心因为过度开心有点撑不住了，像不知从哪儿跑进我心里一辆车，堵在主动脉的进口处。我的心像没了油的发动机，声音越来越弱。

电视里一片莺歌燕舞的景象，又是哪个搞笑的人上场了？我仍能准确地看准杯口，给自己再满上一杯，我清楚地发现，杯中红酒的表面竟起了一层涟漪。我端着那杯泛着涟漪的红酒敲了对面的门，我应该把这个好消息告诉我的邻居方大妈，她跟我们家可是老邻居了。

"方阿姨——是我——安然，我跟您说啊——我现在是名副其实的王老五了——"我的视线随着门内一个秃顶中年男人的出现戛然而止。

"虽说过年，你也不能这么闹好不好？方阿姨早就不在这儿住了，你快回去吧，外面这么冷，你穿得太少了。"他一口外地口音，根本就不是我们这儿的人。

"你是不是小偷，趁方阿姨不在偷东西呢——"我劈手把酒杯扔过去，他用手一挡，就听"咣当"一声，酒杯碎在地上。

"你可不能乱讲的呀！我可是通过正当渠道从她手里买的二手房，小姑娘家喝醉回家歇着去，别来我家闹呀——"那中年男人身后多了位大波浪女人。我并不畏惧，我挺身上前，抓住秃顶男人的胸襟，大喝一声："你们团伙入室作案，可是重罪——"

我这话没说完，那小个男人露出一口细小的白牙。接着，我看到他站在我头顶上，再往后，我就感觉胳膊下面被人生生插了两个杠子，杀猪一样给架到楼下了。

外面风很大,又冷,朦朦胧胧中,我看到一线光亮,我进了一间大屋子,里面有很浓的烟味儿。眼前人影绰绰,像是哪里的熙攘的车站。接着,是一个男人响亮的声音:"哟嗬——把我们派出所当自个家啦?"之后,便万籁俱静啦。

醒来以后,我才发现自己做了一个非常荒唐的梦。我摸了摸身下柔软的沙发,把脸往里埋了埋,有洗衣液、柔顺剂的香味儿。还没睁眼,我就能感到对面飘窗那边映过来的橘红色的光线。

没多会儿我就觉得不好玩了,屋里还有别人。跃过茶几,我清楚地看到桌上冒着热气的牛奶,旁边是一盘吐司,另外还有几个煮鸡蛋静物般放在那儿,等着画家动笔。不对?!绝对不对!我意识到出了问题。我直起身,可事实却是头晕目眩。我睁大眼睛,将视线投向四周。昨夜的欢庆,我根本就没煮过牛奶,也没准备吐司,可眼前这分明是刚刚准备好的早餐——

"醒啦?"一个男人的声音,差点让我吓掉魂去。

"救、救命啊——有贼——"我扯着嗓子喊起来,谁料,那个"贼"字还没等我喊出来,一口水一样的液体抢先从嘴里喷射出来,向着那个男人的方向,高射机枪般扫射过去。

"安然,你到底喝了多少酒?——"

"一大早你跑我家干啥?你、你是不是蹲我家外头好几天了?"我十分庆幸我还清醒。现在的贼真可怕,到你家偷东西连你名字都打听清楚了。

"都快天黑啦——安然,你醒醒,喝点水好吗?"

那人离我越来越近,他的气息是陌生的,寒冷的,有如刚从冬日的旷野里走回来。他离我很近了,可我还是看不清他是谁。

"亲爱的,你好点——"

"你谁啊,亲爱的你也敢叫?!"我真糊涂了。我这是在做梦吗?我的头好疼,一阵倦意再次将我带进一个不见底的黑洞,我越落越深,直到洞底那片温柔的青苔上。

我彻底从宿醉中醒来是在第二天的上午。我看到一个洁白的世界。一股自小打预防针时就铭记于心的来苏打水味,让我禁不住打了几个喷嚏。不过,与医院打针的地方不同的是,在这股味的后面,还有一股温暖的家的味道。不用说我就知道屋里的男人来自哪里了。当我发现自己的视线高出床头后,就意识到自己不是在床上,而是靠在一个温暖的男人怀里。所以,我才找不到他的脸。

"好些了吗?"他几乎是贴着我的耳边,他口中来自体内深处的气息让我怦然心动。

我想转过脸,却没有勇气。

"什么都不要说,我知道——我什么都知道——"他紧紧抱着我,像抱着一个失而复得的宝贝。

第28章 官玉琪

赵有信哪里知道我的感受。四十三岁怀上孩子,就像一夜间给肚子里塞进一颗毛茸茸的手榴弹,不知道哪天它会把你炸上天。男人真是上辈子修来的福,只管下蛋,抱窝的事全留给女人了。

"我查过了,你这个年龄怀孕要多补充叶酸,要远离有辐射的东西,计算机、微波炉、电视、手机,总之一切与辐射有关的你都必须远离。还有,你得定期去医院检查,四十多岁的妇女怀孕都属于高危妊娠,发生危险的概率高。但我们不怕,相信科学,定期去总院检查就行。前期三个月要少去公共场所,别跟大吕到处逛了,预防感染的弦儿丝毫不能松。还有避免化学药物,理发店那些染发烫发的药水对你都不好,这期间稍微邋遢点没人笑话你——还有,中期别忘了做唐氏综合征筛查,等一下我写下来拍了发给你。不要害怕,我跟周鸣已经交代过了,他老婆就在总院妇产科门诊,会关照你的。你也不用客气,去了直接找她就行。她人很好的,军人家庭出身,父母都是战争年代过来的老革命。对了,还有一件重要的事情,我过几天还得跟部队出去,这次时间会长一些……"

这些没营养的话我一点也不想听。每次打电话赵有信都恨不能把一个月的内容交代完,然后一有空便逐一对照检查。有时候他突然想起什么事,管你这边是正在上课还是年级会,他都会照常打来。有一回,我正给学生上课,他打过来,我忘了把接听改为手动,结果没等我按下关闭键,手机自动接听后,他在里面大声说:"麦当劳、肯德基也不能吃,那些东西有激素——"把全班的学生都吓傻了。打那以后,班里的调皮孩子老远看见我就嚷嚷:"'有激素',不能吃。"有段时间,我成了"有激素"的代名词,还被张凤芝找去谈了话。

其实,这些事根本用不着他操心。自从知道怀了老二,我就从网上查阅了许多大龄孕妇注意事项。去总院做检查,也没去找周鸣老婆,怕麻烦人家老革命的后代。虽说赵有信跟周鸣关系不错,可他老婆我一点也不熟,人家是空军总院的医生,现役军人,级别比周鸣都高,不是我们这类的随军家属,平头百姓。平时在院里看到他们两口子,周鸣很客气,他老婆也就冲你点个头。所以说,我不想去跟一个点头之交装亲生的。难不成那些不认识医生的女人不做孕期检查,不生孩子吗?

我五一从赵有信那儿"载人"而归,六一向他公布谜底后,就一直活在颠三倒四、无穷无尽的假想中。最先想到的是家里目前的经济状况。我认真查看了每一张定期存款单,计算了生完孩子能有多少天产假。如果张凤芝通融的话,在128天产假的基础上,以军属两地分居为由,让她再延我三个月的假期,孩子就快一周岁了。需要的时候,让母亲过来帮忙照看一下,等孩子上幼儿园后我就能松口气了。我现在唯一担心的是赵傲。来年六月是他高考的时候，我的预产期在三月底。虽说对他考试不会造成什么影响，但谁知道二胎生下来他心里是个啥感觉，情绪会不会受到影响。到了明年元月，赵傲到了最紧张的时候。"一模"以后，"二模"，"三模"，报志愿——而家里充斥的婴儿哭泣声，让他怎么能静下心来复习呢？如果母亲来照顾月子，屋里整天烟熏火燎的煲汤炖煮，又叫他怎能不分心？赵有信说的那些并不是我担心的事情，而是老二出生后，对陪伴我17年，给我欢笑给我希望的长子的命运所造成的冲击。

晚上，我在办公室批改作业，等赵傲放学后一块回家。大吕从门外露了半个脑袋，见我还在，"哟"了一声："你没回去啊？"

"等赵傲一块走。"

"又不是冬天，天气暖和了，你用不着等他一起走。孩子整天坐着，自个溜达着回去权当运动了。白天坐一天了，现在还闷在办公室里你不烦啊？"

"说，你干吗不走？"我头也没抬，心想你哪知道我想陪儿子度过这段时光，为日后积累些美好回忆。在老二没出生前，我只想全身心地陪陪赵傲。

"我看这儿灯亮着，寻思谁没关灯呢。"她咧嘴一笑，走过来，"要不要我帮你批？早点弄完，咱一块去友谊商城逛逛，那儿进了好多今年流行的皮凉鞋，还有包包。"

"谢了。"我转过身继续批改作业，把错误多的、抄写不认真的作业放到一边。

"我发现你变了，最近总也叫不动你了。"大吕咂着嘴，围着我的桌子转了个来回，"你是不是有情况了？"

一听这话，我心里一惊。她是不是长着第三只眼啊！

"哟，看来是真的，你脸都红了。"她轻轻掠了我一下，"说，是哪位傻大胆儿，竟然敢打军属的主意，说呀，是谁？"

"是你——吕萍。"我的心顿时落了地,我还以为她说我怀孕了,差点被她诈出真货来。

"我哪敢跟你啊?叫你跟我出去逛个街都把你难成这样,破坏军婚可是要坐6年牢的。"她在对面坐下来。

"你怎么不回家,跟你家那位去酒吧啦?"

"早就不去了,都'三高'了。"

"谁让你整天拉他去酒吧的。"

"那也总比他整天跟那些有的没的腻歪强啊!虽说'三高'了,可他现在下了班就去健身房啦,这也是坏事变好事嘛。男人啊,知道自己'三高'了心气都没了。我这么说是不是显得挺歹毒?可事实就这么回事。他现在一门心思就是把身体调整好。身体是一,有了这个一,后面的那些零才能体现出价值;没了一,啥都没了。"

"那你怎么不跟着去啊?你不天天嚷着减肥吗?"

"去啦,受不了里面的味儿,忒呛人了。你不知道啊,这健身房里的女的忒少了,全是老爷们儿。"她又往前探了探身子,悄声道,"哎,你是不是怀了?"

"你别胡说八道,怀什么了这就——"

"看把你吓的,没怀就没怀呗——"她突然停下来,眨着眼睛直往我肚子上瞄,"我怎么觉着不对啊?"

完了,大吕肯定看出什么来了。原想三个月后,出怀的时候再告诉她,可她怎么这么快就怀疑了?我没了底气,尬在那儿。

"哎呀,你可真不够意思,对我还保密。"她改为陈述句了。

我觉得脸上滚烫,头发根儿那儿一个劲地冒汗:"哎呀,不是不告诉你,还不知道怎么样呢。"

"你还别说,张凤芝那双眼睛还真毒,一眼就看出你怀孕了。"她往椅背上重重一靠,学着张凤芝的口气说,"瞅她走那两步路,八成是又有啦。"

"这个张凤芝,就她事多。"我掉转了枪口,先发泄一把。

"张凤芝人糙一点,可心还不坏。她要使坏,可以放出'她老公一直在外面,她怎么自个就怀上了'的风声,保管你吃不了兜着走,可人家没那样——"

"她不能就凭我走路的样儿判定我怀孕吧。"

"你那'有激素'的故事谁不知道啊?用不着生气,这是好事,干吗不能说啊?你越这样反倒不好,大大方方的,不就怀孕吗?我这想怀都怀不上呢,你别占便宜还卖乖。"

"这事都怪赵有信,我明明把每周哪天上课都一一标给他,他还抽风似的打过来。"

"哎哟——过了啊!人家不是关心你吗?好赖不分啦你——是不是故意气我这怀不上的啊?!"

"大吕,我怎么看你这懒洋洋的劲儿更像怀孕呢。要不你去看看,自己瞎琢磨怎么成呀?要不这样,下次我去医院做检查的时候,你跟我一块去,好好检查一下。"

"现在要怀,他的身体也不允许啊!他一个老'三高',再生一小'三高',影响孩子质量啊!万事随缘吧——"她伸开两臂,又伸了个懒腰,"春困,秋乏,夏打盹儿。"

"你是不是真有了——"

"嗯,有了——板油。"她恢复坐姿,"哎——我说你总这么坐着,骨盆充血,对胎儿真不好啊。"

"那有什么办法?趁现在还能工作,挣钱养家啊!"

"得了吧。你家赵有信是大军官,还用你挣这几个钱?倒是你家赵傲,正赶上考大学。不过也好,他可以松口气了,省得爸妈把实现梦想的责任都落他肩上。有个弟弟妹妹可以帮他承担一下。"

大吕的思维方式总是与众不同。

晚自习结束,跟儿子打道回府,途经翠微路西口时,看到那家周黑鸭的店铺,嘴里顿时涌出一股唾液,渴望那种麻辣香鸭的味道。我停下车,让赵傲去买点鸭脖和鸭舌。

"妈,你怎么喜欢吃这个了?"他很快拎着几只鸭脖子和半斤鸭舌跑回来。

他一拱进车,我就闻到他手上的袋子散发出的浓香卤肉味。他伸手把塑料袋放在副驾驶的座位上,那味道更是扑鼻难忍。如果不是守着儿子,或许我会立马打开袋子吃几个再说。

"妈,你往哪开?该上辅道了——"儿子提醒我。

我赶紧减速打方向,从立交西南角的最后一个出口插进辅路。幸亏后面的车离我还远,但车灯已经射过来,害我一阵紧张。

"妈,你中午没睡会儿?"儿子关切地问。

我哪敢跟他说这都是怀孕闹的啊。

"今天过得怎么样?"我故作轻松地问。

"挺好。"

"赵傲,你们班有非独子女吗?"说完,从后视镜偷偷看他的反应。

"有啊。我们班冯媛她妈刚给她生了个弟弟。"他头都没抬,依旧盯着手机。

我心里开始颠三倒四起来。要不要问他"要是你有个弟弟或妹妹会怎么样?",看他什么态度?正琢磨着,他突然从前排两个座椅间探过身来:"妈,你知道吗?特逗。冯媛她爸把她妈生孩子的视频发给她,可能想让她记住母亲有多苦,可她没看完就吐了,一天没吃东西,发誓说这一辈子都不结婚。"他一边说一边笑,最后笑岔气在座位上打起滚来。

有这么好笑吗?!如果他知道这喜剧马上降临到他头上,还会这样笑得失控吗?可能是他方才无礼的嘲笑,让我受到了伤害,到后家,胃口也变了。刚才在车上恨不能啃的鸭脖子,现在一想起来就觉得恶心。

"妈,你要不要啤酒?"他把买的东西放在茶几上,看来他还记着我的喜好。

"今天不想喝。"

"今天多热啊,喝一点吧,我陪你。"他从冰箱取出一罐啤酒,打开后倒进玻璃杯。

"你不能喝,渴的话去喝酸奶吧,我昨天从超市刚买的。"我把杯子接过来,让他去冰箱拿酸奶。

"你怎么了?"他终于发现我不高兴的事实。

"没什么,觉得你们这些孩子真不懂事。妈妈生下你们多辛苦,那可跟从鬼门关里闯过来一样啊,你们倒好,一点感恩的心都没有,还笑。"

"辛苦都知道,可也用不着拍成视频,反正我也不喜欢看——血淋淋的,多那个啊——"

"那就不看,回屋复习功课去。"我努力克制着音量。

"那好吧,不惹你了。你赶紧吃啊,要不我给你热一下?凉了吃坏肚子。"这些体贴的话,瞬间将我心头的乌云冲散开。

"没事了,谢谢儿子。"

"这有什么好谢的?你好好的啊,我回屋了。"说罢,拿着两盒酸奶回了房间,他没像以往那样带上门,想必心里还牵挂着我这边。有时候,他这些举动让你很感动,觉得他就是个大人。他要体贴起人来,让你觉得比他父亲还要有心。不过,一句话能把你打趴在地的时候也不少。

啤酒花从杯底往外冒,晶莹的气泡让我很想立刻吸进嘴里,可我又不能喝。儿子打开的啤酒也只能浪费了。我打开塑料袋,试着吃了一块鸭舌,谁料那纤小的舌尖刚好与我的舌尖触碰到一起,异常恐怖,那分明就是一个活着的舌头。它在那一瞬,仿佛要向我传递着什么。

我把鸭脖子放进冰箱,以备想吃时拿它打发。我把那杯酒倒进水池,空气里立时弥漫了啤酒的醇香。我摸了摸肚子,那儿依然是风平浪静的样子,我不敢想象几个月后,儿子看到我孕味十足时会是啥感觉。

想跟赵有信通个话,可他人还在 09。以前,他在外面,我无聊时会往他宿舍打电话,听到接通的声响,会有种说不出的安慰。虽说最终是以无人接听放下电话,但那声音来自他住的地方,感觉很亲切。前天,我估摸他们差不多该回来了,打到他屋里,竟然是个女的接的。我赶紧放下电话,心想老丁他岳母和小姨子还在他宿舍里住着呢。断定是老丁家亲戚一点不假,因为没多会儿,老丁就把电话打过来。他说"嫂子,给你们添麻烦了,09 那边延时了,赵有信他们还得有一段时间才能回来"等等,弄得我特别不好意思。半个月后,赵有信打过来,说:"今年暑假你们恐怕来不了了,过一段时间我们就去舟山参加巡航了。"

我啥也没说放下电话。

他立马又把电话打过来:"你别生气,去舟山比 09 好一些,方便的时候可以通话——"

我仍没吭声,放下电话。既然他忙成这样,完全成了公家的人,我何苦向一位无法满足自己的男人求助呢?与其这样,不如放手让他去忙他的好了。我没有生气,只是懒得跟他说而已。

过了一会儿,他发来一张我五一去他那儿拍的家居照,不过他发来的不是原图,而是经过美发 P 过,我留着金色短发的照片。那时,我还为换什么发型苦恼呢,他竟然还记着。不一会儿,他又发来不同发型的照片,这次,我留着麻花辫儿,再往后,又发了一张清朝女子插满花枝的盘头照,整得我像个老巫婆,让我忍不住放声大笑。不忍心他为我担心,赶紧回复:"没事,我们娘儿仨能吃能喝能睡,一切都好。"

发过这条微信,就像祥林嫂无能为力说自己为庙里捐过门槛,我自己也心安了。有时候我想,我们娘儿几个发生什么样的事儿,才能让他回北京一趟?很显然,这不是一个令人高兴的命题,也没人愿意回答这个问题。

夏天一天天地在楼前楼后显现出来。几乎每家都开着窗户,与外界保持互通。阳台前面那棵高大的银杏树,正以满枝的碧绿沐浴在夏日的晨光里。早上5点我就醒了,不想再睡,去厨房给自己热了杯牛奶,在阳台的旧沙发凳上,望着天空纯净的蓝色发呆。如果不是怀孕,或许我会端上一杯热腾腾的咖啡,像韩剧冬天里握着咖啡杯的情感男女,或是法剧中繁华过后仍不甘寂寞的中年女人。咖啡冒着热气,一如点缀生活不可缺少的浪漫泡沫,尽管会消失,却给人以慰藉和憧憬。

眼下,我手里端着一杯温吞吞的牛奶,杯子很普通,买方便面厂家赠送的陶瓷杯,直上直下,没有一点艺术感。其实,我在倒牛奶的那一刻,心里面想的是咖啡,能给人带来兴奋和快感的咖啡。可脑海深处有个声音不断地告诫我,说他(她)想喝牛奶,必须喝牛奶。

母亲向儿女举手投降就是从这时开始的,从喝咖啡还是牛奶的问题上开始的。

儿子还没醒。昨晚起夜时他屋里的灯光还亮着,真希望今天是周末,或某个假日的早晨,不用急着上班。可现在,再过半个小时我就得喊他起床。而我也必须把牛奶喝掉,给他煎两个鸡蛋,削一个苹果或甜瓜,再热一杯牛奶,拌一盘黄瓜粉丝配花卷。

"别放蒜啊,吃完嘴里全是臭味儿。"他喜欢黄瓜拌粉丝,却从不让我放大蒜。

这样快节奏的生活再坚持一个多月就结束了。暑假一到,生活节奏自然就会慢下来。

"这就是当老师的好处。有寒暑假,每年能休息两个月,你知道这两个多月对一个家庭来说有多宝贵?你知道午觉睡得正香,起床号响了,昏头昏脑地往办公楼赶是啥感觉?你知道大夏天还没走到办公楼身上就湿透了吗?我们大院还是好的,部队到了盛夏和冬天,那才苦呢。尤其是机务,夏天机场地表温度能达到40多摄氏度,冬天寒风刺骨,在外场如在冰河之上。你们教师真是上辈子从孔老夫子那儿修来的福气啊!"每到我放假的时候,赵有信都会感叹一番。

"寒暑假跟孔老夫子有啥关系?"我说。

"尊师重教,谁说没有关系?"他嚷道。

阳台前的银杏叶在晨光里闪着光泽。马路两边是几十年树龄的杨树,春天杨絮满天飞的那种。大院初建的时候,杨树还没有现在治理过的不飘絮的品种。那时候空气质量清新,没有人知道什么是PM2.5。没有谁考虑到几十年后空气污染严重,那会儿家家烧煤,PM2.5都不超标。可不知道为什么,偏偏我家房前栽了这么一棵孤零零的银杏。银杏雌雄,单栽一棵银杏,不知是何意?或许那些杨树苗儿藏着这棵银杏,人们就把它种在花坛里了。这棵银杏孤身生长,没有受粉,也没有传粉,因此,长得并不丰茂。不过,它好像一点也不悲观,每天早晨拉开窗帘,都能看到它抖擞的身姿。

这是不是有什么寓意,暗示着屋内的主人也像它一样,独守空房多日呢?当时赵有信挑房子的时候,我还觉得前面有棵树会挡光,赵有信认为恰到好处:"楼间距这么近,有棵银杏树正好挡一挡。"

听了这话,我还会意地冲他笑了笑。现在想想,我当时冲他笑什么呢?我真的知道他心里在想什么吗?我把牛奶举起来,杯底有团黏糊糊的东西。牛奶喝完了,杯底的蜂蜜还没化开。起身回了屋内,发现屋里的空气比外面浑浊多了。一墙之隔,屋里屋外却是两个世界。

赵傲最后一科考完的下午,我请他去必胜客吃比萨。

"啊——终于毕业啦——"他双手做了向上抛的动作,几乎是用"嚷"的气势跟我说。

我没理他,低头看着菜单。这个傻小子,也不想想,现在是什么时代,一个高中毕业文凭跟没文凭差不多。

"妈,你不用那样。我知道这只是万里长征走完的第一步。不过我告诉你,有了高中文凭,我可以去当兵啦。"

我仍没搭理他,这种时候接他话茬等于自杀。我得用沉默让他把刚才说的那些话都咽回去。我得让他认识到必须上大学,除此之外,别无他路。

我撕开一块田园比萨饼,面粉烘烤出来的香气与奶酪青椒混合的植物香味混在一起,扑鼻而来。咬一口,满嘴都是满足。

"你爸要能回来就好了——"

"妈,你没看新闻吗?"他向我俯身过来,压低声音,"他们正在东海巡航呢,《空军报》上也有。"说到他父亲,他脸上立马荡漾出难以言说的神秘和自豪。

"妈,将来我也当飞行员怎么样?"

我看着他,真希望赵有信也能听到此刻他的这番言论,还有他说他们班冯媛她妈生弟弟故事时的反应。可他不在,一直不在。等过个把月再通话,再听到他的声音,恢复每天傍晚通话的常规后,那些曾经想说的话,那些曾有过的感觉,能像翻书那样,重新翻过来给他看,让他知道自己在遭遇这些事情时的真实感受吗?

中间错过的部分太多,从哪儿开始呢？一直以来,我都忽略了一个问题,那就是错过的,其实永远错过了。经历哪有重新来过的?

"我们是同事,每天见面,一起做事,比跟家人在一起的时间都要多。"大吕跟我说过,她老公单位一个女的特爱这么说。她说真不明白那女的抱的什么心理。我问她都什么时候说这话,她说有一回,她跟老公参加他们单位组织的春游采摘,他那位女同事过来打招呼,说大家共事一场不容易的时候就说了这话。

"我特别反感,总觉得她说这话别有用心。"大吕对那女的一点不感冒,"第二次说的时候,她还没说完我就打断她,帮她重复完后面的部分。"

"第三回呢？"

"没有第三回了，从那以后她见着我只是笑笑，躲着走了。"大吕说。

我不像大吕，有时候我倒真想跟赵有信成为同事。我越来越反感他每次出差回来，我都像过重大节日一样，放下所有的事情迎接这次重逢。现在想想，我这样做会不会让他感到压力呢？他或许希望我像平常那样就好，用不着刻意安排什么。

"妈，你最近怪怪的，是不是跟我爸闹别扭了？"赵傲接过服务生手里的南瓜虾仁浓汤，放到我面前。

"我倒是想闹别扭，可他人不在啊！"我调整了语气，不想让儿子再误会我俩的关系。我甚至想是不是现在就告诉他怀孕的事儿。可想到他曾经那样笑话冯媛的妈妈，我就退缩了。本来，我今天应该跟他一样，能够为这暂时的轻松欢呼一下的。可肚子里的孩子，让我很难回到以前的生活了。

第29章　官玉琪

暑假前两周的一个上午，张凤芝突然来我们初中年级教学组，让我去她办公室谈点事。我有点不踏实，会不会因为怀孕的事儿，她要找我茬儿呢？

大吕略略不安地冲我使了个眼色，意思是凶多吉少。我心想大不了让我暑期再去培训班参加一回培训，要么去区县暑期带教一个月。除此之外，她还能把我怎么样？不准对孕期妇女进行人事调整，做出有损怀孕女教师利益的行为，可是明明白白写着的规定，连外企都不敢随意处置怀孕女职员，更何况这所海淀先进示范中学呢？

往张凤芝办公室走的时候，我心里还是有些烦乱。仔细想想，我跟她也没什么矛盾,平时她对我也算客气。她老公也当过兵,以前部队允许生产经营的时候,她老公在蓝天公司干过,比赵有信这类的机关干部薪水要多得多,是领导办公室和家中常去的访客,春节聚会桌边最吃香的人。她家也是大院最早有私家车的那拨人之一。虽说是一辆老式的二手皇冠,但也得十万左右才拿得下来。

她老公经常来学校接送她上下班,学校老师没有不认识他的。不过,她老公从不把车开进学校,而是停在离学校一百多米远的路边,给人感觉挺低调的。张凤芝也不张扬,加之经常学雷锋,顺道送送同事。有一回,他们两口子把高中组的体育老师送到医院,因为体育老师的老婆生孩子,这件事让她赢得不少人心。我也是受惠者之一,坐过一回她家的车。那会儿我刚随军来北京,头一次到学校上班。

放学后,我走出校门,看着过往的行人和车辆,正分辨着往哪边走才是公交车站的方向,就见路边车内有只手向我挥舞。我那时不知道那只手的主人是张凤芝啊,仍急于搞清公交站的方向,找了来学校接学生的家长打听,再抬头时,就看到张凤芝站在车边,王后般地微笑着冲我挥了下手。

我这才认出是年级组长,赶紧跑过去,看她有什么事吩咐,她却拉开门让我上车:"咱们同路。"

我上车后,她才坐在副驾驶的座位上:"辛明,这是我们初一年级的地理老师官玉琪,她爱人在干部处,刚调来的。"

"噢,幸会幸会。哪个处啊?我在政治部十一年了。"

"福利处。"我惶恐地回道。毕竟人家是政治部的"老人"呢。

"我们家辛明原来在转业办,后来领导专门点了他的名,让他去搞经营。你说领导都发话了,他也不能不去啊。那活真不是人干的,整天不着家啊。"张凤芝嘴上埋怨,可语气里满是扬扬自得的味道。

"都是自家人,以后你得多关照关照官老师。人家刚来,人生地不熟的,你这当大姐的,得多关心人家啊!"说着,他转过身关切地冲我笑了笑,非常职业的表情,一看就是生意人的做派。

"官老师可是正儿八经师范大学中文系毕业的高才生——"

"哎哟,快别说啦,省里怎么能跟北京比呀?"

"那怎么不教语文,让官老师教地理呢?不公平啊——"她老公替我叫起屈来。

"你又不是不知道,像我们这些随军家属,哪能安排到满意的工作呀?就这还是看是空军机关干部家属的面子呢。档案过来后,校长问我:'凤芝啊,再给你一位随军家属怎么样?'我说:'行啊,都是大院出来的,我不接,谁接?'"张凤芝说着,回头冲我挤了下眼睛,好像关系很熟的样子。知道她接收了我,我对她一直很感激,觉得她很仗义也很亲民。后来,我就很少坐她的车了。她每天下班都很晚的。有一回,我从学校出来,见她站在车边,才想跟她打招呼,她就匆匆上车了,没看到似的走了,好像不愿意搭理我。后来再放学,我就又躲着她了,在马路对面一个小超市后面等赵傲,绕开她经常停车的地方。

她见到我也不像以前那么热情了,好像发现跟我不是一路人,交错了对象。其实,这一点我的感触倒是很深。她谈论的都是上层社会、领导传闻和时尚服饰啥的。而这方面我一点信息都没有,赵有信很忌讳谈他工作上的事儿。她说的那些名牌服饰鞋包,我听都没听说过。那会儿我知道的名牌就是耐克、阿迪达斯、背靠背啥的运动服。护肤品有大宝、凤凰珍珠霜,高档的有羽西。我的时尚审美还停留在三线城市的水平。我觉得衣服合身,颜色自己喜欢就很好啦。再说,她在学校构建的那个圈子也不欢迎我。比如,她们说得热火朝天的时候,我一出现立马冷场。要么,她会突然拐到让我头疼的话题。

"玉琪,我总觉着你的普通话还有口音,你得照着《新闻联播》好好练习你的普通话。"她这样说,那伙人也不做出反应,仿佛与我有关的事情都不值得她们关注。

张凤芝调任教务处主任后,跟我们年级组不在一层楼,见面的机会就更少了。

当然,傻子才想得罪她。我也知道好汉不吃眼前亏的道理。毕竟派课、教哪个班、年终教师大会评比都由她来主持。她掌管着每位老师的生杀大权。我哪敢惹她呢?平时见到她我都非常客气。或许她也是看在都是随军家属的分上,在学校见到了也能给我一个温馨的笑脸。

她对大吕比我要热情得多,她跟大吕有身体上的接触。她会一边寒暄一边拍拍大吕的肩膀,搂搂大吕的腰,像久别重逢的姐妹,生怕不这样对方跟她感情淡了。

"你可别被她那套给糊弄了。她烦死我了,她是怕我给她大爹翅。我可不吃她那一套。"

"你为啥讨厌她?"

"没啥,就是看不上她那劲儿。半老徐娘了,开大会还穿着超短裙站在主席台上,一对罗圈腿杵在那儿,嘚吧嘚吧的,不觉得磕碜!咱校多少部队家属,哪个跟她那样?你比她年轻,也没像她——"

"我没她那资本。"我打断她。我可不愿惹火烧身。

"哟——这话怎么说的?得有啥资本啊?你比她年轻也长得好看,身材也比她好,你的资本哪点比她差啊?人尖儿就人尖儿了,还什么都想占风头,我就讨厌她事事都要拔尖儿的显摆劲儿。"

我没大吕的本事,整天腻腻歪歪,惹张凤芝不痛快,人家还拿她当亲姐妹一样地笼络。我只能拼命地息事宁人,努力保住饭碗。

"玉琪,坐。"张凤芝抬起头,一脸严肃地看着我,真让人有不祥之感。

我恭敬地冲她点点头,仍站在原地。

"坐吧。"

"不了。"我仍站着。

她微微一愣,目光从我身上扫了个来回:"几个月了?"

"两个多月。"我不卑不亢。既然她挑开了说,我也不怕,接下来她要胡说八道找我麻烦,我也不客气跟她嚷。

"一点不显啊。"她站起来,在我身前身后绕了几个来回。

"主任,有事啊?"我紧张中仍不忘礼貌相待,希望她赶紧说正题。

她埋怨似的瞟了我一眼,在我面前停下来。她倚着她那张宽大的写字台,娇嗔地噘起嘴看着我:"是不是很纳闷,不知道我叫你干什么呀?"

她是不是吃错药了,在我面前撒娇?我想冲她亲热地笑一笑,可表情根本不听我调动,因为它们此刻真实地显现着我内心的厌恶至极。

"玉琪,恭喜你啊!"她垂下头,像是为了说这句话,消耗了很多的元气。很快,那个经美发师精心打理过的脑袋就昂起来,一如公鸡对自己宠爱的母鸡那般,拍了拍我的肩。"玉琪,想不想去杭州呀?学校暑期有一次去杭州游学交流的机会,你要想去我就安排你。"

我以为我听错了。我在学校这么多年,这种事能轮到我头上,是她良心发现还是被上帝抚摸了,突然对我发起善心来?

"你心里或许会问,这种事怎么会想到我?"她猜透了我的心思,"这次全校就三个名额,年级组长和参加任课的校领导就有好几位,一个普通的老师怎么会安排,对不对?但是,我仔细想过了,也跟校长交流过。大家一致认为你这些年在学校也是兢兢业业、勤勤恳恳地教书育人,还为学校军训让你爱人找过几次车,对学校是有贡献的。现在你爱人常年在一线部队,你独自一人带着孩子很不容易,我们不能让老实人吃亏,这回决定就让你去了。"

"谢谢主任,谢谢。"我觉得再不表态就失礼了,"只是,我现在的情况——"我一想到身孕,底气就不那么足了。毕竟要带十几个学生一道去,每个老师都要负责几名学生呢。

"我觉得没问题。这回是五年级的学生,校长说让高中组的体育老师去一个,说白了就是为了照顾你的。"说着,她绕回写字台后坐下来,"我考虑过你的情况,虽说大龄孕妇都说前三个月不要去公共场所,怕感染啥的,可我觉得只要条件允许,周围环境好,不会有啥问题的。这次是区教委资助的,飞机去飞机回,接送都由接待方专人负责,你还有啥担心的?我们都生过孩子,我比你还多生一个呢。你这岁数能怀上孩子,说明这颗种子本身就是一个优秀的种子!我当初怀我们家老二的时候,还去内蒙古支过一个月的教呢。现在的年轻人,把生孩子太当回事啦,一人怀孕两家忙活。我觉着还是泼辣点对孩子更好。"

"既然这样我就去。反正赵傲也快考完了,一周时间也不长,我去,一定完成学校交给的游学交流任务。"

"这就对了。"她妩媚地一笑,又走台前来,"实话告诉你吧,刚才说的是桌面上的。你也不想想,等孩子生出来了,你还能去哪儿?!我这回可是真心为你考虑的。"她后面几句话像是贴着我耳边说的,混了汗液的香水味儿刺得我鼻子痒痒。

她这么一说,我真是挺感动的,甚至动了久违的"知己"感情。张凤芝竟然能替我想到这一层。就凭这一点,我都该知足了。

"姐,我叫你姐啦,真是太谢谢你啦。"我觍着脸说,眼泪也配合地溢出眼眶。我甚至感到自己的两只手也跃跃欲试,有了抱住她的冲动。

"谢啥谢?当姐的这点事儿还考虑不到算姐吗?!"动情处,她的天津腔儿也冒出来了,"就这么定啦,快回去准备准备吧,把儿子安排好,对了,孩子吃饭怎么办?现在大院还有暑期食堂吗?"

"有,还在政治部一食堂楼上。"

"那就齐了。"她说着上来拥抱了我一下,像是把我送上逃离纳粹魔爪奔向自由的列车。我当下想,从杭州回来,一定给她带份好点的礼物。

"对了,这事先别跟大吕讲啊。我知道你俩关系不错,可这事过几天再说,反正她知道了也不会怪你。"

"好吧。"我想回返时再加一份大吕的礼物。

张凤芝突然双手一拍,很遗憾似的说:"嗨,就她现在焦头烂额的处境,就是让她去,她也去不了。"

"大吕怎么了?"

"还能怎么了?她老公不打算跟她过了呗。"她压低声音,以示自己独特的先知先觉的身份。

"真的吗?她老公不是天天健身,准备要孩子吗?"我想起大吕一直嚷嚷她老公在减"三高"的事儿。

张凤芝白了我一眼,说:"还好朋友呢,地球人都知道了就你一人不知道!要吗孩子啊?她老公早就不跟她干那事儿了。"

张凤芝找我一回,好消息有了,坏消息也有了。我怎么也没想到大吕会骗我。在学校,我也就是跟她能说说心里话,也只有她能为我打抱不平。我要有了烦心事儿,她是我最耐心的听众。她陪我逛街购物,总不笑话我这个菜鸟。去年暑假,她找裁缝做了条细麻布的连衣裙,还帮我做了一条。这样的好朋友,被张凤芝说成这样,对我的打击可想而知。

"你就当啥也不知道,以后见面该怎样还怎样。大吕整天大大咧咧的,哪有点女人样儿?得亏你这方面没受她影响。"

"既然大家都知道了,过一段我还是得问问她。真是这样,她心里也不好受,她是那种外冷内热的女人。"多年的友情,让我下意识地就偏袒了大吕。

"玉琪,人家能说你可不能说啊!你是军属你得有觉悟,怎么能跟她那种人交往呢?按说,我这事不该跟你讲的,我这违反了原则是错误的。可咱们不是一个院住着吗?我也是话赶话赶出来的,你不能做破坏团结的事儿,你说对不对?大吕这事儿你还当不知道好了。"

张凤芝后面的话让我很不舒服,既然你知道违反原则就不应该说。你明明知道我跟大吕关系好,却故意在我面前说出这事儿,不是故意挑拨我俩的关系吗？大吕在学校跟我处境差不多，甚至不如我，但她就是谁都不理。

回到家，我先给暑期食堂打了电话，核实了正常营业时间。我跟赵傲说要去杭州游学，这小子乐得嘴到耳朵根了："妈，这种好事终于轮到你啦。"

"怎么叫轮到我了？以前是你妈风格高，不愿意跟大家争。"我不想让他小瞧我。

"去多长时间？"

他问这话时的表情，让我一下子恢复到高考的警戒状态。我要是走了，这小子会不会就撒丫子啦？打游戏机，去KTV，去自助茶吧——哎呀，我不敢往下想了。

他模拟考试成绩虽说不错，在年级排名28。以前，他年级最好排名是36。要是保持这个排名，重点大学应该都没有问题。如果我去杭州，他放松下来，会不会影响到今后？

"妈，我知道你又瞎琢磨我了。你放心，我不像你们想的那么幼稚，那么没分寸。我知道自己要啥，将来想干什么。如果你连这一点都不放心，那你就别去啦。"

"我去，谁说我不相信你？！"

他脸上顿时灿烂起来，当晚就帮我挑选去杭州穿的衣服。见他这样，我说："你别太高兴了，你要这样我真不敢去了。"他停下来，怔怔地看着我，脸上尽是委屈，好像我说了扎他心的话。

我赶紧解释："你这么高兴，不得不让人起点儿疑心。"

"疑心生暗鬼。你最好坦荡些吧。我高兴很正常啊，高中即将毕业了，成绩也不错，你呢，快结束漫长的一学期教学任务，迎来一年中最让人期盼的暑期长假，你说能不高兴吗？倒是你，像换了个人，整天对着墙发呆。你是不是想我爸啦？你要想他，他回不来你可以去找他啊。你不用考虑我,真的。我这么大了,能照顾好自己——"

"是不是让安然再给你补几天课?"

"妈,你整天盯着成绩,难道我爸在你心里还不如我的英语成绩吗?!妈,我觉得你变了,你现在好像什么都不关心了,我都不知道你整天在想啥。以前你还老跟我说我爸,给他打电话,你现在电话不打,报纸也不看了。你根本不清楚我爸在那边都在忙些啥,或许你只在我爸每月给你转工资的时候能想起他——"

"够了!如果你不需要补课,也用不着扯那么远。"没想到他这样指责我。我甚至有点吃他爸的醋,我天天在家伺候他,他脑袋里却天天想着他爸。

"你爸干什么也不是我能管的,作为夫妻,他忙他的,我不干涉他,努力把家操持好,照顾好你顺利通过高考,难道你觉得这些不够吗?我就这水平了,我没你期望的那么高——"

"看看报纸上的豆腐块也要耗费多大的气力?"他嘴角撇了撇,露出轻蔑的表情。

天啊,这小子今天到底怎么了?我把手里的衣服一扔,冲他嚷道:"你心里有什么不满,不妨直说。"

"没什么,算啦算啦——"他突然软下来,安慰起我,那口吻像对孩子说话。

"既然你说到你爸,我也跟你说开了吧。你爸的情况我比你清楚,他去哪儿都会告诉我。不过,每回接到他要去哪儿的消息,我都紧张得要命,甚至希望他干脆别告诉我。如果有事,我能打通就说,打不通就自己想辙。与其总惦着他,抱着水中月镜中花,还不如自己强大起来,撑起这个家省心省力。下一步,你要高考,是咱家最重要的事情,所有的事情都要为这件事让路。因为这事关你的前途和未来。你爸也这样认为。你只有考上一所理想的大学,才能有跟现在这个社会谈条件的可能。否则,我跟你爸的日子也不会好过。至于你说的看报纸的事儿,我承认我没看,因为我觉得看了也帮不上我——"

"既然你觉得没意思,我就不说了呗。能否跟这个社会谈条件,在我们家就被断送了,我还奢望什么?"他丝毫没有让步的意思。

"的确,这是个令人不快的话题。"我也没有后退。我觉得此刻他完全背叛了我,背叛了我17年来对他的养育。

第30章 官玉琪

我跟儿子的冷战仍在持续,每当他对我客气有加之时,我都觉得他的心又与我拉开一段距离。从学校回到家的车里,他一路沉默,进了家就立马钻进屋里,一分钟都不愿意在客厅待。起初,我也该干啥干啥,打扫卫生,洗衣做饭,为他做可口的消夜。为了体现为人母的大度和气量,周五晚上我给他做了油焖大虾。

"妈,真是绝了。"他满嘴流油地冲我竖起大拇指夸赞。

现在的孩子真够绝的,他有多聪明,从夸我这句话就能看出来。他知道我开始妥协,也实时地配合了我一下。油焖大虾,功不可没。

周六早晨送他去学校组织的集体辅导班时,我故意把昨天收发室送来的《空军报》放到副驾驶的位置上,我看他朝那儿瞥了几眼,像是识破我的心机,鼻子里得意地哼了一声。

"你不用等我了,有空回家看看报纸吧。一会儿下课我自己坐公交车回去。"他诡异地冲我笑笑,去了教室。

直觉告诉我《空军报》上一定有什么内容,在他看来是我必须知道的。从什么时候起,我在他心里成了背弃丈夫的狠女人?

回到家,我衣服也没换就去找《空军报》,寻找的过程中,我发现他一直在提醒我,可我忽略了这些暗示。比如,他认为有重要内容的报纸都放在茶几下的毛线筐里。他以为我织毛线的时候能看到,可这几个月既要伺候他,还要体恤肚子里的孩子,哪有时间坐这儿织毛线活呢?还有些报纸一直在他屋里的桌上。重要的文章他都用红笔圈起,一目了然,全是 8 团的内容。还有一组照片,他用纸壳装裱好挂在墙上。仔细看了日期,竟然是两个月前赵有信在 09 基地的照片。

那是一篇关于"金飞镖"活动的综合图片报道。茫茫大漠做了压题图片。上面有获奖飞行员,有工作中的机务,有导弹命中靶标的那一瞬,也有他们日常打篮球以及食堂炊事员的一些照片。左侧最下方,是篇一千多字的报道。报道的压题的图片上有位军人蹲在大漠上,冲着镜头笑。文章的题目是《昔日孤胆英雄,今日群英荟萃》,内容是 8 团团长王向辉的一个简短专访,对他在大赛中起用年轻飞行员,让他们在作战任务中获得经验和战果给予了赞誉。我想象赵傲看到这篇文章时的心情,崇敬、向往,还是从中看到更远的东西?

再次浏览了文章,却被那张压题图片上的军人吸引了。先前,惯性思维让我认定图片上的人是文章主人公王团长,仔细看了不是,也不是于庹,蹲在那儿冲着镜头傻笑的竟然是赵有信。他穿着迷彩服,下摆的衣扣开了也没系上,胡子拉碴的,上报纸了也不刮一刮,哟,他竟然留了大背头,他的嘴唇用力抿着,眼睛眯成一条缝——我下意识地用手抚了照片上的人,仿佛上面有层灰,可抚了几下也达不到我想看到的纯度。记者为啥不把照片弄得清楚些再发表?新闻也讲朦胧美吗?我拿着报纸去了阳台,照片比屋里清楚多了。端详着照片,我明白了什么。他哪是改了发型,沙漠的风太大,让他不得不选择这个姿势。

他的心可真大了,一副不食人间烟火的傻样儿,席地坐在那儿一如坐在自家炕头上。当我整天为赵傲焦虑,被肚子里的孩子折腾得夜不能寐时,他指定想不到我们娘儿仨。

突然,我觉得有点不对劲儿,那张照片似乎在向外传达什么,发送出了不可言说的信息。我再次拿起报纸,把文章又仔细读了一遍,再看看照片,竟然真发现了刚才没注意到的一个秘密。如果不细看,谁都不会注意到,然而,我却在赵有信同志的眼角,发现了阳光折射后留下的一滴光亮。那是泪珠透过阳光折射而出的。

赵有信,一个有着23年婚龄的45岁男人,蹲在大漠上对着外部世界的镜头,眼角溢出的泪水昭示了什么?或许那只是外部环境刺激下,眼睛自我保护时的一种生理现象?可记者为何要选择这样一幅照片,当作压题图片?这张照片让军嫂们看到,一定会跟我一样,自作多情地往"思念"二字上靠。她们一定也愿意这样解释,以获取更大的生活动力,面对日后的聚少离多。

那颗眼泪像《大话西游》里朱茵钻进周星驰心里看到的,多年前,另一个女人留在那儿的一颗泪珠儿一样。赵有信眼角的那颗泪,被我从报纸上小心翼翼地拾起来放进心里。每每风吹草动,它都会荡秋千似的摆动几下,揪得我心疼。我终于明白儿子为何关心我看不看报了。大漠之上,他一定看到眼挂泪珠儿的父亲。

周五下午,我去海淀区培训,听区教委领导就杭州游学一事,介绍杭州方的情况和交流相关准备。这次游学总共七天,其间有两次在杭州校方校内举行,还有两次游览,一次是西湖,一次是去当地的国学研究馆。张凤芝给我的任务是在一次交流讨论前,就活动意义发个言。总而言之,杭州游学交流是一次"交流"比重少,"游"的比重偏大的夏令营活动。

回家途经师大大门时,鬼使神差开了进去。我想去杭州后,还是请安然来家陪陪赵傲,辅不辅导都无所谓,总觉得他一人在家心里不踏实。停下车走到宿舍楼下,看到她跟范小进在激烈争吵着什么。

"小范,你怎么在这儿?"我走过去把安然拉到身后。尽管我对他印象不坏,可还是怕安然吃亏。

"问她啦——"他两手一摊,耸了下肩膀。

"官阿姨,你怎么来这儿了?"安然看到我有些惊讶。

"找你呀。今天去中心培训,路过这儿,进来碰碰运气。"守着范小进,我没把请她当家教的事儿说出来。范小进干吗跑这儿找安然?莫非是于庹让他来找的?怕是于庹那边又惹出什么事儿,赵有信可是最怕他在感情上栽跟头。

"小范,于庹没事吧?"

"他能有啥事儿?不放心她,让我来看看。"范小进不满地白了她一眼,"本来很简单的事儿,非要搞得这么复杂。你要没时间,说一声不就完了?他也不是闲人,难得有点空给你打个电话,你就是出于礼貌也得接一下啊。总不接他电话,他那边就跟天塌了似的,火烧屁股地催我来,怕你又遇到什么事儿了。"

我明白范小进此行的目的了,看来于庹一直跟安然联系呢。

"能不能盼我点好啊?!我能有什么事儿?你告诉他我好着呢——"

"好着呢干吗不接电话,还换了号?这不明摆着让人家找不到你呗。"范小进嚷道,"人家为了你跟家里都闹翻了,黄小姐也彻底断了,你这边又变卦了,你这不明摆着摆人家于庹一道吗?"

"他跟谁闹翻跟我半毛钱关系也没有,我从没答应他什么,也没许诺过什么——"

"那你五一去那儿干啥?还是心里有他吗,你逗人家玩呢?"

"你今天来这儿是跟我吵架的吗?告诉你,你跟我吵不着,你现在可以离开了。"安然脸上显现出激动的红润。

"以你这么高的修养,总不能让朋友饿着肚子踏上归途吧?"范小进软下来。

"真难听!什么上路不上路的?谁也不准吵啦,今天阿姨请客,你们想吃什么,尽管点。"我拉着他们去了食堂二层的大鸭梨餐厅。

"官阿姨,我请大家吃饭,"安然冷静后,对范小进也给予应有的礼貌,她把菜单递给我后,也递给他一份,"这儿的烤鸭不错。"

"有男人在,哪有女人请吃饭的道理?"范小进接过菜单,生意场上大男人的做派就显现出来。他把手上精致的黑色 LV 皮包往桌上一放,招呼服务生。

"安然,听见了吧?范老板要请客呢,喜欢吃啥就点啊。"我把菜单还给她,想让她高兴点。

"不瞒你说,我这次来把于庹他爸也得罪了。"

"为什么?"

"还能为啥?为他的宝贝飞行员儿子呗。我早就跟他说过,不想跟黄小姐好,趁早跟人家讲明白,断得彻底些,别给她一丝希望。可他总说这不是我想象的那种,说断就能断的关系。我知道他们两家一直是生意伙伴。我说既然这样就别断了,干脆跟黄小姐结婚算了。他不干,说他跟黄小姐说过多次,不会跟她结婚,让她另找他人。黄小姐这边断不了啊,一直缠着于庹。五一节他见到这位后,跟我说他爱的人是她。他说在庐山的时候只是觉得跟这位在一起很舒服。"他说到"这位"时,就用手往安然这儿指一下,"当时觉着她小,也没往这方面想过。离开以后,才发现自己一直惦记着她。"说着,又夸张地双手一托,指向安然,"再往后,他就成催命鬼啦。有时候深夜2点多我刚睡着,他电话就打过来。我说你这晚了还不睡,该不会想人家想疯了吧?!他说没有,刚飞行结束,回来就打过来了。你们想想,这家伙亏他还是个训练标兵,金飞镖得主呢,遇到喜欢的女人,也跟普通男人一样。双脚一落地,便打回欲望男原形。以前是我找他,现在他天天折腾我。催我想办法断了黄小姐那边。我又能有什么好办法,感情上的事儿只能用感情的方式来解决啊!"

"不对啊,团里因为黄小姐的事,去过他家好几次的,工作不是做通了吗?"我说。

"部队的人在,老爷子是通的。人走以后,他又不通啦!他压根就没想让于庹在外面找。"

"那你有办法吗?"我一听这样,也为安然和于庹担心起来。

"你还能没办法吗?!"安然接过话来,"这么多年不都是你帮他擦屁股吗?我记得在庐山你亲口对我说,'你这种女孩我见得多了,不要觉得人家对你好一点,就以为人家爱上你了,告诉你,这离那种关系还差十万八千里呢'。这话可是你亲口对我说的,现在你又让我俩好,你把我当什么啦?"

"你不要总咬着这事儿不放,我跟你解释过好多次了。"范小进脸上有点挂不住了,"这事不怪我多想,你们的确是住在一起的不是吗?要不他的行李怎么会在你屋里?"

安然的脸色也变了,我从没见她脸红成这样。

"这事一句半句跟你说不清楚。他东西在我那儿不假,可你也不能仅凭这一点就认为我是个太妹呀?"

没想到她跟于庹还有这一出。看来,于庹那天让范小进去安然那儿取行李,果真闹出不少误会。

"哎呀,我说安小姐,你那天跟那样一帮混混打台球,你让我能怎么想?前脚跟于庹游山玩水,你侬我侬。后脚于庹去车站接我,你这边就跟那种男人开了球局——"

"我那是身不由己!于庹前脚走不假,可那伙混混到我们宾馆 ATM 机上取钱也是事实啊!如果我不打,可能于庹的手机也赢不回来。"

"这话当真?"

"我犯不上跟你发誓,你爱信不信。"安然头一扭,看都不看他一眼。

他们竟然真不把我当外人了,要么就是他们自己也急于把当年的误会搞清楚。所以,我看到他们时他们或许就在争论这些事儿。

"人家往咱们这边看呢。"我把食指和拇指捏在一起,示意他俩控制点声音,"今天说开了,以后谁也不许再提了。其实安然一看就是好女孩,是你眼拙不会看。"我给范小进使了个眼色,让他别再惹安然,"你刚说的用的什么办法,解决了黄小姐的感情问题?"

"追她呗。"

"你可真是不可救药!"安然厌恶地瞪了他一眼。

"这世上总有人当恶魔,有人当天使。我不做恶魔,怎么成全你俩?你应该感激我才对。"范小进油滑地乜了她一眼。

"官阿姨,山药你喜欢吃吧?他们蓝莓山药泥做得挺好,很适合你吃。"安然没理他,指着菜单让我看。

我担心气氛不好,影响大家心情,更怕范小进说下去,安然恼了会离开,就悄悄拍拍范小进的胳膊,示意他别说了。他却意犹未尽,并没有收手之意:"这世道做人可真难。这些年在于家也是醉了,上侍奉于老爷子,下伺候小于少爷,我是于家——"他最终还是克制了自己,没把"奴仆"一词说出来。

"你用这种办法跟人家有世交关系的黄小姐乱来,他爸爸当然会生气。"安然俨然在答辩,语气里没有一丝人间烟火气。

"怎么叫乱来?她未嫁,我未娶,我光明正大追求她,不行吗?或许你会说,'于家给你这么高的报酬也算对得起你了'。没错,我给他家打工,拿的报酬确实很高,可我没卖给他家,我不应该失去人身自由啊!于庼也是,自打我们认识,我便开始了给他'擦屁股'的人生——你们不要用那种眼神看我,我说的是真的。现在他是飞行员,我更不敢惹他了。他的话对我来说比他父亲还重要。当然,论交情,于庼的话在这我儿一直都比老爷子有分量。他要有什么要求,我很难拒绝,也不想拒绝他,可我也只能这样才能让黄小姐死心。如果我俩好了,于庼父亲对黄家可以把责任推到我身上,这样,对谁都有了交代——"

"那黄小姐也得爱上你才是。"安然冷冷地看着范小进。

"不错,她还真就爱上我了!"

"所以你才来找我?"

"是。"

"你是怕于赓鸡飞蛋打,才劝我跟于赓赶紧定下来,对不对?"

"没错,你说得太对了,我来就是为了这事。"范小进激动地一把抓住安然的手。

"你谁啊?!"安然愤然甩开他。

他俩又像刚才那样嚷嚷起来。眼瞅着战争就要第二次爆发,我突然想到肚子里的孩子。"安然,你下周能给赵傲辅导几节课吗?"我努力插进话去,"我要去杭州。"

他俩愣在那儿,像是没转过弯来。

"他现在还需要补课吗?我觉得他完全可以自己学了。"安然显然清楚这是她必须回答我的,"我最近想静一段时间,我帮你找别的同学吧,她们或许有想当家教的。"

"我就是想让你有时间去家里坐坐,跟赵傲谈一谈,那小子最近有点激进,你也知道,他服你。"

"对不起,我真的有安排了。"

"你能有什么事儿,不就是找工作吗?等你跟于赓恢复关系后,我帮你找好了——"

"你不要多嘴。"安然打断他,"我已经跟你说得很清楚了,我跟他就是普通朋友,不,我们连普通朋友也算不上。他就是我曾经见过的一个路人,像你来北京时在飞机上搭过话的乘客一样,我们不可能成为那种关系。"

"这话你可以直接跟他说。"

"你存在的意义这时就该体现出来啊!"安然嘲讽地看着他。

"我总不能再跟他来回传话吧?何况,我现在有黄小姐了。"

"他现在是飞行员,不是我这蜉蝣之辈能攀附的人。再说,我也不想影响有鸿鹄之志的人。"

"安然,我不明白你跟于庚为啥就不能成为朋友呢?他很喜欢你呀。"我万分不解地看着她。五一在部队聚会的时候,我就发现于庚看她的眼神不对。还有,既然她不想跟于庚有任何瓜葛,当初我邀她去部队的时候,她干吗同意呢?她完全可以拒绝的。为什么见了面以后,反倒不想跟他认识了。难不成真像范小进说的,她故意折腾人家于庚?

安然愕然地看着我,眼泪都快出来了:"我为什么一定要跟他交朋友?"

"因为他爱你,因为他对你一见钟情,因为他对你一直念念不忘。"范小进接上来。

"去你的!"安然爆了粗口。

"这才是你嘛。"范小进笑笑,似乎完全在意料之中。

安然气愤至极,狠狠地看着范小进:"你好像真忘了你在庐山对我说的话了。你吐出来的东西,怎么能再吃回去?"

"我刚才说过,那是我对你的误解,你不能总咬着不放。再说,我是我,他是他,即便我认为你是那种女孩,他觉得你好不就得了,你用不着这么矫情,拿我的失误去惩罚他。"

"你可真不要脸,为了于庚,你想必做过许多这样的事儿吧!为了打消她们对富二代的幻想,让于庚轻装上阵,你什么狠招儿都用过吧?"

"我是我,他是他。"

"有你这样德行的铁杆,他能好到哪儿去?"安然愤然离去。

我赶紧起身拉住她,怕她用力挣脱,我一边用力握住她的手,一边大声嚷道:"别伤害了我肚里的孩子!"

这下,他俩都愣住了。安然像受了雷击似的不安地坐回我身边,她看看我的肚子,又抬头看看我的眼睛。

"真的。"我轻轻捏了下她的手。

"你、你是说伤到孩子?"她的眼睛睁得老大,我头一回看到那张冷漠的脸上有了别样的表情。

"嗯,五一带你们去部队收获的战利品。"

我话音未落,他俩就哈哈大笑起来。

我丝毫不觉得难为情,我为我的孕情能在关键时刻发挥威力感到自豪。渐渐地,那笑声弱了下来,我看到范小进正用诧异的眼神盯着安然。顺着他的视线,我看到安然脸上一丝从没有过的表情,像花儿一样在夏天的傍晚绽放了。

晚饭结束时,他俩又点了好多菜让我带给赵傲。一场争吵最后演变成对孕妇和孩子的关心呵护。回到家,我跟赵傲说我走后安然会来的事儿。

"其实不来也行,我能照顾好自己。"

"人家不是来照顾你的,是来帮你提高英语水平的。"我怕他误解我让安然来的"不良"用心。尽管,这里面的确有这种成分。

"妈,我发现你现在胖了好多。你以前的衣服还能穿吗,你要不要买件新裙子?"

"不用,我又不是去相亲。"

"那行,你自己看着办吧?"他甩手而去,摆出懒得理我的样子。

考虑前段时间一直冷战,不如趁此缓和关系,我就拿出一件裙子,觍着脸凑到他门口,讨好地征求他意见:"儿子,你看这件裙子怎么样?"

他回过头靠在桌子上,认真地打量了几眼,摇了摇头。

"我记着你有一条浅蓝色的连衣裙,我初中毕业那年你去我们班开家长会,我们同学都说我'为啥你长得不像你妈啊',他们说你长得好看。"他微微笑着,仿佛还在回忆里面。

"哪条蓝裙子呀?噢——我40岁生日你爸送我的礼物。"我转身去橱柜找,不知道还能不能穿上。这小子挺有心,前段日子一直跟他别扭着,这会儿想想,他都快高考了,自己还难为他,心里挺不是滋味儿的。我脱下身上的体恤和睡裤,把厚胸罩也摘了,换上最薄的那种。试一试,虽说有点紧绷,可穿上高跟鞋,提着气走路还稍稍宽松点儿呢。

"好,就带你说的这件连衣裙。"我夸张地冲着他屋大声喊道。接着,我把行李箱搬到客厅,希望他能再给些指导。果然,不多会儿他从屋里出来了,在箱子周围转了几圈,说:"你带一双高跟鞋就行了。运动鞋我觉得就别带了,你穿着裙子,脚上穿着运动鞋也不好看,还占地方。不如带一双人字拖,饭后散步的时候也可以穿了歇歇脚。"

他还真把他妈当成妙龄少女了。看来他一点不知我怀孕的事儿。我知道他说的是那双6厘米的坡跟绸面绣花的人字拖,可我总不能在途中穿人字拖吧。再说,学校的老师都知道我怀孕了,穿那么高跟的人字拖,会让人家觉得很奇怪,不如带双运动鞋安全可靠。

"你不想带也行,穿那双浅粉色的轻便耐克鞋也凑合。不过你得带一条牛仔裤,就穿你五一去我爸那儿穿的紧身牛仔裤。"

他倒是从美学角度考虑了,可我肚里的孩子不舒服啊!我回屋找了条宽松的7分牛仔裤,卷了卷塞进箱子。

"化妆品带了吗?"

"大热天带那个干啥?我是油性皮肤,带瓶防晒霜就行。"

"那也得带,你可是职业女性,北京中学的老师,总不能让人家杭州老师觉得你一点都不讲究。"

为了让他高兴,我遵从了他的意见,又回屋拿了唇膏、眉笔、睫毛钳、粉底和眼线笔,把它们统统倒进一次性塑料袋,塞到衣服旁边:"说,还有什么要带的?"

他不露声色地笑了笑,像是阴谋得逞了一样。

"妈,你不去看我爸吗?"

"你爸,你爸在杭州?"

"哎哟,我的亲妈呀,我爸就在舟山哪!你没看今天的《空军报》吗?于庹叔叔他们绕岛飞行啦,空军的发言人说,'我们这是拥抱台湾'。祖国统一指日可待了,妈,舟山离杭州没多远,你难道不想去看看?"

"我们是集体行动,我不能单溜。要去,等暑假里看有没有机会。"我觉得从杭州游学去舟山简直是天方夜谭,"赵傲,你关心国家,关心你爸和于叔叔他们无可非议,可你毕竟要考大学,还是把心思放在功课上。到时候,比别人高一分,就能跃过一操场的人呢。我说这个你别不高兴,你爸他们负责保家卫国,你负责好好学习,天天向上——"

"天天向分吧。"他即刻露出失落的神情,没容我说完,就转身回了屋里。显然,我回答的不是他想听到的。

第 31 章 官玉琪

杭州自古就得到文人墨客的赞誉。"水光潋滟晴方好,山色空蒙雨亦奇。欲把西湖比西子,浓妆淡抹总相宜。"杭州的名胜古迹闻名天下,又有那么多文学、影视作品,让人们对她的整体概貌早就有了大致了解,国内所有的风光片中似乎都不会漏了西湖这一笔,所以,真看到现实中的西湖,反倒少了些想象中的奇特和惊喜,就像你曾收藏了多年的图片,今天只是去做个印证一样。

虽说没有硬性任务,但行程还是安排得很满。在杭州的这几天全由组织方安排妥当,直到过了机场安检,与他们挥手道别后,时间才由我们掌握。虽说不过几天,但我相信这座城市不会让任何人感到失望。从机场到市区的路上,沿途的自然景观和人文设计,会将你逐渐带进一座城市的核心。这座被誉为人间天堂的城市,这座古越和南宁的都城,终于在二十一世纪进入了我的视线。梅雨季已经结束,持续的大辐射日照要持续到 9 月,我们在杭州最热的夏季到来了。

第一天是参观一所民办中学,印象很深。这所中学是一位富商投资创办的。富商的女儿从小的理想就是当老师,她要按自己的教育理念办学。大学毕业后,她接管了这所从小学到高中教育全部覆盖的民办学校。起初,我没怎么注意,等看到站在学校门口亲自迎接我们的富家小姐,我的感官才调动起来。富家女校长看上去超不过二十五岁,跟手机上那些炫富的女孩截然不同,也不像影视作品中塑造的那类追求外貌、脑袋空白的富家女。尽管她与那些女孩有着同样精致的衣着,但得体的举止和一颦一笑,以及那柔和南方普通话的稳重语速,让你觉得她都像一面精致的旗帜,当代年轻人学习的一个楷模。她领我们到一年级学生生活体验馆参观,馆内独特的设计和教学方式,让人耳目一新。一个融合了各种元素,由学生自由发挥的一个大家庭展现在我们面前,家庭生活需要的东西里面都有。她的思路前瞻而开阔。带教家长是从社会上请来的各界精英,教烹饪的是杭州星级宾馆的大厨,学整理家务的是酒店专业的管家,就连洗衣服也是请的专业人士。他教孩子们识别各种清洗皂剂,讲解不同衣料的洗涤方式,以及家用洗衣机的正确使用方法和护理说明,喜欢手工的孩子有工艺大师的指点。

我很感兴趣,认为北京的小学有条件的也可以搞起来。一同来的体育老师却不赞同:"这种方式没普及价值,公办学校哪能请得起这些人,经费从哪儿来?"参观的时候,他就不时在我耳边絮叨。张凤芝一定嘱咐过他,来时的飞机上他就对我照顾有加了。

"这种一步到位的教育理念还是不错的。从小就给孩子最好的教育,让孩子建立起平等心,不那么势利,很健康啊!不过,有些内容可以放在家里由父母完成。"我坚持己见。

"也是,像这样的贵族学校,能面向全社会各个阶层招生,而且还给农民工预留20%的比例,也不容易了。"他立马又不那么刻薄了,"你说她那么年轻,长得也不磕碜,以她的学历和能力,在外企干个高管还不小菜一碟啊？偏偏喜欢吃粉笔灰。"

"看来你也是不得已了。"我冲他笑笑。

"可不。当初要不是我妈坚持，我就去首钢篮球队了。我毕业那年，他们正好去我们那儿招人。我特喜欢打篮球，面试也通过了，可我妈就是不同意。说你进去就是一个候补，还不知道多长时间能见天日，既然不可能像姚明那样去 NBA 当球星，就不要做梦以这个为职业。男人养家糊口得有本事，谁愿意嫁给一个打球的。"

"你妈要求也太高了，姚明不也是从国内打到国外的吗？"

"她就不想让我打球，认为那不是个正经职业，还是当老师稳当。不过，细想想，她说得也有道理，现在干体育的没几个能出息的。姚明、易建联他们算是奇迹了，好在考大学体育分数是重要一项。在咱们这样的区重点中学混，也能打发这一生了。"他黯然的语调让我想起临行前，赵傲帮我整理行囊时，问我去不去看赵有信，被我说教后，颓然离开的神情。他比赵傲也就大个十岁的样子，还没结婚，就有了心灰意冷打发一生的念头。

体育老师穿着浅绿色的 T 恤，白色的细棉布长裤，脚下是一双万斯轻便平底鞋，看上去那么青春洒脱；厚实的胸大肌形成完美的曲线，给人第一感觉就是运动健将。当年他要是按自己的想法去做，没准现在早已是某个专业球队的运动员了。对他而言，这一切可能都被他妈扼杀在摇篮中了。

下午的活动是去杭州一所重点高中参观。整洁宽阔的学校，精致的园林设计，南方女教师干练娇小的身姿，讲究的服饰和妆容，加之江南潮湿气候的润泽，使得那口南方普通话显得格外温柔，让你听了整天都软塌塌的。我观察了一下其他老师，他们个个精神抖擞，目光炯炯，就想我这应该是怀孕的缘故。

第一天晚上回到住处感觉很累，趁我同屋的两个女孩去卫生间洗澡时，我跟赵傲通了会儿视频。他很高兴，好像我在参加某个重要的国际教育会议。我叹了口气，担心他并没有自己保证的那样认真学习。上次模拟考试结束后，他好像松了很大一口气。

"妈，你怎么无精打采的。不好玩吗？"

"没有。"我直起身子，好让自己看起来没那么疲倦，"安排得很满，明天还是满满当当的，上午去浙大参观，下午去博物馆进行国学教育，还要穿汉服呢。"

"浙大可好了，我觉得不比北大清华差，穿汉服，还演戏呀？"

"浙大当然好啦。"我直接奔了他话中的重点，"你要有本事考上这里，我就敢借钱在这儿把房子给你买了，将来咱们就在杭州安家——"

"妈，你又来了。"

"我说这话你别不爱听，在什么环境受什么熏陶——"

"考上北大清华的，不照样有找不到工作，回家卖糖葫芦的？我觉得上哪所大学由分数决定，追求梦想就不仅仅是分数左右的了。我认为大学教育应该注重实践，注重学生梦想实现的能量输送地，而不是虚无浮夸的辩论场——"

"赵傲，"我打断他。这小子最近脑筋是不是跑偏了，整天像搞主题班会演讲似的。与其整天琢磨这些，不如扎扎实实背几个单词，写几篇作文。"我知道你现在想法很多，可你一定得面对现实！搞清楚自己目前最需要的是什么，什么才是你谈论梦想的前提和基础。"

"我知道。"他的声音冷下来。

"那就好。我现在跟两个女生住在一起，她们在洗澡，我才能跟你说会儿话，傲，你得让妈妈放心。真的，你不要嫌妈妈唠叨，等你努力拿到你所说的通往梦想的钥匙时，你就会感谢妈妈的唠叨了。我头一回给人当妈，也是试着来，没有经验，总想着把自己知道的都告诉你，省得你绕弯路。你们的思想太活跃了，太超前了。你们应该有更好的教育环境，今天参观的时候,我一直在想,你是不是应该选择出国留学——"

"咚、咚、咚——"

有人在轻轻地敲门。

"你好好的,有人找我了,挂了——"我刚要按下关闭键,突然想到安然,赶紧又喊,"喂——赵傲,你今天去食堂吃饭了吗?"

"吃了。"他还没挂。

"安然明天去家里辅导,你稍微早点起来,一定要吃早饭啊!"

"嗯。放心吧,你自己也好好的。难得出去一次,好好玩。"

儿子贴心的话,让我感动得差点落泪。我握着手机就像握着儿子的手。往门口走的时候,他的话还在耳边萦绕。这种话的杀伤力堪比原子弹,每回我都立马举手投降。我忍不住的笑意和泪水,让门外的体育老师很是诧异。

"您不舒服了?"他捧着半个西瓜,怔怔地看着我。

"没有,刚跟儿子视频完。"

"噢——没事就好。"他长舒了口气,把手往前一伸,"吃西瓜,很甜。"

我感谢后送走体育老师,把西瓜留给两个女孩。我不敢吃,怕血糖高。

第二天,我穿了7分牛仔裤,上身是无袖黑色针织背心。针织衣料贴身,腰际依体型显现身材。穿上高跟鞋站镜前看了看,还挺苗条呢。怕一天的活动脚会受不了,最终选择了坡跟绸面绣花人字拖。拍照发给他,以示对他的尊重。他很快给我发了个开心的表情包。那个喜极而泣的人脸表情包,让我心情大好。饭后回到房间,我又卷了睫毛,画了眼线,抹了口红,北京中学的女教师打扮起来也不错哦。

感谢肚里的孩子,还那么娇小,让我的腹部看上去依然平坦,身材和穿衣品味还能让人回目侧望。在浙大参观的时候,我的心情又沉重起来。我们去的是华家池校区。华家池池面游船点点,微风习习,宁静的绿地和草木,美丽得让你不敢去想这里竟然是所大学。在这样神奇的景色里,路上遇到的学生并不多,他们却个个神情凝重,步履匆匆。真不知道那些来自全国各地的精英学子,此刻都在哪儿躲着。

我的心情复杂起来,眼前的一切都让我想到儿子和他跟我说的那些话。每位从我身边经过的浙大学子都让我敬佩不已,让我不禁想到他们吃过的苦,熬过的不眠夜。我多想赵傲也能成为他们中的一员,就像我希望自己也能成为他们中的一员一样。对我而言,这种念头经常出现。比如去北大,我会想,要在这儿读书有多好,到了清华又会渴望考上清华该有多好。因此,我对赵傲也总会有这样的渴望。希望他的将来不仅要超过我和赵有信,还要干出一番大业,成为国家的栋梁之材。因此,打他从我肚里出来,我就审视他是否有天才的种种迹象。到现在,我仍在努力观察中,希望能找到什么蛛丝马迹,来证明他的与众不同。

下午,穿汉代服饰,诵古诗活动结束后,大家合影时,体育老师跟我站在一块。摄影师调焦距的空当,他微微侧过身来,低声夸赞道:"官老师,您今天可真精神,太给咱们北京教师长脸了。"

"谢谢。"我感觉嘴唇正得意地往两边咧去,但很快就让我控制住了,"您也很帅。"我低声告诉他。

相互夸赞后,体育老师跟我的关系似乎更亲近了。回去的时候,他还帮我拎了一路的包。最后一天,在西湖游览的时候,我鼓起勇气穿了此行压轴的淡蓝色连衣裙,蹬上那双本以为要原封不动带回去的高跟鞋。

"官老师,你不怕崴脚呀,穿那么高的跟儿。"同来的高三年级文科班主任,一位年过半百的历史老师提醒我。我厚着脸皮笑了笑,并没回心转意的意思。她就走近过来,善意地告诫我:"你不怀孕了吗,还敢穿高跟鞋呀?要漂亮也得看看时候。昨天你穿那双坡跟人字拖我就想说你啦,今天你竟敢变本加厉,赶紧回去脱了,我们等你,快去。"

"没事儿。"我轻轻抱了她一下,以示感激,然后,厚着脸皮朝停车场疾速蹬了几步，与之拉开距离。

在历史老师告诫我时，体育老师在车旁一直往这边看。我在他的注视下走到车前，打趣说："来的时候，我儿子非让我带上这件裙子和高跟鞋。为了让他高兴，我得穿啊！"我竟然跟他解释起来。他微微一笑，冲我竖起大拇指。

今天这身获得的回头率大大满足了我的虚荣心。当我站在岸边，望着多情的西湖水，耳畔响起的全是白娘子那凄婉的情歌。衣裙在风中飘拂，路人向我回望的当口，我多想赵有信就是陪伴左右的体育老师。

"西湖的水，我的泪，我情愿化作一团火焰——"什么样的感情，能让神仙动了心，为心爱的人上刀山下火海啊！

"官老师，你常去卡拉OK吧？你的声音真好听。"体育老师不知何时又站在我旁边。

我真失态，竟然唱出声来。

"我很喜欢这首歌，当年刚兴起来的时候，买了录音带——"说到这儿，我突然想到他这种年纪或许根本不知道磁带。这种想法，让我陡然感到与他之间不可逾越的代沟。

"我想起来了，"他拍了下脑袋，转向我说，"你说的录音带，是不是电影里放在老式录音机的那种？"

我冲他笑了笑，竟没了说下去的兴致。波光粼粼的湖面，轻柔的柳丝，让我想到赵有信蹲在沙漠的那张照片。

"赵有信，你知道此刻我与你咫尺之遥，站在你当年扯着嗓子唱《千年等一回》的地方吗？"那首波动二十世纪七八十年代多少痴情男女的情歌现场，却是细水微澜。我真感谢儿子，让我有勇气穿上这么美的衣裙和鞋子，在这里向我曾经有过的青春和爱情致敬。

回返途中，带队的历史老师告诉大家，一会儿途经超市，大家可以下车买点土特产。明天上午10点的飞机，没时间再安排购物了。

在超市,我的心思突然间就改变了方向。我挑选了两份一样的西湖特产放进行李箱,请体育老师帮我先带回北京,我要去舟山看孩子他爸。历史老师没有因为我没遵从她的善意劝说,对我有任何疑义。她甚至热心帮我准备去舟山的简便行装,我谢绝了她的好意。

杭州接待方听说我要去舟山,很周到地为我制订前往舟山的路线图,还安排老师送我去长途汽车站。因此,我坚持把大家送上前往机场的大巴车后,才启程往舟山赶。挥手与他们告别时,我看到体育老师脸上意味深长的表情。

从杭州去舟山定海有三小时的车程,每小时发一班车。因为想给赵有信同志一个惊喜,我没跟他通报,也没跟赵傲透露。反正傍晚,我到舟山后,谜底自然会公之于众。我依然穿着蓝色连衣裙和高跟鞋,它们给了我超常的自信和勇气。我还带了全部的护肤品和化妆品,确保妆容精致自然。我要让赵有信第一眼看到有身孕的老婆是这样的美。为了精心策划的惊喜达到空前的效果,吃点苦头也是应该的。

选择大巴是正确的,可以饱览一路的自然风光。江南水乡村镇稻田的隽秀和婉约,让我这位内陆女人有如身在异乡,禁不住就感叹起中国的地大物博。渐渐地,云层低垂,天光暗淡,要下雨的样子。离定海还有20多公里的时候,空气里能闻到大海特有的腥气和潮湿。我的心跳也加快了。我的目光紧盯着汽车前往的方向,觉得赵有信就站在那个方向等着我。

突然间,狂风大作,像黑浪一样的乌云从东边滚滚而来,而西边天空却是金光万道,仿佛有意要跟这片乌云碰撞。接着,就听到车顶上噼里啪啦,一阵疾风骤雨,把路边宽大的芭蕉叶打得东倒西斜。然而,不多会儿,雨霁日出,路边的村子也逐渐显露出来。拉开车窗,起伏不断的公鸡叫声涌了进来。麻雀在湿淋淋的树枝间跳跃,地上淤积的水洼在阳光下映着天际,闪闪发光。

到了定海站,刚好看到路边有辆拉货的军车,停在站点不远处。我觉得今天的种种迹象,似乎都在暗示我会有好运。

那辆军车刚好就是赵有信驻训基地食堂货车。方才的骤雨告诉我这样的天他们不可能飞行。所以,当我坐上食堂的货车,在驻训楼前的篮球场下车后,我看到一群熟悉的身影,在雨过天晴的球场上,踏着雨水正在奔跑。

我拎着简单的行李站在离球场十几米远的地方,身后是追随而来的万道霞光,一个熟悉的背影抱臂站在我的正前方。很快,球场上有人停了下来,那人一定认出了我。接着,又有更多的人停下脚步,由打球进入到另一种生命状态。那个抱臂而立的背影显然也受到影响,顺着他们的视线朝身后望过来。

我一动不动站在那儿,像美人鱼为心爱的人忍受着脚下针扎刀刺之痛。突然,我听到一片欢呼,眼前的人们都跳跃起来。那个背影此刻完全朝向我,像被我击中似的愣在那儿。紧接着,我看到一口白牙离我越来越近——很快,我就被迎面而来的一股巨大力量包裹了。

赵有信在众目睽睽之下将我紧紧拥入怀中。

多年以后,说到这一幕,他都坚信他当时以为眼花了,他说我站在霞光中,完全被耀眼的光芒覆盖了。经他一再坚持,这则由我给他带来惊喜的事件,成了他炫耀爱情的回忆。而且,每回提起,还有他精心的润色和补充。

回来后,儿子的班主任找到我,说赵傲在班里经常发表不当言论,让学生家长担心,怕因他的蛊惑动摇自家孩子的高考志向,做出错误选择。

回家找他聊了聊,他像爆竹一样,一点就着:"啥叫不当选择?!不就考军校吗,考军校就不是正确选择啦?真讨厌那些假模假样的人,说一套做一套。什么理想教育,爱国教育,都是空话,狗屁不是!哪个学校都是盯着升学率,让考生盯着重点大学。从每年学校张榜就能看出来,榜上光写考北大、清华的人数,其他大学一带而过,好像评价一所中学的教学质量,只从这些数字上体现出来。既然这样,五四还搞啥理想教育,还组织什么主题班会呢？不明显两张皮吗，做给谁看呢？"

他很激动，仿佛早就料到我会跟他谈这件事情。

"妈，如果我考军校你支持吗？"他忽然低下头望着我。

那一刻，"自主择业"这四个字倏地从我脑海闪过。我有点慌乱，好在我立刻清醒过来，趁那清澈的眼眸里还有希望的神色，我大声说："支持。"

我调整了坐姿，我已经平静下来："你不妨周五的时候，就此在班会上做个主题演讲。"

他看着我，脸上竟然露出孩子般的腼腆。这表情让我想到赵有信。

那天，他把我重新放回地面时，他脸上就是这样的表情。只是，他并没看着我。他的目光越过我的肩头投向远处的地平线。我不知道他那儿看到了什么。结婚21年后，我不知道为他制造的这次浪漫邂逅，对他而言是怎样的感受。但我清楚地记着，41年后的夏日，我躺在社区医院的病床上，即将与这个世界告别时，想到的就是我在舟山看到的那个情景。

病房里静悄悄的，我43岁生下的女儿赵楠跟丈夫为儿子庆生去了。窗外，天空如洗，一片蔚蓝，今天，是离开这个世界的好日子呢。

第32章　于庹

赵有信每回打电话都会问"那小子怎么样啊，技术行不行啊，你这当师父的是不是好好带他了"之类的话。

我每回都想这样告诉他："赵傲比您老强多了。"可又不敢。他退休前已经是我们战区的首长了，现在跟官阿姨在南京休息了。其实，赵傲飞得怎样，不用我说他都清楚。作为2000年以后的飞行员，赵傲的技术水平远远超出同期，是拔尖儿的那类人。而且，这小子知识面特广，嘴又会讲，还被聘为军事频道专家，在电视上点评过最新的国际军事动态。他现在是 8 团标志性的人物，比我这当师父的强多了。不过，我也不能让那小子太张狂了，我得瞅准机会再收拾收拾他，给他好好修剪一下枝丫，让他顺溜地往上长。所以，我就这样回答："赵傲进步很大。"

赵有信就不吭声了，把这个话题暂且放一边，转了另一个话题："他的个人问题也要有所进步，多大了，还没跟女孩子见过面。"

"好，我会盯着他。"我说。其实，我完全是在应付他。这小子我行我素，张狂得很。脑子里除了飞行，除了军事，除了国际动态，以及一切让他感兴趣的外，完全不食人间烟火。

安然到南京应聘上市政府科协公务员后，我们仍然是周末"夫妻"。当然，我们的飞行日和休息日，并没有因为我们来之不易的婚姻有丝毫改变。经常是她来了，我人在外场。团里的人都认识她，她来以后会被特殊照顾，能到外场看我飞行。他们放她进去以为我不知道，其实每回我都清楚她就坐在机务塔台的调度室里。要是幸运的话，赶上周末是休息日，我们会去堤坝那儿转上大半天，看看白鹭，看看远处的油菜花。有时候我们坐在岸边一句话不说，直到午后，觉得凉了才往回走。大家还以为我们一直没孩子是因为高强度的训练，我随了师父大梁，一直怀不上孩子。我不方便解释，只能哑巴吃黄连。

我既然同意当初双方拟定的婚后规定，我就必须遵守，我要让她清楚我是守信的男人。我更知道我俩之间那种微妙的情感平衡不能有丝毫的倾斜。稍稍有性，或者超出她接受的部分，平衡都会打破。我跟她就像飞机两个翅翼上独自跳舞的两个人，要想共生，必须保持距离和平衡，为此倾其一生。

这样相安无事地过了 5 年，直到一个大雪纷飞的晚上，我休假回南京，白天陪她去梅山看完梅花，回来的那天晚上，安然突然来到我的房间。

"于庋，你醒醒，我梦到我妈了——"她激动地摇晃我。

我早就醒了。在这漫长寂静的冬夜，女人特有的温柔气息打门外一进来,我便醒了。

"我梦到我妈了。"她又重复了一遍。

我坐起来,往旁边让了让,她很自然地坐了过来,把冰凉的腿伸进被窝里。

她的思绪仍在那个梦里,她的神情有点恍惚,她正在拼尽全力浓缩那个梦,以便她能悟到其中的奥秘,好给我讲得清晰些。

"我妈好像来咱们南京的家了——她好像来看看我的生活怎么样,我领着她挨个房间转了转,她一边走,一边用手摸摸家具,她的表情好像还算满意,有点微笑的意思——"她突然打住,像是后面的梦还没聚拢起来,无法用准确地语言表述出来。

过了片刻,她像怕丢失这种感觉,没头没尾地咕哝了一句:"我妈走了以后,我这是头一次梦到她呢,我妈来这儿看我了,她怎么不说话,她脸上的表情到底是啥意思呀?"

我大气都不喘,我这样可不是妻管严,而是唯恐打破难得的母女重逢的氛围。我把胳膊伸到她后背,轻轻揽住她。

"于庹,我妈真的来了,来南京看我了。"她脸上全是泪水,她的身体因为激动在颤抖,"她还撩起沙发蒙布,用手搓了搓,想看看这是啥料子。我妈平时就是这样选布料的——可不知为什么,走到你房间门口,她就停下了。我说妈,你可以进去,那会儿我都忘了你在里面,我只是想我的家她哪儿都可以看。结果你猜怎么着,我先她一步推开门后,看到床上一个花白头发的老人蜷缩在那儿,身上盖着那么薄的单被,我情不自禁转身去问母亲,她挺不高兴地把目光移开了——我吓坏了,我觉得她这是要走的迹象,就吓醒了。"

那个形单影只的可怜老头一定是我喽。我被她说得毛骨悚然,身体跟她一块颤抖起来,我甚至觉得我那未曾谋面的岳母此刻就站在我们对面。

"于赓,你说我妈是不是对我还有看法啊,觉得我是个坏心眼的丫头,才跑那么远来告诉我呀?——你说我是不是太坏啦?我妈在那个世界安安静静地过了那么多年,因为我又跑了过来,她见我这样对你,生气呢——"

我紧紧抱住她,没了臃肿的冬装,只穿着睡衣的安然在我怀里单薄得像个纸人儿。

那天晚上,安然来我屋后没再离开,直到现在也没有离开过。要说,我真得感谢我的岳母。那天晚上安然上了我的床后,很快就睡着了。我却睡意全无,翻来覆去琢磨安然此梦的真正含义。我蹑手蹑脚下了床,去卫生间洗了脸、刮了胡子,然后去书房岳母的相片前点了支香。

我在书柜前郑重地给她老人家磕了三个头:"岳母大人在上,请受小婿一拜!感激您千里迢迢来我家为我伸张正义,为我平反昭雪——"我在说这些话的时候,这些年安然对我的所作所为,像过电影似的一一闪过:

旅里派人来家家访的时候,她故意把自己的胸罩放在我床上,还在沙发上摆上育儿常识,我们像拍电影一样,在众人面前演着正常的夫妻家庭生活。

跟我回家过春节,在我父母面前,她接受我的亲热举动,可回到屋里就变成另一个人啦。意思是我过于亲热了,搞得我费半天劲儿才能把她哄好。

怕别人误解我们不怀孕,我们还装着去医院检查,然后又从医院后门悄悄溜掉,去街边吃麻辣烫——这些年,我不仅要饱受她肉体的诱惑和折磨,还要睁着眼装盲人,对她鲜艳欲滴的嘴唇和乳房视而不见。岳母大人啊,结婚后小婿可是受了太多的罪啦——

"喂——醒醒,你喊什么呢?"

我睁开眼睛,我的视线上方,是安然明澈的眼睛。我看到她的唇离我那么近,她的牙齿像洁白的新米,在晨阳中闪闪发亮。她一侧的头发垂了下来,遮了她的半边脸——天啊,我在做梦吗?

第二年,我们的双胞胎儿子出世了。一个叫安欣,一个叫安宇。这让我那土豪老爸有点不爽,私底下仍用他自己起的名字叫他们。我老爸起的名字是:于飞、于翔。

我常想,当你为生活付出艰辛,饱受磨难时,一定坚信生活还会回馈给你,让你得到应得的那份儿。

2018 年 12 月 20 日一稿,于香江
2019 年 2 月 19 日二稿,于香江
2019 年 4 月 3 日三稿,于海淀